NOIVA

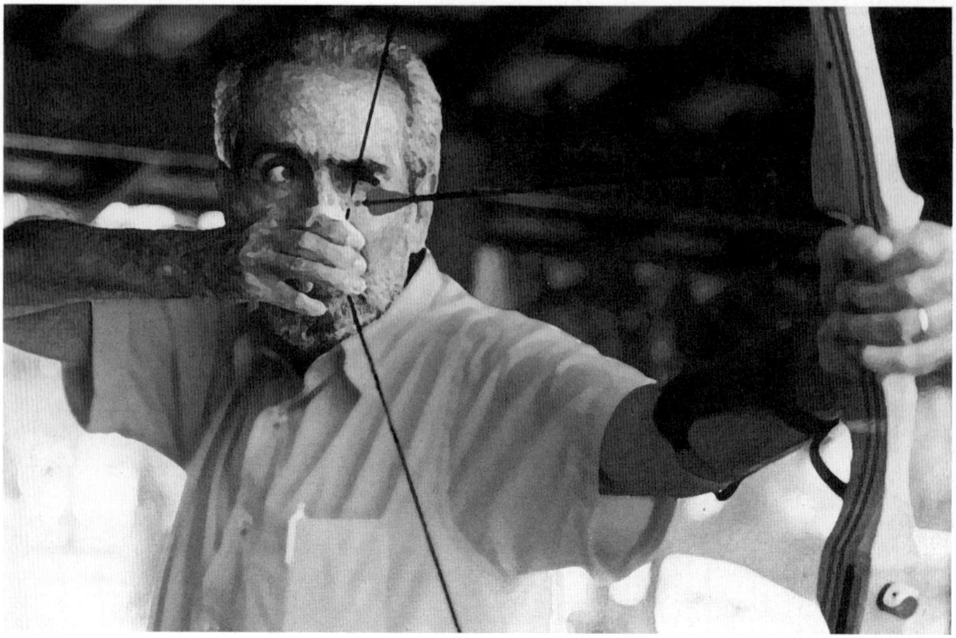

O Arqueiro

Geraldo Jordão Pereira (1938-2008) começou sua carreira aos 17 anos, quando foi trabalhar com seu pai, o célebre editor José Olympio, publicando obras marcantes como *O menino do dedo verde*, de Maurice Druon, e *Minha vida*, de Charles Chaplin.

Em 1976, fundou a Editora Salamandra com o propósito de formar uma nova geração de leitores e acabou criando um dos catálogos infantis mais premiados do Brasil. Em 1992, fugindo de sua linha editorial, lançou *Muitas vidas, muitos mestres*, de Brian Weiss, livro que deu origem à Editora Sextante.

Fã de histórias de suspense, Geraldo descobriu *O Código Da Vinci* antes mesmo de ele ser lançado nos Estados Unidos. A aposta em ficção, que não era o foco da Sextante, foi certeira: o título se transformou em um dos maiores fenômenos editoriais de todos os tempos.

Mas não foi só aos livros que se dedicou. Com seu desejo de ajudar o próximo, Geraldo desenvolveu diversos projetos sociais que se tornaram sua grande paixão.

Com a missão de publicar histórias empolgantes, tornar os livros cada vez mais acessíveis e despertar o amor pela leitura, a Editora Arqueiro é uma homenagem a esta figura extraordinária, capaz de enxergar mais além, mirar nas coisas verdadeiramente importantes e não perder o idealismo e a esperança diante dos desafios e contratempos da vida.

ALI HAZELWOOD
NOIVA
ARQUEIRO

Título original: *Bride*

coordenação editorial: Gabriel Machado
produção editorial: Ana Sarah Maciel
tradução: Raquel Zampil
preparo de originais: Luara França
revisão: Mariana Bard e Priscila Cerqueira
design de capa: Vikki Chu
ilustração de capa: lilithsaur
imagem de capa: Piotr Krzeslak (textura vermelha)
adaptação de capa: Ana Paula Daudt Brandão
diagramação: Gustavo Cardozo
impressão e acabamento: Geográfica e Editora Ltda.

CIP-BRASIL. CATALOGAÇÃO NA PUBLICAÇÃO
SINDICATO NACIONAL DOS EDITORES DE LIVROS, RJ

H337n
Hazelwood, Ali
Noiva / Ali Hazelwood ; tradução Raquel Zampil. - 1. ed. - São Paulo : Arqueiro, 2024.
368 p. ; 23 cm.

Tradução de: Bride
ISBN 978-65-5565-612-1

1. Ficção italiana. I. Zampil, Raquel. II. Título.

23-87248 CDD: 853
CDU: 82-3(450)

Meri Gleice Rodrigues de Souza - Bibliotecária - CRB-7/6439

Editora Arqueiro Ltda.
Rua Artur de Azevedo, 1.767 – Conj. 177 – Pinheiros
05404-014 – São Paulo – SP
Tel.: (11) 2894-4987
E-mail: atendimento@editoraarqueiro.com.br
www.editoraarqueiro.com.br

Para Thao e Sarah.
Eu não poderia fazer isto sem vocês,
e nem iria querer.

PRÓLOGO

Esse casamento... Isso vai ser um problema.
Ela *vai ser um problema.*

Essa nossa guerra, essa guerra entre os vampiros e os licanos, começou há vários séculos, e a violência só foi aumentando, brutalmente, até que agora pode culminar em torrentes de sangue multicolorido e terminar em um anticlimático bolo coberto com buttercream no dia em que vou conhecer meu marido.

O mesmo dia, por acaso, do nosso casamento.

Não era exatamente um sonho de infância. Mas não sou nenhuma sonhadora, de todo modo. Só pensei em casamento uma vez, nos tempos sombrios da minha infância. Após algumas punições duras demais e uma tentativa de assassinato mal executada, Serena e eu arquitetamos planos para uma grande fuga, que envolveria elaborar manobras de evasão com pirotecnia, roubar o carro do nosso professor de matemática e mostrar o dedo do meio para nossos cuidadores pelo retrovisor.

– Vamos passar no abrigo de animais e adotar um daqueles cachorros desgrenhados. Pegar uma raspadinha pra eu tomar, um pouco de sangue pra você. E desaparecer pra sempre no território humano.

– Eles vão me deixar entrar mesmo que eu não seja humana? – perguntei, embora esse fosse o menor dos problemas do nosso plano.

Ambas tínhamos 11 anos. Nenhuma das duas sabia dirigir. A paz interespécies na região sudoeste dependia, quase literalmente, de eu não fazer nenhum movimento.

– Eu vou dizer para eles que você é minha amiga.

– Isso vai ser suficiente?

– Eu me caso com você! Eles vão acreditar que você é humana... minha esposa humana.

Pensando nas opções de futuro, essa parecia bastante viável. Então assenti solenemente e disse:

– Aceito.

Isso foi há catorze anos, porém, e Serena nunca se casou comigo. Na verdade, ela se foi há muito tempo. Estou aqui sozinha, com uma pilha gigantesca de lembrancinhas de casamento caras que, com sorte, enganarão os convidados, não os deixando perceber a falta de amor, de compatibilidade genética ou até mesmo de conhecimento prévio entre os noivos.

Eu bem que tentei marcar um encontro. Sugeri ao *meu* povo que sugerisse ao povo *dele* um almoço na semana anterior à cerimônia. Um café na véspera. Um copo de água da torneira na manhã do dia. Qualquer coisa para evitar uma situação vexatória diante do oficiante. Meu pedido foi levado ao conselho dos vampiros e recebi um telefonema de um dos assessores dos conselheiros. Seu tom conseguiu ser educado e, ao mesmo tempo, insinuar fortemente que eu era louca.

– Ele é um licano. Um lobisomem muito poderoso e perigoso. Só a logística de garantir segurança para tal encontro seria...

– Eu vou me casar com esse licano *perigoso* – respondi com a voz firme, e ele deu um pigarro constrangido.

– Ele é um alfa, Srta. Lark. É muito ocupado para um encontro.

– Ocupado com...?

– O bando dele, Srta. Lark.

Eu o imaginei com uma quadrilha, roubando bancos, e dei de ombros.

Dez dias se passaram e ainda não encontrei meu noivo. Em vez disso, me tornei um *projeto* que requer um esforço conjunto de uma equipe interdisciplinar para parecer apresentável para um casamento. Uma manicure transforma minhas unhas em coisas ovais cor-de-rosa. Uma esteticista bate em minhas bochechas com vontade. Um cabeleireiro esconde, como por mágica, minhas orelhas pontudas sob uma rede de tranças louro-escuras, e um maquiador pinta um rosto diferente por cima do meu, algo interessante e sofisticado.

– Isto é arte. Você deveria ganhar uma vaga no Guggenheim – digo a ele, analisando a maquiagem no espelho.

– Eu sei. E ainda *não acabei* – repreende ele.

Então mergulha o polegar em um pote de tinta verde-escura e o passa na parte interna dos meus pulsos. Na base do meu pescoço, de ambos os lados. Na minha nuca.

– O que é isto?

– Só um pouco de cor.

– Para quê?

Ele bufa.

– Mexi meus pauzinhos e pesquisei os costumes dos licanos. Seu marido vai gostar.

O maquiador vai embora, me deixando sozinha com cinco marcas estranhas e uma estrutura óssea recém-descoberta. Então me espremo para entrar no macacão e meu irmão gêmeo vem me buscar.

– Você está deslumbrante – diz Owen, indiferente e desconfiado, me examinando com os olhos semicerrados como se eu fosse uma nota falsa de dez dólares.

– Foi um esforço de equipe.

Ele gesticula para que eu o siga.

– Espero que tenham vacinado você contra raiva enquanto faziam esse trabalho.

A cerimônia tem o objetivo de ser um símbolo de paz. É por isso que, em uma emocionante demonstração de confiança, meu pai exigiu uma equipe de segurança cem por cento composta por vampiros. Os licanos se recusaram, logo houve semanas de negociações, depois um quase rompimento do noivado e, por fim, a única solução que poderia deixar todos igualmente infelizes: organizar o evento com humanos.

Uma atmosfera mais do que tensa. Um local, três espécies, cinco séculos de conflito e nenhuma boa-fé. Os ternos pretos que escoltam Owen e a mim parecem divididos entre nos proteger ou nos matar eles mesmos, só para acabar logo com isso. Usam óculos escuros em ambiente fechado e murmuram um código divertidamente ruim. *O Morcego está voando para o salão da cerimônia. Repito, estamos com o Morcego.*

O noivo, sem nenhuma criatividade, é o Lobo.

– Quando você acha que seu futuro marido vai tentar matar você? Amanhã? Semana que vem? – pergunta Owen em tom casual, olhando para a frente.

– Vai saber.

– Ainda este mês, com certeza.

– Com certeza.

– Estamos na dúvida se os licanos vão enterrar seu cadáver ou apenas, você sabe... comer tudo.

– É, um questionamento válido.

– Mas, se você quiser viver um pouco mais, tente jogar um pedaço de pau quando ele começar a espancar você. Ouvi dizer que os licanos adoram ir buscar...

Paro abruptamente, causando uma leve comoção entre os agentes.

– Owen – digo, virando-me para meu irmão.

– O que foi, Misery?

Ele sustenta meu olhar. De repente, sua máscara insensível de humorista ofensivo cai, e ele não é mais o herdeiro superficial de meu pai, mas o irmão que se esgueirava para a minha cama sempre que eu tinha pesadelos, que jurou me proteger da crueldade dos humanos e da sede de sangue dos licanos.

Faz décadas.

– *Você sabe o que aconteceu da última vez que os vampiros e os licanos tentaram isso* – diz ele, mudando para a Língua.

Claro que sei. O Áster está em todos os livros didáticos, embora com interpretações muito diferentes. O dia em que o púrpura do nosso sangue e o verde do sangue dos licanos fluíram juntos, brilhantes e belos como a flor que deu nome ao massacre.

– *Quem seria louco de entrar em um casamento de conveniência política depois disso?*

– *Eu, pelo que parece.*

– *Você vai viver entre os lobos. Sozinha.*

– *Vou. É assim que funciona a troca de reféns.* – À nossa volta, os ternos verificam apressadamente seus relógios. – *Temos que ir...*

– *Sozinha para o abate.* – O maxilar de Owen range; destoa tanto do seu jeito despreocupado de sempre que franzo a testa.

– *Desde quando você se importa?*

– *Por que você está fazendo isso?*

– *Porque uma aliança com os licanos é necessária para a sobrevivência do...*

– *Isso é o que o nosso pai fala. Não é o motivo para você ter concordado em seguir esse plano.*

Não é, mas não tenho intenção de admitir isso.

– *Talvez você esteja subestimando o poder de persuasão do nosso pai.*

– *Não faça isso* – sussurra ele. – *É uma sentença de morte. Diga que mudou de ideia... Me dê seis semanas.*

– *O que vai ter mudado em seis semanas?*

Ele hesita.

– *Me dê um mês. Eu...*

– Algum problema? – Ambos damos um pulo com o tom brusco do nosso pai.

Por uma fração de segundo, somos outra vez crianças, novamente repreendidas por existir. Como sempre, Owen se recupera mais rápido.

– Não. – O sorriso vazio está de volta aos lábios do meu irmão. – Eu só estava dando algumas dicas para a Misery.

Meu pai abre caminho entre os guardas e coloca minha mão em seu braço com desembaraço, como se não tivesse se passado uma década desde nosso último contato físico. Eu me obrigo a não me encolher.

– Está pronta, Misery?

Inclino a cabeça. Estudo seu rosto severo. E pergunto, mais por curiosidade:

– Faz diferença?

Não deve fazer, porque ele ignora a pergunta. Owen observa enquanto nos afastamos, inexpressivo, e então grita às nossas costas:

– *Espero que você tenha colocado um rolo tira-pelos na mala! Ouvi dizer que eles soltam muitos pelos.*

Um dos agentes nos detém diante das portas duplas que levam ao pátio.

– Conselheiro Lark, Srta. Lark, um momento. Eles ainda não estão prontos.

Esperamos lado a lado por alguns minutos desconfortáveis, então papai se vira para mim. Os estilistas me obrigaram a usar saltos, então estou quase da altura dele, e seus olhos facilmente capturam os meus.

– *Você deveria sorrir* – ordena ele na Língua. – *Segundo os humanos, o casamento é o dia mais bonito da vida de uma noiva.*

Meus lábios se contraem. Há algo de grotescamente engraçado em tudo isso.

– E o pai da noiva?

Ele suspira.

– *Você sempre foi desnecessariamente contestadora.*

Meus fracassos não têm limites.

– *Não há como recuar, Misery. Assim que o casamento for concluído, você será a esposa dele* – acrescenta ele, mas sem seu costumeiro tom rude.

– Eu sei. – Não preciso ser tranquilizada ou encorajada. Tenho sido nada menos que inabalável em meu comprometimento com essa união. Não sou propensa a pânico, medo ou mudanças de última hora. – *Já fiz isso antes, lembra?*

Ele me observa por alguns instantes, até que as portas se abrem para o que resta da minha vida.

É uma noite perfeita para uma cerimônia ao ar livre: fios de luz, brisa suave, estrelas cintilando. Respiro fundo, prendo o ar e escuto a Marcha Nupcial, interpretada por um quarteto de cordas. De acordo com a esfuziante cerimonialista que vem lotando meu telefone com links nos quais não clico, a violista faz parte da Filarmônica Humana. "Está entre as três melhores do mundo", disse ela numa mensagem, concluindo com mais pontos de exclamação do que usei em todas as minhas comunicações escritas desde o meu nascimento. Devo admitir que os músicos são bons. Os convidados olham ao redor, confusos, sem saber como proceder, até que um sobrecarregado membro do cerimonial gesticula para que se levantem.

Não é culpa deles. Cerimônias de casamento são, há cerca de um século, uma coisa exclusivamente humana. A sociedade vampírica evoluiu além da monogamia, e os licanos... Não tenho a menor ideia do que os licanos fazem, pois nunca estive na presença de um.

Se isso já tivesse acontecido, não estaria viva.

– Vamos.

Meu pai segura meu cotovelo e seguimos para o altar.

Consigo reconhecer, vagamente, os meus convidados. Um mar de figuras esguias, olhos lilás que não piscam, orelhas pontudas. Lábios fechados cobrindo as presas e olhares meio compassivos, a maioria enojada. Avisto vários membros do círculo íntimo do meu pai; conselheiros que não vejo desde criança; famílias poderosas e seus descendentes, que quase sempre bajulavam Owen e não me davam a mínima quando éramos crianças. Ninguém aqui poderia nem de longe se qualificar como amigo, mas, em defesa de quem quer que tenha elaborado a lista de convidados, minha falta de relacionamentos significativos deve ter tornado a tarefa de encher os assentos um tanto desafiadora.

E então há o lado do noivo. Aquele que emana um tipo estranho de calor. Aquele que me quer morta.

O sangue dos licanos corre mais rápido, é mais ruidoso, seu cheiro é acobreado e não familiar. Eles são mais altos que os vampiros, mais fortes que os vampiros, mais rápidos que os vampiros, e nenhum deles parece particularmente entusiasmado com a ideia de seu alfa se casar com uma de nós. Seus lábios se franzem quando eles me olham, desafiadores, com raiva. A aversão é tão palpável que sinto o gosto no céu da boca.

Não os culpo. Não culpo ninguém por não querer estar aqui. Não culpo nem mesmo os sussurros ou os comentários maliciosos.

– *... ela foi a Colateral dos humanos por dez anos, e agora isto?*

– *Aposto que ela gosta de ser o centro das atenções...*

– *... sanguessuga orelhuda...*

– *Dou duas semanas pra ela.*

– *Está mais pra duas horas, se aqueles animais...*

– *... ou pacificam a região de uma vez por todas, ou provocam uma guerra geral outra vez...*

– *... acha que eles vão mesmo trepar esta noite?*

Não tenho nenhum amigo à esquerda e apenas inimigos à direita. Portanto, respiro fundo e olho bem à frente.

Para o meu futuro marido.

Ele se encontra de pé no altar, voltado para o outro lado, ouvindo o que alguém sussurra em seu ouvido – seu padrinho, talvez. Não consigo dar uma boa olhada no rosto dele, mas sei o que esperar pela foto que recebi semanas atrás: bonito, expressão marcante, sério. Seu cabelo é curto, quase raspado, de um castanho intenso; o terno é preto, bem ajustado nos ombros largos. Ele é o único homem no recinto que não está usando gravata, e ainda assim consegue parecer elegante.

Talvez compartilhemos um estilista. Um ponto de partida para um casamento tão bom quanto qualquer outro, suponho.

– *Tenha cuidado com ele. Ele é muito perigoso. Não o irrite* – sussurra papai, os lábios mal se movendo.

O que toda garota quer ouvir a três metros do altar, ainda mais quando a linha rígida dos ombros do noivo já comunica irritação. Impaciência. Aborrecimento. Ele não se dá ao trabalho de olhar na minha direção, como se eu não tivesse a menor importância, como se ele tivesse coisa melhor para fazer. Eu me pergunto o que o padrinho está sussurrando em seu ouvido. Talvez uma cópia inversa do aviso que recebi.

Misery Lark? Não precisa tomar cuidado. Ela não é particularmente perigosa, então fique à vontade para irritar a garota. O que ela vai fazer? Jogar o rolo tira-pelos em você?

Deixo escapar uma risadinha de leve, o que é um erro. Porque meu futuro marido ouve e finalmente se vira para mim.

Meu estômago pesa.

Minhas pernas vacilam.

Os murmúrios silenciam.

Na foto que me mostraram, os olhos do noivo pareciam de um azul comum, em nada surpreendente. Mas, quando encontram os meus, percebo duas coisas. A primeira é que eu estava errada: seus olhos são, na verdade, de um verde pálido e estranho, quase brancos. A segunda é que meu pai estava certo: esse homem é muito, *muito* perigoso.

Seus olhos percorrem meu rosto, e eu imediatamente desconfio que ele não recebeu fotos. Ou talvez simplesmente não tenha tido curiosidade suficiente em relação à sua noiva para olhá-las... Seja como for, ele não fica satisfeito comigo, e isso é óbvio. Pena que eu já seja experiente em decepcionar as pessoas e não vá me importar com isso agora. É problema dele se não gosta do que está vendo.

Endireito os ombros. Uma pequena distância nos separa, e deixo meus olhos fixos nos dele enquanto me aproximo. É assim que vejo tudo acontecer em tempo real.

Pupilas aumentando.

Testa se franzindo.

Narinas dilatando.

Ele me observa como se eu fosse algo feito de vermes e respira fundo, devagar. Depois respira fundo novamente, desta vez de forma brusca, no momento em que chego ao altar. Sua expressão se transforma e parece, por um instante, indecifravelmente abalada, e, sim, eu sabia, eu *sabia* que licanos não gostavam de vampiros, mas isso vai muito além. Parece um desprezo puro, intenso e pessoal.

Que merda, meu camarada, penso, erguendo o queixo. Dou mais um passo à frente até estarmos cara a cara, quase perto demais.

Dois estranhos que acabaram de se conhecer. Prestes a se casar.

A música diminui. Os convidados se sentam. Meu coração é um tambor lento, ainda mais lento do que o normal, por causa da maneira como o noivo paira sobre mim. Inclinando-se para a frente, tentando me estudar como se eu fosse uma pintura abstrata. Eu o observo arfar avidamente, como se para... me *inalar*. Então ele se afasta, umedece os lábios e me olha fixamente.

Ele olha *sem parar*.

O silêncio se estende. O oficiante pigarreia. O pátio irrompe em murmúrios confusos que lentamente se transformam em um frisson pegajoso e familiar. Percebo que o padrinho botou suas garras para fora. Atrás de mim, Vania, a chefe da guarda do meu pai, exibe as presas. E os humanos, obviamente, pegam suas armas.

O tempo todo meu futuro marido continua a me olhar.

Então me aproximo e murmuro:

– Não me importa que você não goste disso nem um pouco, mas se quiser evitar um segundo Áster...

A mão voa, rápida como um raio, fechando-se em torno do meu braço, e o calor da pele dele é eletrizante, mesmo através do tecido da manga. As pupilas dele se contraem, parecendo algo diferente, algo *animalesco*. Instintivamente tento me soltar de sua mão... mas é um erro.

Meu salto se prende em um desnível no chão e perco o equilíbrio. O noivo evita a minha queda passando um braço em torno da minha cintura, e a combinação da gravidade e da sua absoluta determinação me prende entre ele e o altar, a frente do corpo dele pressionada contra mim. Ele me aprisiona, me imobiliza e me olha de cima como se tivesse esquecido onde está e eu fosse algo a ser consumido.

Como se eu fosse uma *presa.*

– Isso é absolutamente... Ah, *eita.* – O oficiante engasga quando o noivo rosna em sua direção.

Atrás de mim ouço a Língua e o inglês: pânico, gritos, caos, o padrinho e meu pai rosnando, pessoas gritando ameaças, alguém soluçando. *Outro Áster vai começar*, penso. E eu realmente deveria fazer algo, eu *vou* fazer algo para impedir, mas...

O cheiro do noivo chega às minhas narinas.

Tudo retrocede.

Sangue de qualidade, meu cérebro sibila, absurdamente. *Ele daria um sangue de ótima qualidade.*

Ele inala várias vezes em rápida sucessão, enchendo os pulmões, me levando para dentro. A mão sobe do meu braço para a depressão do pescoço, pressionando uma das minhas marcas. Um som gutural sai do fundo do peito dele, deixando meus joelhos fracos. Então ele abre a boca e eu sei que ele vai me despedaçar, vai me trucidar, vai me *devorar...*

– Você – diz ele com a voz profunda, quase baixa demais para ouvir. – Como você pode ter esse cheiro?

Menos de dez minutos depois, ele desliza um anel pelo meu dedo e juramos nos amar até o dia da nossa morte.

CAPÍTULO 1

Chove forte há três dias quando ele finalmente retorna de uma reunião com o líder do grupo do Big Bend. Dois de seus ajudantes já estão dentro de sua casa, esperando por ele com expressão cautelosa.

– A mulher vampira... ela recuou.

Ele grunhe enquanto enxuga o rosto. Foi esperta, *ele pensa.*

– Mas eles encontraram uma substituta – acrescenta Cal, deslizando uma pasta parda pelo balcão. – Está tudo aqui. Eles querem saber se você a aprova.

– Vamos proceder conforme o planejado.

Cal solta uma risada. Flor franze a testa.

– Você não quer olhar a...?

– Não. Isso não muda nada.

Elas são todas iguais, de qualquer forma.

Seis semanas antes da cerimônia

No início da noite de quinta-feira, ela aparece na startup onde trabalho, quando o sol já se pôs e o escritório inteiro está cogitando lesões corporais graves.

Contra mim.

Duvido que eu mereça esse nível de ódio, mas entendo. E é por isso que não faço um escândalo quando volto para minha mesa após uma reunião rápida com o gerente e percebo o estado do meu grampeador. Sinceramente, está tudo bem. Trabalho de casa noventa por cento do tempo e raramente imprimo qualquer coisa. Quem se importa se alguém espalhou cocô de passarinho no grampeador?

– Não leve para o lado pessoal, Missy.

Pierce se encosta na divisória entre nossas baias. Seu sorriso é menos de *amigo preocupado* e mais de *vendedor de carros usados bajulador* – até o sangue dele tem um cheiro oleoso.

– Não vou levar.

A aprovação das pessoas é uma droga poderosa. Sortuda que sou, nunca tive a chance de desenvolver esse vício. Se há algo em que sou boa, é em racionalizar o desprezo de colegas dirigido a mim. Treino como prodígios do piano: incansavelmente e desde a mais tenra infância.

– Não precisa suar de preocupação por causa disso.

– Não estou suando.

Nem poderia – mal tenho as glândulas necessárias.

– E não dê ouvidos ao Walker. Ele não disse o que você acha que ele disse.

Quase certeza que foi "puta nojenta" e não "muita polenta" que ele gritou da sala de conferências, mas vai saber!

– Faz parte do trabalho. Você também ficaria furiosa se alguém fizesse um teste de invasão em um firewall no qual você está trabalhando há semanas e conseguisse invadir em quê... uma hora?

Talvez um terço disso, mesmo contando a pausa que fiz no meio, depois de perceber a rapidez com que estava penetrando o sistema. Gastei essa pausa on-line comprando um novo cesto, já que o maldito gato de Serena parece estar dormindo no meu antigo sempre que preciso lavar a roupa. Mandei uma mensagem para ela com uma foto do recibo da compra, seguida por *Você e seu gato me devem 16 dólares*. Então me sentei e esperei uma resposta, como sempre faço.

Não veio. Não tinha expectativa de que viesse mesmo.

– As pessoas vão superar isso – continua Pierce. – E, ei, você nunca traz comida mesmo, então não precisa se preocupar se alguém vai cuspir na sua marmita.

Ele cai na gargalhada. Eu me viro para a tela do meu computador, na esperança de que ele vá embora. Mas, gente, como me enganei.

– Para ser sincero, é meio que culpa sua – continua ele. – Se você tentasse se entrosar mais... Pessoalmente, entendo sua vibe solitária, misteriosa, silenciosa. Mas algumas pessoas acham você distante, como se pensasse que é melhor do que nós. Se você fizesse um esforço para...

– Misery.

Quando ouço chamarem meu nome – o *verdadeiro* –, por uma fração de segundo excepcionalmente idiota sinto alívio por saber que essa conversa vai acabar. Então estico o pescoço e noto a mulher parada do outro lado da divisória. Seu rosto é remotamente familiar, assim como os cabelos pretos, mas é só quando me concentro em seu batimento cardíaco que consigo reconhecê-la. É lento como só o de um vampiro pode ser e...

Bem...

Merda.

– Vania?

– É difícil encontrar você – responde ela, a voz baixa e melódica.

Cogito brevemente bater a cabeça no teclado, mas acabo me contentando em responder calmamente:

– É intencional.

– Foi o que imaginei.

Massageio minha têmpora. Que dia. Que merda de dia.

– Enfim, aqui está você.

– Enfim, aqui estou eu.

– Ora, olá. – O sorriso de Pierce fica um pouco mais imoral quando ele se vira para olhar Vania maliciosamente.

Os olhos dele começam nos saltos altos, sobem pelas linhas retas do terninho escuro, param nos seios fartos. Não leio mentes, mas ele está pensando *Coroa gostosa* com tanta intensidade que praticamente consigo ouvir.

– Você é amiga da Missy?

– Pode-se dizer que sim. Desde que ela era criança.

– Ah, meu Deus. Me diga: como era a bebê Missy?

Os cantos dos lábios de Vania se contraem.

– Ela era... estranha e difícil. Ainda que muitas vezes útil.

– Espera... Vocês duas são parentes?

– Não. Eu sou o braço direito do pai dela, chefe da guarda dele – diz ela, olhando para mim. – E ela está sendo convocada.

Fico ereta na cadeira.

– Para onde?

– O Ninho.

Não se trata apenas de um fato raro, mas, sim, sem precedentes. Com a exceção de telefonemas esporádicos e encontros ainda mais esporádicos com Owen, não falo com outro vampiro há anos. Porque ninguém me procura.

Eu deveria mandá-la embora. Não sou mais uma criança ingênua. Seria idiota voltar para o meu pai com qualquer expectativa de que ele e o restante do meu povo não ajam como completos babacas. Mas, pelo que parece, essa tentativa amadora de aproximação está me fazendo esquecer isso, pois ouço a mim mesma perguntar:

– Por quê?

– Você terá que ir para descobrir.

O sorriso de Vania é frio. Semicerro os olhos, fitando-a, como se pudesse descobrir a resposta no rosto dela. Enquanto isso, Pierce nos lembra de sua infeliz existência:

– Senhoras... Braço direito? Convocada? – Ele ri, um som alto e áspero. Ainda tenho vontade de dar um peteleco na testa dele e lhe causar alguma dor, mas estou começando a sentir um arrepio de preocupação por esse idiota. – Vocês gostam de jogar RPG ou...?

Pierce finalmente se cala. Porque, quando Vania se vira para ele, nenhum truque de luz conseguiria esconder o tom púrpura dos olhos dela. Nem suas longas presas, perfeitamente brancas, brilhando sob as lâmpadas elétricas.

– V-você... – Pierce olha de Vania para mim por vários segundos, murmurando algo incompreensível.

E é aí que Vania decide arruinar minha vida e estala os dentes para ele.

Suspiro e pressiono o osso do nariz.

Pierce se vira e passa em disparada pela minha baia, atropelando um vaso de fícus.

– Vampira! *Vampira*... Tem uma... Uma vampira está nos atacando, alguém chame a Agência, alguém chame a...

Vania pega um cartão plastificado com o logotipo da Agência de Relações Humano-Vampíricas, que lhe garante imunidade diplomática em território humano. Mas não há ninguém para olhá-lo: o escritório irrompeu em um leve pânico, e a maioria dos meus colegas de trabalho saiu correndo aos gritos e já passou da metade da escada de emergência. As pessoas se atropelam para chegar à saída mais próxima. Vejo Walker deixar o banheiro em disparada, um pedaço de papel higiênico pendurado na calça cáqui, e sinto meus ombros se curvarem.

– Eu gostava deste trabalho – digo a Vania, pegando a foto Polaroid emoldurada que tirei com Serena e enfiando-a, resignada, na bolsa. – Era fácil. Eles aceitaram minha desculpa do distúrbio do ritmo circadiano e me deixaram vir à noite.

– Minhas desculpas – diz ela, sem nenhuma intenção de se desculpar. – Venha comigo.

Eu deveria mandá-la se foder, e ainda vou fazer isso. Nesse meio-tempo, cedo à minha curiosidade e a sigo, endireitando o pobre fícus ao sair.

O Ninho ainda é o edifício mais alto no norte da Cidade e talvez o mais reconhecível: uma base vermelho-sangue que se estende por centenas de metros no subsolo, com um arranha-céu espelhado em cima que ganha vida ao pôr do sol e mergulha de volta no sono nas primeiras horas da manhã.

Eu trouxe Serena aqui uma vez, quando ela pediu para ver como era o coração do território dos vampiros, e ela ficou boquiaberta, chocada com as linhas elegantes e o design ultramoderno. Ela esperava ver candelabros, pesadas cortinas de veludo para bloquear o sol assassino e cadáveres de inimigos pendendo do teto, o sangue ordenhado das veias até a última gota, decoração com o tema de morcegos em homenagem aos nossos ancestrais quirópteros alados. E caixões, claro.

"É legal. Eu só pensei que seria mais... rock'n'roll?", disse ela, nem um pouco intimidada com a ideia de ser a única humana em um elevador cheio de vampiros. A lembrança ainda me faz sorrir, cinco anos depois.

Espaços flexíveis, sistemas automatizados, ferramentas integradas – isso é o Ninho. Não apenas a joia da coroa do nosso território, mas também o centro da nossa comunidade. Um local para lojas, escritórios e conveniências, onde qualquer coisa de que um de nós possa precisar, desde assistência médica não urgente e licença de zoneamento até cinco litros de AB positivo, pode ser facilmente obtida. E então, nos andares superiores, os construtores abriram espaço para aposentos privados, alguns dos quais adquiridos pelas famílias mais influentes da nossa sociedade.

Principalmente a *minha* família.

– Venha comigo – diz Vania quando as portas se abrem.

E é o que faço, ladeada por dois guardas do conselho uniformizados que, definitivamente, não estão aqui para me *proteger*. É um pouco ofensivo eu ser tratada como uma intrusa no lugar onde nasci, ainda mais quando caminhamos ao longo de uma parede coberta de retratos dos meus ancestrais. Eles se transformam ao longo dos séculos, de pinturas a óleo e tinta acrílica a fotografias, de cinza a Kodachrome e ao digital. São sempre as mesmas expressões: distantes, arrogantes e francamente infelizes. O poder não é saudável.

O único Lark que conheci pessoalmente é o mais próximo do escritório do meu pai. Meu avô já era velho e estava com demência senil quando Owen e eu nascemos, e minha lembrança mais vívida dele é da vez que acordei no meio da noite e o encontrei em meu quarto, apontando as mãos trêmulas para mim e gritando na Língua algo sobre eu estar destinada a uma morte horrenda.

Para ser justa, ele não estava errado.

– Aqui – diz Vania com uma batida suave na porta. – O conselheiro está à sua espera.

Examino o rosto dela. Vampiros não são imortais; envelhecemos da mesma forma que as outras espécies, mas... que droga. Ela parece não ter envelhecido um só dia desde que me acompanhou até a cerimônia da troca de Colaterais. Dezessete anos atrás.

– Você precisa de alguma coisa?

– Não. – Eu me viro e levo a mão à maçaneta. Hesito. – Ele está doente?

Vania parece achar isso engraçado.

– Acha que ele chamaria *você* aqui por causa disso?

Dou de ombros. Não consigo pensar em nenhum outro motivo para ele querer me ver.

– Para quê? Para se solidarizar? – continua ela. – Ou para que ele encontre consolo em sua afeição de filha? Você está entre os humanos há tempo demais.

– Eu estava pensando mais na linha de ele precisar de um rim.

– Nós somos vampiros, Misery. Agimos pensando no bem da maioria ou simplesmente não agimos.

Ela se vai antes que eu possa revirar os olhos ou lhe oferecer aquele "foda-se" que venho guardando. Então suspiro, olho para os guardas de expressão impassível que ela deixou para trás e entro no escritório do meu pai.

A primeira coisa que noto são as duas paredes com janelas do chão ao teto, que é exatamente o que meu pai quer que as pessoas reparem. Todos os humanos com quem conversei supõem que os vampiros odeiam a luz e apreciam a escuridão, mas eles não poderiam estar mais errados. O sol pode ser proibido para nós, sempre tóxico e mortal em grandes quantidades, mas é justamente por isso que o cobiçamos com tanto fervor. As janelas são um luxo, pois precisam ser feitas de materiais absurdamente caros, capazes de filtrar tudo que pode nos prejudicar. E janelas grandes assim são o símbolo de status mais bombástico, uma exibição completa de poder dinástico e riqueza obscena. E além delas...

O rio que divide A Cidade em norte e sul – *nós* e *eles*. Apenas algumas dezenas de metros separam o Ninho do território dos licanos, mas a margem do rio é lotada de torres de observação, postos de controle e guarda, e é fortemente monitorada 24 horas por dia, sete dias por semana. Existe uma única ponte, mas o acesso a ela é cuidadosamente vigiado em ambas as direções e, até onde eu sei, o último veículo que a atravessou foi muito antes de eu nascer. Depois da ponte, há algumas áreas de segurança dos licanos e o verde profundo de uma floresta de carvalhos que se estende ao sul por quilômetros.

Sempre achei inteligente da parte deles não erguer povoações civis perto de uma das fronteiras mais sanguinárias do sudoeste. Quando Owen e eu éramos crianças, antes de eu ser mandada embora, nosso pai nos pegou conversando sobre o motivo para o quartel-general dos vampiros ter sido construído tão perto de nossos inimigos mais letais.

"Para nos lembrar. E para lembrar a eles", explicou meu pai na ocasião.

Não sei. Vinte anos depois, essa ainda me parece uma decisão de merda.

– Misery. – Meu pai termina de digitar no monitor *touch screen* e se levanta da luxuosa mesa de mogno, sério, mas não frio. – É bom ver você aqui de novo.

– Com certeza é um acontecimento.

Os últimos anos foram generosos com Henry Lark. Examino seu corpo alto, o rosto triangular e os olhos bem separados e me lembro do quanto puxei a ele. Os cabelos louros estão um pouco mais grisalhos, mas perfeitamente penteados para trás. Eu nunca o vi de outra forma... Sempre vi meu pai impecavelmente arrumado. Hoje, as mangas de sua camisa social branca estão dobradas, mas de forma meticulosa. Se a intenção era me fazer pensar que este é um encontro casual, fracassou.

E é por isso que, quando ele aponta a cadeira de couro diante da mesa e diz "Sente-se", opto por me encostar na porta.

– Vania disse que você não está morrendo.

Minha intenção é ser rude. Infelizmente, acho que pareço apenas curiosa.

– Acredito que você esteja com saúde também. – Ele sorri levemente. – Como foram os últimos sete anos para você?

Há um lindo relógio vintage atrás da cabeça dele. Eu o observo marcar oito segundos antes de dizer:

– Muito bons.

– É mesmo? – Ele me dá uma olhada. – É melhor tirar isso, Misery. Alguém pode confundir você com uma humana.

Ele está se referindo às minhas lentes de contato castanhas. Pensei em tirá-las no carro, só que então decidi não me preocupar com isso. O problema é que existem muitos outros sinais de que estou vivendo entre os humanos, a maioria não tão rapidamente reversível. As presas que raspo toda semana até deixar sem ponta, por exemplo, dificilmente passarão despercebidas por ele.

– Eu estava no trabalho.

– Ah, sim. Vania mencionou que você tem um emprego. Algo com computadores, suponho, conhecendo você...

– Algo do gênero.

Ele assente.

– E como está sua amiguinha? Mais uma vez sã e salva, acredito.

Enrijeço.

– Como você sabe que ela...?

– Ah, Misery... Você não achou realmente que suas comunicações com Owen não eram monitoradas, achou?

Cerro os punhos às minhas costas e cogito seriamente sair batendo a porta e voltar para casa. Mas deve haver uma razão para ele ter me trazido aqui, e preciso saber. Então tiro meu celular do bolso e, assim que me sento diante do meu pai, coloco o aparelho com a tela para cima na mesa.

Toco no aplicativo do cronômetro, o ajusto para dez minutos exatos e o viro para ele. Então me recosto na cadeira.

– Por que estou aqui?

– Faz anos desde a última vez que vi minha única filha. – Ele contrai os lábios. – Não é motivo suficiente?

– Restam nove minutos e 43 segundos.

– *Misery. Minha filha.* – A Língua. – *Por que você está zangada comigo?* – Ergo a sobrancelha e ele continua: – *Você não deveria sentir raiva, e sim orgulho. A escolha certa é aquela que garante felicidade para o maior número de pessoas. E você foi o meio para essa escolha.*

Eu o observo com calma. Tenho certeza de que ele realmente acredita nessa baboseira. Que ele pensa que é um cara legal.

– Nove minutos e 22 segundos.

Por um breve instante, ele parece genuinamente triste. Então diz:

– Vai haver um casamento.

– Um casamento?! Como... como os humanos fazem?

– Uma cerimônia de casamento. Como os vampiros costumavam fazer.

– De quem? Seu? *Você* vai...?

Não me dou ao trabalho de terminar a frase. A simples ideia é ridícula. Não são só os *casamentos* que saíram de moda há centenas de anos, mas toda a ideia de relacionamentos de longo prazo. Acontece que, quando sua espécie é péssima em se reproduzir, o incentivo a aventuras sexuais e a busca por parceiros reprodutivamente compatíveis têm precedência sobre o romance. De qualquer forma, duvido que os vampiros algum dia tenham sido particularmente românticos.

– De quem? – pergunto.

Ele suspira.

– Ainda vai ser decidido.

Não gosto disso, de nada disso, mas ainda não sei por quê. Alguma coisa comicha em meu ouvido, um sussurro me dizendo que eu deveria dar o fora agora, mas, quando estou prestes a me levantar, ele comenta:

– Como você escolheu viver entre os humanos, deve estar acompanhando as notícias deles.

– Algumas – minto. Poderíamos estar em guerra com a Eurásia e prestes a clonar unicórnios e eu não teria a menor ideia. Ando ocupada. Procurando. Investigando. – Por quê?

– Os humanos tiveram uma eleição recentemente.

Eu não sabia, mas faço que sim com a cabeça e digo:

– Eu me pergunto como deve ser isso.

Uma estrutura de liderança que não é um conselho inatingível cuja composição é restrita a um punhado de famílias, passada de geração em geração como um jogo de porcelana lascada.

– Não é ideal. Já que Arthur Davenport não foi reeleito – responde ele.

– O governador Davenport?

A Cidade é dividida entre o bando de licanos local e os vampiros, mas o restante da região sudoeste é quase exclusivamente humano. E, nas últimas décadas, eles vinham escolhendo Arthur Davenport para representá-los. Com pouca hesitação, até onde me lembro. Aquele idiota.

– Quem é o cara novo?

– Uma mulher. Maddie Garcia é a governadora eleita, e seu mandato começará daqui a poucos meses.

– E sua opinião sobre ela...?

Ele deve ter uma. A colaboração de meu pai com o governador Davenport é a força motriz por trás do relacionamento amigável entre nossos dois povos.

Bem, *amigável* pode ser uma palavra muito forte. Metade dos seres humanos ainda pensa que estamos ávidos para sugar todo o sangue do seu gado e embaralhar a mente de seus entes queridos; metade dos vampiros ainda pensa que os humanos são astutos mas displicentes e que o principal talento deles é procriar e encher o universo com mais humanos. Não é como se nossas espécies convivessem, fora os eventos diplomáticos muito limitados e altamente artificiais. Mas não nos matamos abertamente a sangue-frio há algum tempo e somos aliados contra os licanos. Uma vitória é uma vitória, certo?

– Não tenho opinião – diz ele, impassível. – Também não terei a oportunidade de formar uma em breve, pois a Sra. Garcia recusou todos os meus pedidos de reuniões.

– Ah. – A Sra. Garcia deve ser mais sábia do que eu.

– Mesmo assim, ainda tenho a tarefa de garantir a segurança do meu povo. E, quando o governador Davenport se for, além da ameaça dos licanos que enfrentamos constantemente na fronteira sul, pode haver uma nova, no norte. Dos humanos.

– Duvido que ela queira problemas, pai. – Cutuco meu esmalte. – Provavelmente ela vai deixar a aliança atual como está e acabar com a palhaçada cerimonial...

– A equipe dela nos informou que, assim que ela assumir o cargo, o programa de Colaterais não existirá mais.

Eu me imobilizo. E então, lentamente, ergo o olhar.

– O quê?

– Recebemos uma solicitação oficial para devolver a Colateral humana. E eles vão mandar de volta a garota que atualmente serve como Colateral vampira...

– Garoto – corrijo-o automaticamente. Meus dedos parecem dormentes. – O atual Colateral vampiro é um garoto.

Eu o encontrei uma vez. Ele tinha cabelos escuros, estava constantemente carrancudo e disse "Não, obrigado" quando perguntei se precisava de ajuda para carregar uma pilha de livros. Agora ele já deve estar tão alto quanto eu.

– Não importa. O retorno vai acontecer na próxima semana. Os humanos decidiram não esperar que Maddie Garcia assuma o cargo.

– Eu não vejo... – Engulo em seco, então me recomponho. – É melhor assim. É uma prática estúpida.

– É uma prática que vem assegurando a paz entre os vampiros e os humanos há mais de cem anos.

– Para mim, parece um pouco cruel – respondo calmamente. – Pedir a uma criança de 8 anos que se mude sozinha para o território inimigo e faça o papel de refém.

– "Refém" é uma palavra muito rude e simplista.

– Manter uma criança humana como elemento apaziguador por dez anos, com o entendimento mútuo de que, se os humanos violarem os termos da nossa aliança, os vampiros matarão a criança instantaneamente também parece rude e simplista.

Meu pai semicerra os olhos.

– Não é unilateral. – Sua voz se torna mais dura. – Os humanos ficam com uma criança vampira pela mesma razão...

– Eu sei, pai. – Eu me inclino para a frente. – Fui a Colateral vampira anterior, caso você tenha esquecido.

Eu não duvidaria que ele fosse capaz de esquecer – mas não é o caso. Ele pode não se lembrar da maneira como tentei segurar sua mão enquanto o sedã blindado nos levava para o norte ou de quando tentei me esconder atrás das pernas de Vania ao ver pela primeira vez os olhos de cores estranhas dos humanos. Ele pode não ter ideia de como foi crescer sabendo que, se o cessar-fogo entre nós e os humanos fosse rompido, os mesmos cuidadores que me ensinaram a andar de bicicleta entrariam no quarto e cravariam uma faca em meu coração. Ele pode não se demorar pensando no fato de ter enviado a filha para ser a décima primeira Colateral, dez anos prisioneira em meio a pessoas que odiavam sua espécie.

Mas ele lembra. Porque a primeira regra dos Colaterais, claro, é que eles precisam ter um parentesco próximo com aqueles que estão no poder. Aqueles que tomam decisões em relação à paz e à guerra. E, se Maddie Garcia não quer atirar um membro de sua família em território inimigo em nome da segurança pública, isso só me faz respeitá-la mais. O garoto que me substituiu quando fiz 18 anos é neto da conselheira Ewing. E, quando servi como a Colateral vampira, minha contraparte humana era o neto do governador Davenport. Eu costumava me perguntar se ele se sentia como eu – às vezes com raiva, às vezes resignado. Na maior parte do tempo, descartável. Eu certamente adoraria saber se, agora que os anos se passaram, ele se dá melhor com sua família do que eu me dou com a minha.

– Alexandra Boden. Se lembra dela? – O tom dele volta ao casual. – Vocês nasceram no mesmo ano.

Volto a me recostar na cadeira, sem me surpreender com a mudança abrupta de assunto.

– Ruiva?

Ele assente.

– Há pouco mais de uma semana, o irmão mais novo dela, Abel, completou 15 anos. Naquela noite, ele e três amigos estavam festejando e se viram perto do rio. Encorajados pela juventude e pela debilidade mental, se desafiaram a atravessar o rio a nado, tocar a margem que pertence ao território dos licanos e então nadar de volta. Uma exibição de bravura, por assim dizer.

Não tenho um interesse especial no destino do irmão mimado de Alexandra Boden, mas mesmo assim meu corpo fica gelado. Toda criança vampira é ensinada sobre o perigo da fronteira sul. Todos nós aprendemos onde nosso território termina e o dos licanos começa antes mesmo de sabermos falar. E todos nós sabemos que não devemos mexer com nada que diga respeito aos licanos.

Exceto esses quatro idiotas, claramente.

– Eles estão mortos – murmuro.

Os lábios dele se franzem em algo que parece muito pouco com compaixão e muito com aborrecimento.

– É o que eles mereciam, na minha opinião sincera. Obviamente, quando os garotos não foram encontrados, supôs-se o pior. Ansel Boden, o pai do garoto, tem fortes laços com várias famílias do conselho e solicitou um ato de retaliação. Ele argumentou que o desaparecimento era uma justificativa suficiente. Naturalmente, responderam a ele que o bem de nosso povo como um todo vem antes do bem de cada um, o princípio básico da sociedade vampira. As taxas de natalidade nunca estiveram tão baixas e estamos correndo risco de extinção. Não é hora de alimentar conflitos. Mas, em uma demonstração imprópria de fraqueza, ele continuou a implorar.

– Repugnante. Como ele ousa chorar pelo filho?

Meu pai me dirige um olhar mordaz.

– Por causa do relacionamento dele com o conselho, quase conseguiu o que queria. Ainda na semana passada, enquanto você estava ocupada fingindo ser humana, chegamos mais perto de uma guerra interespécies do que em qualquer outro momento no último século. E então, dois dias depois da façanha estúpida... – Meu pai se põe de pé. Ele dá a volta na mesa e se recosta na borda, a própria imagem do relaxamento. – Os meninos reapareceram. Intactos.

Pisco, um hábito que adquiri enquanto fingia ser humana.

– Os cadáveres?

– Eles estão vivos. Abalados, é claro. Foram interrogados por guardas licanos, tratados como espiões, a princípio, e depois como incômodos indisciplinados. Mas acabaram sendo devolvidos para casa, sãos e salvos.

– Como?

Posso pensar em meia dúzia de incidentes nos últimos vinte anos em que as fronteiras foram violadas e o que restou dos infratores foi enviado de volta em pedaços. Acontece principalmente fora dos limites da cidade, nas florestas desmilitarizadas. Independentemente disso, os licanos são impiedosos com nosso povo, e nós somos impiedosos com os licanos. O que significa que...

– O que mudou?

– Uma pergunta inteligente. Veja bem, a maior parte do conselho presumiu que Roscoe estava ficando mole na velhice. – Roscoe, o alfa do bando do sudoeste. Ouço meu pai falar sobre ele desde que eu era criança. – Mas encontrei Roscoe uma vez. Uma única vez... Ele sempre deixou claro seu desinteresse pela diplomacia, e pessoas como ele são como os ossos do crânio. Com o tempo, só endurecem. – Ele se vira para a janela. – Os licanos continuam guardando segredos sobre sua sociedade, como sempre, porém temos algumas maneiras de obter informações e, depois de fazer algumas perguntas...

– Houve uma mudança em sua estrutura de liderança.

– Muito bem. – Ele parece satisfeito, como se eu fosse uma aluna que dominasse análise combinatória muito além das expectativas. – Talvez eu devesse ter escolhido você como minha sucessora. Owen tem mostrado pouco compromisso com o papel. Ele parece estar mais interessado em socializar.

Agito a mão no ar.

– Tenho certeza de que, quando você anunciar sua aposentadoria, ele vai parar de farrear com os amigos herdeiros de conselheiros e se tornar o perfeito político vampiro que você sempre sonhou que ele seria. – *Só que não*. – Os licanos... Que tipo de mudança?

– Parece que, alguns meses atrás, alguém... *desafiou* Roscoe.

– Desafiou?

– A sucessão de poder deles não é particularmente sofisticada. Afinal, os licanos são parentes mais próximos dos cães. Basta dizer que Roscoe está morto.

Eu me abstenho de observar que nossas oligarquias dinásticas e hereditárias parecem ainda mais primitivas e que os cães são universalmente amados.

– Você conheceu o novo alfa?

– Depois que os meninos voltaram em segurança, solicitei uma reunião com ele. Para minha surpresa, ele aceitou.

– *Aceitou?* – Eu odeio estar interessada. – E...?

– Eu estava curioso, sabe? A misericórdia nem sempre é sinal de fraqueza, mas pode ser. – Seus olhos se desviam repentinamente para longe, então passam para uma obra de arte na parede leste: uma tela simples pintada com um roxo profundo, para comemorar o sangue derramado durante o Áster. Pode-se encontrar arte semelhante na maioria dos espaços públicos. – E a traição nasce da fraqueza, Misery.

– É assim agora? – Sempre pensei que traição fosse apenas traição, mas o que eu sei sobre isso, não é mesmo?

– Ele não é fraco, o novo alfa. Pelo contrário. Ele é... – Meu pai se retrai. – Algo diferente. Algo novo.

Seu olhar recai sobre mim, esperando, paciente, e eu balanço a cabeça, porque não consigo imaginar que motivo ele pode ter para me contar tudo isso. Onde eu poderia entrar nessa história.

Até que algo abre caminho, vindo do fundo da minha mente.

– Por que você mencionou um casamento? – pergunto, sem me preocupar em esconder a suspeita em minha voz.

Meu pai assente. Acho que devo ter feito a pergunta certa, principalmente porque ele não responde de imediato.

– Você cresceu entre os humanos e não teve a vantagem de uma educação vampírica, então talvez não conheça toda a história do nosso conflito com os licanos. Sim, estamos em desacordo há séculos, mas foram feitas tentativas de diálogo. Houve cinco casamentos interespécies, durante os quais não foram registrados conflitos de fronteira nem mortes de vampiros nas mãos de licanos. O último foi há duzentos anos, um casamento que durou quinze anos entre um vampiro e sua noiva licana. Quando ela morreu, outra união foi arranjada, mas não terminou bem.

– O Áster.

– O Áster, isso mesmo.

A sexta cerimônia de casamento terminou em carnificina quando os licanos atacaram os vampiros, que, após décadas de paz, haviam se tornado um pouco confiantes demais e cometeram o erro de comparecer a um casamento praticamente desarmados. Com a força superior dos licanos e o elemento-surpresa, foi um banho de sangue – principalmente nosso. Púrpura, com uma pitada de verde. Exatamente como um áster.

– Não sabemos por que os licanos decidiram se voltar contra nós, mas, desde que nosso relacionamento com eles se desfez irreparavelmente, sempre houve uma constante: nós tínhamos uma aliança com os humanos e os licanos, não. Existem dez licanos para cada vampiro, e centenas de humanos para cada uma das nossas espécies. Sim, os humanos podem não ter os talentos dos vampiros ou a velocidade e a força dos licanos, mas há poder nos números. Ter os humanos do nosso lado era... reconfortante. – O maxilar do meu pai se contrai. Então, depois de muito tempo, relaxa. – Certamente você pode ver por que a recusa de Maddie Garcia em se encontrar comigo é uma preocupação. Ainda mais levando em conta sua relativa cordialidade com os licanos.

Arregalo os olhos. Posso estar um pouco por fora do cenário cultural humano, mas não achei que as relações diplomáticas com os licanos estariam em sua lista de resoluções para o novo ano. Até onde eu sei, eles sempre se ignoraram – o que não é muito difícil, já que não compartilham fronteiras.

– Os humanos e os licanos. Em conversas diplomáticas.

– Correto.

Continuo cética.

– O alfa disse isso quando vocês se encontraram?

– Não. Obtivemos essa informação de fonte independente. O alfa me contou outras coisas.

– Tipo...?

– Ele é jovem, sabia? Mais ou menos da sua idade, e vem de uma linhagem diferente. Tão selvagem quanto Roscoe, talvez, mas com a mente mais aberta. Ele acredita que a paz na região é possível. Que alianças entre as três espécies devem ser cultivadas.

Solto uma risada.

– Boa sorte para ele.

A cabeça do meu pai se inclina para o lado e seus olhos se concentram em mim, me avaliando.

– Você sabe por que escolhi você para ser a Colateral? E não seu irmão?

Ah, não. Não *essa* conversa.

– Cara ou coroa?

– Você era uma criança muito peculiar, Misery. Sempre desinteressada do que acontecia ao seu redor, trancada dentro da própria cabeça, difícil de alcançar. Retraída. As outras crianças tentavam fazer amizade com você, que teimava em deixar todas de fora...

– As outras *crianças* sabiam que seria eu a enviada aos humanos e começavam a me chamar de *traidora sem presas* assim que aprendiam a formar frases completas. Ou você esqueceu que, quando eu tinha 7 anos, os filhos e as filhas dos *seus* colegas conselheiros roubaram minhas roupas e me empurraram no sol pouco antes do meio-dia? E essas mesmas pessoas cuspiram em mim e zombaram quando voltei depois de dez anos tendo servido como Colateral *delas*, então não sou...

Solto o ar lentamente e lembro a mim mesma que está tudo bem. *Eu* estou bem. Sou intocável. Tenho 25 anos e minhas identidades humanas falsas, meu apartamento, meu gato (foda-se, Serena), meu... Ok, provavelmente não tenho *mais* um emprego, mas vou encontrar outro em breve, com cem por cento menos Pierces. Tenho amigos... *Uma* amiga. Provavelmente.

Acima de tudo, aprendi a não me importar. Com absolutamente nada.

– O casamento que você mencionou. De quem é?

Ele comprime os lábios. Vários minutos se passam antes que fale novamente:

– Quando um licano e um vampiro se veem frente a frente, tudo que eles veem é...

– O Áster. – Olho para o meu celular, impaciente. – Três minutos e 47 segundos...

– Eles veem um casamento entre um vampiro e um alfa que supostamente negociaria a paz, mas terminou em morte. Os licanos são animais, e sempre serão, mas estamos no caminho da extinção, e o bem da maioria deve ser considerado. Se deixarmos os humanos e os licanos formarem uma aliança que nos exclua, eles podem nos eliminar completamente...

– Ah, meu Deus. – De repente, percebo qual é o lugar louco e ridículo para onde ele está seguindo e cubro os olhos. – Você está brincando, certo?

– Misery.

– Não. – Dou uma risada. – Você... *Pai, não podemos sair desta guerra com um casamento.* – Não sei por que mudo para a Língua, mas isso o surpreende. E talvez seja bom, talvez seja disso que ele precisa. Um momento para refletir sobre essa loucura. – Quem concordaria com isso?

Meu pai olha para mim tão incisivamente que eu sei. Simplesmente sei.

E caio na gargalhada.

Eu só costumava rir alto com Serena, ou seja, deve ter se passado bem mais de um mês desde a última vez que ri assim. Meu cérebro quase soluça, assustado com esses sons novos e misteriosos que minha laringe está produzindo.

– Você bebeu sangue estragado? Porque está maluco.

– Eu só estou encarregado de garantir o bem da maioria, e o bem da maioria é favorecer a perpetuação do nosso povo. – Ele parece um tanto ofendido com a minha reação, mas não consigo evitar a gargalhada borbulhando na minha garganta. – Seria um trabalho, Misery. Remunerado.

Isso é... Meu Deus, isso é *engraçado*. E insano.

– Nenhum valor em dinheiro me convenceria a... São dez bilhões de dólares?

– Não.

– Bem, nenhum valor em dinheiro menor do que isso me convenceria a me casar com um licano.

– Financeiramente, você vai ficar segura para o resto da vida. Você sabe que o cofre do conselho é bem recheado. E não há expectativa de um casamento real. Você estaria com ele apenas no papel. Você fica em território licano por um único ano, passando a mensagem de que os vampiros podem estar seguros com os licanos...

– Eles *não podem*. – Eu me ponho de pé e começo a me afastar dele, massageando a têmpora. – Por que você está pedindo isso a *mim*? Não é possível que eu seja sua primeira opção.

– Você não é – diz ele categoricamente. Meu pai tem muitos defeitos, mas a falta de sinceridade nunca esteve entre eles. – Nem a segunda. O conselho concorda que devemos agir e vários membros ofereceram seus parentes. A princípio, a filha do conselheiro Essen concordou. Mas mudou de ideia...

– Ah, Deus. – Paro de andar. – Vocês estão tratando isso como uma troca de Colaterais.

– Naturalmente. E os licanos também. O alfa nos enviará um licano. Alguém importante para ele. Que ficará conosco enquanto você estiver com ele. Garantindo sua segurança.

Loucura. Isso é pura *loucura*.

Respiro fundo para me centrar.

– Bem, eu... – *Acho que todos os envolvidos enlouqueceram e que quem quer que apareça nesse casamento será trucidado, e não posso acreditar em sua ousadia em me pedir isso.* – ... me sinto honrada por você ter pensado em mim, mas não. Obrigada.

– Misery.

Vou até a mesa para pegar meu telefone – falta um minuto e treze segundos – e, por um breve momento, fico tão perto do meu pai que sinto o ritmo de seu sangue em meus ossos. Lento, constante, dolorosamente familiar.

Batimentos cardíacos são como impressões digitais, únicos, característicos, a maneira mais fácil de diferenciar as pessoas. Meu pai foi impresso em minha carne no dia em que nasci, porque foi a primeira pessoa a me segurar, a primeira pessoa a cuidar de mim, a primeira pessoa a me conhecer.

E então ele parou de se importar.

– Não – digo. Para ele. Para mim mesma.

– A morte de Roscoe é uma oportunidade.

– A morte de Roscoe foi assassinato – observo calmamente. – Executado pela mão do homem com quem você quer que *eu* me case.

– Sabe quantas crianças vampiras nasceram este ano no sudoeste?

– Não me importo.

– Menos de trezentas. Se os licanos e os humanos unirem forças para tirar nossa terra, vão acabar conosco. Completamente. O bem da maioria...

– Eu já me doei por essa causa e ninguém demonstrou muita gratidão. – Eu o encaro. Deslizo meu celular para o bolso, determinada. – Já fiz o bastante. Tenho uma vida e vou voltar para ela.

– Tem mesmo?

Paro no meio do caminho e me viro.

– Como assim?

– Você tem mesmo uma vida, Misery?

Ele olha para mim quando diz isso, mordaz, com cuidado, como se estivesse segurando uma arma afiada a apenas um milímetro do meu pescoço.

Preciso que você se importe com alguma coisa, Misery, que tenha um maldito interesse em uma coisa que não seja eu.

Afasto a lembrança e engulo em seco.

– Boa sorte na procura de outra pessoa.

– Você não se sente bem-vinda entre seu povo. Isso poderia reabilitar você aos olhos deles.

Um arrepio de raiva percorre minha espinha.

– Acho que vou esperar mais um pouco, pai. Pelo menos até que eles tenham se reabilitado aos meus olhos. – Recuo alguns passos, acenando alegremente com a mão. – Estou indo.

– Meus dez minutos ainda não acabaram.

Meu celular escolhe aquele exato momento para emitir um bipe.

– Timing perfeito. – Dirijo um sorriso a ele. Se minhas presas sem ponta o incomodam, é problema dele. – Posso dizer com segurança que nenhum tempo a mais vai mudar o resultado desta conversa.

– Misery. – Um toque de súplica surge em sua voz, o que é quase divertido.

Que pena. Só lamento.

– Vejo você daqui a... sete anos? Ou quando você decidir que a chave para a paz é um esquema de pirâmide conjunto entre licanos e vampiros e tentar me vender suplementos dietéticos. Mas peça a Vania para me buscar em casa. Não estou nem um pouco ansiosa para refazer meu currículo.

Eu me viro para segurar a maçaneta.

– Não haverá outra oportunidade em sete anos, Misery.

Reviro os olhos e abro a porta.

– Até logo, pai.

– Moreland é o primeiro alfa que...

Fecho a porta com violência, sem sair do escritório, e me viro novamente para o meu pai. Meu coração desacelera, parecendo quase se arrastar, e bate forte.

– O que foi que você disse?

Ele se endireita, desencostando-se da mesa, mostrando confusão e algo que poderia ser esperança.

– Nenhum outro licano alfa...

– O nome. Você disse um nome. Quem...?

– Moreland? – repete ele.

– O nome dele completo... Qual é o *primeiro* nome dele?

Meu pai semicerra os olhos, desconfiado, mas depois de alguns segundos diz:

– Lowe. Lowe Moreland.

Olho para o chão, que parece estar tremendo. Depois olho para o teto. Respiro fundo várias vezes, cada uma delas mais devagar que a outra, e depois passo a mão trêmula pelos cabelos, embora meu braço pese uma tonelada.

Eu me pergunto se o vestido azul que usei na formatura da faculdade de Serena seria casual demais para uma cerimônia de casamento interespécies.

Porque acho que vou me casar.

CAPÍTULO 2

Ele costumava achar que os olhos de todos os vampiros eram iguais. Talvez ele estivesse errado em relação a isso.

Época atual

– Uma escolha tão infeliz e sombria. Que pai amoroso escolheria chamar a própria filha de Misery?

Não me considero uma pessoa sensível. Como regra, deixo que as pessoas insinuem que sou uma decepção para minha família e minha espécie. A única coisa que eu peço é que mantenham essa merda longe de mim.

E, no entanto, aqui estou. Com o governador Davenport. Os cotovelos apoiados na sacada que dá para o pátio onde acabei de me casar. Reprimindo um suspiro antes de explicar:

– O conselho.

– Como?

Medir os níveis de embriaguez em humanos é sempre uma luta, mas tenho quase certeza de que o governador não está *tão* bêbado.

– O senhor perguntou quem me deu meu nome. Foi o conselho dos vampiros.

– Não foram seus pais?

Faço que não com a cabeça.

– Não é assim que funciona.

– Ah. Existem... rituais mágicos envolvidos? Altares de sacrifício? Videntes?

É tão egocentricamente humana a suposição de que tudo que é *diferente* deve estar envolto no sobrenatural e no misterioso! Eles alimentam seus mitos e lendas, em que vampiros e licanos são criaturas da magia e do folclore, que lançam maldições e realizam atos místicos. Acham que somos capazes de ver o futuro, de voar, de nos tornar invisíveis. Só porque somos diferentes, nossa existência deve ser governada por forças sobrenaturais, e não simplesmente pela biologia, como a deles.

E talvez por algumas leis da termodinâmica.

Serena também era assim quando a conheci.

– Então crucifixos queimam você? – perguntou ela algumas semanas depois de estarmos morando juntas, quando não consegui convencê-la de que o líquido vermelho viscoso que guardava na geladeira era suco de tomate.

– Só se estiverem *muito* quentes.

– Mas vocês odeiam alho?

Dei de ombros.

– Na verdade, não costumamos comer, portanto... sim?

– E quantas pessoas você já matou?

– Nenhuma – respondi, horrorizada. – E quantas *você* matou?

– Ei, eu sou *humana*.

– Os humanos matam o tempo todo.

– É, mas indiretamente. Quando deixam o seguro de saúde muito caro ou insistem em se opor ao controle de armas. Vocês sugam as pessoas para sobreviver?

Soltei uma bufada.

– Beber diretamente de uma pessoa é meio nojento e ninguém nunca faz isso.

Era uma meia verdade, mas na época eu não tinha certeza do *porquê*. Tudo que eu sabia era que, alguns anos antes, Owen e eu entramos na biblioteca e encontramos papai agarrado ao pescoço da conselheira Selamio. Owen, que era mais precoce e menos pária social, cobriu meus olhos com a mão e insistiu que o trauma prejudicaria nosso crescimento. No entanto, ele nunca explicou o motivo.

– Além disso, os bancos de sangue estão aí para isso. Para que a gente não precise machucar os humanos.

Eu me perguntava se isso tinha mais a ver com o fato de que matar alguém geraria um trabalho exaustivo, com a vítima se debatendo e a necessidade de enterrar o cadáver, além da possível aparição da polícia humana no meio do dia, quando tudo que queremos é nos enfiar em um espaço escuro.

– E a história dos convites? – perguntou ela.

– O quê?

– Você precisa ser convidada para entrar em um ambiente, certo?

Sacudi a cabeça, odiando o fato de ela parecer desapontada. Ela era engraçada, direta e um pouco estranha, de uma forma que a tornava ao mesmo tempo incrível e acessível. Eu tinha 10 anos e já gostava dela mais do que de qualquer outra pessoa que já havia conhecido.

– Você pode ler minha mente, pelo menos? Em que estou pensando agora?

– Hum. – Cocei o nariz. – Naquele livro que você adora? O das bruxas?

– Não é justo. Eu estou sempre pensando nesse livro. Em que *número* estou pensando?

– Ahn... Sete?

Ela arquejou.

– Misery!

– Acertei? – *Putz.*

– *Não!* Pensei em 356. O que *mais* é mentira?

A questão é que humanos, licanos e vampiros podem ser espécies diferentes, mas somos parentes próximos. O que nos diferencia tem menos a ver com o oculto e mais com mutações genéticas espontâneas ao longo de milhares de anos. E, obviamente, com os valores que desenvolvemos. A perda de uma base purina aqui, um reposicionamento de um átomo de hidrogênio ali, e *voilà*: os vampiros se alimentam exclusivamente de sangue, são uns molengas no sol e estão constantemente à beira da extinção; licanos são mais rápidos, mais fortes, mais peludos (presumo) e veneram a violência. Mas nenhum de nós pode sacar nossa varinha mágica e colocar uma mala de trinta quilos no alto da estante, descobrir os números da loteria previamente... nem se transformar em morcego.

Pelo menos, os vampiros, não. Não sei o suficiente sobre os licanos para me sentir ofendida em nome deles.

– Não há rituais para a escolha do nome – digo ao governador. – Apenas um conselho intrometido. Ninguém quer cinco Madysons na mesma turma. – Eu me detenho por um instante. – Além disso, parecia adequado, já que matei minha mãe.

Ele hesita, sem saber como reagir, e então solta uma risada nervosa.

– Ah. Bem... Ainda assim, como nome, é muito... – Ele olha ao redor, como se estivesse procurando a palavra perfeita.

Tudo bem, vou ajudar.

– Miserável?

Ele aponta para mim como quem diz "Isso aí", e eu estremeço – ou porque o odeio ou porque está começando a ficar muito frio para minhas necessidades de vampira e meu macacão de renda.

Só com *muita* generosidade essa reunião pode ser definida como "uma festa". Cerca de uma hora depois do casamento, resolvi que finalmente já tinha aguentado o bastante. Se meu marido – meu *marido*, que esteve prestes a me matar em nosso altar de bênção conjugal porque eu cheiro mal – podia se retirar para algum lugar e discutir assuntos importantes com meu pai, eu também poderia escapulir.

Subi até a sacada do mezanino para ficar sozinha. Infelizmente, o governador teve a mesma ideia e trouxe consigo o equivalente a um regador cheio de álcool. Ele resolveu se juntar a mim (comovente) e parece decidido a puxar conversa (uma maldita catástrofe). Seu olhar fica o tempo todo se desviando para a mesa de Maddie Garcia, como se ele tentasse incinerá-la antes da posse, que será no mês seguinte. Eu provavelmente deveria me juntar a ele em seu ressentimento em relação à governadora humana eleita, pois foram as escolhas dela que tornaram essa farsa de casamento necessária, mas não posso deixar de admirar a maneira como ela tem habilmente evitado meu pai. Sem dúvida é uma mulher inteligente. Ao contrário do idiota desajeitado ao meu lado.

– É muito corajoso o que está fazendo, Srta. Lark – diz ele, dando um tapinha no meu ombro. Ele deve ter perdido o memorando: *Não se deve tocar em vampiros.* – *Muito* corajoso, diante do grande perigo.

– Humm.

A recepção está indo tão caricaturalmente ruim quanto o esperado. Licanos e vampiros sentam-se em mesas em lados opostos do salão, trocando olhares hostis enquanto a violista mais negligenciada do mundo passa algum tempo de qualidade com Rachmaninoff. Aos licanos e aos poucos convidados humanos foi servida a comida preparada por um chef de renome mundial, e eles tentam corajosamente comê-la, apesar da péssima atmosfera. "Repulsivo", ouvi a filha do conselheiro Ross dizer na Língua quando eu me esgueirava até aqui. "Animais não civilizados. Eles se alimentam em público, cagam em público, transam em público." Eu me abstive de ressaltar que o primeiro era recorrente no mundo humano e que os dois últimos são ilegais. Estou feliz por ter conseguido explicar à cerimonialista que *não se bebe sangue em uma festa*, que se alimentar é um ato privado para os vampiros, nunca comunal ou recreativo, e que não, servir coquetéis de sangue enfeitados com pequenos guarda-chuvas não era uma "ideia divertida". Quando ela perguntou "O que os vampiros farão enquanto os licanos comem?", pensei: *Fuzilar todos com os olhos?* Cara, como eu estava certa.

– Você está sendo *especialmente* corajosa. – O governador toma outro gole. – Que vida interessante você leva. Uma vampira criada entre humanos. A famosa Colateral. Os licanos, me parece, têm duas razões para odiar você.

Passo distraidamente a língua sobre minhas presas que voltaram a crescer, me perguntando se vai começar uma briga. O ódio no ambiente é denso, sufocante. Os guardas humanos também andam de um lado para outro, um pouco ansiosos demais para atacar, conter, defender. Uma rajada de vento poderia fazer essa tensão contida se precipitar.

– Por outro lado, Moreland abriu mão de muita coisa por esse acordo. A Colateral que eles estão enviando... A filha do conselheiro pela parceira do alfa. Parece poesia, certo?

Minha cabeça vira bruscamente. Os olhos do governador estão vidrados.

– A... o que do alfa?

– Ah, eu não deveria ter mencionado isso. É um segredo, evidentemente, mas... – Ele solta uma risada do fundo da garganta e inclina o copo na minha direção.

– O senhor disse "parceira"? Como uma esposa?

– Não tenho liberdade para divulgar isso, Srta. Lark. Ou será que devo dizer Sra. Moreland?

– Merda – murmuro, esfregando o dorso do nariz.

Moreland era casado antes? Se for esse o caso, não consigo nem imaginar o quanto ele deve estar irritado com a perspectiva de ser algemado a *mim* enquanto sua esposa se encontra longe, a primeira na fila para o abate. Talvez tenha sido por isso que ele surtou mais cedo?

Isso, e aparentemente o fato de eu cheirar a ovo podre.

Bem, azar o dele, penso enquanto me afasto da balaustrada. Ele e meu pai são os mentores deste casamento. *Eu* sou a mentorada. Espero que ele se lembre disso e não direcione a raiva para mim.

– Foi um prazer conversar com o senhor, governador – minto, me despedindo com um aceno.

– Se decidir trocar, ligue para o meu escritório. – Ele faz o gesto do telefone com a mão, aquele que as pessoas velhas usam. – Posso agilizar a papelada.

– Como assim?

– O nome.

– Ah. Sim, obrigada.

Desço as escadas à procura de Owen. Acho que o vi entretido numa conversa com o conselheiro Cintron mais cedo – fofocando, algo que ele sabe fazer como um profissional. Aposto que ele pode descobrir mais sobre esse negócio da *parceira*.

É provável até que ele já soubesse, mas não tenha dito nada porque achou *hilária* a ideia de essa pobre mulher surgir no meio da cerimônia para se opor – *e* queria ver uma loba raivosa comer meu pâncreas diante da nata da sociedade vampira pelo crime de ser uma destruidora de lares...

– ... nunca ouvi falar em nada parecido.

Paro abruptamente, porque...

Meu marido.

Meu marido está aqui, ao pé da escada.

Ele se livrou do paletó, e as mangas da camisa branca estão arregaçadas. Duas pessoas estão com ele: um licano de barba ruiva – o padrinho, se não estou enganada – e outro, mais velho, grisalho, com uma cicatriz branca e profunda no pescoço. Os três ostentam uma expressão sombria, e os braços de Moreland estão cruzados no peito.

É uma cena que já vi antes, com meu pai: um homem poderoso ouvindo informações importantes de pessoas de sua confiança. A última coisa que quero é passar por eles agora, tanto quanto retomar minha conversa com o governador. Ainda assim, estou pronta para voltar e ouvir mais sobre os problemas do meu nome, até que:

– ... as consequências, se realmente for *ela* – continua o padrinho.

É o *ela* que faz com que eu me detenha. Porque parece que pode estar se referindo a...

Moreland comprime os lábios. Seu maxilar está cerrado e ele diz alguma coisa, mas a voz é mais profunda, mais grave que a de seus companheiros. Não consigo distinguir as palavras em meio a tantos ruídos de fundo.

– Deve ter sido um momento de confusão. Ela não pode ser sua... – A música de cordas aumenta de repente, e eu me aproximo, descendo apenas mais um degrau.

As costas largas de Lowe enrijecem. Receio que ele tenha ouvido meu movimento, mas ele não se vira. Relaxo quando ele diz:

– Você acha que eu cometeria um erro desses?

O homem mais velho fica tenso. Em seguida, abaixa a cabeça, numa postura de quem se desculpa.

– Não, alfa.

– Precisamos mudar nossos planos, Lowe – diz o ruivo. – Encontrar outras acomodações. Você não deveria viver com...

Uma comoção irrompe no hall, e os três erguem a cabeça naquela direção. Quando faço o mesmo, sinto um peso no estômago.

A uma curta distância, duas crianças estão gritando. São crianças pequenas, uma de pele escura e olhos lilás, a outra pálida e de olhos azuis. Um vampiro e um licano. Entre eles há o boneco de um super-herói azul-escuro, quebrado na cintura. E perto deles, agarrando seus respectivos filhos, estão um pai vampiro e uma mãe licana. Por motivos que não consigo imaginar, eles pensaram que trazer *crianças* aqui seria uma boa ideia, e agora estão mostrando suas presas um para o outro. Rosnando. Chamando a atenção dos outros convidados, que começam a se juntar em torno deles de forma protetora. Ou talvez agressiva.

A música para quando o barulho no salão se eleva a um grau de pânico. Uma pequena aglomeração cerca as crianças, à qual os guardas humanos se juntam, sacando as armas de fogo e aumentando a confusão. Meu coração bate pesadamente enquanto a tensão se torna densa e pegajosa, o início de outro massacre que entrará nos livros de história...

– Aqui.

Lowe Moreland se ajoelha entre as crianças e a sala mergulha em um silêncio ensurdecedor. O pai do vampiro, que agora reconheço como o conselheiro Sexton, empurra o filho para trás de suas pernas, o lábio superior retraído, revelando os longos caninos.

– Está tudo bem – diz Moreland. Calmo. Tranquilizador. Não para o pai, mas para o menino.

Ao mesmo tempo, estende o boneco intacto, que não se quebrou, afinal.

O menino hesita. Então sua mão dispara por entre os joelhos do pai para pegar seu brinquedo, a boca se abrindo em um sorriso cheio de dentes.

Vários convidados respiram aliviados. Não eu, no entanto. Ainda não.

– Alguma coisa que você gostaria de dizer? – pergunta Moreland, desta vez para a criança licana.

O menino pisca várias vezes antes de olhar para o chão fazendo beicinho.

– *Decupa* – murmura ele.

Parece prestes a chorar, mas então cai na gargalhada quando Moreland desarruma seus cabelos e o pega no colo, prendendo-o sem esforço sob o braço, como se fosse uma bola de futebol americano.

Em seguida, Moreland se vira, dando as costas para o grupo de vampiros reunidos em torno dos Sextons, e devolve o pequeno licano à mesa dele.

E, de repente, a tensão se desfaz. Vampiros e licanos retornam para seus assentos, embora alguns olhares de desconfiança persistam. A música recomeça. Meu marido volta para o pé da escada, sem erguer o olhar ou me notar, e eu finalmente consigo respirar.

– Cuidem para que isso não volte a acontecer. Avisem aos outros também – ordena baixinho ao ruivo e ao licano mais velho, que assentem com a cabeça e se afastam, indo se misturar aos convidados.

Moreland suspira, e eu espero um momentinho, torcendo para que ele os siga e deixe meu caminho livre.

Dois momentinhos.

Que mais parecem uma vida.

Uma vida e *mais* muitos segundos...

– Eu sei que você está aí – diz ele, sem olhar para ninguém em particular. Não tenho ideia de quem é a pessoa a quem ele está se dirigindo, até que ele acrescenta: – Desça, Srta. Lark.

Ah.

Bem...

Isso é bem constrangedor.

Há cerca de dez degraus nos separando, e eu *poderia* descer rastejando de vergonha. Mas nossas espécies são inimigas mortais desde quando a eletricidade nem existia, então talvez já estejamos além do constrangimento. O que é um simples ato de bisbilhotar os inimigos?

– Leve o tempo que precisar – acrescenta ele, irônico.

Considerando o incidente de poucas horas atrás, hesito em ficar ao lado dele. Mas talvez eu não devesse ter me preocupado: quando chego ao seu lado, suas narinas se contraem e um músculo salta em seu maxilar, mas é só isso. Moreland não olha para mim, tampouco parece muito tentado a me estraçalhar.

Progresso.

Ainda assim, não tenho ideia do que dizer. Até agora, trocamos apenas promessas recitadas que nenhum dos dois pretende cumprir e alguns comentários sobre meu odor corporal.

– Pode me chamar de Misery.

Ele se mantém calado por um instante.

– É. Provavelmente eu deveria.

Mergulhamos no silêncio. No canto mais distante do pátio, o que parece ser outra pequena rusga envolvendo um licano e um vampiro quase começa, mas é rapidamente contida por uma licana, que me lembro vagamente de ter visto de pé perto do altar.

– Teremos outra rixa interespécies? – pergunto.

Moreland faz que não com a cabeça.

– Apenas um idiota que bebeu demais.

– Não de um licano, espero.

Eu me arrependo dessas palavras no segundo em que saem da minha boca. Normalmente não sou de tagarelar por nervosismo, porque não costumo ficar *nervosa*. Ninguém serve como Colateral por uma década sem aprender um número desconcertante de estratégias de gerenciamento de ansiedade. E no entanto...

– Você acabou de fazer uma piada sobre o *seu* povo beber o sangue do *meu* povo?

Fecho os olhos. A morte seria bem-vinda neste momento. Eu a receberia de braços abertos.

– Foi de péssimo gosto. Peço desculpa.

Ergo a cabeça para fitá-lo e lá estão eles. Aqueles olhos lindos, sobrenaturais e misteriosos, brilhando para mim na penumbra, um verde arrepiante que beira a ferocidade. Eu me pergunto se vou me acostumar com eles. Se daqui a um ano, quando esse acordo estiver concluído, ainda os acharei estranhamente lindos.

E me pergunto o que Serena pensou quando os viu pela primeira vez.

– Eles estão nos esperando – diz Moreland secamente.

Meu pedido de desculpa fica pendente, nem aceito, nem recusado.

– Quem?

Ele aponta para a orquestra. A violista levanta o arco no ar por um instante, e então a música muda. Não mais Rachmaninoff, mas uma lenta versão instrumental de uma música pop que ouvi na fila do supermercado. Será que Moreland aprovou isso? Aposto que a cerimonialista trapaceou nessa.

– A primeira dança – diz ele, estendendo a mão.

A voz dele é profunda, precisa e econômica. Um homem acostumado a dar ordens e ser atendido. Olho para seus dedos longos, lembrando-me de como eles se fecharam em torno do meu braço. Aquele momento de medo. A questão é que eu não *sinto* muito, e quando sinto...

– Misery – diz ele, um traço de impaciência no tom, e meu nome soa como uma palavra diferente em sua voz.

Pego a mão dele e a vejo engolir a minha. Então o sigo até a pista de dança. Não tivemos fotógrafo na cerimônia, mas há alguns aqui. Quando chegamos ao centro do salão, a mão de Moreland se espalma nas minhas costas, onde o decote do macacão é profundo. Seus dedos viajam brevemente pelo meu pulso, roçando a marca, em seguida envolvem os meus. Começamos a nos mover sob uma salva de palmas esparsas e sem entusiasmo.

Nunca dancei música lenta antes, mas não é muito difícil. Talvez porque meu parceiro esteja fazendo a maior parte do trabalho.

– Então... – Olho para cima, tentando conversar. Com esses sapatos, chego a 1,80 metro, mas não há como ficar mais alta que esse homem. – Tenho cheiro de esgoto ou outra coisa?

Não deve ser fácil para ele estar tão perto de mim.

Ele enrijece. Então relaxa. Fico achando que não vai responder, mas aí ouço:

– Ou outra coisa – diz, seco.

Eu gostaria de poder ter empatia, mas vampiros não compreendem cheiros como outras espécies. Serena costumava apontar flores e criar histórias extravagantes de belas fragrâncias, depois ficava chocada por eu não conseguir diferenciá-las. Mas as plantas são insignificantes para nós, e eu ficava igualmente chocada por ela não ter consciência do batimento cardíaco das pessoas. Do sangue correndo em suas próprias veias.

É uma pena que meu cheiro seja desagradável para Moreland, porque o sangue dele é agradável. Envolvente. Saudável e terroso e um pouco rústico. O batimento cardíaco é forte e vibrante, como uma carícia no céu da minha boca. Não creio que seja uma coisa dos licanos, porque os outros aqui no casamento parecem menos convidativos. Mas talvez eu não tenha chegado perto o suficiente para...

– Seu pai odeia você?

– Como?

Ainda estamos nos balançando ao ritmo da música. As câmeras ao nosso redor fazem vários cliques, como insetos no verão. Talvez eu tenha ouvido mal.

– Seu pai. Preciso saber se ele odeia você.

Fito os olhos de Moreland, mais perplexa do que ofendida. E talvez um pouco irritada por não poder afirmar que meu pai se importa comigo.

– Por quê?

– Se vai ficar sob minha proteção, preciso saber dessas coisas.

Levanto a cabeça e o encaro. Seu rosto é tão... Não bonito, embora até seja, mas é mais marcante. Dominador. Como se ele tivesse inventado a estrutura óssea.

– Estou sob sua proteção?

– Você é minha esposa.

Deus, isso soa estranho.

– No papel, talvez. – Dou de ombros. Seus olhos fazem uma coisa estranha: as pupilas se movem, se contraem e expandem por vontade própria. Então elas pousam nas marcas pintadas no meu pescoço. Ele parece injustificadamente impressionado por elas. – Acho que sou apenas um símbolo de boa vontade entre nossos povos. E uma Colateral.

– E ser uma Colateral é o seu trabalho em tempo integral.

Não posso nem contestar isso, porque Vania me fez ser demitida.

– Eu me aventuro.

Ele assente, pensativo, me fazendo girar. Novos casais começam a se juntar a nós, nenhum parecendo entusiasmado. Provavelmente foram conduzidos para a pista de dança por nossa zelosa cerimonialista. Meus olhos encontram os de Deanna Dryden; ela me prendeu no chão e encheu minha boca com penas quando eu tinha 7 anos, desapareceu da minha vida por dez anos, então me chamou de "puta dos humanos" diante de dezenas de pessoas quando voltamos a nos cruzar. Acenamos uma para a outra educadamente.

– Vejamos, Misery. – Meu nome soa afiado... Por quê, não tenho certeza. – Você foi formalmente anunciada como a Colateral quando tinha 6 anos, e então enviada para os humanos aos 8. Tinha um destacamento protetor 24 horas por dia, sete dias por semana, todos guardas humanos, e, ainda assim, ao longo da década seguinte sofreu várias tentativas de assassinato por grupos extremistas antivampiros. Todas falharam, mas duas chegaram *muito* perto, e me disseram que você tem as cicatrizes para provar. Então, quando seu período como Colateral finalmente terminou, você retornou brevemente ao território vampiro, mas logo em seguida escolheu adotar uma identidade falsa e viver entre os humanos, algo que vampiros são proibidos de fazer. Se você fosse um membro da minha família, eu nunca teria permitido nada disso. E agora você se apresentou para se casar com um licano, que é a coisa mais perigosa que alguém na sua situação poderia fazer, sem nada a ganhar e nenhuma razão óbvia...

– Estou lisonjeada por você ter dado uma olhadinha no meu dossiê. – Tremelico os cílios, afetada. Aparentemente ele tem os fatos, mas não os porquês. – Li o seu também. Você é arquiteto de formação, certo?

Seu corpo fica tenso e ele me empurra para... Não, ele está apenas me girando ao ritmo da música.

– Por que seu pai é tão negligente quando se trata de sua sobrevivência?

O sangue dele *realmente* cheira bem.

– Não sou uma vítima – digo baixinho.

– Não?

– Eu concordei com este casamento. Não estou sendo forçada a nada. E você...

O braço dele envolve abruptamente a minha cintura, e ele me puxa para mais perto a fim de evitar outro casal. A frente do meu corpo cola no dele, e seu calor escaldante é como um choque para a minha pele fresca. Ele é de fato diferente. Incompatível comigo em todos os sentidos possíveis. É um alívio quando ele põe alguma distância entre nós e estamos outra vez confortavelmente separados. A ideia de ele já estar em um relacionamento surge de novo na minha cabeça, invasiva e espontaneamente, e tenho que rastrear minha frase abandonada.

– E você está se colocando exatamente na mesma situação.

– Sou o alfa do meu povo. – A voz dele é rouca. – Não um hacker do bem que milagrosamente chegou aos 25 anos.

Ai! Vai se foder.

– Sou uma mulher adulta com livre-arbítrio e ferramentas para fazer escolhas. Sinta-se à vontade para, você sabe, me tratar de acordo.

– Justo – murmura ele afavelmente. – Mas por que você concordou com este casamento?

Você já ouviu o nome Serena Paris?, quase pergunto. Mas já sei a resposta, e isso só daria a ele algo a esconder. Eu tenho um plano, meticulosamente elaborado. E vou me ater a isso.

– Gosto de viver perigosamente.

– Ou desesperadamente.

A música continua, mas Moreland para, e eu também. Nós nos encaramos, uma pitada de desafio pairando entre nós.

– Tenho certeza de que não sei o que você quer dizer.

– Não sabe? – Ele assente. Como se não fosse dizer o que vem a seguir, mas não se importasse em continuar. – Os vampiros não a reconhecem como um deles, a menos que tenham algo a ganhar com isso. Você escolheu ficar entre os humanos, mas teve que mentir sobre sua identidade, porque não é um deles. E definitivamente não é uma de *nós*. Você não pertence a lugar nenhum, Srta. Lark.

Ele abaixa a cabeça, aproximando-se mais. Por um segundo terrível e apavorante, meu coração dispara com a certeza de que ele vai me beijar. Mas ele segue além da boca, até a minha orelha. Em meio a uma avalanche do que só pode ser alívio, eu o ouço inalar e dizer:

– E você cheira como se soubesse de tudo isso muito, *muito* bem.

Essa sugestão de desafio se solidifica, pesada como concreto, transformando-se em algo sobre o qual cidades poderiam ser construídas.

– Talvez você devesse parar de respirar tanto – digo, me afastando para fitá-lo diretamente nos olhos.

E então tudo acontece muito rapidamente.

O brilho do aço no canto da minha visão. Uma voz desconhecida e cheia de ódio gritando "Sua vampira *vadia*!". Centenas de arquejos e uma lâmina afiada abrindo caminho em direção ao meu pescoço, à minha jugular e...

A faca para a um fio de cabelo da minha pele. Não me lembro de ter fechado os olhos, mas, quando os abro, meu cérebro não parece capaz de entender: alguém – um humano, vestido de garçom – me atacou com uma faca. Eu não o notei. Os guardas não o notaram. Meu marido, por sua vez...

A palma da mão de Lowe Moreland envolve a lâmina, a menos de um centímetro do meu pescoço. Sangue verde escorre por seu antebraço, seu cheiro forte me atingindo como uma onda. Não há sinal de dor em seus olhos enquanto ele sustenta meu olhar.

Ele acaba de salvar minha vida.

– Lugar nenhum, Misery – murmura ele, os lábios mal se movendo.

À distância, meu pai grita ordens. A segurança finalmente reage e afasta o garçom, que se debate. Alguns convidados arquejam, gritam e talvez eu devesse gritar também, mas não tenho como fazer nada, até que meu marido me diz:

– Neste próximo ano, vamos nos certificar de ficar fora do caminho um do outro. Entendido?

Tento engolir. Fracasso na primeira vez, mas tiro de letra na segunda.

– E ainda dizem que o romance está morto – replico, feliz por não parecer estar com a garganta tão seca quanto de fato estou.

Ele hesita por um momento, e eu poderia jurar que ele torna a inspirar, profundamente, armazenando... algo. Sua mão pressiona minhas costas por um segundo antes de finalmente me soltar.

E então Lowe Moreland, meu marido, deixa a pista de dança a passos largos, um rastro de sangue verde-floresta marcando seu caminho.

Deixando-me felizmente sozinha na noite do nosso casamento.

CAPÍTULO 3

Ele está sitiado na própria casa.

A voz é jovem e amuada. Ela se esgueira até entrar debaixo do meu travesseiro e nos meus ouvidos, me acordando bem no meio do dia.

– Este costumava ser o meu quarto – diz a voz.

O chão é duro sob o meu corpo. Minha mente está nublada, meus ouvidos são feitos de algodão e não sei *onde* estou, *por que*, *quem* cometeria essa infâmia com a minha pessoa: me acordar quando o sol está brilhando no céu e estou desprovida de toda a força.

– Posso me esconder aqui? Ela está de mau humor hoje.

Reúno seis meses de energia e me desenterro de sob os cobertores, mas fico exausta quando preciso abrir as pálpebras.

Não, nós, vampiros, não nos pulverizamos sob o sol como bombas de glitter. A luz do sol nos queima e é *doloroso*, mas não vai nos matar, a menos que a exposição seja direta e prolongada. No entanto, *somos* bastante inúteis no meio do dia, mesmo dentro de casa. Letárgicos, fracos, com dor de cabeça e rastejantes, especialmente durante o fim da primavera e o verão, quando os raios incidem naquele ângulo agudo irritante. "Esta sua crepuscularidade está realmente empatando meu estilo de vida centrado em brunches", Serena costumava dizer. "Além do fato de você não comer."

– É verdade que você não tem alma? – A voz novamente.

É *meio-dia*, cacete! E tem uma *criança* aqui, me perguntando:

– Porque você já morreu antes?

Mantenho os olhos numa fenda semiaberta e a encontro bem aqui, no closet onde arrumei minha cama mais cedo esta manhã. Seu batimento cardíaco saltita alegremente, como um filhote de cervo amarrado. Ela tem o rosto redondo. Cabelo cacheado. Vestida como uma boneca.

Muito irritante.

– Quem é você? – pergunto.

– E depois você foi forçada a beber o sangue de alguém?

Ela tem, eu diria, entre 3 e 13 anos. Não tenho como diminuir esse intervalo: minha indiferença impressionante em relação a crianças se junta à minha determinação de 25 anos de evitar qualquer coisa dos licanos. E, além de tudo, seus olhos são de um verde pálido, perigoso, familiar.

Não gosto disso.

– Como você entrou aqui?

Ela aponta para a porta aberta do closet como se eu fosse meio burra.

– E depois você voltou à vida, mas sem alma?

De olhos semicerrados, viro a cabeça na direção dela, na quase escuridão, grata por ela não ter aberto as cortinas, e devolvo:

– É verdade que *você* foi mordida por um cão com raiva e agora é um bicho peludo que espuma pela boca na lua cheia?

Eu estava só tentando ser antipática, mas ela solta uma gargalhada e de repente me sinto uma comediante de stand-up.

– Não, sua boba.

– Pois bem. Você já tem sua resposta. Embora eu ainda não saiba como você entrou aqui.

Ela aponta para a porta outra vez, e eu faço uma anotação mental sobre nunca ter filhos.

– Eu tranquei a porta – comento.

Tenho certeza de que tranquei. Decerto que não passei minha primeira noite entre os licanos sem trancar a maldita porta. Imaginei que, mesmo com sua força descomunal, se um deles decidisse me devorar, uma porta trancada *impediria* sua entrada. Porque licanos constroem portas à prova de licanos, certo?

– Tenho uma chave extra – diz a criança licana.

Ah.

– Aqui era o meu quarto. Então, quando eu tinha pesadelos, podia ir ficar com Lowe. Por ali. – Ela aponta para outra porta. Eu não testei a maçaneta ontem à noite. Desconfiei de quem ocuparia o quarto vizinho e não tive disposição para processar esse tipo de trauma às cinco da manhã. – Ele diz que eu ainda posso ir, mas agora estou na outra ponta do corredor.

Uma pontada de culpa penetra minha exaustão: expulsei uma menina de 3 (13?) anos do quarto dela e estou obrigando a garota a atravessar um corredor inteiro nas garras de um pesadelo horrível e recorrente para chegar ao...

Ah, droga.

– Por favor, me diga que Moreland não é seu pai.

Ela não responde.

– Você tem pesadelos? – pergunta.

– Vampiros não sonham. – Quer dizer, posso conviver com a separação de um casal apaixonado ou sei lá o quê, mas uma família inteira? A filha da sua...? Ah, *merda*. – Onde está sua mãe?

– Não tenho certeza.

– Ela mora aqui?

– Não mora mais.

Merda.

– Para onde ela foi?

Ela dá de ombros.

– Lowe disse que é impossível saber.

Esfrego os olhos

– Moreland... Lowe é seu pai?

– O pai da Ana morreu. – A voz vem do lado de fora do closet, e nós duas nos viramos.

Parada na luz vinda do corredor está uma mulher ruiva. Ela é bonita, forte e em forma de um jeito que sugere que poderia correr uma meia maratona sem nenhum preparo. Ela me encara com uma mistura de preocupação e hostilidade, como se eu tivesse mania de queimar grilos com querosene.

– Muitas crianças licanas são órfãs, a maioria delas por causa de vampiros como você. Melhor não perguntar a elas sobre o paradeiro dos pais. Venha aqui, Ana.

Ana corre até a mulher, mas não antes de sussurrar para mim "Gosto das suas orelhas pontudas" em um tom totalmente audível.

Estou esgotada demais para lidar com isso no meio do dia.

– Eu não sabia. Me desculpe, Ana.

Ana não parece ter se perturbado.

– Tudo bem. Juno é só rabugenta. Posso vir brincar com você quando...?

– Ana, vá fazer um lanche lá embaixo. Desço em um minuto.

Ana suspira, revira os olhos e faz um bico como se tivessem pedido a ela que preenchesse uma declaração de imposto de renda. Ela acaba saindo, mas antes me dirige furtivamente um sorriso travesso. Meu cérebro embotado pelo sono considera por um segundo a possibilidade de retribuir, mas em seguida lembro que deixei minhas presas crescerem de novo.

– Ela é irmã de Lowe – informa Juno em tom protetor. – Por favor, fique longe dela.

– Talvez você queira conversar sobre isso com ela, já que ela ainda tem uma chave extra do antigo quarto.

– Fique longe – repete ela, menos preocupada e mais ameaçadora.

– Certo. Claro. – Posso viver sem passar meu tempo com alguém cujo crânio ainda nem fechou direito. Embora Ana *seja* tecnicamente minha melhor amiga no território dos licanos. Não há muitas opções aqui. – Juno, certo? Sou Misery.

– Eu sei.

Imaginei.

– Você é uma das ajudantes de Lowe?

Ela fica tensa e cruza os braços na frente do peito. Tem o olhar velado.

– Você não deve.

– Não devo o quê?

– Fazer perguntas sobre o bando. Nem puxar assunto com a gente. Nem andar por aí sem supervisão.

– São muitas regras. – Para um adulto. Por *um ano*.

– As regras vão manter você a salvo. – O queixo dela se ergue. – E manter os outros a salvo de você.

– É um sentimento muito digno. Mas talvez você fique mais tranquila em saber que vivi entre humanos por quase duas décadas e matei... – Finjo conferir uma anotação na palma da minha mão. – Um total de zero pessoa. Uau.

– Vai ser diferente aqui.

O olhar dela se desvia do meu e percorre o quarto, ainda bagunçado com caixas de mudança e pilhas de roupas. Ela se detém rapidamente no colchão nu, sem os lençóis e cobertores, que arrastei para dentro do closet, e depois na única coisa que prendi na parede: uma fotografia Polaroid minha com Serena, na qual não olhamos para a câmera, durante um passeio no lago ao pôr do sol que fizemos dois anos atrás. Um cara tirou a foto sem pedir enquanto estávamos sentadas com os pés balançando na água. Depois ele nos mostrou a foto e disse que só nos entregaria se uma de nós passasse o número de telefone para ele. Fizemos a única coisa lógica: aplicamos uma gravata no sujeito e pegamos a foto à força.

Todas aquelas técnicas de autodefesa que aprendemos, no fim das contas, funcionam para o ataque também.

– Sei o que está tentando fazer – diz Juno, e por um momento receio que ela tenha lido minha mente. Que saiba que estou aqui para procurar Serena. Mas ela continua: – Você pode querer se passar por um peão, dizer que só concordou com isto em nome da paz, mas... eu não acredito. E não gosto de você.

Não me diga.

– E eu não conheço você o suficiente para julgar – respondo. – Mas gostei da sua calça jeans.

Conversa fascinante, mas estou prestes a desmaiar. Felizmente, com um último olhar fulminante, Juno vai embora.

O canto do meu olho capta um leve movimento. Eu me viro, meio na expectativa de que Ana tivesse voltado, mas é só o infeliz do gato de Serena se alongando ao sair de debaixo da cama.

– *Agora* você aparece.

Ele sibila para mim.

Durante os nossos quinze anos de amizade, reuni meio milhão de pequenos, grandes e médios motivos para amar Serena Paris com a intensidade das estrelas mais brilhantes. Até que, há algumas semanas, alguém conseguiu eliminar todos esses motivos e me fez passar a detestar a garota com a força de mil luas cheias.

O maldito gato.

Geralmente vampiros não se dão bem com animais domésticos. Ou animais domésticos não se dão bem com vampiros? Não tenho certeza de quem começou a animosidade. Talvez eles achem que cheiramos mal porque somos exclusivamente hematófagos. Talvez nós os rejeitemos porque eles se dão muito bem com licanos e humanos. Seja como for, quando comecei a viver entre os humanos, o conceito de animal doméstico era algo extremamente estranho para mim.

Minha primeira cuidadora tinha um cachorrinho que ela às vezes levava dentro da bolsa, e, francamente, eu ficaria menos chocada se ela penteasse o cabelo com uma escova sanitária. Eu o olhei com desconfiança por alguns dias. Mostrei a ele minhas presas quando ele me mostrou as dele. Por fim, tomei coragem para perguntar à cuidadora quando ela ia comer o bicho.

Ela se demitiu naquela noite.

Desde então os animais e eu passamos a nos entender às mil maravilhas, cedendo mutuamente um amplo espaço em calçadas e trocando olhares de reprovação ocasionais. Era pura felicidade – até que o maldito gato de Serena entrou em cena. Tentei ao máximo dissuadir minha amiga da ideia de adotar o bicho. Ela tentou ao máximo fingir que não estava me ouvindo. Então, uns três dias depois de tirar do abrigo e levar para casa seis quilos daquele ser desprezível, ela desapareceu no éter.

Puf.

O fato de ter crescido colecionando tentativas de assassinato como dentes de leite me fortaleceu e me ensinou a me manter calma sob pressão. Mesmo assim, ainda me lembro daquele primeiro frio perturbador na barriga quando Serena não apareceu no meu apartamento na noite de lavar roupa. Não respondeu às minhas mensagens. Não atendeu ao telefone. Não ligou para o trabalho avisando que estava doente. Simplesmente parou de comparecer. Foi muito parecido com medo.

Talvez isso não tivesse acontecido se ainda estivéssemos morando juntas. E, sinceramente, para mim não tinha nenhum problema continuar dividindo um apartamento. Mas, depois de passar seus primeiros anos em um orfanato e em seguida mais alguns como a companheira da criança vampira mais bem monitorada do mundo, ela só desejava uma coisa: privacidade. Ela, porém, tinha me dado um jogo extra de chaves, e senti que aquilo era uma honra preciosa e bela concedida a mim. Eu as escondi cuidadosamente num lugar secreto. Que, quando ela desapareceu, eu já tinha esquecido qual era fazia tempo.

Então, naquele dia, entrei no apartamento dela usando um grampo de cabelo, do jeito que ela me ensinou quando tínhamos 12 anos – a sala de TV era um território proibido e um filme por dia não era suficiente. Para minha tranquilidade, o cadáver de Serena em decomposição não estava enfiado no freezer do apartamento nem em nenhum outro lugar. Dei comida ao maldito gato, porque ele miava como se estivesse à beira da inanição *e* sibilava para mim ao mesmo tempo; verifiquei se minhas lentes de contato castanhas estavam bem colocadas e minhas presas ainda adequadamente suavizadas; e então procurei as autoridades para comunicar o desaparecimento dela.

E me disseram:

– Provavelmente ela está em algum lugar com o namorado.

Eu me obriguei a piscar, para parecer ainda mais humana.

– Não posso acreditar que ela contou a *você* sobre a vida amorosa dela e não a *mim*, a melhor amiga dela há quinze anos.

– Escute, minha jovem. – O policial suspirou. Era um homem magricela de meia-idade, com mais turbulências na frequência cardíaca do que a maioria. – Se eu ganhasse cinco centavos para cada vez que alguém "desaparece", e com isso quero dizer que essas pessoas vão embora e se esquecem de dizer a alguém do seu círculo social para onde estão indo...

– Você teria quanto? – Ergui uma sobrancelha.

Ele pareceu desconcertado, mas não o bastante para o meu gosto.

– Aposto que ela tirou férias. Ela costuma viajar sozinha?

– Costuma, com frequência, mas sempre me avisa. Além disso, ela é repórter investigativa do *Herald*, e não tirou nenhum dia de folga. – De acordo com o sistema do jornal, que eu invadi.

– Talvez não tivesse mais dias de férias para tirar e ainda queria, sei lá, dirigir até Las Vegas para visitar a tia. Apenas um mal-entendido.

– Tínhamos combinado de nos encontrar, e ela é órfã, sem família nem amigos, e não tem carro. De acordo com o site do banco dela, ao qual ela me deu acesso, ou quase isso, não houve nenhum saque nem pagamento on-line. Mas talvez você esteja certo e ela esteja indo até Las Vegas, saltando no seu pogobol.

– Não precisa ficar irritada, querida. Todos queremos pensar que somos importantes para as pessoas que são importantes para nós. Mas às vezes nosso melhor amigo é o melhor amigo de outra pessoa.

Fechei os olhos para poder revirá-los por trás das pálpebras.

– Vocês duas não brigaram? – perguntou o policial.

Cruzei os braços na frente do peito e mordi as bochechas.

– Não é essa a questão...

– Rá.

– Ok. – Franzi a testa. – Digamos que Serena secretamente me odeie. Mesmo assim ela não ia abandonar o gato dela, ia?

Ele fez uma pausa. Então, pela primeira vez, assentiu e pegou um bloco de notas. Senti uma centelha de esperança.

– Nome do gato?

– Serena ainda não deu um nome a ele, mas da última vez que nos falamos ela estava entre Maximilien Robespierre e...

– Há quanto tempo ela tem esse gato?

– Faz alguns dias. Ainda assim, ela não ia deixar o merdinha morrer de fome. – Eu me apressei em acrescentar, mas o policial já tinha largado a caneta.

E apesar de eu ter voltado à delegacia três vezes naquela semana, e conseguido finalmente fazer um boletim de ocorrência de pessoa desaparecida, ninguém fez nada para encontrar Serena. O risco, acho, de estar sozinha no mundo: ninguém ligava se ela estava segura, com saúde e *viva*. Ninguém, exceto eu, e eu não contava. Eu não devia ter ficado surpresa, e não estava. Mas aparentemente eu ainda tinha a capacidade de me sentir magoada.

Porque ninguém se preocupava se *eu* estava segura, com saúde ou viva. Ninguém, exceto Serena. A minha irmã do coração, ainda que não de sangue. E, embora eu tenha vivido *muito* sozinha, nunca havia me sentido tão só quanto depois que ela se foi.

Eu queria poder chorar. Queria ter canais lacrimais para deixar sair esse pavor terrível de que ela tenha partido para sempre, de que tenha sido levada, de que esteja sentindo dor, de que a culpa era minha porque a afastei com nossa última conversa. Infelizmente, a biologia não estava do meu lado. Então, trabalhei meus sentimentos indo ao apartamento e cuidando do maldito gato, que demonstrava sua gratidão me arranhando todo santo dia.

E, é claro, procurei por ela onde eu não devia.

Eu tinha as chaves, afinal. Porque a chave de tudo nada mais é que uma linha de código. Pude vasculhar seus extratos bancários, endereços de IP, localizações do celular. E-mails do *Herald*, metadados, uso de aplicativos. Serena era jornalista, escrevia sobre assuntos financeiros delicados, e a opção mais provável era que ela tivesse se envolvido em algo suspeito enquanto trabalhava em alguma matéria, mas eu não ia excluir outras possibilidades. Assim, examinei tudo e descobri... nada.

Absolutamente *nada*.

O desaparecimento repentino de Serena tinha sido bastante literal. Mas ninguém se movimenta no mundo sem deixar rastros digitais, o que só poderia significar uma coisa. Uma coisa terrível, de gelar o sangue, que eu não conseguia pôr em palavras nem mesmo na privacidade da minha mente.

Foi então que me ajoelhei na frente do maldito gato. Ele estava brincando como sempre fazia depois do jantar, dando tapinhas em um recibo amassado num canto da sala de estar, mas consegui encaixar alguns miados na sua agenda apertada só para mim.

– Escute. – Engoli em seco. Esfreguei a mão no peito com força e até dei uns tapinhas, tentando aliviar a dor. – Sei que você só conhecia Serena há poucos dias, mas eu realmente, realmente... – Fechei os olhos, apertando-os com força. Ah, *porra*, isso era difícil. – Não sei como aconteceu, mas acho que ela pode estar...

Abri os olhos, porque eu devia isso ao babaca do gato, olhar para ele. E foi quando consegui ver aquilo direito.

O recibo, que afinal não era um recibo amassado, mas um pedaço de papel rasgado de um diário, ou talvez de um caderno, ou... Não. De uma agenda. A agenda incrivelmente ultrapassada de Serena.

A página era do dia do desaparecimento. E nela havia uma série de letras, escritas rapidamente com marcador preto. Sem nenhum sentido.

Ou talvez não exatamente. Um sino distante soou, fazendo com que eu me lembrasse de um jogo que Serena e eu costumávamos fazer na infância, um código de substituição primitivo que inventamos para fofocar à vontade na frente dos nossos cuidadores. Batizamos o código de Alfabeto Borboleta, e ele consistia basicamente em acrescentar sílabas com *B* e *L* a palavras normais. Nada complicado: mesmo enferrujada como eu estava, meu cérebro levou apenas alguns segundos para solucionar o enigma. E, quando terminei, algo surgiu. O significado:

L. E. MORELAND

CAPÍTULO 4

Dizem que devemos manter os amigos por perto
e os inimigos ainda mais perto. Eles não
sabem do que estão falando.

Com exceção de surtos esporádicos de idiotice adolescente, duvido que algum vampiro tenha estado no território dos licanos nos últimos séculos.

Senti isso no fundo da minha alma ontem à noite, à medida que meu motorista deixava o rio cada vez mais para trás. O maldito gato de Serena se remexia na caixa de transporte ao meu lado, e eu sabia que estava de fato, *verdadeiramente*, sozinha. Estar com os humanos era como viver em um país diferente, mas aqui? É outra galáxia. Exploração do espaço profundo.

A casa para onde fui trazida se ergue sobre um lago, árvores grossas e retorcidas cercam três das laterais e, na outra, águas plácidas. Nada semelhante a uma caverna ou a algo subterrâneo, apesar do que eu tinha imaginado sobre uma espécie relacionada com os lobos. Ainda assim, era uma casa estranha, com materiais térmicos e janelas amplas. Como se os licanos tivessem se unido à paisagem e decidido construir juntos algo belo. É um pouco destoante, ainda mais depois de passar as últimas seis semanas alternando entre a aridez do território dos vampiros e as multidões agitadas dos humanos. Evitar a luz do sol vai ser um problema, assim como o fato de que a temperatura é mantida bem mais baixa do que é confortável para os vampiros. Mas posso lidar com isso. O que eu estava realmente me preparando para enfrentar era...

No meu terceiro ano como Colateral, em um jantar diplomático, fui apresentada a uma senhora idosa. Ela usava um vestido de paetês e, quando ergueu a mão para apertar minhas bochechas, notei que sua pulseira antiga era feita de pérolas muito bonitas, com um formato incomum.

Eram presas. Extraídas de cadáveres de vampiros... Ou de vampiros vivos, vai saber.

Não gritei nem chorei, nem ataquei aquela bruxa velha. Fiquei paralisada, incapaz de agir com naturalidade pelo restante da noite, e só comecei a processar o que havia acontecido quando cheguei em casa e contei a Serena, que ficou furiosa por mim e exigiu uma promessa do cuidador daquele turno: que eu nunca mais seria obrigada a comparecer a uma recepção semelhante.

É claro que fui. Muitas e muitas vezes, e encontrei muitas e muitas pessoas que agiram como aquela vaca cintilante. Porque as pulseiras, os colares, os frascos de sangue nada mais eram que mensagens. Demonstrações do descontentamento com uma aliança que, embora estabelecida havia muito tempo, ainda era controversa para vários grupos da população.

Eu esperava algo ainda pior dos licanos. Não teria ficado chocada se encontrasse cinco de nós empalados no pátio, sangrando lentamente até a morte. Mas não havia nada disso. Apenas um punhado de árvores e o tamborilar rápido dos batimentos cardíacos do meu novo amigo, Alex.

Ah, Alex.

– Sei que eu disse que esta é a casa do Lowe, mas ele é o alfa, o que significa que muitos membros do bando andam por aí e os ajudantes dele que vivem na área estão, hã, quase sempre aqui – diz ele, me conduzindo pela cozinha.

Ele é jovem e bonito, e usa uma calça cargo com um número improvável de bolsos. Quando encontrei Juno hoje mais cedo, ela claramente queria me enfiar embaixo de uma lupa gigante e me queimar viva, mas Alex está apenas aterrorizado com a ideia de mostrar a uma vampira suas novas acomodações. Apesar disso, ele está se esforçando. Passando a mão pela cabeleira loura, ele me avisa:

– Falaram, hã, *sugeriram* que você talvez queira estocar seu, hã... *suas coisas* na outra geladeira, aquela ali. Então, se você, *por favor*, puder... Se *possível*... Se *não for* incômodo...

Ponho fim ao seu sofrimento.

– Não vou deixar minhas bolsas de sangue junto do vidro de maionese. Entendi.

– Isso, obrigado. – Ele quase desaba de alívio. – E, hã, não existe nenhum banco de sangue que forneça para vampiros na área, porque, bem...

– Qualquer vampiro na área seria rapidamente exterminado?

– Isso mesmo. Espere, não. *Não*, não foi o que eu...

– Eu estava brincando.

Ele se recupera do iminente ataque cardíaco e diz:

– Ah. Então, não existem bancos de sangue, e claro que você não é livre para entrar e sair do nosso território...

– Não? – pergunto, arquejando, e logo me sinto culpada quando ele dá um passo atrás e toca o colarinho com os dedos. – Desculpe. Outra piada.

Gostaria de poder sorrir para tranquilizá-lo. Quer dizer, sem parecer que estou prestes a abater todas as coisas que ele ama.

– Você, hã, tem... preferência?

– Preferência?

– Tipo... AB, ou O negativo, ou...

– Ah.

Faço que não. Um conceito equivocado e comum: o sangue frio é quase sem gosto, e as únicas coisas que poderiam influenciar seu sabor desqualificariam as pessoas como doadoras. Doenças, geralmente.

– E quando você...?

– Quando me alimento? Uma vez por dia. Mais vezes quando o tempo esquenta muito. O calor nos deixa com fome.

Ele parece enjoado quando menciono sangue, mais do que eu esperaria de alguém que se transforma em lobo e destroça ninhadas de coelhos. Então me afasto para dar a ele um minuto para se recompor, e aproveito para examinar a parede de pedra e a lareira. Apesar do frio, há algo de perfeito nesta casa. Como se o seu lugar tivesse mesmo que ser aqui, esculpida entre as árvores e a água.

Provavelmente é a casa mais bonita em que já morei. Nada mau, já que há uma boa chance de que eu também morra nela.

– Você é um dos ajudantes dele? – pergunto a Alex, dando as costas para as ondas que batem de leve no píer. – Do More... Quer dizer, do Lowe.

– Não. – Ele é mais jovem, mais suave que Juno. Não tão na defensiva e reservado, porém mais nervoso. Já o peguei três vezes olhando atento para a ponta das minhas orelhas. – Ludwig é... O ajudante do meu bando é outra pessoa.

Do seu o quê?

– Quantos ajudantes Lowe tem?

– Doze. – Ele para e olha para os pés. – Onze, na verdade, agora que Gabrielle foi mandada para o...

Gabrielle, eu arquivo a informação mentalmente para análise futura. Meu Deus, seria ela a parceira? Seria ela esposa *e* ajudante dele?

Alex pigarreia.

– Gabrielle será substituída.

– Por você?

– Não, eu não seria... E não sou do bando dela, e vai ter que ser alguém que... – Ele coça o pescoço e se cala.

Ah, ok.

– Tem algum vizinho próximo? – pergunto.

– Tem. Mas "próximo" é diferente para nós. Porque podemos...

– Podem se transformar em lobos?

– Não. Bem, sim, mas... – As bochechas dele ganham um tom esverdeado. Meu Deus, acho que ele está corando. Porque, claro, eles ficam com as bochechas verdes, e não vermelhas. – Transmutar. Dizemos "se transmutar". Não nos transformamos em outra coisa. Nós só meio que alternamos entre duas configurações.

Dessa vez eu sorrio, mantendo os lábios cerrados.

– Adoro referências a computadores.

– Gosta de tecnologia?

– Gosto do que a tecnologia pode fazer. – Eu me encosto na bancada. Mesmo depois de anos convivendo com humanos, ainda me assusta o fato de as casas terem cômodos imensos destinados ao preparo de *comida*. – Então, quando vocês se transmutam em lobos, continuam pensando da mesma maneira? Ou o cérebro se transmuta junto?

Alex reflete sobre a pergunta.

– Sim e não. Existem alguns instintos que assumem o controle nessa forma, mais do que na outra condição. O impulso de caçar, por exemplo, é muito poderoso. Perseguir um cheiro, seguir a pista de um inimigo. É por isso que você não deve se aventurar lá fora sozinha para...

– Nadar nua à meia-noite?

Alex desvia o olhar. Ele é adorável, de um jeito que *me faz querer amarrar os cadarços dele e soprar seu joelho ralado*.

– Você... Provavelmente é bobagem, mas eu só queria ter certeza de que... Vampiros não, certo?

Inclino a cabeça.

– Não o quê?

– Se transmutam em animais. Não que eu acredite nos rumores sobre morcegos, mas só para o caso de você sair voando e...

Aposto que Alex se dá muito bem com Ana.

– Não, não me transmuto em um morcego. Mas seria ótimo.

– Ok, muito bem.

Ele parece muito aliviado. Decido tirar vantagem disso, transmitindo uma mistura de descontração e um interesse muito leve no que está ao meu redor, e depois digo, em tom casual:

– Você pode se transmutar em lobo sempre que deseja? Esse negócio da lua cheia é só um boato?

– Depende, acho.

– De quê?

– Do poder do licano. Ser capaz de se transmutar quando quer é um sinal de dominância. Ser capaz de evitar a transmutação durante a lua cheia também.

Não sei o que me dá que me faz perguntar:

– E Lowe? Ele é poderoso?

Alex solta uma risada de espanto.

– Ele é o licano mais poderoso que já vi. E que meu avô já viu... E ele já viu muitos alfas!

– Ah. – Pego uma concha. Ou uma espátula. Esqueci qual é o quê. – Ele é poderoso porque pode se transmutar sempre que quiser?

Alex franze a testa.

– Não. Isso é só uma parte de quem ele é, mas... todos sabiam que ele tinha tudo para ser um alfa. – Os olhos dele estão começando a brilhar. Claramente um fã de Moreland. – Ele era o corredor mais rápido, o melhor rastreador, e até o cheiro dele era o certo. Por isso Roscoe o mandou embora.

– Não foi uma atitude equivocada, já que no fim das contas Roscoe foi morto pelo Lowe.

Alex me olha, intrigado.

– Ele não matou Roscoe. Ele o desafiou, e Roscoe morreu no processo.

Deve haver nuances culturais que não percebo, sem falar que Roscoe era, pelo que todos dizem, um sádico com sede de sangue. Não parece ter sido uma grande perda, então não insisto.

– Meu camarada Lowe costuma sair durante o dia? – pergunto.

São cerca de seis da tarde, mas não ouço ninguém andando pela casa. Será que Moreland está evitando o lugar porque empesteei tudo? Tomei um banho quando acordei e fiquei mergulhada na água por um longo tempo. Não é exatamente uma bandeira branca, mas... já é alguma coisa.

– E quanto à Ana? – emendo.

– Ana está com Juno. – Alex dá de ombros. – Lowe saiu para tratar da sabotagem que aconteceu hoje de manhã e...

Levanto a cabeça, e isso é um erro: uma demonstração de interesse excessivo. Alex dá um passo para trás e pigarreia.

– Na verdade, eles saíram para correr – diz, e Alex deve ser o pior mentiroso que já vi.

Eu me sinto tentada a dar um tapinha nas costas dele, fazer com que saiba que está indo bem e que não vai para o inferno por inventar coisas. Em vez disso, insisto ainda mais.

– Você já viu humanos nesta casa?

– Humanos? – Ele franze a testa mais uma vez. – Como quem?

O rosto de Serena passa num lampejo pela minha mente. Ela revira os olhos porque estou usando uma camiseta com estampa de galáxia que ganhei quando comprei uma lâmpada de lava. *Quem usa isso, Misery? Não... Quem compra uma* lâmpada de lava?

– Qualquer humano. – Dou de ombros, ardilosa. – É só curiosidade.

Acho que essa não cola.

– Nunca vi um humano no território dos licanos. – Ele me dirige um olhar desconfiado. Peguei pesado demais. – E esta é a casa do alfa. Um lugar para os licanos se sentirem em segurança.

– Exceto pelo fato de que agora eu moro aqui.

Brinco com minha aliança de casamento de prata, um hábito que adquiri em menos de 24 horas. Nunca tive muito interesse em joias, mas talvez eu a guarde quando encontrar Serena e isto acabar. Ou compre um daqueles anéis do humor que acham que os vampiros estão sempre tristes porque nossa temperatura corporal é baixa.

– Por quê? – pergunto.

– Hã? O que quer dizer?

– Só estou surpresa que Lowe me queira aqui.

– Vocês são casados.

– Mas não de verdade. Lowe e eu não nos conhecemos durante férias no Caribe e não nos apaixonamos no curso de mergulho.

– Não é uma questão de amor.

Ergo a sobrancelha.

– Trazer você para morar com ele é uma questão de proteção. Assumir um compromisso. Mandar um recado. Eles sabem que você não é a esposa dele de verdade, nem sua parceira nem nada.

Ah, sim, a famosa *parceira*. Que provavelmente morava na casa dele. Faço que sim com a cabeça, sem entender muito bem. Mas tampouco entendo os humanos ou os vampiros. Tenho certeza de que os licanos têm seus motivos para fazer o que fazem.

Assim como eu tenho os meus.

– Então, eu não devo sair sozinha, mas dentro de casa posso ficar onde quiser?

Os ombros de Alex relaxam com a mudança de assunto.

– Claro. Talvez ficar longe dos quartos de Lowe e de Ana. E do escritório dele.

– Claro. – Sorrio só um pouco. Sem as presas. – E onde fica o escritório?

Ele aponta para o corredor atrás de mim.

– Esquerda, depois direita.

– Perfeito. Só espero não me perder. – Dou de ombros, despreocupada, e planto minha primeira mentira: – Minhas habilidades de orientação são bem ruins.

A primeira vez que pesquisei o nome de L. E. Moreland na internet, encontrei duas coisas: primeiro, um site da GeoCities semiextinto que promovia um corretor de imóveis bem extinto e, segundo, a infinita vastidão do nada.

Então pesquisei de novo, do jeito que os analistas de segurança da informação fazem: sem respeitar muito os limites. Saltei uma ou duas cercas, deslizei entre estacas de portões, tirei vantagem de janelas deixadas meio abertas pelos proprietários.

Foi quando descobri que o finado Leopold Eric Moreland, que morreu pacificamente em seu leito em 1999, fizera um acordo extrajudicial em um processo por negligência em seus deveres fiduciários e era obcecado por yorkshires.

E mais nada.

Então, saí da pele da hacker do bem. E, quando comecei a pesquisar de novo, usei menos entradas furtivas por portas escancaradas e coloquei paredes inteiras abaixo. Pensando melhor, fui um pouco imprudente. Mas estava ficando frustrada, porque – sem ofensa ao meu amigo Leopold, amante de animais mas funcionário descuidado – não havia nenhum registro decente sobre L. E. Moreland.

Com uma exceção.

Nas profundezas de um servidor dos humanos com conexões com o gabinete do governador, escondida num memorando trancado por trás de um número desnorteante de senhas, descobri uma comunicação sobre uma reunião de cúpula que havia ocorrido duas semanas antes. Mais ou menos na época em que Serena não havia aparecido para a noite de lavar roupa.

As presenças de Lowe Moreland e M. Garcia são esperadas, dizia o memorando. *A segurança será intensificada.*

Gosto de dados e de números, e de analisar as coisas usando lógica e tabelas dinâmicas. Nunca fui intuitiva, mas naquele momento eu sabia – simplesmente *sabia* – que estava no caminho certo. Que Lowe Moreland só podia estar envolvido no desaparecimento de Serena.

Então comecei a pesquisar sobre ele 24 horas por dia, sete dias por semana. Tirei licença do trabalho. Cobrei favores. Examinei gravações de câmeras de segurança. Mergulhei fundo na *dark web*, que é ainda menos divertida do que parece. Semanas depois, descobri uma única coisa sobre Lowe Moreland: quem quer que fosse o encarregado de apagar suas pegadas digitais era tão competente quanto eu.

E eu sou competente para caralho.

Assim que soube pelo meu pai que Lowe era um licano, o sigilo fez sentido. Os firewalls deles sempre foram excepcionais e suas redes, à prova de hackeamento. Eu adoraria conhecer quem cuida delas para poder tietar ou derrubar. Mas, perambulando pela bela casa de Lowe, que é ainda maior do que pensei, percebi que isso não vai mais ser um problema. Porque, embora possa haver várias coisas que não consigo fazer remotamente, se me vejo diante de um computador... E é o que vai acontecer, baby. E, depois que eu entrar, vou esquadrinhar cada documento e comunicação que os licanos têm, vou encontrar Serena e depois...

Depois.

Qual é o plano?, perguntaria Serena se estivesse aqui, embora os pequenos esquemas que ela maquinava nunca funcionassem. Ela gostava da vibe da organização mais do que do trabalho em si, e meu coração geralmente indiferente se aperta um pouco quando penso que não posso ligar para contar tudo isso a ela.

Não tenho nenhum plano, só sei que a única pessoa que já amei foi retirada da minha vida. E talvez isso de ficar me escondendo pelos corredores na penumbra, na esperança de encontrar um quadro branco onde esteja escrito LISTA DE PESSOAS QUE LOWE FEZ DESAPARECER, tenha um pouco a ver com a detetive amadora que existe em mim. Estou rogando para que algo, qualquer coisa, aconteça, embora ao mesmo tempo esteja ciente de que existe uma grande possibilidade de todo esse esforço ir pelo ralo e não dar em nada.

Uma possibilidade um pouco nauseante.

– E aí está ela.

Dou um pulo, alarmada. A boa notícia é que Lowe não voltou mais cedo para casa de alguma coisa que definitivamente não era uma corrida e encontrou sua noiva vampira fedorenta fingindo ter confundido o escritório dele com o armário de roupas de cama e mesa.

A má notícia é...

– Você é muito bonita, não é? – diz o licano.

Ele é mais jovem do que eu, talvez tenha uns 18 anos. Quando chega mais perto, tento identificá-lo, me perguntando se reconheço da cerimônia sua estrutura pequena e magra e o nariz aquilino. Mas ele não estava lá. E acredito que também esteja me vendo pela primeira vez.

– Eu não achava que os vampiros pudessem ser bonitos – continua ele.

Não há nada de elogioso em suas palavras. Ele tampouco está flertando comigo nem tentando me assustar. Apenas atestando um fato. Então dá outro passo na minha direção, e de repente me sinto muito consciente de que estou no fim de um corredor. E de que ele está parado entre mim e a saída.

– Quem é você?

– Max – responde ele, sem acrescentar mais nada.

Tem alguma coisa ausente, quase vazia nele. Está desorientado. Como se estivesse indo nadar no lago, mas se viu aqui sem ter planejado isso.

– Eu me pergunto se Lowe gosta de ver você aqui. Porque você é muito bonita – diz quase para si mesmo, entorpecido.

– Duvido.

Quero pôr uma porta entre mim e Max, mas a única que consigo alcançar é a do escritório de Lowe, e está trancada. Olho rapidamente em volta em busca de outra rota de fuga, mas tudo que encontro é um quadro com a figura de uma girafa de qualidade questionável.

Talvez minha reação esteja sendo exagerada.

– Ou talvez ele odeie você, porque o obriga a se lembrar.

– Se lembrar do quê? – Isso é desconcertante. – Não quero assustar você, mas se importa se eu passar por...?

– Se lembrar do que o seu povo tirou dele. É quase tanto quanto tirou de mim. E, apesar disso, ele está fazendo alianças com eles como um traidor qualquer. Ele se casou com você e disse que não devemos fazer nenhum mal à nova esposa.

Max passa a mão pelos cabelos escuros e depois balança a cabeça no que parece uma reação de incredulidade. Ele parece tão perdido, que esqueço minha inquietação e pergunto:

– Você está bem?

Seus olhos se aguçam.

– Como posso estar bem? – Ele dá um passo à frente, quase me encurralando contra a parede. O cheiro do sangue dele me transtorna, quente e desagradável. Seus batimentos cardíacos socam meus ouvidos, estrondosos, incrivelmente rápidos. – Como posso estar bem quando você está aqui, na casa do meu alfa, depois que o seu povo caçou meus parentes e pendurou em suas paredes as cabeças deles embalsamadas?

A menina de 14 anos que fui e quase foi esfaqueada por um ativista antivampiro fingindo-se de inspetor de instalações de gás entra em cena.

– Então talvez estejamos quites, já que o *seu* povo fez vinho do sangue do meu e depois misturou com a ração do gado.

Deslizo a mão para o bolso da calça jeans, na esperança de encontrar uma arma qualquer. Uma chave, um palito, até mesmo alguns fiapos... mas não há nada.

Merda.

– Me diga uma coisa. – Ele se aproxima ainda mais. Eu me forço a não recuar. – Seu pai está vivo?

– Até onde eu sei, está.

– O meu, não. Nem minha irmã mais velha. – Os olhos verdes dele são vivos e brilhantes. – Ela foi assassinada quando eu tinha 9 anos, enquanto patrulhava uma fronteira no nordeste que os vampiros às vezes cruzam só por diversão. Ela morreu para proteger a mim e a outras crianças licanas, e...

As palavras ficam presas em sua garganta. Sou tomada por uma onda de compaixão. Sinto um aperto no coração, que parece pesado com a certeza de que ele vai irromper em lágrimas.

Mas estou totalmente errada e me dou conta disso tarde demais.

Ele corre na minha direção numa súbita e violenta explosão de energia. O impacto do corpo dele contra o meu por um momento me deixa sem ar. Ele é um licano macho, muito forte, mas estou acostumada com pessoas tentando me matar e, quando a mão dele agarra meu pulso, horas de treino despertam a memória dos meus músculos. Meu joelho acerta sua virilha e ele uiva. Uso o momento de distração para empurrá-lo para longe, e não é fácil, *dói*, mas, quando consigo voltar a respirar, meu antebraço está prendendo o pescoço dele contra a parede e meu rosto está a apenas centímetros do dele.

Não quero machucá-lo. Eu *não* vou machucá-lo, ainda que ele esteja gritando insultos dirigidos a mim: "Vou *acabar* com você", "Assassina" e "Sua *sanguessuga*".

Então afasto os lábios e mostro a ele minhas presas.

O ronco em sua garganta logo se reduz a uma lamúria. Seus olhos fitam o chão e a tensão em seus músculos relaxa. Respiro fundo, me certificando de que ele não está fingindo, que se acalmou mesmo e não vai me atacar no segundo em que eu recuar e...

Duas mãos um milhão de vezes mais fortes que as de Max me afastam dele. O que acontece em seguida é confuso demais para que eu consiga analisar, mas, um instante depois, sou eu que me vejo espremida contra a parede oposta. Minhas costas se comprimem contra a moldura do quadro da girafa e minha testa está pressionada contra alguma coisa inflexível, mas quente.

Que merda, penso, ou talvez tenha falado em voz alta.

Não tenho certeza. Porque, quando abro os olhos, a única coisa que consigo ver é o jeito como Lowe Moreland me olha de cima.

CAPÍTULO 5

Ela é resiliente. Ele tenta imaginar como se sentiria se estivesse na posição dela – sozinha, excluída, usada e descartada. Sente um respeito relutante por ela, e isso o exaspera.

Diferentemente do aperto de Max, o de Lowe não machuca.

No entanto, é firme. E a maneira que ele me pressiona contra a parede, como se estivesse tentando colocar seu corpo entre mim e o restante do mundo, faz com que seja difícil respirar sem colar todo o meu corpo no dele.

– Srta. Lark – diz ele com a voz rouca, quase um rosnado.

Engulo em seco por conta da súbita falta de lubrificação na garganta, o que me faz perceber onde a mão dele está: envolvendo meu pescoço. Quase por completo. Seus dedos são tão longos que tocam o vale atrás das minhas orelhas.

– O que você pensa que está fazendo? – pergunta ele, a voz baixa e grave.

Aqueles olhos incomuns cravados nos meus. Meus batimentos cardíacos, que por um milagre permaneceram estáveis durante a luta com Max, de repente ficam mais fortes e em seguida se transformam em um lento alvoroço quando Lowe abaixa a cabeça para murmurar junto à minha têmpora:

– Não tem nem 24 horas que nos casamos. Os louva-a-deus têm uma lua de mel mais longa.

Eu pude dominar Max com facilidade. Lowe, de jeito nenhum. É a diferença entre um cachorrinho e um lobo violento.

– Só, sabe... – minhas palavras soam vacilantes, não me orgulho disso – ... tentando evitar ser morta.

Lowe se retesa por um milésimo de segundo e depois se afasta. Mas continua muito perto, as palmas apoiadas na parede de ambos os lados da minha cabeça – uma delas ainda enfaixada pelo ferimento de ontem. Parece uma gaiola. Uma prisão improvisada que ele está construindo, feita com o seu corpo e o seu olhar, para me manter imobilizada enquanto ele se vira e pergunta a Max:

– Você está bem?

Max olha para ele e assente, os lábios tremendo. A esta altura já há vários licanos reunidos ao seu redor. Como Alex, que olha de Lowe para mim com uma expressão de culpa tamanha que provavelmente admitiria fraude hipotecária sob a mais leve pressão. E também Juno, inspecionando Max com cuidado em busca de quaisquer ferimentos mortais que eu possa lhe ter infligido, assim como o homem mais velho e o ruivo da cerimônia, que me encaram como se eu tivesse acabado de dizer às crianças de um orfanato que Papai Noel não existe.

Todos neste corredor parecem prontos a estilhaçar meus joelhos, talvez comer o tutano depois. Isso, não.

– Com licença.

Tento me abaixar e sair da jaula de Lowe para ir embora. Ele desce um braço, me prendendo com mais firmeza.

– O que aconteceu? – pergunta ele.

Juno é mais rápida do que eu na resposta.

– Ela estava prestes a sugar todo o sangue dele. Todos nós vimos.

Ela passa a mão pela testa úmida de Max.

Ele parece perdido por um tempo e então gagueja:

– E-ela estava em cima de mim. Antes que eu pudesse fazer qualquer coisa. E...

Ele inclina a cabeça, como se estivesse sem palavras.

Todos os olhos ali se voltam para mim.

– Ah, é sério isso? – digo, exasperada.

– As presas dela estavam tão próximas – sussurra ele, fraco, e agora estou ficando irritada. Claramente um grande ator, mas foi ele quem tentou me agredir.

– Tá bom, isso mesmo. – Reviro os olhos. – Por favor, me deixe fora de seus delírios erótico-maníacos...

– Peça para um médico examinar Max – ordena Lowe, e então sua mão se fecha em torno do meu pulso, ao mesmo tempo gentil e inflexível.

Acontece tão rápido que quase perco o equilíbrio. Antes que eu perceba, estou correndo para acompanhar suas pernas mais longas enquanto ele me arrasta para o interior do seu escritório.

Logo olho à minha volta. *Estou* preocupada com o que ele vai fazer comigo, mas esta é uma grande oportunidade. Ele não usou uma chave, o que significa que deve haver algum tipo de fechadura inteligente...

– O que aconteceu? – pergunta Lowe.

Ele me soltou, mas ainda está muito perto, quando há espaço suficiente no cômodo para não me sufocar. Essa proximidade me traz flashbacks do nosso casamento, e desta vez eu nem estou de salto alto, o que significa que ele me olha de cima de uma forma que quase ninguém consegue fazer.

A porta se abre de repente. Juno entra, mas os olhos de Lowe permanecem em mim.

– Misery – rosna ele –, que tal você me responder, pelo menos uma vez?

– Max chegou aqui, me viu e decidiu se permitir um leve assassinato vespertino. – Dou de ombros. – Com isso, estou acostumada. É a mentira depois que...

– Você está falando merda – diz Juno.

Eu me viro para ela.

– Não estou pedindo que você acredite em mim. Mas raciocine: por que eu atacaria um licano em meu primeiro dia em seu território, quando as consequências seriam minha morte, na melhor das hipóteses, e uma guerra geral entre os licanos e os vampiros, na pior?

– Eu acho que você não consegue se conter. Acho que você viu Max e quis se alimentar e...

– ... E eu estava com tanta preguiça que não quis ir até a geladeira exclusiva de sangue a quinze metros de distância? – Paro diante dela, esquecendo por completo de Lowe. – Não é assim que nos alimentamos. Vamos apenas aceitar que não sabemos nada sobre a espécie uma da outra. Max entrou, começou a me falar sobre como um grupo de pessoas com quem remotamente compartilho DNA matou a família dele, que Lowe é um traidor por se casar comigo, e então ele... O que foi?

Juno não está mais me ouvindo. Seus olhos encontram os de Lowe. Uma conversa inteira acontece entre eles em uma fração de segundo.

Em seguida, ela olha para mim mais uma vez. Furiosa.

– Se está tentando insinuar que Max está trabalhando com os Leais...

– Não estou. Porque não tenho ideia do que sejam os Leais.

– Max *não* é um Leal.

– Claro. Ele também não é uma truta. Não estou fazendo nenhuma afirmação ontológica sobre ele, mas ele me atacou, *sim*.

– Você é... – ela dá um passo raivoso em minha direção – ... uma *mentirosa*.

– Saia. – A voz ríspida de Lowe nos lembra de que não estamos sozinhas no escritório.

Nós duas nos viramos imediatamente. E ficamos ambas chocadas ao ver que ele está se dirigindo a Juno.

– Ela está mentindo – insiste Juno. Está ficando um pouco ridículo o jeito que ela aponta para mim, como se eu fosse uma assaltante que roubou sua bolsa. – Você deveria dar uma punição a ela.

Solto uma risada.

– Isso mesmo, Lowe. Me dê umas palmadas e me deixe sem TV.

– *Sua sanguessuga de orelhas pontudas.*

– Juno. Fora.

Qualquer que seja a forma como a hierarquia funciona entre os licanos, deve ser rigorosa. Porque Juno claramente quer ficar e saltar em cima de mim com suas garras, mas acaba abaixando a cabeça em algo semelhante a uma saudação e então murmura com suavidade "Alfa" antes de deixar o escritório a passos largos.

A sensação é de uma trégua, a porta se fechando atrás dela, o silêncio abençoado. Até que Lowe se aproxima e de repente lamento a ausência de uma terceira pessoa no escritório. O ruim, ao que parece, ainda é melhor que o pior.

– Misery – diz ele.

Há reprovação em sua voz, um toque de aspereza e o tom de alguém que tem muitos problemas para resolver e está acostumado a lidar com a maioria deles apenas com um olhar e, talvez, uma *pequena* ameaça de violência.

Nós nos encaramos, apenas eu e ele, e, sim, sinto forte em meu sangue: estamos sozinhos. Pela primeira vez, e não virão muitas vezes mais. Duvido que, depois de ontem, Lowe esteja planejando passar seu tempo livre comigo.

Fora a barba por fazer, ele está como na cerimônia, seu rosto severo todo anguloso. Claramente, enquanto meu artista maquiador pintava a nova versão da Capela Sistina, o dele não encontrou nada para melhorar. Percebo que seus olhos descem para minha clavícula, onde uma sombra tênue das marcas verde-floresta ainda persiste atrás da confusão de ondas que sobraram das tranças. Mais uma vez, aquele músculo na mandíbula dele salta e as pupilas se dilatam de repente.

Essa situação é um problema. Supõe-se que o Colateral seja um personagem não jogável em um videogame. Durante esse próximo ano, preciso me manter invisível e discreta enquanto procuro Serena. Não o tipo de perturbação que é apanhada assassinando um jovem licano.

Meu Deus, aposto que eles os chamam de *filhotes*.

– Você não acredita em mim, não é? – pergunto.

Ele pisca, como se tivesse esquecido que estávamos no meio de uma conversa. Então pigarreia, mas sua voz permanece rouca.

– Acreditar em quê?

– Que eu não ataquei Max.

Ele contrai os lábios volumosos.

– Você estava mostrando as presas para ele.

– Está com ciúme? – Pisco os olhos languidamente para ele, sem saber de onde vem essa imprudência. Não *acredito* que eu tenha a intenção de provocá-lo. – Quer ver também?

Seus olhos disparam até meus lábios e permanecem ali por um momento um pouco longo demais. É quase engraçado como os licanos consideram nossos dentes repulsivos.

– O que me preocupa é que minha esposa vampira vá acabar sendo morta. Eu teria que enterrar o cadáver dela no canteiro debaixo da bela-emília, e a florada seguinte sairia feia.

Arquejo, dramática.

– A bela-emília, não!

– São as favoritas da minha irmã.

– E ela é *muito* fofa.

Ele se inclina abruptamente, aproximando-se tanto que sinto sua respiração em meus lábios.

– Isso é uma ameaça?

– Não. *Não mesmo.* – Franzo a testa, perplexa, e deixo escapar uma risada engasgada. – Não havia nada do tipo "seria uma pena se algo acontecesse com ela" implícito. Apesar da fanfic que Max e Juno vêm escrevendo sobre mim, *não* costumo planejar a morte de crianças.

Penso na minha conversa com Alex. Que provavelmente está em algum lugar roendo as cutículas até reduzi-las a tocos. Continuo:

– Além disso, foi você quem decidiu que eu deveria morar aqui.

Ele levanta a sobrancelha e diz:

– Tenho certeza de que você tem alguns conselhos excelentes sobre onde mais eu deveria abrigar a filha do vampiro mais poderoso do conselho, que também é aparentemente, ela própria, uma temível lutadora.

– Temível?

Estou me sentindo... lisonjeada?

– Para alguém que não é um licano – acrescenta ele, em um tom um tanto rancoroso, como se estivesse arrependido do elogio.

Aposto que esse homem vive de rancores. Ele tem um temperamento questionável, severo e autocrático, e eu sempre me vi demais como uma sobrevivente para ser impulsiva, mas aqui estou. Complicado.

– Ainda assim. Parece que você está se empenhando um pouco demais me dando o quarto ao lado do seu.

– Eu decido o que é demais.

Ele está sendo condescendente. E inflexível. Um idiota, provavelmente.

– Claro, então vamos abraçar a tradição. Deveríamos fazer um corte na minha mão e pingar um pouco de sangue nos lençóis? Pendurar os panos na praça pública?

Ele fecha os olhos por um instante e diz:

– Duvido que haja alguma expectativa de virgindade da sua parte.

– Fantástico. Adoro surpreender as pessoas.

Vejo a confusão em seus lábios entreabertos, antes que ele a reprima e retorne à sua expressão austera padrão.

É divertida para mim a ideia de que alguém que leu rápido uma sinopse da minha vida presumiria que eu já tive algum tipo de envolvimento romântico. Com quem? Um vampiro, quando eles só me veem como traidora? Um humano, que me consideraria um monstro?

A injeção anticoncepcional que recebi antes de vir para cá foi uma piada, não só porque Lowe e eu temos tanta probabilidade de fazer sexo quanto de começar um podcast juntos, mas também porque ele é um licano e eu uma vampira, e não poderíamos nos reproduzir mesmo se quiséssemos.

Não se ouve falar de relacionamentos interespécies – e esses nunca foram vistos também, a julgar por toda a pornografia produzida por humanos a que Serena e eu assistíamos. Ríamos dos atores sem talento com lentes de contato roxas e dentes falsos envolvidos em atos que exibiam orgulhosamente sua ignorância sobre a anatomia dos vampiros. Assim como dos licanos. Não sou especialista, mas tenho quase certeza de que o pau deles não ficaria preso em um orifício como aquele.

– Onde você aprendeu a lutar? – pergunta Lowe, provavelmente para mudar de assunto: sexo com sua espécie senciente menos favorita.

– Não estava listado em seu memorando informativo?

Ele faz que não com a cabeça.

– Eu estava mesmo na dúvida sobre como você podia ainda estar viva, depois de sete atentados contra sua vida.

– Eu também. E foram mais do que sete, embora a maioria fosse meia-boca. Nós nos cansamos de denunciá-los.

– Nós?

– Minha irmã adotiva e eu. – Cruzo os braços e agora estou imitando a pose dele. Aqui estamos nós, próximos demais de novo, meus cotovelos quase roçando nos dele. – Tivemos aulas de defesa pessoal juntas.

Você a conhece, não é? Ela conhece você. *Me fale alguma coisa. Qualquer coisa.*

Ele fala, mas não o que eu queria ouvir.

– Nada de luta no território dos licanos.

– Claro. Então, da próxima vez que alguém me atacar, deixo que fiquem à vontade? Na verdade, pode ser *você* o próximo a me atacar. Já que não é exatamente meu fã.

A pausa que se segue não é encorajadora.

– Pelo tempo que ficar no território dos licanos, você está sob minha proteção. E sob minha autoridade.

Solto uma risada silenciosa e ofegante.

– Quais são suas ordens para mim, então?

Ele se aproxima ainda mais, e a atmosfera no cômodo muda de imediato, tornando-se mais tensa, mais perigosa. O medo apunhala meu estômago; talvez eu tenha pressionado demais. É por isso que um licano está se curvando sobre mim, para me lembrar o quanto sou insignificante.

– Preciso que você se comporte, Misery – diz, de um jeito duro, os olhos pequenos.

Um arrepio percorre minha coluna, frio e elétrico. Minha mente volta às palavras de Alex: *Até o cheiro dele era o certo. Todos sabiam que ele tinha tudo para ser um alfa.* Não sou licana e, se respirar fundo, tudo que consigo sentir é o cheiro de suor e de sangue forte, mas acho que sei o que ele quis dizer. De alguma forma, também sinto a compulsão de assentir, de concordar. De fazer o que Lowe quiser.

Tenho que me esforçar para me conter. E estremeço no processo.

– Pelo menos você é esperta o suficiente para ter medo – murmura ele.

Cerro os dentes.

– É só frio. Vocês mantêm a temperatura muito baixa.

Suas narinas se dilatam.

– Faça o que eu estou mandando, Misery.

– Claro. – Minha voz está firme, mas ele sabe o quanto estou nervosa. Assim como sei que o estou irritando. – Posso me retirar?

Ele assente bruscamente, e eu corro para a porta. No entanto, me lembro de algo importante que venho querendo perguntar.

Então me viro para ele.

– Meu gato pode...?

Paro, pois os olhos de Lowe estão fechados. Ele está inspirando fundo, como se quisesse reunir nos pulmões todas as moléculas de ar do ambiente. E ele parece...

Atormentado. Em pura e absoluta agonia. Ele desfaz a expressão quando percebe que estou olhando, mas é tarde demais.

Meu estômago revira com algo viscoso e desagradável. Culpa.

– Eu tomei banho. Isso não melhorou as coisas?

Seu olhar está vazio.

– Melhorou que coisas?

– O meu cheiro.

Ele visivelmente engole em seco. Seu tom é brusco.

– A situação não melhorou para mim.

– Mas como...?

– O que você ia perguntar, Misery?

Ah. Certo.

– Eu tenho um gato.

Ele faz uma careta, como se eu tivesse dito que tenho centopeias de estimação.

– *Você* tem um gato.

– Isso mesmo. – Eu me detenho, pois Lowe não conquistou o direito a receber explicações para minhas escolhas de vida. Não que alguma coisa em relação ao maldito gato de Serena tenha sido uma escolha. – No momento, ele está trancado no meu quarto, se é que sua irmã não o deixou sair com a chave que ela roubou. Posso deixar o gato andar pela casa ou Max vai tentar incriminar o bichinho por atividade ilegal?

– Seu gato é bem-vindo entre nós – diz Lowe.

Se isso não é uma alfinetada, nada mais é.

– Deve ser bom se sentir bem-vindo – digo, levianamente, e deixo o escritório sem olhar para ele outra vez.

CAPÍTULO 6

Ficar longe é um alívio. E pura agonia.

Resumindo, não é o mais auspicioso dos começos.

Na semana que se segue à minha chegada, passo uma quantidade pouco saudável de tempo me esbofeteando mentalmente pela maneira como lidei com a situação envolvendo Max. Não me importo se os licanos pensam que sou um monstro insano, mas me importo que qualquer migalha de liberdade que eles estivessem inclinados a me dar tenha sido logo jogada no lixo.

Sou acompanhada em *todos os lugares*: enquanto dou um passeio à beira do lago, quando vou pegar uma bolsa de sangue na geladeira e ao me sentar no jardim ao entardecer, o que faço só para estar em algum lugar que não seja a minha suíte. Não sou nada mais que uma cornucópia de arrependimento. Porque somos todas duronas, até ter um licano carrancudo do lado de fora do banheiro enquanto lavamos o cabelo.

Até perdermos a oportunidade de bisbilhotar.

Tanto tempo disponível e tão pouco com que gastá-lo. É como a vida de Colateral com a qual estou familiarizada, só que o número de Serenas para me manter ocupada é muito menor. Eu deveria estar morrendo de tédio, mas isso não é muito diferente da minha rotina no mundo dos humanos, sendo sincera. Não tenho amigos, hobbies e nenhum propósito real além de ganhar dinheiro suficiente para pagar o aluguel a fim de... existir, acho.

É como se você estivesse... não sei, suspensa. Desconectada de tudo ao seu redor. Eu só preciso ver você indo em direção a alguma coisa, *Misery*.

Deve ter algo de errado comigo. Depois que meu período como Colateral acabou, Serena e eu estávamos livres para nos aventurar no mundo exterior, para estar com pessoas que não eram nossos tutores ou cuidadores, para nos apaixonar e fazer amigos. Serena mergulhou de cabeça no mundo, mas eu nunca consegui seguir o mesmo caminho. Em parte, porque quanto mais eu deixasse alguém se aproximar de mim, mais difícil seria esconder quem eu era. Em parte, talvez, porque ter passado os primeiros dezoito anos da minha vida me familiarizando com a crueldade de todas as espécies não tenha me preparado para um futuro brilhante.

Vai saber.

Assim, durmo durante o dia e passo as noites cochilando. Tomo banhos demorados, primeiro por causa de Lowe, depois porque passei a gostar disso de verdade. Assisto a filmes antigos feitos pelos humanos. Ando pelo meu quarto, maravilhada com sua beleza, me perguntando quem teria planejado esse teto com vigas, sofisticado, aconchegante e deslumbrante ao mesmo tempo.

Sinto muita falta da internet. Eles temem que eu possa querer fazer um bico como espiã e, para me impedir de transmitir informações sigilosas e confidenciais que eu venha a encontrar enquanto estou no território dos licanos, não tenho acesso à tecnologia – com exceção da minha ligação semanal para Vania, que é fortemente monitorada e dura apenas o tempo suficiente para ela desdenhar de mim ao se certificar de que ainda estou viva. Claro, essa não é minha primeira vez em território estrangeiro, e tentei contrabandear um celular, além de um laptop e um monte de dispositivos para testes de intrusão eletrônica.

Meritíssimo, fui apanhada. Quem quer que tenha examinado as minhas coisas teve a ousadia de confiscar metade delas – e de arrancar todos os pontos de antena e cartões wi-fi do restante. Quando percebi isso, fiquei deitada no chão por duas horas, como uma água-viva frustrada encalhada ao sol.

Lowe quase nunca está por perto e, quando está, não aparece, embora às vezes eu sinta sua voz baixa vibrar através das paredes. Pedidos firmes. Longas conversas abafadas. Uma vez, assim que entrei no closet para o descanso do meio-dia, uma risada profunda foi seguida pelos gritos de alegria de Ana. Adormeci momentos depois, tentando decifrar o que ouvi.

Na quinta noite, alguém bate à minha porta.

– Oi, Misery.

É Mick, o licano mais velho que estava conversando com Lowe na cerimônia. Eu gosto muito dele. Principalmente porque, ao contrário dos meus outros guardas, ele não parece querer que eu fique do lado de fora e seja atingida por um raio. Adoro pensar que criamos um vínculo quando ele cumpriu seu primeiro turno da noite: eu o vi apoiado na parede do corredor, lhe dei minha cadeira de rodinhas para que se sentasse e *voilà*! Logo nos tornamos melhores amigos. Nossa conversa de três minutos sobre a pressão da água foi o apogeu da minha semana.

– E aí, amável carcereiro?

– O nome politicamente correto é "segurança".

Há algo estranho no batimento cardíaco dele... Algo abafado, o ritmo um pouco arrastado, quase como um desânimo. Eu me pergunto se isso estaria relacionado com a grande cicatriz em seu pescoço, mas posso estar apenas imaginando coisas, porque ele sorri para mim de um jeito que transforma seus olhos em uma teia de pés de galinha. Por que nem todos podem ser legais como ele?

– E temos uma videochamada para você, do seu irmão. Venha comigo.

Qualquer esperança que eu tenha de que Mick me leve ao escritório de Lowe e me deixe sozinha para xeretar morre quando nos dirigimos para o solário.

– Pronta para voltar? – pergunta Owen antes mesmo de dizer "Oi".

– Não creio que essa seja uma opção se quisermos evitar...

– Irritar o papai?

– Eu estava pensando numa guerra geral.

Owen agita a mão no ar.

– Ah, sim. Isso também. Como vai a vida conjugal?

Tenho plena consciência de Mick sentado à minha frente, monitorando tudo que digo com atenção.

– Entediante.

– Você se casou com um cara que pode matar você a qualquer segundo de qualquer dia. Como pode estar *entediada*?

– Tecnicamente, qualquer um poderia matar qualquer pessoa, a qualquer hora. Seus amigos detestáveis poderiam estrangular você hoje à noite. Eu poderia ter colocado triazolopirimidinas em suas bolsas de sangue um milhão de vezes nos últimos vinte anos. – Fico tamborilando no queixo. – Na verdade, por que não fiz isso?

Algo cintila nos olhos dele.

– E pensar que costumávamos gostar um do outro – murmura ele, sombrio.

Owen não está errado. Antes de eu partir para o território humano, toda criança vampira que escolhesse bancar a idiota por causa da minha iminente colateralização tendia a se tornar vítima de eventos curiosamente cármicos. Contusões misteriosas, aranhas rastejando em suas mochilas, segredos mortificantes revelados à comunidade. Sempre suspeitei que fosse obra de Owen. Mas talvez eu estivesse enganada. Quando voltei para casa, aos 18 anos, ele não pareceu muito feliz em me ver e com certeza não queria andar comigo em público.

– Você pode, por favor, simplesmente ficar apavorada por viver entre os licanos? – pergunta ele.

– Até agora, os humanos se mostraram piores. Eles fazem merdas como queimar a Floresta Amazônica ou deixar a tampa do vaso sanitário levantada à noite. Bem, você quer alguma coisa de mim?

Ele faz que não com a cabeça.

– Só estou me certificando de que você ainda está viva.

– Ah. – Passo a língua pelos lábios. Duvido que ele se importe se eu continuo a existir neste plano metafísico, mas essa é uma boa oportunidade. – Estou tão feliz por você ter ligado, porque... sinto tanta saudade sua, Owen.

Uma expressão de incredulidade surge em seu rosto granulado. Então ele parece entender.

– É mesmo? Também sinto sua falta, querida. – Ele se recosta na cadeira, intrigado. – Me diga o que está afligindo você.

Todo vampiro do sudoeste sabe que somos gêmeos. Nossa chegada foi primeiro celebrada como uma enorme fonte de esperança ("Dois bebês ao mesmo tempo! Na respeitada família Lark! Em um momento em que a concepção é tão difícil e temos tão poucos bebês chegando! Vivas!") e mais tarde rapidamente varrida para debaixo de um tapete grosso de histórias truculentas ("Eles assassinaram a própria mãe durante um trabalho de parto de duas noites. O menino a deixou fraca e a menina desferiu o golpe final – Misery, foi o nome que lhe deram. Havia mais sangue naquela cama do que durante o Áster."). Serena também soube assim que lhe apresentei Owen, depois de ela me importunar querendo conhecer "o cara que poderia ter sido meu colega de quarto por anos, se você tivesse jogado melhor suas cartas, Misery". Surpreendentemente, eles se deram bem, unindo-se pelo gosto por criticar minha aparência, minhas roupas, meu gosto musical. Minha vibe em geral.

E, mesmo assim, nem mesmo Serena conseguiu ficar calada em relação ao quanto era inacreditável que Owen, com sua pele escura e as entradas já surgindo no alto da testa, fosse sequer meu *parente*. É porque, enquanto eu puxei ao papai, ele... bem, suponho que se pareça com a nossa mãe. Difícil dizer, já que nenhuma foto parece ter sobrevivido.

No entanto, independentemente das diferenças entre mim e Owen, aqueles meses compartilhando um útero devem ter deixado *alguma* marca em nós. Porque, apesar de termos crescido com menos interações do que dois amigos que se falam por correspondência, parecemos nos entender.

– Você se lembra de quando éramos crianças? E papai nos levava à floresta para ver o pôr do sol e sentir a noite cair? – pergunto.

– Claro. – Nem meu pai nem o exército de babás que cuidava de nós dois jamais fizeram algo parecido. – Penso nisso com frequência.

– Tenho me lembrado das coisas que papai dizia. Tipo: *Aquela coisa que eu perdi. Você tem alguma notícia sobre isso?* – Mudo tranquilamente para a Língua, tomando cuidado para não alterar a entonação.

O olhar de Mick se ergue da tela do celular, mais curioso que desconfiado.

– Ah, sim. Você costumava rir por alguns minutos e dizer: *Não tenho. Ela não voltou para o apartamento... Vou ser avisado se voltar.*

– Mas então você ficava bravo porque papai e eu não estávamos prestando atenção em você e saía perambulando sozinho, resmungando sobre as coisas mais estranhas. *Me avise se isso mudar. Você tem falado com a Colateral licana? Ela mencionou alguma coisa sobre Leais?*

Ele assente e suspira, feliz.

– Sei que você nunca vai acreditar, mas eu sempre digo: *Não tenho nenhum contato com ela. Mas vou ver o que posso fazer.* Papai sempre gostou mais de você, querida.

– Ah, querido. Acho que ele ama nós dois do mesmo jeito.

De volta ao quarto, pego meu computador, me perguntando se conseguiria roubar o chip do celular de alguém. Brinco um pouco, escrevendo um script flexível para procurar servidores dos licanos que talvez eu nunca consiga usar. Como sempre, ao programar, perco a noção do tempo. Quando ergo a cabeça, a lua está alta, meu quarto está escuro e uma criatura pequena e assustadora se encontra de pé na minha frente. Ela está usando leggings de coruja com tutu de chiffon e me encara como o fantasma do Natal passado.

Solto um grito.

– Oi.

Ah, meu *Deus*.

– Ana?

– Olá.

Levo a mão ao peito.

– Que merda é essa?

– Você está jogando?

– Eu... – Olho para o meu laptop. "Estou construindo um circuito lógico difuso" parece o tipo errado de resposta. – Claro. Como você entrou aqui?

– Você sempre faz as mesmas perguntas.

– E *você* sempre entra aqui. Como?

Ela aponta a janela. Vou até lá com a testa franzida e me apoio no parapeito para olhar o lado de fora. Já explorei o lugar antes, em minha busca desesperada por alguma espionagem não supervisionada. Os quartos ficam no segundo andar, e verifiquei várias vezes se conseguiria descer (não, a menos que fosse picada por uma aranha radioativa e desenvolvesse ventosas nos dedos) ou pular (não sem quebrar o pescoço). Nunca me ocorreu olhar... para cima.

– Pelo telhado? – pergunto.

– Isso mesmo. Eles pegaram minha chave.

– Seu irmão sabe que você está escalando a casa como um macaco-aranha?

Ela dá de ombros. Eu imito seu gesto e volto para a cama. Afinal, não vou mesmo dedurar a criança.

– Quem é o quê? – pergunta ela.

– Ahn?

– O macaco-aranha. É uma aranha que parece um macaco ou um macaco que parece uma aranha?

– Hum, não tenho certeza. Vou dar uma olhada no Google e... – Puxo o computador para o colo e então me lembro da situação do wi-fi. – Porra.

– Isso é um palavrão – diz Ana, dando uma risadinha encantada de divertimento que me faz me sentir uma comediante. Ela é uma companhia lisonjeira. – Qual o seu nome?

– Misery.

– Miresy.

– Misery.

– Isso mesmo. Miresy.

– Não é assim... Ah, que seja.

– Posso jogar com você? – Ela lança um olhar ansioso para o meu laptop.

– Não.

Sua boca bonita se franze, fazendo beicinho.

– Por quê?

– Porque não.

O que faríamos, afinal? Divisões com números grandes?

– Alex me deixa jogar.

– Alex? O cara louro?

Não o vejo desde o incidente com Max. Presumo que o episódio foi registrado como "sob sua supervisão", o que fez com que ele fosse retirado do rodízio de carcereiros.

– Isso. Roubamos carros e conversamos com moças bonitas. Mas Alex diz que Juno não pode ficar sabendo.

– Você joga *GTA* com Alex?

Ela dá de ombros.

– Isso é apropriado para uma criança... de 3 anos?

– Eu tenho 7 anos – declara ela com altivez, mostrando seis dedos.

Deixo passar.

– Não vou mentir. Estou muito orgulhosa por minha estimativa ter chegado tão perto.

Outra vez ela dá de ombros, o que parece ser sua resposta-padrão. Acho uma boa resposta-padrão, sinceramente. Ela se acomoda na cama ao meu lado e por um momento fico com medo de que ela vá fazer xixi ali. Será que ela está de fralda? Será que é domesticada? Devo colocar a criança para arrotar?

– Eu quero jogar – repete ela.

Eu não sou uma pessoa amorosa. Depois de viver os primeiros dezoito anos da minha vida em função de uma longa e nebulosa lista de *outras pessoas*, aperfeiçoei minha assertividade. Não tenho nenhum problema em dizer um *não* firme e definitivo e nunca mais pensar no assunto. Portanto, devo estar sofrendo um grande evento cerebral quando suspiro, abro meu editor e com rapidez uso JavaScript para criar um jogo semelhante ao da cobrinha.

– Isso é edu... edu... edutacivo? – pergunta ela quando termino de explicar como funciona.

– Educativo.

– Juno diz que é importante que os jogos sejam edutacivos...

– Não sei se esse é, mas pelo menos não tem crimes hediondos envolvidos.

Há algo de encantador na maneira como ela se encosta em mim, suave e confiante, como se nosso povo não estivesse se caçando mutuamente por diversão nos últimos séculos. A língua se projeta entre os dentes enquanto ela tenta pegar maçãs e, quando um cacho escuro desliza na frente do seu olho direito, eu me pego com os dedos no ar, já muito perto dele, tentada a prendê-lo atrás de sua orelha.

– Merda – murmuro, retirando a mão.

– O que foi?

– Nada. – Prendo os braços entre as costas e a parede, horrorizada.

Tenho a sensação de que já estamos no meio da madrugada quando Ana boceja e decide que é hora de voltar para o seu quarto.

– Minha gata está mesmo me esperando.

Opa.

– Sua gata?

Ela faz que sim.

– Por acaso a *sua* gata é cinza? Peluda? De cara amassada?

– Isso mesmo. O nome dela é Faísca.

Ah, merda.

– Em primeiro lugar, ele é menino.

Ela parece pensar, me olhando. Até que diz:

– O nome *dele* é Faísca, então.

– Não, o nome dele é o maldito gato da Serena.

A expressão de Ana é de pena.

– E, na verdade, ele é *meu* gato. – De Serena. Que seja.

– Eu não acho que seja.

– Você sabe que ele chegou quando eu cheguei.

– Mas ele dorme comigo.

Ah. Então é *lá* que ele desaparece o tempo todo.

– Isso é só porque ele me odeia.

– Então talvez ele não seja o seu gato – diz ela, com a delicada gravidade de uma terapeuta ao me informar que não tenho um transtorno diagnosticável e que, sou só uma vaca mesmo.

– Sabe de uma coisa? Eu não ligo. Isso é entre você e Serena.

– Quem é Serena?

– Minha amiga.

– Sua melhor amiga?

– Eu só tenho essa, portanto... sim?

– Minha melhor amiga é Misha. Ela é ruiva e é filha do Cal, melhor amigo do meu irmão. E Juno é tia dela. E ela tem um irmãozinho mais novo, o nome dele é Jackson, e uma irmãzinha mais nova, e o nome dela...

– Isto não é *Os irmãos Karamázov* – interrompo. – Eu não preciso da árvore genealógica.

– ... é Jolene – prossegue ela, inabalável. – Cadê a Serena?

– Ela... Estou tentando encontrar minha amiga.

– Quem sabe meu irmão pode ajudar? Ele é muito bom em ajudar as pessoas.

Engulo em seco. Eu simplesmente não sei lidar com crianças.

– Quem sabe...

Ela me observa por vários segundos.

– Você é igual ao Lowe?

– Não sei o que você quer dizer, mas não.

– Ele também não dorme.

– Mas eu durmo. Só que durante o dia.

– Ah. Lowe não dorme. Nada.

– Nunca? Isso é uma coisa de licanos? Ou de alfas?

Ela sacode a cabeça.

– Ele tem pneumonia.

Sério? Quando foi que ele contraiu? Ele me pareceu saudável. Talvez para os licanos a pneumonia não seja nada...

– Espere! – Chamo quando vejo Ana indo em direção à janela. – Que tal você passar pela porta?

Ela nem sequer se detém para dizer não.

– Seria mais divertido. Você pode parar no quarto do Lowe ao sair – sugiro. Porque, se esta criança morrer, vai ser culpa *minha*. – Dizer oi. Ficar um pouco com ele.

– Ele não está em casa. Saiu para lidar com os legais.

Vou atrás dela.

– Com os legais?

– É.

– Não tem como ele lidar com os... Você quer dizer os Leais?

– Isso. Os legais. – Ela já está subindo, e "macaco-aranha" não chega nem perto de descrever o quanto ela é ágil. *Ainda assim...*

– Não. Volte aqui! Eu... proíbo você de continuar.

Ela continua escalando.

– Você é uma vampira. Não acho que pode me dizer o que fazer.

Ela soa mais prática do que malcriada, e a única resposta que me ocorre é:

– Merda.

Acompanho o progresso dela apavorada, me perguntando se a maternidade é isto: imaginar, desesperada, o filho com o crânio aberto. Mas Ana sabe muito bem o que está fazendo e, quando iça o corpo para cima do telhado e desaparece do meu campo de visão, me vejo sozinha com duas informações distintas.

Estou confusamente comprometida com a sobrevivência da praga dessa pequena licana.

E Lowe, meu marido, meu *camarada*, vai passar a noite fora.

Entro no banheiro, encontro um dos meus grampos de cabelo e faço o que tenho que fazer.

CAPÍTULO 7

O cheiro está se tornando mais do que apenas um problema. Invade. Envolve. Desloca-se. Gruda no nariz dele. Ele se concentra, às vezes. Ambos raramente se tocam. Quando isso aconteceu, o pulso dela roçou a frente da camisa dele, e ele se viu rasgando o pedaço de tecido onde o cheiro dela era mais intenso. Ele o enfiou no bolso e agora o carrega para todo lugar.

Mesmo quando sai de casa para evitá-la.

Abrir a porta leva mais tempo do que eu esperava, mas não muito mais. A fechadura emite um clique e eu paro, me perguntando se minha guarda – uma licana sem firulas chamada Gemma, acredito – virá checar como estou. Depois de um minuto, decido que estou segura e empurro a porta, abrindo-a.

O quarto de Lowe é tão bonito e interessante quanto o meu, uma parede decorada e o teto com vigas criando uma atmosfera confortável e suave. No entanto, o dele tem menos móveis e, embora Lowe deva morar aqui há muito mais tempo do que eu, vejo duas caixas de mudança empilhadas em um canto e alguns quadros emoldurados encostados na parede, esperando para serem pendurados.

As solas dos meus pés estão frias quando piso no assoalho de madeira, no padrão espinha de peixe. Sei muito bem o que estou procurando – um celular, um laptop, talvez um diário intitulado "Aquela vez que raptei Serena Paris" com um cadeado que pode ser rompido com facilidade –, mas não consigo deixar de bisbilhotar um pouco além. Há diversas estantes, repletas de clássicos da ficção, mas principalmente de livros de arte, altos, grossos e brilhantes, as páginas cheias de lindas esculturas, edifícios únicos e pinturas que nunca vi antes. O banheiro está impecável, exceto no canto onde se encontram uma escova de dentes no formato de unicórnio, pasta de dentes sabor morango e shampoo antilágrimas. O closet é marcial em sua organização, todas as camisas monocromáticas, cada par de calça dobrado com capricho, sempre cáqui ou jeans. A única exceção é o terno que ele usou no nosso casamento.

Meu marido, eu descubro, usa sapatos tamanho 46.

Procuro por eletrônicos, mas sem sucesso. Não precisava mesmo saber que Lowe Moreland odeia desordem e que é imune ao inevitável acúmulo de bugigangas inúteis a que todos estamos sujeitos. Ele tem apenas o que precisa, e parece que tudo de que ele precisa é um carregador, um milhão de cuecas boxer idênticas e um frasco de lubrificante à base de silicone, que eu encontro na mesinha de cabeceira, pego e imediatamente o largo como se fosse um ninho de vespas.

Ok. Eu não precisava saber que ele... Mas a parceira dele está longe, se divertindo com meu povo e... Ok. É muito normal. Não vou mais pensar nisso.

A partir de agora.

Há uma única foto na parede: uma Ana mais nova e uma bonita mulher de meia-idade que tem a mesma cor de pele e as maçãs do rosto acentuadas características de Lowe. Quanto mais a examino, mais percebo que, exceto pelos olhos, Ana não se parece em nada com a mãe, nem com Lowe. Se eles puxaram ao pai, devem ter herdado características diferentes.

Procuro embaixo dos travesseiros, atrás da cabeceira, na escrivaninha. Lowe claramente não mantém um laptop no quarto, e toda essa invasão está começando a parecer inútil. Já estou quase desistindo quando tento abrir a última gaveta da cômoda e percebo que está trancada. A esperança borbulha. Corro de volta ao meu quarto e pego o grampo de cabelo.

Não tenho certeza do que espero de uma gaveta trancada – talvez colares de presas de vampiros, ou lubrificantes extras que ele comprou no atacado, ou um monte de cartões wi-fi acompanhados de um cartão de felicitações ("Sirva-se à vontade, Misery!"). *Não* uma caixa de lápis e um bloco de desenho. Fico intrigada, pego e abro o bloco, passando as páginas com delicadeza para evitar qualquer dano.

A princípio, acho que estou olhando uma foto. De tão bela, precisa e meticulosa que é a arte. Mas então noto as manchas, as linhas que às vezes se esticam um pouco demais, e não: é um desenho – o desenho arquitetônico de uma abóbada, impecavelmente executado.

Meu coração bate mais forte, mas não sei dizer por quê. Com dedos trêmulos, começo a virar as páginas.

Há esboços de salas, escritórios, fachadas de lojas, cais, casas, pontes, estações. Edifícios grandes e pequenos, estátuas, cúpulas, cabanas. Alguns são apenas imagens do exterior, outros incluem layouts internos e móveis. Alguns têm números e vetores rabiscados nas margens, outros têm cores entrelaçadas. Todos são perfeitos.

Ele é arquiteto.

Eu tinha esquecido. Ou talvez eu nunca tenha tido uma ideia clara do que isso significa. Mas, olhando para esses desenhos, sinto algo sólido e pesado no estômago: o amor que Lowe tem por belas formas, lugares requintados, paisagens interessantes.

Ele é só alguns anos mais velho que eu, mas esse não é o trabalho de alguém inexperiente. Há expertise aqui, paixão e talento, sem mencionar o tempo – tempo que não consigo imaginar que ele tenha para dedicar à beleza e aos desenhos requintados, agora que é o alfa do bando, e...

Isso tudo é demais. Estou pensando nisso – *nele* – exageradamente. Fecho o bloco de desenho com força e o coloco de volta onde o encontrei. Isso faz com que algo que estava no fim do bloco escorregue.

Um retrato.

Meu coração para enquanto me esforço para pegar o papel, esperando... Não, *totalmente certa* de encontrar o rosto sorridente de Serena. Os lábios carnudos, os olhos amendoados, o nariz fino e o queixo pontudo são tão familiares para mim que acho que só pode ser ela, porque quem mais eu conheceria tão bem? Só pode ser um retrato de Serena, ou...

Meu.

Lowe Moreland desenhou meu rosto e depois o enfiou no fundo da última gaveta. Não tenho certeza de quando ele me observou por tempo suficiente para extrair de mim esse nível de detalhes, o ar sério e distante, a expressão de lábios cerrados, os fiapos de cabelo cacheando em torno da ponta de uma orelha. Mas eis o que sei: há algo de *contundente* no desenho. Algo quente, intenso e expansivo que não existe nos outros esboços. Força, poder e muitos sentimentos estiveram envolvidos na execução deste retrato. *Muitos*. E não consigo imaginar que tenham sido positivos.

Minha fisionomia é de tensão. Engulo em seco. Suspiro. Então sussurro:

– Também não sou sua fã, Lowe. Mas você não me vê te desenhando com chifres no meu diário.

Guardo tudo de volta na gaveta, certificando-me de que está exatamente como encontrei. Ao sair, deixo meus dedos percorrerem as estantes de livros, me perguntando mais uma vez quão ruim será meu próximo ano com os licanos.

No dia seguinte durmo até o fim da tarde. Ainda estou cansada o suficiente para dormir mais um pouco, mas tem alguma coisa acontecendo lá fora, na margem geralmente calma do lago. Envolve risadas altas e cheiro de queimado, e eu me arrasto até a janela para ver, evitando a luz direta que ainda entra no quarto.

É um churrasco, ou uma festa informal, ou um jantar ao ar livre – nunca entendi bem a diferença, apesar das explicações de Serena sobre as nuances das reuniões sociais humanas. Vampiros não constroem comunidades dessa forma, não se reúnem sem um objetivo. Nossas amizades são alianças. Não conheci o conceito de diversão, de passar tempo com alguém só por passar, até meus anos como Colateral.

Mas consigo contar mais de trinta licanos. Perambulando pela beira do lago, grelhando carne, comendo, nadando. Rindo. As mais barulhentas são as crianças: vejo várias, entre elas Ana, divertindo-se muito.

Eu me pergunto se estou convidada a participar. Qual seria a reação se eu descesse e cumprimentasse os convidados? Eu poderia pegar emprestado um biquíni de Juno, me servir de um pouco de sangue com gelo, me sentar a uma mesa na sombra e perguntar aos meus companheiros de jantar: "Então, e o futebol, hein?"

A ideia me faz rir. Eu me acomodo no parapeito da janela, ainda de short de pijama e com a regata surrada que ganhei há dois anos em um exercício de formação de equipe no trabalho, e olho para o grupo reunido. E para Lowe, que voltou para casa.

Meus olhos são imediatamente atraídos para ele. Talvez porque ele seja... Bem, *grande*. Em sua maioria os licanos são altos, ou atléticos, ou ambos, mas Lowe vai um pouco além. Ainda assim, não tenho certeza se sua aparência é o que o coloca no centro com tanto destaque.

Ele não é... charmoso, mas *magnético*. Seus lábios cheios se curvam em um leve sorriso enquanto ele conversa com alguns membros do bando. As sobrancelhas escuras se juntam enquanto ele ouve os outros. O canto dos olhos se espalha em uma teia de linhas quando ele brinca com as crianças. Ele deixa uma garotinha levar a melhor na queda de braço, arqueja fazendo de conta que sente dor quando outra finge dar um soco em seu bíceps, lança um garoto na água para o evidente deleite dele.

Lowe parece amado. Aceito. Parece pertencer a este lugar, e eu me pergunto como deve ser sentir isso. Eu me pergunto se ele sente falta da parceira, ou companheira, ou o que quer que seja. Eu me pergunto se ele está conseguindo desenhar bastante esses dias ou se as casas bonitas, na maioria das vezes, ficam trancadas em sua mente.

Ele com certeza *não* parece estar se recuperando de uma doença, mas o que eu sei? Não sou pneumologista.

Estou prestes a sair do parapeito e dar início à minha noite quando o vejo.

Max.

Ele está apartado do restante da multidão, nos arredores da praia, onde a areia primeiro se transforma em arbustos, depois se adensa com árvores da floresta. À primeira vista, não presto muita atenção: ao contrário da maioria dos presentes, ele está vestindo uma camisa de mangas compridas e jeans, mas ei, eu já fui uma adolescente inibida tentando esconder com roupas o fato de que havia crescido cerca de quinze centímetros em três meses. E melanoma *é* uma coisa terrível, segundo Serena.

Mas então ele fica de joelhos. Começa a conversar com alguém muito mais baixo que ele. E o meu corpo todo enrijece.

Digo a mim mesma que não há razão para fazer a cara feia que estou fazendo. Max e eu podemos ter tido nossas diferenças (diferença, apenas uma, ainda que grave), mas ele tem todo o direito de interagir com Ana. Pelo que sei, os dois são próximos e ele cuida da menina desde que ela usava fraldas. De qualquer forma, não é da minha conta. Sou uma hóspede muito indesejada aqui e tenho meu banho diário de uma hora para tomar.

Só que... alguma coisa me puxa de volta para a janela. Eu não gosto do que vejo. A maneira como ele está falando com Ana, apontando para algum lugar que não consigo ver, algum lugar entre as árvores. Ana balança a cabeça, *não*. Mas ele parece insistir e...

Será que estou sendo paranoica? É possível. O irmão verdadeiro de Ana está ali, a alguns metros de distância, tomando conta dela.

Só que não está. Ele está jogando alguma coisa com o padrinho ruivo – Cal, o nome dele é Cal – e algumas outras pessoas. Bocha, se é que reconheço o jogo do período em que Serena esteve às voltas com as variações do boliche, e, cara, como os licanos e os humanos têm coisas em comum! Meu pai talvez esteja certo em temer uma aliança entre eles. Ainda assim, isso não me diz respeito e...

A mão de Max pega a de Ana, puxando-a em direção à floresta, e meu cérebro entra em curto-circuito. Mick está de plantão, e saio do meu quarto descalça, com a intenção de avisá-lo. No entanto, a cadeira dele está vazia, exceto por um prato com restos de salada de repolho.

Ele deve estar no banheiro, e considero ir procurar por ele lá. Então concluo que não vai dar tempo. Algumas células neurais perdidas acordam para observar que este é o momento perfeito para eu entrar no escritório de Lowe e procurar informações sobre Serena. Os 99% restantes do meu cérebro, infelizmente, estão focados em Ana.

Meu Deus. Eu odeio, odeio, *odeio* me importar.

Desço correndo a escada e saio pela cozinha. O calor me atinge como uma onda, me deixando mais lenta enquanto a luz do sol perfura minha pele como um milhão de pequenos dentes de tubarão. Merda, isso dói. Está claro demais para eu vir aqui para fora.

Alguns licanos me olham, mas ninguém me *vê*. Pedras pequenas e irregulares cravam-se dolorosamente nas solas dos meus pés, mas eu avanço, seguindo em direção à floresta. Quando chego lá, minha pele está queimando, eu estou mancando e quase perdi o equilíbrio duas vezes, graças a uma pilha de baldes de areia e a uma boia de braço.

Mas vejo o maiô azul brilhante de Ana em meio ao verde e o cinza-escuro da camisa de Max, então grito:

– Ei! – Ando por entre as árvores. – Ei, pare!

Max continua andando, mas Ana se vira, me vê e me dirige um sorriso encantado em que faltam dentes. Seus batimentos cardíacos são doces e felizes.

– Miresy!

– Não é esse o meu nome, já falamos sobre isso. Ei, Max? Para onde você está levando a Ana?

Ele deve reconhecer minha voz, porque para. E, quando olha para mim, seu rosto é de puro ódio.

– O que *você* está fazendo aqui?

– Eu *moro* aqui. – Tenho quase certeza de que agulhas de pinheiro estão enterradas em minha pele. Além disso, posso estar em chamas. – O que *você* está fazendo com uma criança de 6 anos no meio da floresta?

– Sete. – Ana me corrige alegremente, soltando a mão de Max e levantando seis dedos.

Maldita criança.

– Ana, venha comigo. – Ofereço minha mão a ela, que vem saltitando em minha direção, os braços abertos como se fosse me abraçar... Caramba! Sinto um aperto no coração quando Max a pega no colo e começa a carregá-la na direção oposta. – Que diabos você...?

É neste momento que várias coisas acontecem ao mesmo tempo.

Ana começa a se debater e gritar.

Corro na direção de Max, pronta para libertá-la, pronta para despedaçá-lo com minhas presas.

E então cerca de uma dúzia de licanos saltam das árvores à nossa volta.

CAPÍTULO 8

Seria mais fácil se ele não gostasse dela como pessoa.

– É uma característica dos vampiros meter suas pequenas presas pontiagudas na vida dos outros e arruinar seus planos? Ou será mais um projeto pessoal de Misery Lark?

Estou cuidando da castigada sola dos meus pés no sofá da sala de estar há menos de cinco minutos, mas é a terceira vez que me fazem uma variação dessa pergunta. Então, mantenho a cabeça abaixada e ignoro o ajudante de Lowe – o que parece um boneco Ken – enquanto arranco detritos de todos os tipos do meu dedão do pé. Preciso de uma pinça, mas não trouxe nenhuma. Será que licanos usam pinça? Ou, como os adeptos do movimento *furry*, será que a consideram moralmente repugnante? Talvez os pelos do corpo sejam sagrados para eles e qualquer ameaça ao seu legítimo domicílio seja vista como uma blasfêmia.

Um ponto para reflexão.

– Me deixem ir embora – choraminga Max.

Como eu, ele se encontra sentado em um sofá. Ao contrário de mim, suas mãos estão amarradas nas costas e ele está sendo vigiado por vários guardas com o tipo de tratamento gélido que se reserva aos que tentam sequestrar uma criança.

Que foi exatamente o que Max fez.

– Você pode parar de pedir, porque isso não vai acontecer – diz Cal a ele de modo afável.

De todos os licanos aqui, está claro que ele e o Boneco Ken são superiores na hierarquia. Também parecem fazer o jogo policial mau/policial ainda pior. Cal é afavelmente assustador, Ken é aterrorizante de um jeito sarcástico. Bem, se isso funciona para eles...

– Quero ver a minha mãe – choraminga Max de novo.

– Quer mesmo, campeão? Tem certeza? Porque a sua mãe está lá fora, *humilhada* pelo que você acaba de fazer e pelas companhias com quem você tem andado.

– Não sei, não, Cal. – Ken ajeita o boné de beisebol. – Talvez a gente *deva* devolver Max para a mãe. – Ele se inclina para a frente. – Eu adoraria ver a cara dele quando ela arrancar suas garras.

Max rosna, mas logo choraminga quando o seu alfa chega, com Juno e Mick a reboque. Movimento os lábios dizendo para Mick "Sinto muito", preocupada, temendo que ele se meta numa encrenca por me deixar sozinha por um minuto para fazer xixi. Ele me faz um gesto com a mão e a sala inteira mergulha no silêncio, todos focados em Lowe, como se a presença dele fosse uma atração gravitacional. Nem *eu* consigo olhar para outro lugar e abandono meu dedão ao seu infeccionado destino. Lowe parece muito frio, e eu estremeço. Embora pudesse ser o vento do ar-condicionado na minha carne cheia de bolhas.

– Ana está bem? – pergunta Gemma.

Lowe faz que sim com a cabeça.

– Brincando com Misha.

Com as mãos nos quadris, ele observa a sala. Todos os olhos instantaneamente fitam o chão.

Exceto os meus.

– Quem quer me contar que merda aconteceu? – pergunta ele, olhando para mim.

Aguardo que todos explodam em explicações apressadas, mas a disciplina dos licanos é melhor do que isso. Um pesado silêncio se estende, quebrado apenas pelo movimento de Lowe, que para à minha frente. Estou pronta para dizer minhas últimas palavras, mas tudo que ele faz é tirar o casaco de capuz, passá-lo ao redor dos meus ombros trêmulos e depois admirar o resultado por um momento longo demais.

Os olhos de todos ainda estão voltados para o chão.

– Cal – diz ele.

É vergonhosa a sensação de alívio que sinto por não ter sido chamada.

– Estava tudo indo de acordo com o plano – começa Cal. – Como esperado, Max estava tentando atrair Ana para longe. Nós o seguíamos de perto para ver com quem ele ia se encontrar, quando...

Ele se vira para mim, e de repente sou o centro da sala. Meu alívio foi prematuro.

– Sinto muito. – Engulo em seco. – Eu não fazia ideia de que aquilo era algum tipo de plano conjunto de emboscada. Se vejo um cara que foi um completo idiota comigo fugindo com uma criança, é natural para mim...

O que é natural para mim? Por que agi daquele jeito? Agora que a adrenalina se esgotou, não consigo lembrar qual foi meu raciocínio. Não sou nenhuma heroína, nem quero ser.

O Boneco Ken bufa.

– Você estava nos observando da janela?

– Bem... Estava...

– Esquisito, isso. Você precisa de um hobby.

– Tem razão. Ouvi coisas incríveis sobre voos de parapente ou adestramento de patos. Talvez eu pudesse... Ah, espera. Esqueci que estou *literalmente* presa num quarto de doze metros quadrados, 24 horas por dia, *sete dias por semana*.

– Leia um livro, pontuda.

– Chega. – Lowe atravessa a sala, irritado, e se agacha diante de Max, que na mesma hora tenta sair dali, desajeitado. Seu tom é firme, mas surpreendentemente suave quando pergunta: – Para onde você ia levar Ana? – Como Max não responde, Lowe continua: – Você tem 15 anos, e não será punido como se fosse um adulto. Não sei com quem você se meteu, nem como, mas posso ajudar. Vou proteger você.

O suor escorre pelas têmporas de Max. Ele é muito mais jovem do que eu pensava.

– Você vai se livrar de mim. Se eu contar, você...

– Eu não machuco os meus, ainda mais crianças. Não sou Roscoe – rosna Lowe.

– Não. – Max me olha de relance. – Ele nunca teria feito alianças com vampiros nem com humanos, nunca teria trazido uma vampira para dentro de casa para deixar que ela mate os licanos...

– Você está certo. Roscoe gostava ele mesmo de matar os licanos – diz Lowe e Max olha para baixo. Ele é só um menino. – Uma aliança com os vampiros é mesmo pior do que mais mortes de licanos nas mãos deles?

Max parece tentar entender a pergunta, seu pomo de adão subindo e descendo. Então, ele se lembra da sua fúria e cospe as palavras:

– Você não é o alfa legítimo.

É claramente uma *grande* gafe. Porque todos os outros licanos na sala dão um passo à frente para intervir, mas logo se detêm quando Lowe ergue a mão.

– Quem disse isso a você? – pergunta ele. Ameaçador, implacável. – Talvez tenha sido um equívoco. Talvez eles só não estivessem presentes quando Roscoe perdeu o desafio para mim. Mandei um recado aos Leais, informando que eu teria satisfação em aceitar o desafio de qualquer um deles. E até agora... – Lowe fica de pé. – Divergências e discussões são bem-vindas. Não sou Roscoe e não vou me livrar de quem discorda de mim. Mas tentativa de sequestrar uma criança, sabotagem de uma infraestrutura importante, ataques brutais a grupos que me apoiam... Isso é insurgência violenta. E, enquanto eu for o alfa deste bando, não vou aceitar isso. Quem mandou você aqui, Max?

Ele sacode a cabeça.

– Eu não sei.

– Esqueceu? – O Boneco Ken se aproxima e para ao lado de Lowe. Max se encolhe. – Temos meios de fazer você lembrar.

– Mas ele é só um garotinho – ressalta Cal.

– Ele escolheu trabalhar com os Leais – diz Ken, estalando os dedos.

Cal, para a minha surpresa, dá de ombros.

– Acho que você está certo.

Ele também estala os dedos.

Procuro no rosto de Lowe um sinal de que ele não vai deixar que seus subordinados... sei lá, torturem um menino. A expressão dele é distante, parece feliz em delegar. Não é o que eu esperaria de alguém que está tentando contemporizar a situação.

– Esperem! – grito. Hoje deve ser um dia em que estou *particularmente* intrometida. – Não o machuquem. Posso ajudar vocês.

Todas as cabeças se viram para mim, com diferentes graus de irritação.

– Acho que já fez o bastante, sanguessuga – diz Ken.

Reviro os olhos.

– Em primeiro lugar, cresci em meio aos humanos, então sanguessuga, parasita, esponja de sangue, carrapato, sugadora e morcega *não* são os insultos inovadores que vocês pensam que são. – Vampiros bebem *mesmo* sangue para sobreviver e não temos vergonha disso. – Posso descobrir quem mandou Max. Sem arrancar unhas ou seja lá o que estejam planejando.

– Não sei – diz Cal. – Ele merece sofrer.

Max, porém, está tremendo como uma folha. E não devo ser a sádica que achava que era.

– Por favor – imploro a Lowe, me desligando do restante da sala. – Eu posso ajudar.

– Como? – Pelo menos ele parece mais curioso que irritado.

– É mais fácil fazer do que falar. Olhe.

Eu me levanto na direção de Max e passo por Lowe, mas ele me detém com os dedos no meu pulso. Quando inclino o pescoço e olho para ele, surpresa, Lowe está olhando para a frente.

– Por quê? – pergunta, sem me olhar nos olhos. A voz dele é baixa, direcionada apenas para mim.

Não estou muito certa do que ele quer saber. Então respondo o que me parece ser o melhor.

– Ana tem me visitado – digo, igualando seu tom de voz. – Ela me faz companhia e, embora seja péssima em pronunciar meu nome e obviamente não saiba se tem 6 ou 7 anos... – Engulo em seco. – Bem, eu preferiria que ela não fosse, você sabe, sequestrada e traficada.

Finalmente ele olha para mim. Esquadrinha meu rosto por vários longos momentos e, seja qual for o motivo da inspeção, devo ter atingido o padrão exigido. Ele assente e me solta. Eu não me mexo.

– Na verdade, poderia me ajudar? Não sou *superboa* nisso. – A testa dele se franze e me apresso a acrescentar: – Mas sou boa *o suficiente*.

Será? Só fiz isso com Serena, que insistiu que eu cultivasse minha única característica vampírica útil e praticasse nela. Ela me fez deixá-la semiconsciente e usar o celular que compartilhávamos para filmá-la fingindo transar com um repolho; recitando o juramento à bandeira com sotaque alemão; confessando uma série inteira de sonhos indecentes com o Sr. Lumière, nosso professor de francês.

Tomara que eu me lembre de como fazer isso.

Eu me ajoelho na frente de Max, ignorando seu batimento cardíaco nauseante, encharcado de medo, e o modo como ele sibila que eu me afaste.

– Cara, estou tentando ajudar você a se livrar da cadeira de ferro, ou seja lá o que sua gente usa para extrair informações, então...

Alguma coisa molhada acerta a frente da minha blusa.

Porque Max cuspiu em mim.

– *Eca.*

Arquejo, enojada, mas antes que eu possa... sei lá, cuspir *de volta*?, a mão de Lowe pressiona o peito de Max e o imobiliza contra o sofá.

– Que merda você fez agora? – resmunga ele.

– Ela é uma *vampira*!

– Ela é minha... – A mão de Lowe sobe abruptamente e agarra o maxilar de Max. – Peça desculpa à minha *esposa*.

– Me desculpe. *Me desculpe*. Por favor, não... *Me desculpe*. – Max começa a soluçar.

Lowe se vira para mim.

– Você aceita?

– Aceitar... o cuspe?

– A desculpa dele.

– Ah. – Ah, meu Deus. O que está acontecendo? – Claro, por que não? Foi tão... sincero e espontâneo. Só... segure a cabeça dele e não deixe ele se mexer... Sim, mãos no queixo. Ok, isso vai levar um segundo, não deixe que ele escape.

Começo com meu polegar na base do nariz de Max, e meu indicador e os demais dedos na testa dele. Depois, espero que Max se acalme e olhe nos meus olhos.

Na quarta tentativa, consigo o encaixe. O cérebro de Max é macio, superagitado, e é fácil afundar nele. Conecto a mente dele à minha e depois a misturo um pouco; uma interferência temporária. Só paro quando me sinto supersegura de que o prendi com força, e, ao recuar, o corpo dele relaxa de imediato, as pupilas dilatadas. Atrás de mim, escuto murmúrios e um suave "Que merda é essa?", mas é fácil expulsar isso, tão fácil quanto deixar que meus olhos façam o que devem fazer.

Para a dominação.

Os humanos dizem que temos o poder mágico de controlar mentes. Que nossa alma pode roubar a deles e amarrá-la como um peru de Natal. Assim como tudo mais, porém, é pura biologia. Um músculo intraocular adicional que nos permite alternar nossos olhos em alta velocidade e induzir um estado hipnótico. Vampiros que são dominadores talentosos, como meu pai, podem fazer isso sem tocar na vítima e com muita rapidez. Mas eles são raros, e para os medíocres, como eu, que precisam que a pessoa seja contida para iniciar o processo, essa pode ser uma prática complicada.

Existem também algumas ressalvas. A dominação só funciona com outras espécies, e nem todo cérebro responde da mesma forma. E, é claro, entrar na mente das pessoas sem consentimento é um ato de violência muito antiético. Só porque podemos não significa que devemos. Mas Max tentou fazer algo ruim com Ana e pode tentar de novo. Além do mais, meus princípios não são tão sólidos assim.

– Ok. – Eu me inclino para trás, esfregando os olhos vigorosamente. A dominação exige *muita* energia. – Ele é todo seu.

Todos me olham boquiabertos. E minha mente pode estar me pregando peças, mas tenho quase certeza de que todos deram um passo atrás, afastando-se de mim.

Exceto Lowe, que está quase perto demais.

– Seria bom vocês se apressarem. Isso só vai durar uns dez minutos, mais ou menos.

Aponto Max, em um estado de estupor, sem reação.

– Ele não vai contar a história da vida dele para vocês. É preciso fazer perguntas – digo, mas ninguém responde. Será que sem querer eu os dominei também? – Alguma coisa do tipo "Por que você estava tentando levar Ana, Max?".

– Recebi a tarefa de levar Ana até os Leais porque ela poderia ser usada como isca para forçar Lowe a renunciar à posição de alfa – recita ele, inexpressivo.

A sala explode em uma comoção de murmúrios desconfiados e assustados que nada têm a ver com a resposta de Max. Na verdade, tenho certeza de que ouvi "cozinhou o cérebro dele no micro-ondas".

– A dominação – murmura Lowe.

– É. Isso mesmo. Nenhuma fritura envolvida. – Eu me levanto e faço uma careta ao olhar para o cuspe na minha blusa.

Está começando a passar pelo tecido. Que nojo.

– Pensei que isso fosse um mito que os mais velhos usavam para assustar a gente – sussurra Cal.

Sei bem como é isso, pois cresci certa de que se me comportasse mal um licano subiria pelo vaso sanitário para morder minha bunda.

– Não é. Na realidade, não sou muito boa nisso.

Acho mais aconselhável não revelar o que alguém como meu pai pode fazer.

– Para mim, você parece muito boa – diz Cal.

Ele, na verdade, soa admirado, enquanto Ken me olha cheio de desconfiança, Mick franze a testa, Gemma sacode a cabeça, alguns outros licanos trocam olhares, Juno parece, como sempre, preocupada e com raiva, e Lowe...

Já desisti de entender Lowe.

– Como podemos saber se você não está plantando mentiras na mente dele? – pergunta Ken.

Dou de ombros.

– Pergunte a ele uma coisa que eu não tenha como saber.

– O que aconteceu quando você chamou Mary Lakes para sair? – pergunta Juno.

– Ela disse não – responde Max em tom monótono.

– Por quê?

– Porque tinha meleca saindo do meu nariz.

É engraçado, mas ninguém ri. O grupo parece ter superado a incredulidade inicial, e Cal começa a interrogar Max.

– A parceira de Roscoe mandou você pegar Ana?

– Acho que sim, mas eu não falei com Emery diretamente.

Cal balança a cabeça.

– Claro que não.

– Parem – interrompe Lowe, e a sala fica mais uma vez em silêncio.

Ele se vira para mim. Paro de respirar quando o braço dele passa por dentro do casaco que ele pôs nos meus ombros. A palma da mão dele se encaixa na minha cintura por um instante, depois sobe e roça meu seio, e ah, meu Deus, o que...?

Ele tira o celular do bolso do casaco e se afasta.

Minhas bochechas estão pegando fogo.

– Leve-a para o quarto e depois volte – ordena ele a Mick. E a Juno: – Dê uma olhada na Ana, por favor.

Sou levada para fora da sala. Devo estar mesmo com meu nível de bisbilhotice no máximo, porque me sinto tentada a perguntar se posso ficar. Queria entender quais podem ser os motivos para essa guerra estranha entre os licanos. Em vez disso, sigo Mick docilmente escada acima.

– Espero não ter criado problemas para você, mas vi Max levar Ana, e sei que vocês não acreditam em mim, mas, como ele tinha me atacado, eu...

– Ninguém duvidou de você – diz ele, gentil.

Olho para ele.

– Lowe com certeza duvidou.

– Lowe sabia que Max tinha atacado você primeiro. Ele é muito bom em farejar mentiras.

– Ah. Tipo... farejar literalmente?

Mick faz que sim com a cabeça, mas não entra em detalhes.

– Ele sabia que Max estava planejando alguma coisa, sabia que tinha a ver com Ana, e queria obter o máximo de informações dele. É como andar na corda bamba. Lowe não vai sair por aí interrogando todas as pessoas de quem não gosta, ou vai acabar virando um novo Roscoe. Mas os Leais vêm ferindo nossa própria espécie e devem ser impedidos.

– Ele parecia bastante inclinado a deixar que os outros torturassem Max.

– Aquilo foi uma encenação para assustar Max. E teria funcionado, claramente. Mas você tornou tudo mais fácil com seu... – Ele sorri e faz um gesto na direção dos meus olhos. – Só me prometa que não vai fazer isso comigo, ok? Aquilo lá foi *assustador*.

– Eu *jamais* faria isso. Você é o meu carcereiro mais querido. – Sorrio com os lábios fechados, sem mostrar as presas. – Além disso, eu é que deveria estar com medo.

– Por quê?

Aponto para a cicatriz no pescoço dele, a fileira de dentes marcando sua clavícula.

– Você é o único por aqui com isso, como se seu passatempo favorito fosse entrar em brigas. – Inclino a cabeça. – Foi assim que você virou um licano?

Ele ergue a sobrancelha.

– Somos uma espécie legítima, não uma doença infecciosa.

– Só estou me certificando de que, se alguém me morder, eu não vou me transformar em um de vocês.

– Se você morder alguém, essa pessoa se transformaria num vampiro?

Reflito por um momento.

– *Touché.*

Ele ri com suavidade e sacode a cabeça, subitamente melancólico.

– Isso é a mordida da minha parceira.

Parceira. Essa palavra de novo.

– Ela tem uma também? Sua parceira.

– Tem, claro.

– Eu a conheço?

Ele desvia o olhar.

– Ela não está mais entre nós.

– Ah. – Engulo em seco, sem saber o que dizer. *Espero que não tenha sido obra de um de nós.* – Lamento muito. Parece que parceiros são muito importantes.

Ele assente.

– Os laços entre parceiros são a essência de todos os bandos. Mas não acho que seja uma boa ideia discutir os costumes dos licanos com você. – Ele me dirige um olhar que consegue expressar ao mesmo tempo suavidade e censura. – Ainda mais quando você conversa com seu irmão numa língua que ninguém mais fala.

Ah, *merda.*

– Não é... Eu só estava com saudade de casa. Queria escutar alguma coisa familiar.

– É mesmo? – Paramos diante da minha porta. Mick a abre e faz um gesto para que eu entre. – Que curioso. Você não me parece do tipo que já teve uma casa, um lar.

Deixo as palavras dele se agitarem ao meu redor por vários minutos depois que ele se vai e fico me perguntando se ele tem razão. Quando elas se assentam, sei que ele não tem: eu tinha, sim, um lar, e o nome dele era Serena.

Troco minha blusa por uma que não esteja suja do DNA de Max e saio do quarto em silêncio. Com todos distraídos pela agitação, entrar no escritório de Lowe é fácil, de uma forma quase suspeita. Existem muitas maneiras de invadir um computador, mas poucas delas estão à minha disposição. Felizmente, tenho bastante experiência com técnicas de força bruta, por isso estou otimista.

O sol está se pondo, mas não acendo as luzes. A mesa de trabalho de Lowe está sinalizada pela foto sorridente de Ana. Ando na ponta dos pés até ela, ajoelho na frente do teclado e começo a mexer.

Esse não é meu ganha-pão, mas é bastante simples e não toma muito tempo. É evidente que os licanos não esperam invasões vindas de dentro, e a máquina está bastante desprotegida. Só levo uns poucos minutos para entrar no banco de dados deles, e um pouco mais para configurar três buscas paralelas: *Serena Paris*, a data em que ela desapareceu e *The Herald*, caso minhas suspeitas estejam certas e Lowe seja parte de alguma história que ela pretendia cobrir. É só um começo, mas espero que, se ela foi mencionada em algum dispositivo de comunicação que faz backup automático no...

Alguma coisa macia roça na minha panturrilha.

– Agora não – murmuro, empurrando, distraída, o maldito gato de Serena para longe.

O computador começa a listar resultados. Aperto algumas teclas para dar zoom. Até agora, nada muito promissor.

O gato pressiona o focinho úmido na minha coxa.

– Estou ocupada, Faísca, ou o que seja. Vá brincar com Ana.

Ele começa a ronronar. Não, a rosnar. Sinceramente, é um nível de posse que me irrita.

– Eu já disse a você para... – Olho para baixo e no mesmo instante recuo, quase caindo sentada.

Na luz fraca do crepúsculo, os olhos amarelos de um lobo cinzento me encaram furiosamente.

CAPÍTULO 9

Ana interrompe a história que ele está contando para ela dormir a fim de comunicar a ele uma informação importante e urgente: "Miresy é tão, tão, tããããão linda. Eu aaaamo as orelhas dela."

Ele comprime os lábios antes de voltar à leitura.

Entre os vampiros, as presas não são apenas dentes: elas são símbolos de status.

Veja os músculos dos humanos, por exemplo. Houve um tempo, há alguns milênios, em que ter um companheiro com bíceps inflados e flexíveis significava mais proteção contra... os dinossauros? Não sou nenhuma fanática por história; eu era boa em matemática e em mais nenhuma outra disciplina. A questão é que a destreza atlética proporcionou uma vantagem evolutiva que agora, numa era na qual existem bombas atômicas, é de fato obsoleta. E, ainda assim, os humanos continuam achando-a atraente.

Com os caninos dos vampiros é quase a mesma coisa: são considerados um símbolo de força e poder, porque antigamente caçávamos nossas presas e cravávamos nossos dentes na carne para nos banquetear com o sangue. Quanto mais longas, mais afiadas e maiores as presas, melhor.

E as deste lobo... As presas deste lobo poderiam vencer qualquer concurso. Governar civilizações. Conquistar para seu dono qualquer parceira que ele quisesse para noivar, se casar ou transar numa festa de vampiros. *E* poderiam me transformar em caquinhos.

– Você é um lobo de verdade? Ou é um licano fazendo um trabalho extra? – pergunto, lutando para manter a voz firme.

A única resposta é um *rosnado* profundo e prolongado, capaz de fazer qualquer um borrar as calças.

– As coisas melhorariam ou piorariam se eu rosnasse de volta?

– Nem uma coisa nem outra – diz uma voz vindo da entrada.

Lowe. Encostado no batente da porta, relaxado como um modelo de roupas chiques e confortáveis em uma sessão de fotos.

– Obrigado, Cal – diz ele, vindo em minha direção. – Já é suficiente.

E, como num passe de mágica, com um último rosnado meio desanimado em minha direção, o lobo sacode sua bela pelagem cinzenta e se afasta. Ele para perto de Lowe e bate a cabeça em sua coxa.

– Cal? O mesmo...?

O lobo se vira para mim e eu o encaro, procurando semelhanças. Eu teria esperado consistência entre as formas transmutadas e humanas dos licanos, mas Cal é ruivo. Estico o pescoço para ver melhor o lobo, mas Lowe dá um passo à minha frente, bloqueando a visão.

– Que porra você está fazendo, minha *esposa*?

Ele parece uma mistura volátil de cansaço e irritação. Qualquer pensamento sobre fenótipos dos licanos desaparece instantaneamente da minha cabeça.

Fui apanhada. Fazendo algo muito errado. E estou correndo um perigo real.

– Só procurando... – *O que eu falo?* – Post-its – completo.

– Os vampiros deixam os post-its dentro do computador?

Merda.

– Estava tentando ver meu e-mail. Para entrar em contato com amigos. – Engulo em seco.

– Você não tem amigos, Misery.

Não sei por que isso dói se é verdade.

– E eu não sou uma pessoa que entenda de computadores, mas isso... – ele aponta para o meu código, que ainda está sendo processado – ... não se parece com o Yahoo.

– Yahoo? Lowe, você *realmente* está entregando a sua idade.

– Entre – ordena ele, e não consigo compreender como não percebi Alex parado perto da porta. É provável que estivesse ocupada demais contemplando minha morte iminente. – Você consegue descobrir o que ela estava fazendo?

– É pra já.

Fecho os olhos com força e possíveis ações desfilam na minha cabeça. Eu poderia dar uma joelhada na virilha de Lowe e tentar fugir, mas não sei se a região da virilha é tão sensível para eles quanto é para nós, e de qualquer maneira... há *lobos* por toda parte.

– Você armou para mim – digo. Minha voz sai chorosa, que é exatamente como me sinto. – Você pediu que Mick me levasse porque sabia que eu ia tentar tirar vantagem disso.

– Misery. – Ele estala a língua, me repreendendo, e se aproxima, como se soubesse que estou considerando a possibilidade de fugir. Seu batimento cardíaco me envolve, firme e determinado. – Você armou para si mesma, porque é ruim nisso.

– Em quê?

– Bisbilhotar.

– Eu não estava...

– Por que você foi ao meu quarto? Por que vasculhou meu closet e minhas gavetas? – Lowe se inclina para a frente. A voz dele muda para um quase sussurro, destinado apenas aos meus ouvidos. Há algo de tortura em sua atitude, como se ele estivesse em sofrimento físico. – Por que minha cama cheirava como se você tivesse dormido nela?

Não tinha nem pensado que poderia deixar meu cheiro lá. Que Lowe encontraria meu odor grudado em todas as superfícies do quarto.

Merda.

– Sinto muito – digo, soltando o ar.

– Deveria sentir mesmo – responde ele no pouco espaço entre nossos lábios.

Eu me pergunto se meu coração já bateu tão alto antes. Assim tão perto da superfície.

– Ela... com muita astúcia, devo dizer, já que só tinha ferramentas muito primitivas à disposição... invadiu nossos servidores – anuncia Alex com uma certa admiração, e me sinto lisonjeada.

– Foi você quem construiu o firewall dos licanos? – pergunto.

– Fui. Sou o chefe da nossa equipe de segurança. – Ele parece distraído enquanto vasculha meu código. Qualquer que tenha sido o medo que ele sentiu quando estávamos sozinhos, não persiste na presença de seu alfa.

– Bom trabalho. – É estranha a maneira como estou conversando com Alex, mas encarando os olhos de Lowe a cerca de um centímetro dos meus. – É praticamente impenetrável.

– Obrigado. Por acaso, também foi você quem tentou derrubar meu firewall há algumas semanas?

Engulo em seco. Os olhos de Lowe descem para o meu pescoço. Ficam ali.

– Não consigo lembrar.

– Alfa, ela estava fazendo uma pesquisa em nossos bancos de dados... Três buscas, para ser mais exato. Uma de uma data de pouco mais de dois meses atrás, outra de *The Herald*, um jornal humano local, creio... e outra de uma tal de Serena. Serena Paris.

Uma onda de pavor toma conta de mim. Não resta mais ar no mundo para os meus pulmões.

– E quem seria essa? – murmura Lowe, passando a língua pelos lábios. Ele me inala de maneira profunda, propositalmente. – Que interessante. Na semana passada, testemunhei dois atentados contra sua vida e você nunca exalou tanto cheiro de medo quanto agora. Por quê, vampira? – O rosto severo é todo feito de linhas definidas, esculpidas pelas luzes brilhantes do monitor. Os lábios se movem, volumosos e implacáveis. Não consigo desviar o olhar. – Quem é Serena Paris, Misery?

Ele parece sinceramente curioso, e me pergunto se, talvez, ele não tem nada a ver com o desaparecimento de Serena. Mas talvez tenha. Talvez esteja fingindo. Talvez ele não soubesse o nome dela, mas a machucou mesmo assim.

Eu empurro seu peito. É como tentar mover um exército de montanhas.

– Me deixe ir.

– Misery. – Ele crava os olhos em mim. – Você sabe que não vou fazer isso. Alex – diz ele, desta vez mais alto, ainda olhando para mim. – Traga Cal de volta. Parece que teremos que trazer Gabi e quebrar o armistício com os vampiros.

Ouço um "Sim, alfa" abafado. E botas deixando o escritório enquanto me apresso a dizer:

– O quê?

– Tenho que considerar isso um ato de agressão em nome do seu pai e do restante do conselho dos vampiros. Eles enviaram uma informante para o território dos licanos sob o disfarce de Colateral. – O maxilar dele se contrai. – E o seu cheiro... Eles adulteraram, não foi? Sabiam que isso iria me distrair...

– *Não*. Isso não tem nada a ver com meu pai. – Estou zonza. Sem fôlego.

– Para quem você planejava enviar essas informações?

– Ninguém! Peça a Alex que verifique. Não configurei nenhuma transmissão.

Ele chega mais perto. Quase posso sentir o gosto do sangue dele em minha língua.

– Alex não está mais aqui.

Eu sabia que estávamos sozinhos, mas agora *sinto* isso, assim como sinto o calor dele penetrando em mim. O calor tem um efeito previsível: meu estômago revira e se contrai. Fome. Desejos.

– Eu já disse, só estava matando o tempo.

– Isso não é um *jogo*, Misery. – As palavras dele vibram através dos meus ossos. – Esta aliança é nova e frágil, e...

– Pare com isso. Apenas *pare*. – Pressiono as mãos contra seu peito, implorando por algum espaço, porque estou... Minha cabeça está girando, cheia de pensamentos quentes, nervosos e estranhos, pensamentos que envolvem veias, pescoços e *sabor*. – Por favor. *Por favor*, não faça nada. Isso não tem *nada* a ver com a aliança.

– Ok.

Ele dá um passo atrás, as palmas das mãos ainda apoiadas na parede, de ambos os lados da minha cabeça, e é um alívio. O sangue dele estava começando a ter um cheiro muito bom e...

Nunca me aconteceu nada assim. Devo ter me esquecido de me alimentar.

– Ok – repete ele. – Eis as suas opções. A primeira: você me diz quem é Serena Paris e me dá uma explicação razoável para esta busca *muito* mal executada e misteriosa. O que acontece com você a seguir é escolha *minha*. A segunda: eu continuo na suposição de que você é uma espiã coletando informações sobre os licanos e uso seu cadáver para mandar uma mensagem clara ao seu pai.

– Serena era minha amiga. Minha *irmã* – digo de imediato.

Todo o corpo de Lowe fica tenso. Como se ele tivesse alguns palpites, mas minha resposta não estivesse entre eles.

– Uma vampira, então.

Faço que não com a cabeça.

– Humana. Mas crescemos juntas. Nos meus primeiros meses como Colateral, eu era problemática. E triste. Tentei fugir, me colocava em situações perigosas, uma vez até... Éramos apenas eu e os cuidadores humanos, e eles me odiavam. Então os humanos decidiram que a companhia de outra criança poderia melhorar meu comportamento. Eles encontraram uma órfã da minha idade e a trouxeram para morar comigo.

Ele bufa, amargo, e temo que não acredite em mim. Mas então ele diz, calmo mas não tanto:

– Malditos humanos...

Engulo em seco.

– Eles faziam o melhor que podiam. Pelo menos tentavam.

– Não basta.

É inegavelmente um tipo de julgamento. Contra o qual não me dou ao trabalho de discutir.

– Serena desapareceu. Sumiu há algumas semanas e...

– Você acha que um licano a levou?

Faço que sim com a cabeça.

– Quem?

Não tenho escolha senão contar a verdade. E se ele tiver alguma coisa a ver com o desaparecimento dela... terá algo a ver com o meu também.

– Você.

Ele não parece surpreso.

– Por que eu?

– Você quem me diz. – Ergo o queixo. – Seu nome estava na agenda dela, no dia em que Serena desapareceu. Talvez ela tenha planejado encontrar você. Talvez você fosse parte de uma matéria que ela estava escrevendo. Eu não sei.

– Uma matéria? Ah, por isso *The Herald*. Ela era jornalista.

Não é uma pergunta, mas eu confirmo.

Finalmente, Lowe recua. Ele permanece entre mim e a porta, mas esfrega as mãos na barba por fazer, a testa franzida e o olhar perdido em algum ponto a distância, instantaneamente preocupado. Tentando se lembrar. Se ele está fingindo a confusão, é um bom ator. E não consigo sequer imaginar por que ele mentiria para mim. Estou presa aqui pelo próximo ano, só posso me comunicar com o mundo lá fora por meios limitados e altamente supervisionados. Ele poderia admitir que comanda cinco cartéis de drogas e que sequestrou o avião presidencial, e eu não teria como avisar ninguém.

– É uma aposta imensa. – Ele examina meu rosto, pensativo. Quase como se estivesse me vendo pela primeira vez. – Se oferecer como Colateral. Se casar comigo. Tudo porque alguém escreveu meu nome na agenda dela.

Mordo o lábio inferior. Meu estômago se contrai com a ideia de que ele pode de fato não saber de nada. Minha única trilha levando a um barranco.

– Minha melhor amiga, minha *irmã*, desapareceu. E ninguém vai procurar por ela além de mim. E a única coisa que ela deixou para trás, a única pista que me resta é um nome, o *seu* nome, L. E. Moreland...

– Lowe!

A porta se abre bruscamente. Espero Alex, Cal ou uma matilha inteira de lobos raivosos vindo me trucidar. Não um lamurioso "Onde você *estava*?" seguido pelo suave arrastar de pés cobertos com meias no chão de madeira.

Sou instantaneamente esquecida. Lowe se ajoelha para falar com Ana e, quando ela passa os braços finos em torno do pescoço dele, a mão dele aninha sua cabeça.

– Eu estava falando com Misery.

Ela acena para mim.

– Oi, Miresy.

Sinto um aperto na garganta.

– Meu nome não é assim *tão* difícil de pronunciar – murmuro, mas Ana parece se divertir com meu olhar zangado.

E ela parece animada, apesar da tentativa de sequestro. Aplaudo sua resiliência, mas, uau, crianças. Elas são verdadeiramente impossíveis de compreender.

– Você vai ler uma história para mim antes de dormir? – pergunta ela a Lowe.

– Claro que sim, amor. – Ele prende uma mecha de cabelo ainda molhado atrás da orelha dela. – Vá escovar os dentes, eu vou...

– Ana, aonde você foi? Ana! – A voz de Juno vem do corredor, atormentada e sem fôlego.

– Você fugiu da Juno? – sussurra Lowe.

Ana assente, travessa.

– Então é melhor você voltar correndo para ela.

Ela faz beicinho.

– Mas eu quero...

– Liliana Esther Moreland! Venha aqui imediatamente! É uma ordem!

Ana estala um beijo na bochecha de Lowe, murmura alguma coisa divertida sobre ele estar espetando e depois sai, um turbilhão de tecido azul e rosa esvoaçando. Meus olhos permanecem nela, e depois na porta entreaberta, muito depois de ela desaparecer.

Tonta.

Eu me sinto tonta.

– Misery?

Eu me viro para Lowe.

– Ana...? – Engulo em seco. Porque não... Essa não é a pergunta certa. Em vez disso: – Liliana?

Ele confirma.

– Esther? – *L. E. Moreland.* – Eu não... Eu não fazia ideia.

Lowe torna a assentir, os olhos sombrios.

– Misery, nós precisamos conversar.

CAPÍTULO 10

Ele não é imprudente, nem negligente,
nem excessivamente crédulo. Mas reconhece um
aliado formidável quando encontra um.

Muitos cômodos da casa seriam perfeitamente adequados para uma conversa em particular, mas nos encontramos sentados à mesa da cozinha, uma caneca de café puro na frente de Lowe, fumegando continuamente enquanto o sol lá fora luta para nascer.

Minha noite foi insone, como a maior parte delas. A dele também, a julgar pelas olheiras. O rosto de Lowe, como sempre, parece esculpido, lindamente entalhado. Ele não se barbeia há algum tempo, e está nítido que um pouco de descanso e um período de duas semanas sem um golpe de Estado lhe fariam bem.

Tenho uma certa suspeita de que ele não vai conseguir nenhum dos dois.

– Eu não conseguia entender por que você aceitou – diz ele entre goles, quase casualmente.

Todas as outras interações que tivemos foram repletas de tensão, logo após ele me pegar em situações comprometedoras. Agora... não somos melhores amigos, mas me pergunto se esse é o verdadeiro Lowe quando suas energias não estão totalmente focadas em tentar proteger seu bando. Uma presença constante, tranquilizadora e maciça. Sua boca até se contraiu em um quase sorriso quando ele me viu descer a escada, enquanto gesticulava para que eu me sentasse à sua frente. Ele continua:

– Por que faria isso *de novo*.

– Você pensou que eu tinha complexo de mártir? – Abraço as pernas junto ao peito, observando os lábios dele se fecharem sobre a borda da caneca. – Não tenho qualquer lealdade aos vampiros. Ou aos humanos, com uma única exceção. E vou encontrá-la.

Ele pousa a caneca sobre a mesa e pergunta, sem rodeios:

– Tem certeza de que ela está viva?

– Espero que esteja.

Sinto um aperto no peito. Se não estiver viva, ainda preciso saber o que aconteceu com ela.

Se eu não fizer isso, ninguém mais vai pensar nela. Ninguém mais vai saber sequer o seu nome, exceto um punhado de órfãos que fizeram bullying com ela por ser vesga, colegas de trabalho que nunca entenderam seu senso de humor, pessoas com quem ela saiu, mas por quem nutria um sentimento morno. Isso é inaceitável.

– Ela faria o mesmo por mim – digo.

Lowe assente sem hesitar. A lealdade, suspeito, é um conceito dolorosamente familiar para ele.

– Você sabe qual era a matéria que ela estava escrevendo? O que despertou o interesse dela por Ana?

– Não. Em geral ela falava comigo sobre as reportagens que fazia, pelo menos por alto. E costumava cobrir pautas de economia.

– Crimes?

– Às vezes. Quase sempre análise de mercado. Ela se formou em economia.

Lowe tamborila na borda da mesa, refletindo.

– Alguma coisa sobre relacionamentos entre licanos e humanos ou vampiros e humanos?

– Ela cresceu como a companheira da Colateral. Não ia tocar numa merda desse tipo nem com uma vara de três metros.

– Esperta.

Ele se levanta e vai até a geladeira que não tem sangue. Os ombros largos fazem a cozinha parecer menor enquanto ele pega alguns itens que leva para a mesa. Um pote de manteiga de amendoim que desperta meus interesses mais nefastos. Pão fatiado. Geleia de algum tipo de fruta vermelha que me deixa confusa.

Serena adorava frutas vermelhas, e tentei em vão memorizar os nomes delas.

– Queria ver as mensagens que ela trocou antes de desaparecer. Você ainda tem acesso a elas?

– Tenho. E eu já examinei tudo... Nenhuma pista.

Ele pega duas fatias de pão. Seus antebraços são fortes, músculos grandes marcados por algumas cicatrizes brancas.

– Se houver questões de licanos envolvidas, você pode não saber o que está procurando. Converse com Alex e entregue as mensagens para...

– Ei. – Mudo de posição e enfio as pernas sob o corpo. – Não vou entregar nada até que me diga o que *você* está procurando.

Ele levanta a sobrancelha.

– Você não está em posição de negociar, Misery.

– Nem você.

Ele levanta a sobrancelha ainda mais.

– Ok, talvez você esteja mais do que eu. Mas, se vamos fazer isso, preciso saber o que você ganha, porque duvido muito que de repente se importe o suficiente com minha amiga humana para me ajudar a encontrá-la.

Ele é bom em sustentar o olhar, fixar aqueles olhos árticos sem dizer nada, e eu me contorço na cadeira, acalorada. Como esse cara faz com que alguém cuja temperatura basal é de 34 graus e quase não tem nenhuma glândula sudorípara se sinta pegajosa?

– É sobre Ana, certo? Você acha que Serena estava procurando Ana.

Mais olhares fixos. Vento mistral com um toque de avaliação.

– Ouça, é óbvio que você quer descobrir por que uma humana sabia da existência de sua irmã. E não estou pedindo que você *confie* em mim...

– No entanto, eu acho que vou – diz ele finalmente, com firmeza, e então começa a espalhar manteiga de amendoim no pão, como se tivesse resolvido um assunto importante e agora precisasse de um lanche.

– Você vai...?

– Confiar em você.

– Não estou entendendo.

– Não. – Sua expressão não é terna, mas conciliadora. Gentil. De divertimento, com certeza. – Não achei que entenderia mesmo.

– Eu estava apenas propondo que trocássemos informações.

– E você poderia fazer muitas coisas horríveis com as informações que estou prestes a dar. Mas você já esteve no lugar da Ana antes. E está machucada porque correu para ajudá-la quando o sol ainda não havia se posto. – Lowe aponta a pele avermelhada do meu braço direito e me entrega uma bolsa de gelo.

Ele deve tê-la retirado do freezer antes. E a sensação é muito, *muito* boa.

– Embora estivesse equivocada, duvido que jogaria Ana aos leões.

– Não mais equivocada do que quem a usou como *isca*. A propósito, belo modelo de paternidade – acrescento, um tanto maliciosamente.

– Havia oito licanos monitorando a situação – diz ele, sem se ofender. – E um rastreador na roupa dela. Max não tinha carro, então sabíamos que ele tentaria entregar Ana a outra pessoa. Em nenhum momento ela correu um perigo real.

– Claro. – Dou de ombros, fingindo que não me importo. – E crianças são dóceis e adaptáveis, peões perfeitos nos jogos de poder dos grandes líderes, certo?

– Só posso proteger Ana se souber de onde estão vindo as ameaças a ela. – Ele se inclina sobre a mesa. O cheiro do seu sangue é como uma onda batendo na minha pele. – Eu não sou como o seu pai, Misery.

Sinto a garganta subitamente seca.

– Bem, você está errado. Eu jogaria Ana aos leões se tivesse que escolher entre ela e Serena.

Tenho prioridades, muito pouco coração e não sinto prazer em mentir quando os outros estão sendo sinceros comigo. Ana pode estar me cativando, mas não foi ela quem dormiu ao meu lado por uma semana inteira quando, aos 14 anos, tive convulsões ao tentar lixar minhas presas pela primeira vez. Com um ralador de queijo.

– Sério? – Ele não parece acreditar em mim. – Tomara que não chegue a esse ponto.

– Não acho que isso vá acontecer. E faz sentido para nós colaborarmos um com o outro. Como irmão da Ana e irmã da Serena.

Seus olhos encontram os meus, sérios e perturbadores.

– Não como marido e mulher?

Porque somos isso também, mesmo que seja perturbadoramente fácil esquecer. Desvio o olhar para um bocado de manteiga de amendoim na borda do pote. É do tipo sem pedacinhos crocantes de amendoim, que... sim.

Apoio a bolsa de gelo na mesa e me recosto na cadeira, o mais longe possível dela.

– A propósito, ela faz 7 anos no próximo mês – diz ele. – Ela mente melhor com palavras do que com os dedos.

– Os pais dela... Onde estão?

Há uma hesitação infinitesimal em seu movimento, e ele pousa o pote de geleia.

– A mãe morreu. O pai está em algum lugar no território humano.

– Existem licanos em território humano?

O maxilar de Lowe se contrai.

– É aqui, Misery, que estou dando um voto de confiança para você.

Meu coração paralisa. Uma lembrança passa velozmente: meu primeiro dia sozinha entre os humanos, depois que papai, Vania e o restante do comboio de vampiros partiram. O cheiro aterrorizante do sangue deles, os estranhos sons que produziam, os *seres* esquisitos se aglomerando ao meu redor. Sabendo que eu era o único membro da minha espécie em um raio de quilômetros e quilômetros. Eu não quero isso para ela. Não quero isso para *ninguém*.

– Ana é humana? Uma Colateral?

Ele faz que não com a cabeça. Sou tomada de alívio.

– Ok. Ela é licana. Então por que...? – Paro, porque Lowe faz que não com a cabeça outra vez.

Eu sei qual é o cheiro dos vampiros, quais são suas necessidades e limitações. E Ana *não* é uma de nós. O que nos deixa com uma única outra possibilidade.

– Não – digo.

Lowe não responde. Sua faca tilinta na lateral do prato e ele cruza os braços diante do peito. Sua expressão permanece fixa de uma forma que me deixa totalmente abalada.

– Não é possível. Eles... Não. Não os *dois*. – Por que ele está em silêncio? Por que não está me *corrigindo*? – Geneticamente, não é... É?

– Aparentemente, sim.

– *Como?* – São tantos os níveis de impossibilidade aqui. Que um humano e um licano sequer queiram *fazer* o que é necessário para produzir uma criança. Que funcione, fisicamente. Que tenha consequências. Os licanos podem não enfrentar tantas dificuldades quanto os vampiros, mas suas taxas reprodutivas ainda são mais baixas que as dos humanos.

Eu me levanto de um salto, em um surto de energia nervosa e incrédula. Imediatamente volto a me sentar quando as solas machucadas dos meus pés protestam.

– Mas ela é sua parente, não é? Os olhos...

– Os olhos da minha mãe. – Ele assente. – Ela era uma das ajudantes de Roscoe. Supervisionava as florestas entre o território dos licanos e o dos humanos. Oficialmente, sob o comando de Roscoe não existiam relações diplomáticas. Na prática, acordos muito limitados com os humanos eram negociados constantemente, em especial nas áreas de conflito intenso. Acredito que foi assim que ela conheceu o pai da Ana, mas eu não estava por perto na época. – Ele parece lamentar, e me lembro dos lindos desenhos de casas, o único espaço trancado em seu quarto.

– Ele não é seu pai, é?

– Meu pai era um licano. Morreu quando eu era criança.

Não vou perguntar se meu povo esteve envolvido nisso, porque tenho certeza de que sei a resposta.

– Por que você está contando isso para *mim*?

Ele fica em silêncio por um tempo, os olhos voltados para baixo. Só quando sigo seu olhar é que percebo que ele fita nossa aliança de casamento em seu dedo anelar.

– Você sabe o que faz dos alfas bons líderes? – pergunta ele, sem levantar os olhos.

– Não tenho a menor ideia.

Ele solta uma risada.

– Nem eu. Mas às vezes há decisões que parecem certas, no mais fundo do meu ser. – Ele passa a língua pelos lábios. – Você é uma delas.

O sangue flui, quente, até minhas bochechas. Não há como Lowe não perceber, o que é mortificante. Só sinto gratidão por ele optar prosseguir sem mencionar o fato.

– Eu estava morando na Europa quando minha mãe foi ferida, mas voltei imediatamente. Quando ficou óbvio que poderia não se recuperar, ela me contou sobre o pai biológico da Ana.

– O pai biológico *humano*. – Inconcebível.

– Achei que ela estivesse delirando por causa dos medicamentos. Ou apenas enganada.

Inclino a cabeça.

– O que mudou?

– Algumas coisas em Ana. Coisas que me fizeram interpretar o que minha mãe disse como mais do que uma ilusão induzida pela morfina.

– Como o quê?

– Para começar, Ana não se transmuta.

– Ah. Ela já deveria?

– Uma criança licana, sim. Na verdade, durante a lua cheia, ela teria dificuldade em *não* se transmutar. Além disso, o sangue dela é vermelho-escuro em vez de verde. Ao mesmo tempo, ela tem características de licano. É mais ágil e mais forte que um humano. Os sinais vitais dela estão por toda parte. Depois que minha mãe morreu, muito discretamente, mandei o DNA dela para teste. Juno é geneticista e pôde ajudar. – Ele torna a pegar a faca e espalha mais geleia. O pote de manteiga de amendoim ainda está ali. Aberto. – Na época, Roscoe era o alfa; era fácil prever o que ele faria se descobrisse que tinha um meio humano em seu bando.

– Roscoe não era muito fã de humanos, hein?

Ele me lança olhar de quem acaba de ouvir o eufemismo da década.

– E ela era irmã do cara que tinha o cheiro de quem ia roubar o emprego dele – murmuro sem pensar, então percebo a surpresa de Lowe. – O que foi? Eu sei das coisas.

– Roscoe nunca foi um alfa pacífico, mas, nos últimos anos, os posicionamentos deles gradualmente escalaram para a extrema agressividade. Ele exigia o controle de certas zonas desmilitarizadas e começou a aplicar políticas de tolerância zero. Matamos mais humanos e vampiros na última década do que nas cinco anteriores, e, em contrapartida, eles mataram mais de nós. Foi quando vários dos ajudantes dele começaram a discordar abertamente dessas políticas. A dissidência deles foi recebida com outro aumento da violência. Nesta época do ano passado, mais licanos estavam morrendo nas mãos de outros licanos do que nas de qualquer outra espécie. Minha mãe foi um deles. – Ele comprime os lábios. – Voltei para casa, desafiei Roscoe e venci. Seus quatro ajudantes mais leais me desafiaram e venci novamente. Havia outros, cada vez mais fracos, e parecia tão desnecessário... – Ele esfrega o queixo com a palma da mão. O gesto característico de quando está pensando, começo a perceber. – Foi um erro meu. Eu não deveria ter deixado nenhum deles viver.

Observo Lowe, pensando se algum dia ele *quis* ser alfa. Pensando em como eu me sentiria liderando milhares de pessoas sem sentir uma verdadeira vocação para isso. Pelo menos meu pai aprecia a vida na política de altos riscos, nos subterfúgios e nas disputas mesquinhas contra os outros conselheiros.

– Deixe que eu adivinhe: aqueles que você derrotou mas deixou vivos se reorganizaram como os Leais e vêm aliciando jovens Maxes.

Ele confirma.

– É um grupo pequeno, mas estão dispostos a descer a um nível a que eu não posso. E eles têm a bênção e a liderança da Emery, parceira do Roscoe. Ela nega, é claro, e é uma jogadora inteligente o bastante para evitar que os ataques recentes sejam rastreados até ela, mas temos informações.

– Se fosse eu, tomaria emprestada uma página da cartilha do amado Roscoe dela e lidaria com a dissidência do mesmo jeito.

A boca dele se curva quase imperceptivelmente, como se estivesse tentado a fazer exatamente isso, e eu sorrio também. Nós nos encaramos por um momento antes que ele continue:

– Ana não sabe quem é o pai verdadeiro dela.

– Quem ela pensa...?

– Vincent. Era outro dos ajudantes do Roscoe, e ele e minha mãe mantiveram um relacionamento de idas e vindas durante anos. Ele foi atacado no território dos vampiros quando Ana tinha cerca de 1 ano de idade. O restante do bando também tem a impressão, fortemente encorajada pela minha mãe, de que Ana é filha dele.

– Como você explica a parte de não se transmutar?

– Não são muitas as pessoas que sabem disso, e existem outras condições que podem impedir a transmutação, incluindo um bloqueio psicológico. Eles são raros, mas...

– Não tão raros quanto um licano metade humano. Quem mais sabe?

– Juno e Cal, porque crescemos juntos e eles são da família. Mick também. Ele era um dos ajudantes do Roscoe, a única pessoa em quem minha mãe podia confiar quando eu estava fora. Além deles, achava que minha mãe não tivesse contado a ninguém. Mas estou começando a duvidar disso. Só posso imaginar que o interesse da Serena pela Ana...

– ... seja porque ela é meio humana. E se Serena sabe...

– ... não há como dizer quem mais sabe – finaliza ele.

Tamborilo na mesa, refletindo.

– Max não disse nada de útil sobre os Leais?

– Ele não sabe muito, além do nome de alguns membros do escalão inferior. Os Leais o recrutaram porque ele tem ligações com alguns dos meus ajudantes e fácil acesso à Ana, mas não confiavam nele o suficiente para revelar nada. Ele não sabia para quem iria entregá-la.

– Você acha que os Leais sabem sobre ela?

Uma pausa pensativa.

– É uma possibilidade. Mas é mais provável que queiram usar meu único parente vivo para me forçar a ouvir as exigências deles. Sabem que sou o alfa legítimo e que ninguém poderia me vencer no desafio. – Ele parece mais resignado do que orgulhoso. – Não é um plano bem pensado da parte deles, mas estão desesperados. E são impertinentes. – Ele massageia o osso do nariz.

– Eles não podem simplesmente se separar e formar o próprio bando?

– Seria uma decisão muito bem-vinda, que tornaria minha vida bem mais fácil. Mas eles não têm os recursos nem a liderança necessária para isso. O que querem é o controle dos ativos financeiros do bando do sudoeste. Emery vem de uma longa linhagem de licanos poderosos, e ela vê isso como algo que lhe é de direito. Só que, nos últimos meses, os Leais vêm sabotando obras, destruindo infraestruturas, atacando os meus ajudantes. Ninguém que recorra a isso deveria estar no controle do maior bando do país.

– Nem de um galinheiro, se quer saber a minha opinião. – Mordo o lábio inferior, refletindo. – Quem é o pai da Ana?

– Minha mãe nunca me contou. Tenho a impressão de que ele já tinha família e que, quando ela tentou falar da Ana, ele...

– Não acreditou nela?

– Isso.

– Não posso culpar o cara. Então, voltando à Serena. Além de você, apenas Juno, Cal e Mick sabem sobre Ana. Algum deles poderia...? – Dirijo a ele um olhar demorado e significativo, que, espero, lhe dirá aquilo a que não pretendo dar voz.

Ele faz que não e começa a cortar a casca do pão do sanduíche. Sigo o ritmo, hipnotizada por suas mãos elegantes, e lembro que isso era algo que Serena fazia com seu pão quando éramos... mais jovens que Lowe, com certeza. Eu não teria *pensado* que um lobo mau adulto seria tão enjoado com a comida.

– Não quero semear a discórdia e juro que isso está apenas ligeiramente relacionado ao desejo da Juno de me estripar, mas talvez você devesse investigar a possibilidade de um deles ter dado com a língua nos dentes.

– Fiz isso. Apesar de eles terem arriscado a vida por mim uma dezena de vezes.

Ele diz isso com raiva, como se fosse amargo e doloroso, algo de que ele se envergonha, e um pensamento me ocorre: que talvez Lowe seja o tipo de líder que mede sua força não pelas batalhas que vence, mas pela confiança que é capaz de conceder aos outros. Há algo nele, na forma como comanda, que consegue ser ao mesmo tempo pragmático e idealista.

Ele deixa a casca do pão de lado e apoia a palma das mãos na mesa mais uma vez, me olhando nos olhos.

– Perguntei. Eles não estão envolvidos e não contaram a ninguém.

– Ok, sim, *mas*... Há uma coisa que as pessoas às vezes fazem, para a qual vocês talvez não tenham um termo. Os vampiros chamam de *mentir*.

Seu olhar é fulminante.

– Eu saberia se eles estivessem me traindo.

– É essa coisa de farejar a mentira? Isso realmente funciona?

Desta vez ele fica menos impressionado com meu conhecimento sobre os segredos licanos. Talvez porque não sejam segredos.

– Nem sempre. Mas o cheiro muda com os sentimentos. E os sentimentos mudam com o comportamento.

Faço uma careta.

– Ainda não consigo acreditar que o tempo todo você sabia que Max estava mentindo e ainda assim colocou guardas para *me* vigiarem.

– Eu coloquei guardas com você para *sua* segurança.

– Ah. – Foi isso? Eu não tinha considerado essa possibilidade. Demora um longo segundo para que minha avaliação dos últimos cinco dias se ajuste e... *Ah*, de fato. – Eu posso cuidar de mim mesma.

– Contra um jovem licano sem treinamento de combate, sim. Contra alguém como eu, duvido.

Eu poderia responder com deboche e ficar ofendida, mas gosto de pensar que conheço meus limites.

– Isso aumenta?

– O quê?

– O cheiro. Só estou me perguntando se é por isso que, para você, eu tenho cheiro de sopa de peixe. Será que menti demais na vida?

É uma pergunta genuína, mas Lowe solta um suspiro profundo e me deixa no vácuo. Ele coloca a comida de volta na geladeira, com uma flagrante exceção: a manteiga de amendoim. Meu cérebro glutão deve estar sobrecarregado pela possibilidade biológica de humanos-licanos, porque ele envia minha mão para pegar um pouco da substância na borda e levar direto aos lábios, e já faz tanto tempo, e é *tããão* bom...

– Que diabos...?

Abro os olhos. Lowe olha com curiosidade para o modo como estou sugando meu dedo indicador.

– Você está *comendo*?

– Não. – Ruborizo, mortificada. – Não – repito, mas a manteiga de amendoim gruda no céu da minha boca, distorcendo a sílaba.

– Me disseram que vampiros não ingerem comida.

Não consigo me lembrar da última vez que senti tanta vergonha.

– Serena me obrigou – digo, sem pensar.

Lowe olha ao redor, para o número zero de Serenas à vista.

– Não *agora*. Mas foi ela quem me fez experimentar pela primeira vez. – Limpo o dedo na blusa. *Humilhante*. – O vício que se seguiu foi todo meu – admito com um murmúrio.

– Que interessante. – Seu olhar é perspicaz, e ele parece mais do que interessado. Parece intrigado.

– Por favor, me mate agora.

– Então você *pode* digerir comida.

– Algumas. Nossos molares em geral são vestigiais, então não podemos mastigar, mas a manteiga de amendoim é macia e cremosa e eu *sei* que é errado, mas...

Estremeço com o quanto esse gosto é incrível. E com o quanto comer é considerado vergonhoso e autoindulgente entre os vampiros. Nem mesmo viver entre os humanos me tirou essa concepção. Nem mesmo ver Serena engolir três potes de macarrão instantâneo às duas da manhã porque estava com "vontade de beliscar uma coisinha".

– Isto é tão indigno. Você pode, por favor, não contar a ninguém e jogar meu cadáver no lago depois que eu passar pelo triturador de lixo, que é o que vou fazer agora mesmo?

Seus lábios se contraem no fantasma de um sorriso.

– Você está com vergonha.

– *Claro.*

– Porque está comendo algo que não precisa para sobreviver?

– Isso mesmo.

– Eu como por prazer o tempo todo. – Ele dá de ombros, como se os ombros largos quisessem concordar com ele. *Temos um apetite saudável. Precisamos de nutrição.* – Finja apenas que é sangue.

– Não é a mesma coisa. Vampiros não bebem sangue por prazer. Nós o engolimos quando precisamos e depois não pensamos mais no assunto. É uma função corporal. Tipo, sei lá... fazer xixi.

Ele se senta na minha frente e... *foda-se ele.* Eu o odeio profundamente pela maneira como empurra o pote em minha direção, mantendo os olhos fixos nos meus o tempo todo.

Ele está me *desafiando.*

E isso diz algo sobre o quanto essa *pasta* idiota e viciante, que cogito comer um pouco mais, é mais forte do que eu.

E então eu simplesmente me rendo.

– O que os vampiros fazem por prazer? – pergunta ele, a voz um pouco rouca.

Não quero mostrar minhas presas para ele, mas é difícil quando estou lambendo manteiga de amendoim dos dedos.

– Não tenho certeza.

Meu tempo entre eles foi exclusivamente na infância, quando as regras abundavam e as indulgências eram escassas. Owen, o único vampiro adulto com quem tenho conversas regulares, gosta de fofocar e fazer comentários cáusticos. Meu pai tem suas manobras estratégicas e golpes de Estado moderados. Como os outros se divertem nas horas vagas, não faço ideia.

– Sexo, provavelmente? Por favor, tire isso de perto de mim.

Ele não afasta. Em vez disso, me encara intensamente por muito tempo, divertindo-se com minha falta de controle. Quando ele abaixa a cabeça, o gesto parece exigir algum esforço.

– O que Serena poderia estar investigando? – A voz dele é áspera e me traz de volta à realidade.

– Ela nunca mencionou os licanos em nossas conversas, nadinha. Mas Serena não amava os colegas da seção de economia. Talvez estivesse procurando um emprego melhor e explorando histórias não relacionadas a economia. Mas acho que ela teria me contado. – *Será? Claramente ela estava escondendo coisas de você*, diz uma voz irritante que eu silencio. – Mas sei que ela não publicaria uma história que tivesse o potencial de colocar uma criança em perigo.

Não tenho certeza se Lowe acredita em mim, mas ele passa a mão pelo queixo, organizando os pensamentos.

– Seja como for, nossas prioridades coincidem – diz.

– Nós dois queremos descobrir quem contou à Serena sobre Ana.

Pela primeira vez desde essa farsa de casamento – não, pela primeira vez desde que aquela bruxa da Serena não apareceu para me ajudar a trocar os lençóis, sinto uma verdadeira e genuína explosão de esperança. *L. E. Moreland* não é apenas uma migalha perdida, mas um fio em que me segurar e puxar.

– Vou deixar que você acesse qualquer tecnologia que precise... Não que você tenha pedido minha permissão – acrescenta ele com a voz arrastada. – Você deveria dar uma olhada nas mensagens da Serena nas semanas anteriores ao desaparecimento. Eu sei que já tentou, mas deveria fazer referência cruzada com nossos dados. Eu vou dar informações sobre o paradeiro da Ana que podem ajudar a trazer mais luz à questão. E Alex vai ajudar e monitorar você.

Faço uma careta, o que o leva a acrescentar severamente:

– Você ainda é uma vampira vivendo em nosso território.

– E eu aqui pensando que estávamos firmes no estágio da aliança do nosso casamento. – Eu não me importo com a supervisão. O problema é que Alex parece ser um hacker tão bom quanto eu... e essa é a única área em que me permito ser competitiva. – Ok. Obrigada – acrescento, um pouco amuada.

Ele assente uma vez. A conversa chega a uma espécie de pausa, que então se estende e se transforma em um silêncio constrangedor, o que significa que Lowe concluiu o assunto.

Estou sendo dispensada.

Dou uma última olhada, meio de repugnância, meio de desejo, para o pote de manteiga de amendoim e me levanto, enfiando as mãos nos bolsos do short.

– Vou começar agora.

– Vou pedir ao Mick que leve algo para você passar aí.

Fico confusa. Então percebo que os olhos dele estão percorrendo lentamente minhas pernas nuas.

– Ah. Meus pés? – Estremeço, mas não está frio.

Agora que penso no assunto, tem dias que não faz frio aqui.

– E seus ombros. E suas costelas.

Franzo a testa.

– Como você sabe que minhas costelas estão doendo?

– Saberes que vêm com a profissão.

Inclino a cabeça. Ele não é formado em arquitetura? Será que pareço a torre inclinada de Pisa?

– Ensinamos os jovens licanos a estudar potenciais inimigos em busca de fraquezas. Você esfregou o tórax algumas vezes.

– Ah. – *Essa* profissão.

– Você precisa de um médico?

– Não, são apenas mais queimaduras. – Levanto a blusa, embolando-a bem debaixo do sutiã e inclinando-me ligeiramente para mostrar a ele. – Minha regata estava torta, e o sol conseguiu penetrar...

De repente, as pupilas dele ficam tão grandes quanto as íris. Lowe vira abruptamente a cabeça na direção oposta. Os tendões de seu pescoço se esticam e o pomo de adão sobe e desce.

– Você precisa ir – diz ele. Ríspido. Cortante.

– Ah.

Seus ombros relaxam.

– Vá tomar outro de seus banhos, Misery. – Sua voz é rouca, porém mais gentil.

– Certo. O cheiro. Me desculpe por isso.

Estou no pé da escada quando Ana desce correndo, quase se chocando comigo. Seus olhos estão cheios de lágrimas e meu coração se aperta.

– Você está bem? – pergunto, mas ela passa correndo por mim, indo direto para o irmão.

Ela balbucia algo sobre pesadelos e acordar apavorada.

– Venha aqui, meu amor – diz ele, e eu me viro para observá-los. Eu o vejo levantá-la e colocá-la em seu colo, empurrar seu cabelo para trás e beijar sua testa. – Foi só um pesadelo, ok? Como os outros.

Ana soluça.

– Ok.

– Você ainda não lembra sobre o que era?

Algumas fungadas.

– Só que mamãe estava lá.

Suas vozes se reduzem a sussurros suaves, e eu me viro para subir a escada. A última coisa que ouço é um encatarrado "Está bem, mas você tirou as cascas?" e uma resposta profunda e abafada que soa muito como "É claro, meu amor".

CAPÍTULO 11

Certas noites, quando passa pela porta dela, ele tem que sussurrar para si mesmo: "Continue andando."

Duas verdades podem coexistir.

Por exemplo: gosto de Alex porque ele é um rapaz inteligente e agradável.

E também: passar algum tempo juntos e observar o garoto morrendo de medo de mim me traz alegria.

Só por diversão, fico tentada a entrar em contato com uma terapeuta e pedir que ela quantifique até que ponto sou uma má pessoa. Mas, depois que ele e eu passamos cinco noites trabalhando lado a lado, aceito que é inútil tentar tranquilizar Alex dizendo que não pretendo me banquetear com o plasma dele. Nada vai convencer o garoto de que não vou drenar todo o seu sangue. E eu não deveria me divertir com isso, mas há algo de genuinamente engraçado em vê-lo andar pelo cômodo como um contorcionista para evitar me dar as costas, ou em passar a língua sobre as presas e sentir que o ruído do teclado cessa. Normalmente isso é seguido por olhos fechados com força e um choramingo que ele acha que não consigo ouvir, e... As crianças licanas que vêm de bicicleta até a janela do meu quarto só para apontar para minhas presas estão certas. Eu *sou* um monstro.

Mesmo assim eu continuo. Mesmo depois de entreouvir Alex dizendo: "Por favor, *por favor*, não me deixe morrer antes dos 25 anos, ou antes de visitar o Museu Internacional da Espionagem, o que vier primeiro." Sim. Ele reza um bocado.

Ele não faz ideia da razão de seu alfa o incumbir da tarefa de me ajudar em uma missão do tipo *Carmen Sandiego*, mas, para mérito dele, não faz perguntas. A maior parte do nosso trabalho consiste em reexaminar a correspondência de Serena, analisando as pessoas com quem ela teve contato nos últimos meses, em busca de conexões com licanos. Reunimos informações que eu não teria conseguido encontrar sozinha, como as entrevistas que ela fez ano passado para uma matéria sobre construção especulativa com CEOs que possuem, por meio de uma empresa de fachada, propriedades perto da frontcira entre os territórios de licanos e humanos. Mesmo que a maioria das informações leve a becos sem saída, eu ainda me sinto mais perto de Serena do que nunca desde que ela desapareceu.

Uma vez por dia Lowe vem se atualizar, rapidamente. A resposta do meu pai à tal falta de progresso seria uma mistura de ameaças obscuras e críticas à minha inteligência e à de Alex, mas Lowe consegue nunca parecer insistente nem decepcionado, nem quando linhas de preocupação marcam sua boca e seus ombros largos se retesam sob a camisa. É realmente impressionante como ele mantém a civilidade. Talvez tenha aprendido sobre paciência na escola de alfas.

Quando acordo na sexta noite, Mick me informa que o alfa foi convocado para tratar de negócios urgentes do bando e levou Alex com ele. Com o acesso sem supervisão à tecnologia negado, mais uma vez não tenho nada para fazer. Então me alimento e vago pela casa até o sol se pôr totalmente. Mais tarde vou para a varanda.

O céu é mais bonito aqui, mais amplo do que na terra dos humanos ou na dos vampiros, mas não consigo identificar o motivo. Estou com o rosto voltado para cima, estudando o céu há uns quinze minutos, quando escuto um barulho vindo da mata.

Um lobo, penso, instantaneamente pronta para recuar para o interior da casa. Mas não. É uma mulher. Juno. Ela surge por entre as árvores, linda, poderosa e nua.

Nua do tipo recém-nascido que acaba de deslizar pelo canal de parto.

Ela acena e depois, sem pressa, vem se sentar na cadeira ao lado da minha.

– Misery. – Ela me cumprimenta com a cabeça, educadamente.

– Oi. Só para confirmar: você sabe que está nua, certo? – Isso é muito esquisito.

– Eu estava correndo. Isso incomoda você? – Amanhã será lua cheia, e a luz reflete em seus cabelos brilhantes.

Incomoda?

– Não. Incomoda *você*?

Juno me olha como se eu fosse um daqueles humanos que acham que sexo antes do casamento é um ingresso para o inferno. Ela continua:

– Eu estava querendo falar com você.

– É mesmo? – *Falar*, na língua dos licanos, deve significar *ferir gravemente.*

– Para me desculpar.

Inclino a cabeça.

– Você ajudou Ana semana passada. Com Max – diz ela.

– Parece que vocês já tinham tudo sob controle.

– É verdade. Mas você... se importou. E Ana já passou por tanta coisa, que para ela é muito bom ter pessoas assim por perto. – Ela comprime os lábios volumosos. – Lowe disse que você também tem usado suas habilidades técnicas para ajudar Ana.

– Mais ou menos. – Detestaria que Juno pensasse que sou altruísta, quando obviamente não sou.

– Me desculpe por ter sido tão cruel com você quando nos conhecemos. Mas Lowe é como um irmão para mim e para Cal, o que torna Ana da família também, e fiquei...

– Preocupada? Eu também não seria uma grande fã de mim mesma. Concluí que você estava sendo protetora. – Dou de ombros.

Ela ainda parece querer se desculpar.

– Ana passou por momentos difíceis. E provavelmente vai passar por outros piores quando crescer. Lowe contou a você sobre Maria?

– Maria?

– A mãe deles. Foi atacada por Roscoe quando criticou assuntos do bando. Não acho que ele quisesse matar ninguém, mas os licanos podem perder o controle, especialmente quando estão na forma de lobo.

– Não, ele não contou. – Mas eu tinha concluído que algo assim acontecera.

– Não posso nem imaginar como deve ter sido traumatizante para Ana ver a mãe ser ferida pelo único licano cuja autoridade ela aprendera a jamais questionar.

Sinto o peito pesado.

– Que sujeito merda.

Juno ri suavemente.

– Você não faz ideia. Tivemos alguns anos bons, mas... Lowe contou que Roscoe se sentia tão ameaçado que o mandou embora?

– Alex mencionou algo assim. Para onde ele foi?

– Para o bando do noroeste, com Koen. E talvez tenha sido melhor assim... Lowe pôde observar um dos melhores alfas da América do Norte. Talvez ele não fosse um líder tão bom se não fosse por Koen. Mas Lowe tinha 12 anos. Foi obrigado a deixar sua casa sem saber se algum dia poderia voltar, e deixou. Estava com raiva e frustrado, eu sentia isso, embora ele nunca admitisse. E, quando chegou à maioridade, continuou sem ter permissão para voltar, então se mudou para a Europa, estudou e começou uma carreira. Construiu sua vida lá... e então Roscoe enlouqueceu. Muitos o desafiaram, mas ninguém venceu. Pedimos ao Lowe que voltasse, e ele deixou tudo para trás em nome do bando. Tudo pelo que havia trabalhado. Lowe nunca teve escolha sobre esse assunto.

Penso nas páginas que folheei.

As lindas construções na gaveta.

Meu rosto.

– Ele não faz nada para si mesmo, Misery. Nada. E nunca ouvi Lowe reclamar, jamais. Nem por ter sido obrigado a partir, nem por ter que assumir o comando do maior bando da América do Norte, nem por fazer tudo isso sozinho. A vida dele é feita de deveres. – Ela esquadrinha meu rosto com curiosidade, como se eu pudesse consertar essa injustiça.

Não sei o que dizer.

– Juro que não estou tentando dificultar a vida dele. E me sinto muito mal com a história da parceira.

Juno arregala os olhos.

– Ele falou sobre isso com você?

– Não. Eu não deveria saber, mas, no casamento, um amigo do meu pai mencionou que foi por ela que fui trocada. Sei que a parceira dele é a Colateral licana. Gabrielle.

– Gabrielle? – O olhar de Juno passa de confuso a inexpressivo e depois a perspicaz. – Isso. Gabi. A parceira dele.

– Não estou tentando interferir na felicidade de Lowe. Nosso casamento não é real, ele está livre para... encontrar a felicidade onde puder. – Mordo o lábio inferior. Franqueza pede franqueza. – Existe um motivo para eu ter concordado com isso, e contei toda a verdade a ele.

Os olhos escuros dela se demoram em mim, inquisitivos. E, depois de um longo tempo, ela diz:

– Talvez seja cruel da minha parte. Mas acho que, no fundo, sempre tive esperança de que Lowe nunca encontrasse sua parceira.

Ainda não estou completamente certa do que essa palavra significa.

– Por quê?

– Porque ser um alfa significa colocar sempre o bando em primeiro lugar. – Estou prestes a perguntar por que as duas coisas são incompatíveis, mas ela se levanta. Tento não olhar para seus mamilos quando ela me oferece a mão. – Peço desculpa pela forma como agi. E adoraria que você aceitasse minha oferta de paz.

Suas palavras me fazem rir. Quando percebo sua carranca, me apresso a acrescentar:

– Me desculpe... Não é nada com você. É que acabei de lembrar que, quando estávamos com uns 13 anos, minha irmã e eu tínhamos um cuidador muito esquisito, e sempre que brigávamos ele nos obrigava a cortar as unhas dos dedos dos pés uma da outra.

– O quê?

– Acho que ele tirou isso de um programa de TV. Para cada unha tínhamos que dizer alguma coisa boa sobre a outra. O hábito acabou pegando e se tornou nossa maneira de resolver todas as brigas.

– Isso é...

– Nojento?

Juno deve ser educada demais para concordar.

– Gostaria de fazer isso agora?

– Ah, não. Um aperto de mão é muito melhor.

Aceito a mão que ela me estende e a aperto com firmeza. Juno diz:

– Não sei se você e eu algum dia seremos amigas. Mas eu posso melhorar.

Sorrio para ela, de boca fechada e sem presas.

– Nossa, eu só posso fazer o mesmo.

Acabou que eu estava errada a respeito da lua cheia.

Estava mais distante do que pensei: três noites inteiras e um dia. Mick me ordenou que não saísse do quarto – de preferência – ou da casa – em hipótese nenhuma. Ele ainda toma conta de mim, mas não tenho um guarda acampado do lado de fora da minha porta desde a conversa com Lowe.

– Por quê? Quer dizer, vou fazer o que você disse, mas o que tem de tão diferente sobre a lua cheia? – pergunto, curiosa.

– É preciso ser um licano realmente poderoso para se transmutar quando a lua não está cheia e para *não* se transmutar quando ela está. Todos os licanos vão estar na sua forma mais perigosa, inclusive muitos jovens com pouco autocontrole. Melhor que não sejam testados com cheiros incomuns.

Rio quando ele revira os olhos. Mais tarde, porém, os uivos persistentes que parecem vir de toda a margem do lago me deixam nervosa. Quando minha porta se abre de repente, me assusto muito mais do que o normal.

– Ana. – Respiro aliviada e ponho meu livro de lado. É sobre uma licana idosa intrometida que resolve assassinatos misteriosos no bando do nordeste. Eu a detesto, mas de alguma forma estou no número sete da série. – Por que você não está com os lica...?

Ah... certo.

Porque ela *não pode* se transmutar.

– Posso ficar no closet com você?

Ela me visita muito, mas geralmente não pede permissão, simplesmente sobe na cama ao meu lado e brinca com os joguinhos que crio para ela de improviso. Esta noite parece diferente.

– Pode, mas sem roubar as cobertas.

– Ok – diz ela. Dois minutos depois, não só ela já roubou meu edredom, como também se apropriou do travesseiro. Peste. – Por que você não dorme numa cama?

– Porque sou uma vampira.

Ela aceita a explicação. Provavelmente porque *me* aceita. Como Serena, e ninguém mais depois dela. Viro a página e ficamos em silêncio por mais três minutos, sua respiração quente e úmida na minha bochecha.

– Lowe costuma continuar humano e ficar comigo quando todos eles saem – diz ela algum tempo depois.

Sua voz é baixa, e eu sei por quê: Alex voltou ontem, mas Lowe ainda está fora da cidade. É por isso que Ana parece triste, o que é raro.

Ponho o livro de lado e me viro para ela.

– Está dizendo que não sou tão boa companhia quanto Lowe?

– Não é.

Olho zangada para ela, mas amoleço quando ela pergunta:

– Quando vou ser capaz de me transmutar também?

Merda.

– Eu não sei.

– Misha já consegue.

– Tenho certeza de que existem coisas que você sabe fazer que Misha não sabe.

Ela reflete um pouco.

– Sou muito boa em fazer tranças.

– Pronto. – Uma habilidade bastante comum, mas...

– Posso fazer uma trança no seu cabelo?

– De jeito nenhum.

Algumas horas depois, meia dúzia de tranças puxam meu couro cabeludo e Ana ressona suavemente com a cabeça no meu colo. Seu batimento cardíaco é doce, delicado, uma borboleta encontrando uma boa flor para pousar, e *malditas* crianças – são canalhinhas que manipulam as pessoas, fazendo com que queiram protegê-las. Odeio o fato de que a protejo com meu corpo quando, através das paredes, ouço passos pesados, apressados. E odeio que, quando a porta do meu quarto se abre, estendo a mão para pegar a faca que roubei da cozinha e guardei debaixo do travesseiro.

Estou pronta para matar se for para defendê-la. Isso é culpa de Ana. Ana está me forçando a *matar*...

Lowe se agacha na entrada do closet, os olhos verde-claros furiosos na semiescuridão.

– Você sabia, minha querida *esposa*, que, quando cheguei em casa durante uma lua cheia e não consegui encontrar minha irmã, eu estava pronto para destruir todo o meu bando e torturar todos os licanos que guardam a casa por conta de tal negligência? – Seu sussurro é pura ameaça.

Dou de ombros.

– Não.

– Eu estava procurando por ela.

– E isso é minha culpa? Por quê? – Pisco para ele exageradamente, e ele fecha os olhos, claramente reunindo forças para não me esquartejar, e claramente apenas porque sua irmã está em cima de mim.

– Ela está bem? – pergunta ele.

– Está. *Eu* sou a vítima aqui – sibilo, apontando para a bagunça na minha cabeça.

Os olhos dele percorrem as tranças, parando subitamente nas pontas visíveis das minhas orelhas. Em geral eu as escondo, só para evitar incomodar as pessoas com minha *diferença*, e o modo como Lowe olha fixamente para elas – primeiro com a intensidade de alguém hipnotizado e depois desviando o olhar abruptamente – apenas reforça essa resolução.

– Acho que Ana talvez queira ser cabeleireira. Você deve incentivar a garota.

– Um trabalho melhor que o meu, com certeza.

Isso não se discute. Especialmente quando noto o ferimento no seu antebraço: quatro marcas de garras paralelas. Não parece recente, mas ainda há sangue verde incrustado e cheira a...

Deixa pra lá.

– Foram os Leais? Você ficou fora um bom tempo. – Nem me incomodo em admitir que notei. Estou certa de que ele está ciente de que não tenho uma rotina particularmente gratificante.

– Assuntos internos normais do bando. Depois uma reunião com Maddie, a governadora humana eleita. E diversos conselheiros vampiros, entre eles seu pai.

– Eca!

Os lábios de Lowe quase se curvam num sorriso, mas sua expressão se mantém sombria. Talvez ele tenha ido ao território dos vampiros e conseguido ver sua parceira. Talvez esteja irritado por chegar em casa agora e encontrar a *mim*. Não posso culpá-lo.

– Você acha...? – Depois de ter sido um instrumento da política por uma década, fiz o meu melhor para fingir que ela não existe. Mas agora me pego querendo saber. – Essas alianças. Vão se sustentar?

Ele não responde, nem mesmo para dizer que não sabe ou não tem como saber. Em vez disso, me olha prolongadamente, como se a resposta pudesse estar escrita no meu rosto, como se eu fosse a chave.

– Se os humanos soubessem da existência de Ana – digo, pensando alto. – Que humanos e licanos podem...

Deixo a ideia no ar. Ela poderia ser um símbolo poderoso de união após séculos de conflito. Ou as pessoas poderiam decidir que ela é uma aberração.

– Imprevisível demais – diz ele, lendo minha mente e se curvando para tirar a irmã adormecida do meu colo. As mãos de Lowe roçam as minhas nessa troca. Quando ele se ergue, Ana instantaneamente se aconchega em seus braços, reconhecendo-o pelo cheiro mesmo no sono pesado. Balbucia alguma coisa que soa dolorosamente como *mamãe*.

Quero perguntar a ele por que encontrei um pote de manteiga de amendoim na minha geladeira. Se é por causa dele que a casa agora está três graus mais quente do que quando cheguei. Mas, por alguma razão, não consigo, e então é ele quem fala.

– A propósito, Misery...

Olho para ele.

– Sim?

– Temos facas mais afiadas. – Ele aponta a minha com o queixo. – Essa aí não vai ter efeito nenhum em alguém como eu.

– Não vai?

– Terceira gaveta, antes da geladeira.

Escuto seus passos pesados e, assim que a porta do quarto se fecha com um estalo, pego o livro e recomeço a ler.

Obrigada pela dica, acho.

CAPÍTULO 12

O fardo vem lhe parecendo mais leve, mas ele mente para si mesmo sobre o motivo, atribuindo-o ao hábito e ao fato de estar amadurecendo em seu papel.

A cena me faz pensar no esquete de um programa de humor, tão absurda que me encosto no batente da porta do escritório de Lowe e a observo em silêncio por alguns minutos, me divertindo com o que vejo.

Ele é o mandachuva. E o modo como Lowe manuseia aparelhos pequenos, franzindo o cenho ao olhar para eles como se fossem aranhas venenosas... A maneira como digita no teclado com um único dedo... E como não parece ser capaz de seguir instruções simples, embora Alex esteja lhe explicando coisas com o tom de alguém que está prestes a saltar para a morte de bungee jump.

– ... só vai ser ativada depois que você colocar esta linha de código.

– Eu coloquei – troveja Lowe.

– Exatamente como escrevi aqui, neste papel.

– Eu fiz isso.

– Com as mesmas maiúsculas e minúsculas. *Alfa* – acrescenta ele. Para lembrar a si mesmo que Lowe é o chefe. Um chefe muito *teimoso*.

– O problema é a merda desta máquina.

Lowe levanta a mão, pronto para golpear o que deve ser um aparelho caro. O que leva Alex a entoar, com um nível de pavor digno de Dostoiévski:

– Ah, meu Deus, ah, meu *Deus*.

O que, por sua vez, faz Lowe decretar:

– Travou. Vou dar um murro só e esta coisa vai voltar ao normal.

Alex não deve receber um salário bom o suficiente para aguentar isso e acaba ficando à beira das lágrimas.

É quando sinto muita pena dos dois e digo:

– Não acho que manutenção de impacto seja a resposta para um erro de programação.

Ambos se viram para mim, de olhos arregalados e ligeiramente constrangidos. Como deveriam mesmo estar.

– Alex, você está mesmo ensinando Lowe a programar?

– Estou *tentando*. – Alex olha para nós dois. Normalmente ele fica mais à vontade comigo quando Lowe está por perto, mas deve saber que está momentaneamente na lista de desagrados do seu alfa.

– Quantas vezes vocês já repetiram isso?

– Um punhado – murmura Lowe.

No mesmo instante Alex diz:

– Dezesseis.

Eu assovio.

– Mãos grandes. – Meus olhos se dirigem para as de Lowe.

– Está tudo bem. Vou resolver essa questão da codificação quando estiver lá. Posso improvisar. – Ele se levanta, e Alex e eu trocamos um olhar de incredulidade, as palavras *analfabeto digital* flutuando no ar entre nós escritas em uma fonte bem antiga. A incompetência de Lowe talvez esteja curando o desentendimento entre nós.

– Vou ligar para você. Você vai me orientar por telefone – diz ele a Alex, desta vez com mais seriedade.

– Estou preocupado com a sua segurança. Pode haver armadilhas.

– Cuidarei delas. – Lowe põe a mão no ombro de Alex para tranquilizá-lo.

Estou prestes a quebrar minha regra de "isso não é da minha conta" e perguntar do que se trata quando Mick aparece.

– O jantar está pronto. Ana... cozinhou. – Ele diz a última palavra com uma pequena careta. – E exigiu a presença de todo mundo. – Ele olha para mim. – Inclusive a sua.

Faço uma careta e digo:

– Eu?

– Ela chamou Miresy especificamente.

– Ela sabe que eu não como?

Lowe cruza os braços na frente do peito.

– Na verdade, você...

– Shhhh. – Gesticulo freneticamente para ele fechar sua boca tagarela e me viro para Mick. – Estou indo. Estamos todos indo. Vamos! – O sorriso sarcástico de Lowe só pode ser descrito como perverso.

Ana fica muito feliz quando me vê. Ela corre até mim, um borrão de algodão cor-de-rosa cintilante e orelhas de unicórnio, e envolve minha cintura com seus bracinhos.

– Não precisamos nos abraçar *sempre* – digo a ela.

Ela me aperta mais forte.

Eu suspiro.

– Tudo bem. Claro.

Faz quase uma semana desde a lua cheia, e o tempo acumulado que passei com meu marido desde então não seria suficiente para uma chaleira de água ferver. Mas Juno veio me visitar uma noite e trouxe um baralho, voltou duas noites depois e trouxe um filme, além de Gemma, Flor e Arden, e nas duas noites a sensação foi semelhante: estranho, mas divertido. Estou com Alex o tempo todo, e a filha de Cal, Misha, pediu para me conhecer, para ver uma "sanguessuga de verdade", e alguns outros ajudantes deram uma passada por aqui porque estavam na área, só para se apresentarem, e...

É inesperado, especialmente depois do meu início atribulado. Eu deveria ser uma pária, é o que eu *sou*, e não acho que me encaixe muito melhor neste lugar do que entre os humanos ou entre os vampiros. Mas nos últimos sete dias tive mais interações sociais do que nunca. Não: mais interações sociais *positivas* do que nunca. Os licanos estão sendo surpreendentemente amigáveis, mesmo sabendo que sou uma vampira. E eu me sinto surpreendentemente relaxada com eles, talvez *porque* eles saibam que sou uma vampira. É uma experiência nova ser tratada como o que sou.

E agora estou sentada à mesa com Lowe, Mick e Alex, enquanto Faísca nos observa do parapeito da janela e Ana serve biscoitos salgados em forma de peixinhos dourados, insinuando que são feitos de peixe mesmo. Ouço os batimentos cardíacos de todos misturados, como uma sinfonia desafinada, e o pensamento aleatório de que Lowe é meu marido e Ana é minha cunhada me ocorre. Tecnicamente, estou participando do primeiro jantar em família da minha vida. Como nas séries humanas de comédia, daquelas com vinte minutos de piadinhas sobre bobagens que só são engraçadas por causa das risadas de fundo.

Deixo escapar um grunhido confuso, e todos se viram para mim, curiosos.

– Desculpem. Continuem, por favor.

Estou orgulhosa da maneira como corto meu bolo de carne e movimento os biscoitos pelo prato para simular uma refeição comida pela metade. Mas não sou muito hábil com talheres, e o contexto – uma refeição, e ainda *compartilhada* – é tão estranho para mim quanto uma luta com crocodilos. Ana, é claro, percebe.

– Por que ela está agindo assim? – sussurra ela de modo teatral da cabeceira da mesa, apontando minha coluna ereta como uma vara, o meu jeito de levantar e abaixar o garfo como uma marionete animatrônica.

– Ela só não é muito boa nisso. Seja gentil – murmura Lowe em resposta ao meu lado.

Ana assente, de olhos arregalados, e muda o assunto para uma importante questão: se ela vai ganhar um novo par de patins antes do aniversário, de que cor ele pode ser, se terá glitter e, sobretudo, se Juno vai levá-la ao rinque de patinação para praticar. Aproveito para observar Lowe quando está relaxado. Ele finge não saber o que são patins, para irritar Ana um pouco, nem que seu aniversário está chegando, para irritá-la muito mais. Quando não está liderando o bando contra um grupo de dissidentes violentos, ele sorri bastante. Tem algo de relaxante em seu humor provocativo e em sua autoconfiança inata.

– Quando é o *seu* aniversário? – pergunta Ana dirigindo-se a mim, depois que Mick revela uma inesperada expertise em astrologia e informa a Ana que ela é do signo de Virgem.

Alex é de Aquário, fato que, como tudo o mais sob o sol, o assusta violentamente.

– Eu não tenho isso – respondo, ainda confusa com a imagem mental de um Mick de meia-idade, enrugado, com óculos de aro sobre o nariz e acomodado na cama com um exemplar de *O zodíaco para leigos*.

– Minha parceira se aventurava no assunto – sussurra ele para mim, percebendo minha confusão.

Ervilhas voam da boca de Ana.

– Como você pode *não ter um aniversário*?

– Não sei em que dia eu nasci. – Eu poderia descobrir nos registros do conselho municipal, pois foi o dia em que minha mãe morreu. Duvido que meu pai saiba. – Pode ter sido na primavera...

– Como você sabe sua idade? – pergunta Alex.

– Aumento um ano no Ano-Novo dos vampiros.

– E você faz festa?

Balanço a cabeça.

– Não fazemos festas.

– Nenhuma... reunião? Festejo? Noite de jogos de tabuleiro? Festival do sangue? – Alex está chocado. Talvez aliviado. Eu me pergunto que histórias contaram a ele na infância quando ele se recusava a arrumar o quarto.

– Não temos comemorações comunitárias. Não nos reunimos em grandes grupos, a menos que seja para organizar estratégias de guerra ou de negócios, ou outro tipo de estratégia. Nossa vida social é somente elaborar estratégias.

No próximo Dia dos Pais, eu deveria dar a meu pai uma caneca com a frase *Tudo que me interessa é fazer planos secretos*. Só que também não comemoramos o Dia dos Pais. Eu continuo:

– Mas, *se* tivéssemos um festival do sangue, nos regalaríamos com jovens e promissores engenheiros de computação – digo, e em seguida estalo os lábios como se estivesse pensando em uma refeição deliciosa, só para ver Alex empalidecer.

– Por falar em sangue – avisa Mick enquanto Ana derrama litros de água na mesa, sob o pretexto de nos servir "coquetéis" –, Misery, o banco de sangue nos mandou uma mensagem avisando que a entrega desta semana vai atrasar alguns dias.

– A-atrasar? – engasga Alex.

Mick ergue a sobrancelha.

– Você parece muito interessado, Alex. Eu não sabia que vinha partilhando desse hábito.

– Não, mas... o que ela vai comer?

– Acho que vou ter que encontrar outra fonte de sangue. Hum... quem poderia ser? Vamos ver... – Tamborilo na borda da mesa para criar suspense. Certamente funciona com Ana, que me olha boquiaberta. – Quem tem um cheiro bom...

A mão de Lowe se fecha ao redor da minha. Nossas alianças tilintam quando ele a ergue da mesa e a pousa no meu colo, demorando um segundo a mais para soltá-la.

Sinto calor.

Tremo.

Lowe estala a língua.

– Pare de brincar com a comida, *esposa* – murmura ele, e me parece quase íntimo sorrir para ele e flagrar o brilho de divertimento em seus olhos enquanto Alex se encolhe. – Ela ainda tem várias bolsas – informa a Alex, que está tentando se camuflar no papel de parede.

– Vamos inventar um aniversário para você – propõe Ana, os olhos brilhando. – E dar uma graaaande festa.

– Ih... Não vamos, não. – Torço o nariz.

– Vamos, sim! Seu aniversário é neste fim de semana, e você vai ter um castelo inflável!

– Não sou muito chegada a pulos.

– E neste fim de semana seu irmão vai estar fora, Ana – diz Mick.

O garfo de Alex bate no prato. Alguma coisa muda, e o silêncio no cômodo fica tenso de repente enquanto Lowe mastiga seu bolo de carne.

– Fiquem à vontade para fazer a festa sem mim – diz ele depois de engolir, com o tom calmo e relaxado de alguém que sabe que cada palavra sua é lei. Depois, com uma piscadela conspiratória para Ana: – Tire fotos da Miresy pulando.

Ela concorda, entusiasmada, mas Mick sugere:

– Ou você pode cancelar a viagem.

Lowe toma um gole de água e não responde, mas está claro que essa conversa vem acontecendo há algum tempo.

– Pelo menos leve Cal com você...

– Cal não foi convidado. De qualquer forma, não vou envolver um pai de dois *nisso*.

– Mas *você* está indo. – O tom geralmente suave de Mick endurece. – É perigoso demais para o ajudante em quem você mais confia, mas para o alfa do bando...?

– Para o alfa, é dever – interrompe Lowe, taxativo.

– Estou neste bando há mais de cinquenta anos e posso garantir que nenhum outro alfa teria concordado com essas condições. Você está indo muito além dos limites e não tem nenhuma noção de autopreservação.

Não tenho ideia de qual seja o contexto, mas Mick provavelmente tem razão. Há algo altruísta em Lowe, como se tivesse abandonado qualquer traço de si mesmo ao se tornar alfa.

Ou, mais precisamente, trancado numa gaveta.

– Esses alfas estavam lidando com insurreições internas? – responde Lowe, ao mesmo tempo calmo e duro.

Mick desvia o olhar, mais triste do que ressentido.

Ana retoma o assunto, e a voz dela é baixa quando diz:

– Lowe? Aonde você vai este fim de semana?

Ele sorri para ela com afeto, seu tom imediatamente mais suave.

– Para a Califórnia.

– O que tem na Califórnia? – Fico feliz que ela pergunte, porque eu estava prestes a fazer isso e não tenho direito a essa informação.

– É território do bando. Uma velha amiga mora lá. O tio Koen também vai.

– Emery não é uma amiga, Lowe – contrapõe Mick.

– E é justamente por isso que não posso perder a oportunidade de ter acesso à casa dela.

– Não é uma oportunidade. Se você levasse Alex ou alguém com experiência em tecnologia para ajudá-lo com seu plano, sim. Mas não sozinho.

– Espere aí. – Estou curiosa demais para ficar calada. – Emery Roscoe não é a parceira...? – Pela expressão do rosto dos homens, não preciso de resposta. – Ah, merda.

Ana solta uma gargalhada.

– É muito fácil agradar você – digo, e ela ri mais ainda, depois contorna a cadeira de Lowe e vem se sentar no meu colo e roubar meus peixinhos dourados. Não sei o que eu tenho que diz *Por favor, sinta-se em casa no meu colo*, mas vou ter que dar um jeito nisso. – Lowe, você vai mesmo se encontrar com essa senhora?

Mick me dirige um sorriso de aprovação. Alex, como sempre, está apavorado. O olhar fulminante de Lowe diz: *Você também, não. E, a propósito, quem lhe deu esse direito?*

É justo.

– Você sabe que Emery está por trás de tudo que está acontecendo – diz Mick.

– Mas não tenho provas. E, até que eu tenha evidências irrefutáveis, *não* vou agir contra ela.

– Poderia. Seria uma demonstração de força.

– Não o tipo de força que estou interessado em demonstrar.

– Max já contou...

– Uma confissão balbuciada sobre quem ele acreditava que o mandou, feita quando estava sob a dominação de uma vampira, provavelmente não vai se sustentar num tribunal. – O rosto impressionante de Lowe está impassível, mas percebo sinais de cansaço. Deve ser fatigante ser uma pessoa decente, e não consigo me identificar. Estou feliz com minha flexibilidade moral. – Encontrar Emery no território dela é a maneira de conseguir essas provas.

– Ou de acabar... – O olhar de Mick se desvia para Ana e ele não conclui a frase, mas a palavra *morto* ricocheteia entre os adultos à mesa.

– Você realmente acha que não sou páreo para os guardas dela? – pergunta Lowe, recostando-se na cadeira. Seus lábios se curvam num sorriso. Ele se parece menos com um líder diplomático e mais com o jovem convencido e invencível de 20 e poucos anos que é. – Vamos lá, Mick. Você já me viu lutar.

Mick suspira.

– Só porque ainda não encontramos seu limite não significa que ele não exista.

– Também não significa que exista.

Ana se vira no meu colo e escala meu tronco como um esquilo, abraçando meu pescoço e enterrando o rosto em meus cabelos. É o contato físico mais direto que já experimentei *na vida*, e, para minha surpresa, não é excessivamente desagradável. Eu pergunto:

– Tem certeza de que Emery concordaria com esse encontro, depois que você... – *Assassinou o marido dela?*

– Ela fez o convite – diz Mick, resignado.

– Mentira...

– Como é o costume da parceira do alfa anterior. Para garantir uma sucessão pacífica.

– Uau.

Ana começa a se remexer e estende a mão para Lowe, mas ele está encarando Mick e não percebe. Dou um tapinha em seu braço para chamar sua atenção e ele me olha perturbado, com os olhos arregalados, como se eu tivesse tentado queimá-lo com um ferro de marcar gado. Será que ele acha que meu cheiro vai passar para ele?

– Acho que é uma armadilha – decreta Mick.

Lowe dá de ombros. O movimento diverte Ana, então ele repete.

– Estou disposto a correr o risco.

– Mas...

– Já tomei minha decisão. – Ele sorri para Ana e muda de tom. – Vou pedir para alguém dar uma olhada nos castelos infláveis – acrescenta, e o restante da conversa do jantar é apenas isto: o planejamento do bolo que ela vai escolher para o meu "aniversário", Alex preocupado se minhas presas vão furar os brinquedos infláveis, Lowe nos observando com uma expressão de divertimento.

Levamos mais tempo do que o necessário para terminar o jantar. Aparentemente, é comum passar o tempo conversando sobre nada de particular importância. Os costumes sociais dos licanos são diferentes, e eles me fazem imaginar como a parceira de Lowe está se saindo com o meu povo. Ela deixou para trás amigos, família, um companheiro. Com quem está tendo conversas agradáveis? Imagino-a tentando conversar com Owen, e Owen pedindo licença para ir capturar um tigre para pôr atrás dela.

Balanço a cabeça e volto à conversa. Ana gargalha, Lowe ri, Alex sorri. E tem Mick, que me encara com uma expressão preocupada no rosto cansado.

CAPÍTULO 13

Ele tenta evitar pensar no que faria com o pai dela se isso não fosse provocar o pior incidente diplomático do século.

Ana estava certa: não é tão difícil subir no telhado, mesmo para alguém com a coordenação visomotora de um ornitorrinco.

Ou seja, eu.

Levo menos de quinze segundos para chegar lá, e é vagamente empoderador o fato de eu não achar que meu cérebro vai acabar espalhado no canteiro de flores. Assim que me vejo sentada nas telhas, um pouco desconfortável mas sem querer admitir, fecho os olhos e inspiro, depois expiro e inspiro de novo, deixando a brisa brincar com meus cabelos, dando as boas-vindas ao toque do céu noturno. As ondas batem suavemente na margem. De vez em quando, algo faz barulho nas águas do lago. *Nem me importo com os insetos*, digo a mim mesma. Se eu perseverar, vou acreditar. É nisso que estou falhando quando Lowe chega.

Ele não me nota imediatamente, e posso observá-lo enquanto ergue o corpo graciosamente pela borda. Ele fica parado bem na beirada, e isso deveria ser assustador. Lowe leva a mão aos olhos e pressiona o polegar e o indicador neles, com tanta força que deve ver estrelas. Então abaixa o braço ao lado do corpo e expira uma vez, lentamente.

Este, eu acho, é *Lowe*. Não Lowe, o alfa; Lowe, o irmão; Lowe, o amigo, ou o filho, ou o infeliz marido da igualmente infeliz esposa. Apenas: Lowe. Cansado, acho. Solitário, presumo. Irritado, aposto. E não quero perturbar seu raro momento de solidão, mas a brisa aumenta, soprando em sua direção e levando meu cheiro.

Ele instantaneamente gira o corpo. Para mim. E, quando seus olhos se tornam apenas pupilas, levanto a mão e aceno desajeitadamente.

– Ana me contou sobre o telhado – digo, em tom de desculpa. Estou me intrometendo em um momento privado e especial. – Posso ir...

Ele balança a cabeça estoicamente. Engulo uma risada.

– Se você se sentar aqui – aponto para a direita –, ficará entre mim e o vento. Não haverá cheiro de *bouillabaisse*.

Ele contrai os lábios, mas acaba indo até onde eu estava apontando, o corpo grande dobrando-se próximo ao meu, longe o suficiente para evitar toques acidentais.

– O que *você* sabe sobre *bouillabaisse*?

– Como não é feito à base de hemoglobina nem de amendoim, nada. Então... – Bato palmas. As cigarras se aquietam e retomam o canto após uma pausa desorientada. – Me diga se entendi: você vai usar sua reunião com Emery como desculpa para plantar algum spyware ou interceptador que permita monitorar as comunicações dela e obter provas de que está liderando os Leais. Mas você está entrando em território inimigo sozinho e, com computadores, tem a habilidade de um ludita octogenário, o que o coloca em grande risco. Na verdade, não precisa me dizer se estou certa, eu já sei. Quando você vai mergulhar em sua morte iminente? Amanhã ou sexta-feira?

Ele me estuda como se não tivesse certeza se sou um banco ou uma escultura pós-moderna. Um músculo se contrai em seu maxilar.

– Eu realmente não entendo – reflete ele.

– Não entende o quê?

– Como você conseguiu se manter viva apesar de seus surtos imprudentes.

– Devo ser muito esperta.

– Ou incrivelmente burra.

Nossos olhares se chocam por alguns segundos, cheios de alguma coisa que parece mais confusão do que antagonismo. Eu desvio o olhar primeiro.

E simplesmente digo, sem pensar antes:

– Me leve com você. Me deixe ajudar com a parte da tecnologia.

Ele solta um suspiro cansado e silencioso.

– Vá para a cama, Misery, antes que você consiga se matar.

– Eu sou notívaga – murmuro. – Um pouco ofensivo meu *marido* não pensar que sei cuidar de mim mesma.

– Muito ofensivo que minha *esposa* pense que eu a levaria comigo para uma situação altamente volátil, na qual eu posso não ser capaz de protegê-la.

– Ok. Tudo bem. – Olho para seu rosto sério, teimoso e intransigente. À luz fraca da lua, as linhas das maçãs do seu rosto estão prontas para me cortar. – Mas você não pode fazer isso sozinho.

Ele me lança um olhar incrédulo.

– Você está me dizendo o que posso e o que não posso fazer?

– Ah, eu nunca faria isso, *alfa* – digo com um tom zombeteiro do qual não me arrependo totalmente quando ele me encara de volta. – Mas você não consegue nem ligar um computador.

– Eu sei ligar um maldito computador.

– Lowe. Meu amigo. Meu esposo. Você é claramente um licano competente e com muitos talentos, mas eu já vi o seu celular. Vi você *usar* seu celular. Metade da sua galeria são fotos da Ana fora de foco com o seu dedo bloqueando a câmera. Você digita "Google" na barra do Google para iniciar uma pesquisa.

Ele abre a boca. Em seguida, a fecha.

– Você ia me perguntar por que esse é o jeito errado.

– Você não vai. – Seu tom é definitivo.

E, quando ele se levanta, afastado pela minha insistência, sinto uma pontada de culpa e seguro a perna de seu jeans, puxando-o de volta para baixo. Seus olhos se fixam no lugar onde o seguro, mas ele cede.

– Desculpe, não vou mais falar sobre o assunto. – Por ora. – Por favor, não vá embora. Tenho certeza de que você veio aqui para... O que você faz aqui, afinal? Afia as garras? Uiva para a lua?

– Me livro das pulgas.

– Está vendo? Não quero impedir você. Vá em frente. – Espero que ele tire criaturas do cabelo. – Aliás, você não deveria estar dormindo? *Você* não é notívago. – Já passa da meia-noite. Horário nobre para mim, as cigarras e mais ninguém em quilômetros.

– Eu não durmo muito.

Certo. Ana disse isso. Quando mencionou que ele tinha...

– Insônia!

Sua sobrancelha se ergue.

– Você parece muito feliz com minha incapacidade de ter um descanso decente.

– É. *Não*. É que Ana mencionou que você estava com pneumonia e...

Ele sorri.

– Ela confunde as palavras com frequência.

– É.

– De acordo com o Google, que aparentemente não sei como usar... – o olhar de soslaio de Lowe é matador – isso é normal na idade dela. – Ele parece pensativo por um longo momento durante o qual seu sorriso desaparece.

– Não consigo imaginar como deve ser difícil.

– Aprender a falar?

– Isso também. Mas me refiro a criar uma criança pequena. Assim, de repente.

– Não tão difícil quanto ser criado por um idiota que não sabe comprar uma cadeirinha para você, ou que dá bala para comer antes de dormir porque você está com fome, ou que deixa você ver *O exorcista* porque ele nunca viu, mas a protagonista é uma menina, e ele imagina que você vai se identificar com ela.

– Uau. Serena e eu assistimos a esse filme quando tínhamos 15 anos e dormimos com as luzes acesas durante meses.

– Ana assistiu aos 6 e vai precisar de terapia até depois dos 40.

Eu me encolho.

– Sinto muito. Por Ana, principalmente, mas também por você. As pessoas em geral se preparam para a paternidade. Não nascemos sabendo trocar fraldas.

– Ana já aprendeu a usar o banheiro. Não comigo, obviamente... Eu teria conseguido de alguma forma ensinar a garota a mijar pelo nariz. – Ele passa a mão pelos cabelos curtos e depois esfrega o pescoço. – Eu não estava preparado para ela. Ainda não estou. E, merda, ela é tão *magnânima*.

Descanso minha têmpora nos joelhos, estudando a maneira como ele fita a distância, me perguntando quantas madrugadas ele vem até aqui. Para tomar decisões por milhares. Para se culpar por não ser perfeito. Independentemente do quanto parece competente, abnegado e seguro, Lowe talvez não goste muito de si mesmo.

– Você morava na Europa? Onde?

Ele parece surpreso com a pergunta.

– Zurique.

– Estudando?

Seus ombros se erguem com um suspiro.

– Inicialmente. Depois, trabalhando.

– Arquitetura, certo? Eu não entendo muito disso. Edifícios são meio chatos. Mas fico feliz por eles não caírem na minha cabeça.

– Eu não entendo como alguém pode digitar coisas em uma máquina o dia todo e não sentir medo de um levante de robôs. Mas fico feliz por *Mario Kart* existir.

– Justo. – Sorrio com o tom usado por ele, porque é o mais amuado que já o vi se mostrar. Devo ter encontrado o ponto sensível dele. – Gosto muito do estilo desta casa – digo, generosa.

– É chamado de biomórfico.

– Como você sabe? Aprendeu isso na faculdade?

– Isso, e eu projetei a casa de presente para minha mãe.

– Ah. – Uau. Acho que ele não é só um arquiteto... É um *bom* arquiteto. – Você estudou em escolas humanas?

O sistema escolar deles muitas vezes é a única opção, simplesmente porque eles são mais numerosos e investem em infraestrutura educacional. Na sociedade dos vampiros, e presumo que entre os licanos também, os diplomas formais não valem nada enquanto título, mas as habilidades que os acompanham são inestimáveis. Se quisermos adquiri-las, criamos identidades falsas e as usamos para nos matricular em universidades humanas. Os vampiros costumam ter aulas on-line (por causa das presas, e das queimaduras de terceiro grau sob a luz do sol). Os licanos passam despercebidos pelos humanos e podem entrar e sair de sua sociedade com mais facilidade, mas em muitos lugares os humanos instalaram tecnologia que detecta batimentos cardíacos mais rápidos que o normal e temperaturas corporais mais altas. Sinceramente, tenho sorte de eles nunca terem achado que os vampiros se dariam ao trabalho de lixar as próprias presas e portanto nunca desenvolveram o mesmo grau de paranoia a nosso respeito.

– Na verdade, Zurique era diferente.

– Diferente?

– Licanos e humanos frequentavam a faculdade abertamente. Alguns vampiros também. Todos morando na cidade.

– Uau. – Sei que existem lugares assim pelo mundo, onde a história local entre as espécies não é tão tensa e viver lado a lado, se não juntos, é considerado normal. No entanto, ainda é difícil imaginar. – Você tinha uma namorada vampira? – Aponto para meu dedo anelar. – Uma vez que se escolha uma vampira, não tem mais volta, hein?

Ele me lança um olhar paciente.

– Você vai ficar surpresa em saber que os vampiros não andavam com a gente.

– Que esnobes. – Cruzo as mãos no colo, mas começo a brincar com a aliança de casamento. – Por que tão longe, em Zurique? Você estava fugindo do Roscoe?

– Fugindo? – Suas bochechas se esticam em um sorriso de quem se diverte. – Roscoe nunca foi uma ameaça. Não para mim.

– Muita coragem da sua parte. Ou narcisismo.

– Ambos, talvez – admite ele. E logo fica sério. – É difícil explicar a dominância para alguém que não tem o hardware para entender o conceito.

– Lowe, isso foi uma metáfora de *computador*? – Recebo outro daqueles olhares de "não seja atrevida" e dou risada. – Vamos lá. Pelo menos *tente* explicar.

Ele balança a cabeça.

– Se conhecesse alguém sem nariz e tivesse que explicar como é um cheiro, o que *você* diria a essa pessoa? – Ele me olha, em expectativa. E eu abro a boca meia dúzia de vezes... só para fechá-la novamente, frustrada. Sua expressão nem é do tipo "eu avisei" quando ele continua: – Foi assim com Roscoe. Ele era um adulto, eu mal havia passado da puberdade, mas eu sempre soube que ele nunca venceria uma luta contra mim, e ele sempre soube disso, e todos no bando também sabiam disso. Por mais que eu o despreze agora, sou grato por ele ter me dado tempo suficiente sem um motivo para desafiá-lo.

Sem se tornar um líder despótico, ele quer dizer.

– O que o fez mudar?

– Difícil dizer. As opiniões dele mudaram muito repentinamente. – Ele passa a língua pelos lábios volumosos, parecendo distante, envolvido por uma lembrança. – Recebi o telefonema e nem tive tempo de passar no meu apartamento a caminho do aeroporto. Minha mãe havia se oposto abertamente a uma invasão. Ela estava ferida, e Ana não tinha quem a defendesse.

– Merda.

– Foram onze horas e quarenta minutos do momento em que recebi o telefonema até estacionar na garagem de Cal e encontrar Ana soluçando no quarto de Misha. – Seu tom é sem emoção, o que é quase perturbador. – Eu estava apavorado.

Não consigo imaginar. Ou consigo? Naqueles primeiros dias após a partida de Serena, eu estava tão preocupada e frenética procurando por ela que não me ocorreu tomar banho ou me alimentar até minha cabeça latejar e meu corpo ficar febril.

– Você voltou a Zurique depois disso? Para pegar suas coisas? Para...?

Encerrar um ciclo. Dizer adeus à vida que você havia construído. Talvez você tivesse amigos, uma namorada, um restaurante favorito. Talvez costumasse dormir até tarde ou fazer longas viagens de fim de semana pela Europa para visitar... edifícios, ou algo assim. Talvez você tivesse sonhos. Você voltou para recuperá-los?

Ele faz que não com a cabeça.

– Meu senhorio enviou algumas coisas pelo correio. Jogou fora o restante. – Ele coça o queixo. – Me sinto um pouco mal por ter deixado a louça do café da manhã suja na pia.

Dou uma risadinha.

– É bem típico de você, não é?

– O quê? – Ele se vira para mim.

– Se culpar por não ser perfeito.

– Se quiser lavar a minha louça, fique à vontade.

– Psiu. – Bato de leve meu ombro no dele, como faço com Serena quando ela está sendo obtusa. Ele enrijece, fica imóvel e sem respirar, em uma espécie de tensão por um momento, depois relaxa lentamente quando me afasto. – Então, essa coisa de dominância. Cal é o segundo licano mais *dominante* do bando? – Isso soa esquisito, como escolher palavras aleatoriamente. Poesia de ímã para geladeira.

– Não somos uma organização militar. Não há uma hierarquia rígida em um bando. Por acaso, Cal é alguém em quem confio.

Não pode ser mais disfuncional do que conselhos arbitrários cuja formação é estabelecida mediante primogenitura. E os humanos elegem líderes como o governador Davenport. Claramente, não há uma solução perfeita para essa questão.

– Ele também teve que desafiar alguém para se tornar um ajudante? O Boneco Ken, talvez?

– O pior é que eu sei a quem você está se referindo.

Dou uma risada.

– Ei, ele nunca se apresentou.

– Ludwig. O nome dele é Ludwig. E nosso bando tem mais de uma dezena de ajudantes, que são escolhidos dentro de seu grupo por meio de um sistema eleitoral.

– Que tipo de grupo?

– É uma teia de famílias interconectadas. Em geral, geograficamente próximas. Cada ajudante se reporta ao alfa. Depois do Roscoe, foram eleitos novos ajudantes, o que significa que a maioria deles é tão novata quanto eu. Mick é o único que manteve sua posição.

– Você quer dizer o único que não tentou matar você?

– Isso. – A risada dele poderia ser amarga, mas não é. – Ele e a parceira eram amigos íntimos da minha mãe. Shannon também era uma ajudante.

– Você matou Shannon? – pergunto, em tom trivial, e a cara dele é de quem vai me empurrar do telhado.

– Misery.

– É uma pergunta justa, dados os seus precedentes.

– Não, eu não matei a parceira do homem que trocava minhas fraldas. – Ele massageia a têmpora. – Inferno, ambos trocavam. Eles me ensinaram a andar de bicicleta e rastrear presas.

– O que aconteceu com ela?

– Ela morreu há dois anos, durante um confronto na fronteira oriental. Com os humanos, é o que achamos. – Ele engole em seco. – O filho do Mick também. Ele tinha 16 anos.

Não se trata de algo que meu povo não faria, mas ainda assim estremeço.

– Isso explica por que ele sempre parece tão melancólico.

– Ele cheira a tristeza. O tempo todo.

– Bem, ele é o meu licano favorito. – Abraço os joelhos. – Ele é sempre tão legal comigo!

– Isso porque ele tem uma queda por mulheres bonitas.

– O que isso tem a ver comigo?

– Você sabe a aparência que tem.

Eu rio baixinho, surpresa com o elogio indireto.

– Por que você sempre faz isso? – pergunta ele.

– Faço o quê?

– Quando ri, você cobre os lábios com a mão. Ou então ri com a boca fechada.

Dou de ombros. Eu não tinha consciência de que agia assim, mas não estou surpresa.

– Não é óbvio? – Não, a julgar pelo olhar confuso de Lowe. – Ok. Vou ficar supervulnerável com você. – Respiro fundo e dou um suspiro teatral. Junto as mãos. – Talvez você não saiba isso sobre mim, mas não sou como você. Na verdade, sou de outra espécie, chamada...

– Misery. – Sua mão sobe para agarrar meu pulso. Minha respiração fica presa na garganta. – Por que você esconde suas presas?

– Foi você quem me disse para fazer isso.

– Eu pedi que você não respondesse a um ato de agressão com outro ato de agressão, para evitar que eu volte para casa e encontre minha *esposa* feita em picadinho... e alguém mais picadinho ainda ao lado dela. – A mão dele ainda está em torno do meu pulso. Quente. Apertando um pouco mais. Seu toque me perturba. – Isso é diferente.

É mesmo? Você não faria picadinho de mim?

– Vamos lá, Lowe. – Eu desvencilho o braço e o seguro junto ao meu peito. – Você sabe como são meus dentes.

– Vamos lá, Misery. – Ele está de zombaria. – Eu sei, claro, e é por isso que não entendo por que você esconde.

Ficamos nos encarando como se estivéssemos em um jogo, tentando fazer o outro perder.

– Quer que eu mostre? – Estou tentando provocá-lo, mas ele simplesmente assente de modo solene.

– Eu gostaria de saber com o que estamos lidando, sim.

– Agora?

– A menos que você precise de ferramentas específicas ou tenha um compromisso neste momento. É hora do banho?

– Você quer ver minhas presas. Agora.

Lowe me olha de um jeito quase compadecido.

– É que...

Não tenho certeza do que há de tão preocupante na ideia de ele vê-las. Talvez eu esteja apenas me lembrando de quando eu tinha 9 anos e meus cuidadores humanos sempre paravam de sorrir no segundo em que eu começava. Um motorista fazendo o sinal da cruz. Um milhão de outros incidentes ao longo dos anos. Somente Serena nunca se importou.

– Isso é uma armadilha? Você está procurando uma desculpa para ver minhas entranhas fertilizarem o canteiro de flores? – digo.

– Isso não seria necessário, já que eu poderia simplesmente empurrar você daqui sem que ninguém no bando me questionasse.

– Exibido.

Ele esconde as mãos atrás das costas teatralmente.

– Sou inofensivo.

Ele é tão inofensivo quanto uma mina terrestre. Poderia destruir galáxias inteiras com um olhar severo e um rosnado.

– Muito bem, mas, se suas sensibilidades lupinas sentirem repulsa por minhas presas vampíricas, pode lembrar que foi você quem pediu.

Não tenho certeza de como começar. Rosnando? Puxando o lábio superior para cima com os dedos, como os dentistas humanos fazem nos comerciais de escovas de dente? Mordendo a mão dele para uma demonstração prática? Tudo isso parece inviável. Então eu simplesmente sorrio. Quando o ar frio atinge meus caninos, meu cérebro reptiliano grita que fui pega... Que fui descoberta. Que estou...

Bem, na verdade.

As pupilas de Lowe se dilatam. Ele estuda meus caninos com sua costumeira e plena atenção, sem recuar ou tentar me devorar. Pouco a pouco, meu sorriso se transforma em algo sincero. Enquanto isso, ele olha.

E olha.

E olha.

– Você está bem? – Minha voz o traz de volta ao corpo.

Seu grunhido é vago, não exatamente afirmativo.

– E você não...? – Ele pigarreia. – Não usa?

– O quê? Ah, minhas presas. – Passo a língua pela da direita, e Lowe fecha os olhos e depois se vira. Ou é muito nojento ou ele está com medo. Pobre pequeno alfa. – Todos nós nos alimentamos com bolsas de sangue, com muito poucas exceções.

– Que exceções?

Dou de ombros.

– Alimentar-se de uma fonte viva está meio ultrapassado, principalmente porque dá muito trabalho. Acho que o consumo mútuo de sangue às vezes é incorporado ao sexo, mas lembra como fui exilada quando criança e que sou universalmente conhecida por ser uma péssima vampira? – Eu deveria obrigar Owen a me explicar as nuances disso, mas... argh. Não é como se eu planejasse chegar assim tão perto de outro vampiro, jamais. – Eu não vou morder você, Lowe. Não se preocupe.

– Não estou preocupado. – A voz dele parece rouca.

– Ótimo. Então, agora que mostrei minhas armas temíveis, você vai me levar à casa da Emery com você? É a lua de mel que você deve à sua noiva. Foi um prazer negociar com você. Vou fazer as malas e... – Faço menção de me levantar, mas ele me puxa de volta para baixo.

– Bela tentativa.

Suspiro e me inclino para trás, estremecendo quando as telhas pressionam minha coluna. As estrelas enchem o céu, levando-nos a um momento de silêncio.

– Quer saber um segredo? – pergunto, cansada. – Algo que pensei que nunca admitiria para alguém?

Seu braço roça minha coxa quando ele se vira para me olhar.

– Estou surpreso que você queira contar para *mim*.

Eu também. Mas carreguei isso tão diligentemente e a noite parece tão suave...

– Serena e eu tivemos uma briga séria alguns dias antes de ela desaparecer. A maior de todas que já tivemos. – Lowe permanece calado. Que é exatamente o que preciso dele. – Nós brigávamos bastante, principalmente por coisas triviais, por outras nem tanto, e nesses casos demorava um pouco para esfriarmos a cabeça. Crescemos juntas e éramos muito irritantes uma com a outra... Sabe, irmãs. Ela cuspia nos bolsos dos cuidadores que eram maus comigo, e eu li livros obscenos para ela na vez que ficou tão doente que precisou tomar bolsas de soro. Mas eu odiava o fato de ela às vezes passar dias sem atender ao telefone, e ela odiava que eu pudesse ser uma megera de coração de pedra, acho. Nessa última briga que tivemos, ficamos as duas espumando. E então ela não apareceu para me ajudar a colocar a capa do edredom, apesar de saber que é a coisa mais difícil do universo. E agora as coisas que ela disse continuam nadando na minha cabeça. Como tubarões que não se alimentam há meses.

Não consigo ver a expressão de Lowe daqui de baixo. O que é ideal.

– E o que dizem os tubarões?

– Ela conseguiu fazer com que o recrutador de uma empresa muito legal se interessasse por mim. Era um emprego muito bom... Desafiador. Algo que apenas uma dúzia de pessoas no país podia fazer. E ela ficava me dizendo o quanto eu era perfeita para a vaga, que grande oportunidade era, e eu simplesmente não conseguia entender o sentido, sabe? Sim, era um trabalho mais interessante, com mais dinheiro, mas eu ficava me perguntando: para quê? Para que eu me daria ao trabalho? Qual é o objetivo final? E perguntei a ela, e ela... – Respiro fundo. – Ela disse que eu não tinha propósito. Que eu não me importava com nada nem com ninguém, nem mesmo comigo. Que eu estava estagnada, que não ia a lugar nenhum, que estava desperdiçando minha vida. E eu disse a ela que não era verdade, que eu me importava com as coisas. Mas eu simplesmente... não conseguia mencionar nada. Com exceção dela.

– Essa sua espiral apática, Misery... Quer dizer, eu entendo, você passou as primeiras duas décadas da sua vida na expectativa de morrer, mas não morreu. Você está aqui agora. Pode começar a viver!

– Cara, você não é minha mãe nem minha terapeuta, então não sei o que te dá o direito de...

– Estou no mundo lá fora, tentando. Eu também tive uma vida fodida, mas

estou saindo com pessoas, buscando um emprego melhor, tendo interesses, e você está simplesmente esperando o tempo passar. Você é uma casca. Preciso que você se importe com alguma coisa, Misery, que tenha um maldito interesse em uma coisa que não seja eu.

Os tubarões roem as paredes internas do meu crânio, e não vou conseguir fazê-los parar até encontrar Serena, mas, enquanto isso, posso distraí-los. Eu me aprumo com um sorriso e digo:

– De qualquer forma, já que eu tão desinteressadamente abri meu coração para você, pode me dizer uma coisa?

– Não é assim que...

– Que diabos é um parceiro para vocês, exatamente?

O rosto de Lowe não se move um milímetro, mas sei que poderia encher uma torre de Babel de cadernos descrevendo o quanto ele não deseja ter essa conversa.

– Sem chance.

– Por quê?

– Não.

– Ah, vamos lá.

Ele mexe de leve o maxilar.

– É uma coisa de licanos.

– Por isso estou pedindo para você explicar.

Porque suspeito que, para os licanos, não se trata do equivalente ao casamento ou a uma união civil entre licanos, ou ao compromisso constante que vem com o compartilhamento de boletos mensais de múltiplos serviços de streaming superfaturados que alguém se esqueceu de cancelar.

– Não.

– Lowe. Vamos lá. Você confiou em mim segredos muito maiores.

– Ah, merda. – Ele faz uma careta e esfrega os olhos, e acho que ganhei.

– É mais uma coisa para a qual não tenho hardware?

Ele assente e quase parece triste com isso.

– Eu entendi a coisa da dominância. – Realmente fizemos alguns progressos nos últimos quinze minutos. – Me dê uma chance.

Ele se vira para mim. De repente, parece um pouco perto demais.

– Ok, uma chance – repete ele, inescrutável.

– Isso. Toda essa coisa de "espécies rivais aprisionadas por séculos de hostilidade até que a morte sangrenta dos mais fracos coloque um fim no sofrimento sem sentido" pode parecer desanimadora, mas...

– Mas...?

– Nada de "mas". Apenas me explique.

Os lábios se abrem em um sorriso.

– Um parceiro é... – As cigarras se calam. Agora ouvimos apenas as ondas batendo suavemente na noite. – A pessoa a quem você se destina. Quem se destina a você.

– E esta é uma experiência única dos licanos, que difere dos humanos que no ensino médio escrevem poemas nos anuários uns dos outros antes de irem para faculdades diferentes... de que maneira?

Posso ter sido culturalmente ofensiva, mas, quando ele dá de ombros, parece gentil.

– Nunca fui um aluno do ensino médio humano e a experiência pode ser semelhante. A biologia, claro, é outra questão.

– A biologia?

– Existem... mudanças fisiológicas envolvidas no encontro com o parceiro. – Ele está escolhendo suas palavras com circunspecção. Escondendo alguma coisa, talvez.

– Amor à primeira vista?

Ele balança a cabeça ao mesmo tempo que diz:

– De certa forma, talvez. Mas se trata de uma experiência multissensorial. Nunca ouvi falar de alguém que reconhecesse seu parceiro apenas de vista. – Ele passa a língua pelos lábios. – O cheiro tem um papel importante nesse processo, assim como o toque, mas há mais. A experiência desencadeia mudanças dentro do cérebro. Alterações químicas. Há artigos científicos escritos sobre isso, mas duvido que eu consiga entender.

Eu adoraria colocar as mãos em periódicos acadêmicos dos licanos.

– Todo licano tem um?

– Um parceiro? Não. É bastante raro. A maioria dos licanos não espera encontrar um, e essa não é absolutamente a única maneira de ter um relacionamento romântico gratificante. Cal, por exemplo, está muito feliz. Ele conheceu a esposa em um aplicativo de namoro, e eles passaram por anos de idas e vindas antes de se casarem.

– Então ele se acomodou?

– Ele não acha isso. Ter um parceiro não é um tipo superior de amor. Não é intrinsecamente mais valioso do que passar a vida com seu melhor amigo e passar a amar suas peculiaridades. É apenas diferente.

– Se eles estão tão felizes, a esposa de Cal poderia ser a parceira dele? Ele poderia ter deixado os sinais passarem despercebidos quando a conheceu?

– Não. – Ele olha para a água refletindo o luar. – Quando éramos jovens, eu estava presente quando a irmã de Koen conheceu a parceira dela. Estávamos correndo. Ela sentiu o cheiro e de repente ficou imóvel no meio do campo. Achei que ela estivesse tendo um ataque. – Ele sorri. – Ela disse que era como descobrir novas cores. Como se o arco-íris tivesse ganhado mais algumas faixas.

Coço a têmpora.

– Parece uma coisa boa.

– E é... muito boa. Mas não é igual para todos – murmura ele, como se estivesse falando sozinho. Processando as ideias ao longo de suas explicações. – Às vezes é apenas uma sensação visceral. Algo que agarra você pelas entranhas e não solta, nunca. Algo que sacode o seu mundo, sim, mas também apenas... *está lá*. Novo, mas atemporal.

– Foi o que você sentiu? Com sua parceira?

Dessa vez ele se vira para me olhar. Não sei por que ele demora tanto para responder algo tão simples:

– Foi.

Deus. Isso é simplesmente uma merda completa.

Lowe tem uma parceira, o que aparentemente é incrível. Mas sua parceira está presa entre o *meu* povo enquanto ele está casado *comigo*.

– Eu sinto muito – deixo escapar.

Seu olhar é sereno. Sereno demais.

– Você não deveria se lamentar.

– Posso me lamentar se quiser. Posso me desculpar. Posso me prostrar e...

– Por que está se desculpando?

– Porque... em um ano, no máximo, eu vou embora. – O bem-estar dele não é minha responsabilidade, mas tantas coisas já lhe foram tiradas e rapidamente trocadas por tijolos de dever. – Você vai poder ficar com sua parceira e viver se mordendo para sempre. Há mordidas nessa história, certo?

– Sim. O ato de morder é... – O olhar dele desce até meu pescoço. Demora-se ali. – Importante.

– Parece doloroso. A do Mick, pelo menos.

– Não – diz ele, olhando para mim. Meu pulso acelera. – Não se for feito da forma correta.

Ele deve ter marcas no corpo. Um segredo enterrado na pele, sob o algodão macio da camiseta. E deve ter deixado uma em sua parceira, uma cicatriz elevada para guiá-lo para casa, para ser rastreada no meio da noite.

E então algo me ocorre. Uma possibilidade petrificante.

– É sempre recíproco, certo?

– A mordida?

– A coisa do parceiro. Se você conhece alguém e sente que essa pessoa é sua parceira, e sua *biologia* muda... a da outra pessoa também vai mudar, certo? – Não preciso de uma resposta verbal, porque vejo em sua expressão estoica e resignada que *não. Não.* – Ah, que merda.

Não sou nenhuma romântica, mas a perspectiva é terrível. A ideia de que alguém pode estar destinado a alguém que simplesmente... não corresponde. Isso não. Não. Todos os sentimentos do mundo, só que unilaterais. Incompreendidos e perdidos. Uma ponte construída de química e física que para no meio do caminho, sem jamais chegar ao outro lado.

O tombo quebraria até o último osso.

– Parece absolutamente horrível.

Ele assente, pensativo.

– Será?

– É uma sentença de prisão perpétua. – Sem liberdade condicional, só você e um companheiro de cela que nunca saberá que você existe.

– Talvez. – Os ombros de Lowe ficam tensos e logo relaxam. – Talvez haja algo devastador na incompletude disso. Mas talvez só saber que a outra pessoa está ali... Pode haver prazer nisso também. A satisfação de saber que existe algo lindo. – O pomo de adão dele sobe e desce, os lábios se abrem e fecham algumas vezes, como se ele só conseguisse encontrar as palavras certas formulando-as primeiro para si mesmo. – Talvez algumas coisas transcendam a reciprocidade. Talvez nem tudo seja uma questão de *ter*.

Deixo escapar uma risada incrédula.

– Tanta sabedoria vinda de alguém cuja parceira claramente corresponde.

– Sério? – Ele parece se divertir... e algo mais.

– Ninguém que já tenha lidado com um amor não correspondido diria isso.

Seu sorriso é furtivo.

– É assim que é o seu amor? Não correspondido?

– Não há amor nenhum. – Descanso meu queixo nos joelhos. Agora é a minha vez de olhar para o lago cintilante. – Sou uma vampira.

– Vampiros não amam?

– Não assim. Definitivamente não falamos sobre essas coisas.

– Relacionamentos?

– Sentimentos. Não fomos criados para dar muito valor a eles. Somos ensinados que o que importa é o bem da maioria. A continuação da espécie. O resto vem depois. Pelo menos foi assim que entendi... Compreendo muito pouco os costumes do meu povo. Serena me perguntava o que é normal na sociedade dos vampiros, e eu não conseguia dizer. Quando tentei voltar depois do período como Colateral, foi... – Estremeço. – Eu não sabia como me comportar. A maneira como eu falava a Língua era entrecortada. Eu não entendia o que estava acontecendo, sabe?

Sim, ele sabe. Posso ver que sim.

– Foi por isso que você voltou para os humanos?

– Dói menos – digo, em vez de *sim*. – Me sentir sozinha entre pessoas que não deveriam mesmo ser iguais a mim.

Ele suspira e puxa os joelhos, as mãos entrelaçadas entre as pernas. Um pensamento vibra em mim: aqui e agora não me sinto particularmente sozinha.

– Você está certo, Lowe. Não tenho o hardware para entender o que é um parceiro e não consigo me imaginar conhecendo alguém e experimentando a sensação profunda de afinidade de que você está falando. Mas... – Fecho os olhos e penso em quinze anos atrás. Um cuidador bateu à minha porta e me apresentou a uma garota de cabelos escuros, covinhas e olhos pretos. Inspiro, mas o ar fica preso na minha garganta. – Consegui instalar o software. Porque Serena deu isso para mim. E talvez eu a tenha desapontado às vezes, talvez ela tenha ficado com raiva de mim, mas isso não significa nada no fim das contas. Eu entendo que você esteja disposto a enfrentar Emery sozinho ou a sacrificar tudo pelo seu bando. Entendo porque sinto o mesmo pela Serena. E por motivos que não consigo explicar completamente, porque os sentimentos são muito *difíceis* para mim, eu gostaria de ir com você. Para ajudar você a encontrar quem está tentando machucar Ana. E acho que Serena ficaria orgulhosa de mim, porque finalmente consegui me importar com alguma coisa. Mesmo que só um pouquinho.

Ele me analisa por muito tempo, minha imagem envolta no luar.

– Esse foi um discurso foda, Misery.

– Foda é meu nome do meio.

– Seu nome do meio é Lyn.

Merda.

– Pare de ler meu dossiê.

– Nunca. – Ele inspira. Inclina a cabeça para trás. Olha para as mesmas estrelas que estive mapeando a noite toda. – Se fizermos isso... Se eu levar você comigo, terá que ser do meu jeito. Para ter certeza de que você estará segura.

Meu coração palpita de esperança.

– Qual é o seu jeito? Arquitetonicamente? Com uma pilastra coríntia?

Minhas palavras não soam divertidas. Tampouco as dele.

– Se for comigo, Misery, você terá que ser marcada.

CAPÍTULO 14

O gosto dela é igual ao cheiro.

Estava esperando uma viagem de vinte horas a bordo do carro híbrido que vi estacionado na garagem de Lowe, ou talvez uma mais curta, de avião, na classe econômica com um pouco de algodão discretamente enfiado no meu nariz para evitar que eu fosse bombardeada com o cheiro de sangue humano.

Não esperava um jatinho.

– Meu bem – pergunto, baixando os óculos escuros até a ponta do nariz –, nós somos ricos?

O olhar dele é apenas levemente cáustico.

– Só somos proibidos de viajar na maioria das companhias aéreas de propriedade humana, *querida*.

– Ah, certo. É por isso que nunca voei antes. Agora estou me lembrando de tudo.

É difícil expressar o quanto Mick, Cal e Ludwig Boneco Ken desaprovam a decisão de Lowe de levar a esposa vampira para a casa de Emery. À luz minguante do crepúsculo, eles praticamente pulsam de preocupação, tensão e objeções não ditas.

Ou ditas, vai saber. Dormi a maior parte do dia, e é perfeitamente possível que, enquanto eu estava enfiada no closet em meu coma diurno, tenha havido várias rodadas de briga aos gritos. Fico feliz por ter perdido essa parte, e também por meu tempo acordada ter sido gasto organizando coisas de tecnologia com Alex.

– Se alguém tentar matar Lowe – disse ele, mostrando um USB Rubber Ducky, próprio para um teste de invasão –, é seu dever dar a vida pelo seu alfa.

– Não vou me enfiar entre ele e uma bala de prata. – Ergui o interceptador GSM contra a luz para estudá-lo. Legal. – Ou seja lá o que for preciso para matar vocês.

– Apenas uma bala normal. E, se você se casa com alguém de um bando, o alfa daquele bando se torna o seu alfa. Se você se casa com um alfa, ele *definitivamente* se torna o seu alfa.

– Aham, claro. Posso ver aquele microcontrolador ali?

Não estou triste por Alex não ter vindo se despedir de nós no pequeno aeroporto executivo, porque os outros já exalam angústia existencial suficiente. Lábios comprimidos, poses de segurança, testas franzidas. Mick balança a cabeça repetidamente enquanto segura Faísca como se fosse uma criança arrotando – porque, sim: Faísca é, de acordo com alguém que foi repreendido várias vezes nas últimas duas horas por colocar massa de modelar em tomadas, "um membro valioso da família" que "adora ver os aviões fazerem vruuuum". Juno é quem menos se opõe à operação, o que é simpático da parte dela. A única verdadeiramente feliz, porém, é Ana, mas só por causa das promessas que arrancou de Lowe: presentes, doces e, num esforço logístico necessário que superestima em muito as habilidades dele, o roubo de um *L* do letreiro de Hollywood.

– *L* de Liliana – sussurra ela para mim em tom conspirador, porque sua fé em minhas habilidades com o alfabeto é, na melhor das hipóteses, questionável.

Então ela corre para submeter Faísca a indescritíveis carinhos fofinhos que o fazem ronronar sinceramente, mas que para *mim* renderiam uma desfiguração eterna.

– Vamos – me diz Lowe depois de se abaixar para beijar a testa de Ana.

Eu o sigo escada acima, acenando para ela antes de desaparecer no interior da aeronave. Parece menos de um por cento com um jato de luxo; tem mais a cara da combinação de uma bonita sala de estar com a primeira classe de um trem.

– O piloto é licano? – pergunto, seguindo Lowe até a frente do avião.

Não é um espaço particularmente apertado, mas somos ambos altos, de modo que é o tamanho exato.

– É. – Ele abre a porta da cabine.

– Quem...?

Eu me calo quando ele se acomoda no assento do piloto e começa a apertar botões com movimentos rápidos e experientes, colocando um grande par de fones de ouvido e falando com o controle de tráfego aéreo em voz baixa.

– Ah, pelo amor de Deus.

Reviro os olhos. Fico tentada a perguntar quando, entre liderar um bando e se formar arquiteto, ele conseguiu licença para pilotar aeronaves de pequeno porte. Mas suspeito que ele queira que eu faça isso, e sou muito mesquinha para aquiescer.

– Exibido – murmuro, batendo o quadril direito em meia dúzia de protuberâncias no caminho até o assento do copiloto.

Ele exibe um sorriso torto.

– Coloque o cinto de segurança.

Como tudo mais, Lowe faz com que voar pareça fácil. Estar dentro de um pássaro metálico gigantesco no céu deveria ser assustador, mas pressiono meu nariz contra a janela fria e olho para o céu noturno, as luzes se esparramando, interrompidas aqui e ali por longos trechos de deserto. Só volto a atenção para o interior da aeronave quando obtemos permissão para pousar.

– Misery – diz ele suavemente.

– Hã? – Do alto, o oceano parece imóvel.

– Quando pousarmos... – começa ele, mas se interrompe para uma longa pausa.

Tão longa que me afasto do vidro frio.

– Ai. Tudo dói – digo.

Estou rígida depois de ficar horas sem me mover, então estico o pescoço na cabine estreita, tentando evitar apertar acidentalmente um botão que ejete o assento. Quando me endireito depois de alongar a coluna, a maneira como ele me olha é intensa demais para que eu não ache que está me julgando.

– O que foi? – pergunto, na defensiva.

– Nada. – Ele se volta para o painel de controle na mesma hora.

– Você falou "Quando pousarmos...".

– Falei.

– Você sabe que isso não é uma frase completa, certo? Apenas uma oração subordinada adverbial temporal.

A sobrancelha dele arqueia.

– Desde quando você é linguista?

– Apenas uma crítica útil. O que vai acontecer quando pousarmos?

Ele passa a língua pelo interior da bochecha.

– Você vai me falar?

Ele assente.

– Com Emery e o grupo dela, preciso enviar a mensagem de que você faz parte do meu bando e que nenhuma violência contra você será tolerada. Não apenas uma mensagem *verbal.*

– Você disse que faria isso me marcando, certo? – Seja lá o que isso signifique. As luzes piscando na pista de pouso se aproximam e a turbulência está me deixando enjoada. Mudo meu foco para Lowe. – Não preciso fazer uma leitura dinâmica de *Arquitetura para leigos* e fingir que consigo distinguir o gótico do art déco, não é?

Ele se vira para mim, sem expressão.

– Você está brincando – diz.

– Por favor, olhe para a frente.

– Você consegue, certo? Você *é capaz* de distinguir...

– Marido, querido, no fundo você sabe essa resposta, e, por favor, olhe para a estrada quando estiver *pousando um avião.*

Ele se vira.

– É sobre cheiros – diz ele, claramente se obrigando a mudar de assunto.

– Naturalmente. O que não é?

Ele tem se superado. Nem parece mais reagir ao meu cheiro. Talvez sejam todos os banhos. Talvez ele esteja se acostumando comigo, como Serena quando morou perto do mercado de peixes. Quando o contrato de aluguel estava terminando, ela achava o fedor quase reconfortante.

– Se tivermos o mesmo cheiro, a mensagem terá sido enviada.

– Isso significa que você deveria estar cheirando a bafo de cachorro? – brinco.

– Vou fazer isso. – A voz dele é grave.

– Fazer o quê?

– Fazer você cheirar igual... – o avião pousa com um solavanco gracioso – ... a mim.

Minhas mãos apertam o apoio dos braços enquanto corremos pela pista. Estou apavorada, brotam em meu cérebro cenários em que nos transformamos em respingos no prédio ao final da pista. Aos poucos vamos desacelerando e, também aos poucos, as palavras de Lowe assentam tal qual poeira.

– Igual a você?

Ele assente, ocupado com algumas manobras finais. Noto um pequeno grupo de pessoas reunido perto do hangar. O comitê de boas-vindas de Emery, pronto para nos abater.

– Tudo bem. Faça o que quiser com meu corpo – digo, distraída, tentando adivinhar qual deles tem maior probabilidade de jogar um dente de alho em mim. – Um aviso: Serena sempre reclama da minha pele fria e nojenta. Esses três graus fazem toda a diferença.

– Misery.

– Sério, eu não me importo. Faça o que for preciso.

A manobra se conclui. Então ele solta o cinto e avalia os licanos que nos esperam. São cinco e parecem altos. Mas eu também sou. Assim como Lowe.

– Se eles nos atacarem...

– Eles não vão. – Ele me interrompe. – Não agora.

– Mas, se fizerem isso, posso ajudar...

– Eu sei, mas posso lidar com eles sozinho. Vamos, não temos muito tempo. – Ele me pega pelo pulso, me puxando para a área principal do avião, que é maior que a cabine do piloto, mas pequena demais para a forma como estamos parados um diante do outro. – Eu vou...

– Faça o que tiver que fazer.

Estico o pescoço para ver além dele e ter um vislumbre dos licanos através das janelas. Alguns estão na forma de lobo.

– Misery.

– Ande, se apresse e...

– *Misery*. – Eu me volto novamente para ele diante do tom de comando em sua voz. Há um V zangado entre suas sobrancelhas. – Preciso do seu consentimento explícito.

– Para quê?

– Vou colocar o meu cheiro em você do jeito tradicional dos licanos. Isso implica esfregar minha pele na sua. Minha língua também.

Ah. *Ah.*

Alguma coisa elétrica e fluida se acumula dentro do meu corpo. Lido com essa sensação da única maneira que posso: rindo.

– É sério isso?

Ele faz que sim, muito sério.

– Tipo lamber o dedo e esfregar em mim?

Sua mão vai até o meu pescoço.

E para.

– Posso tocar você? – Ele está pedindo permissão, mas não há nenhuma insegurança ou hesitação nessa atitude. Faço que sim com a cabeça. – Os licanos têm glândulas odoríferas... aqui.

Ele roça o polegar na cavidade do lado esquerdo do meu pescoço.

– Aqui.

Lado direito.

– E aqui.

A mão dele envolve meu pescoço, a palma apoiada em minha nuca.

– Nos pulsos também.

– Ah. – Pigarreio. E resisto ao impulso de me contorcer, porque estou sentindo... Não tenho a menor ideia. É o modo como ele está me olhando. Com seus olhos pálidos e penetrantes. – Esta é uma, hã, aula de anatomia fascinante, mas... Ah, *merda*. As marcas verdes no nosso casamento! Mas eu...

– Você não tem glândulas odoríferas – diz ele, como se eu fosse mais previsível que uma declaração de imposto de renda –, mas tem pontos de pulsação, onde seu sangue bombeia mais perto da superfície, e o calor...

– ... intensifica o cheiro. Estou familiarizada com toda essa coisa de sangue.

Ele assente e sustenta meu olhar com expectativa, até entender que não tenho ideia do que ele está esperando.

– Misery. Você me dá sua permissão?

Eu poderia dizer não. Eu *sei* que poderia dizer não e ele provavelmente encontraria outra maneira de me proteger... ou morreria tentando, porque ele é *esse* tipo de cara. E talvez seja exatamente por isso que faço que sim com a cabeça e fecho os olhos, pensando que não vai ser nada de mais.

O que, eu logo percebo, talvez não seja o caso.

Começa com uma onda de calor pairando sobre mim quando ele se aproxima. O cheiro suave e agradável do sangue subindo pelas minhas narinas. Depois disso, o toque. Primeiro, a mão no meu queixo, me mantendo parada, inclinando minha cabeça para a direita, e então... seu nariz, acho. Descendo pelo meu pescoço, movendo-se para a frente e para trás sobre o ponto onde meu sangue flui mais forte. Ele inala uma vez. De novo, desta vez mais profundamente. Em seguida, torna a subir, o maxilar áspero fazendo cócegas em minha pele.

– Está tudo bem? – pergunta ele em uma voz rouca e baixa.

Faço que sim. Sim. Está tudo bem. Mais do que bem, embora eu não seja capaz de qualificar como ou por quê. Um "sinto muito" sai desajeitado da minha boca.

– Sente muito? – As palavras vibram através da minha pele.

– Porque... – Meus joelhos estão vergando, então eu os firmo. Ainda tenho a sensação de que posso perder o equilíbrio e estendo a mão cegamente. Encontro o ombro de Lowe. E o agarro como se fosse um bote salva-vidas. – Eu sei que você não gosta do meu cheiro.

– Eu *amo* a droga do seu cheiro.

– Então os banhos funcionaram... *Ah*.

Quando ele disse *língua*, eu esperava... *Não* que seus lábios se abririam na base do meu pescoço e que então viria uma lambida macia e prolongada. Porque isso parece um beijo. Como se Lowe Moreland estivesse beijando meu pescoço, bem devagar. Roçando-o com os dentes e finalizando com uma leve mordidinha.

Eu quase solto um gemido. Mas, no último momento, consigo engolir de volta, prendendo dentro do meu corpo o som choroso e gutural, e...

Meu Deus. Por que o que ele está fazendo parece tão fenomenal e *delicioso*?

– Isso é tão estranho pra você quanto é pra mim? – pergunto, tentando amenizar a agitação de prazer nas minhas entranhas.

Porque essa coisa se espalhando feito água derramada abaixo do meu umbigo é *tesão* e pode explodir e se transformar em um incêndio *muito* rápido. Uma sensação que me faz pensar em sangue, em toque, e talvez até em sexo, e à medida que coisas vão acontecendo com meu corpo me sinto apavorada ao perceber que ele sente o cheiro delas.

Sente o *meu* cheiro.

– Não – rosna ele.

– Mas...

– Não é estranho.

Lowe levanta a cabeça, afastando-se do meu pescoço. Estou *muito* perto de implorar que ele volte e continue mais um pouco, mas ele está apenas mudando de lado, e eu quase grito de alívio. Desta vez, a palma da mão envolve toda a parte posterior da minha cabeça e, por alguns instantes, ele acaricia a ponta da minha orelha com o polegar, respirando lentamente, com reverência, como se meu corpo fosse uma coisa preciosa e linda.

– É perfeito – diz ele, e então sua boca desce novamente.

Primeiro, uma mordida delicada no lóbulo da minha orelha. Em seguida, sua língua percorre a base do meu maxilar. Por último, no exato momento em que estou pensando que isso é diferente do que pensei que seria deixar seu cheiro em mim, ele vai até a base do meu pescoço e *chupa*.

Ele grunhe.

Eu suspiro.

Ambos temos a respiração entrecortada quando minha mão se ergue para pressionar o rosto dele mais fundo de encontro a mim. Lowe puxa delicadamente minha pele, de boca aberta, e o estímulo parece eletricidade, me inundando de calor. A temperatura corporal dos licanos é muito mais alta que a dos vampiros, e o corpo dele está só alguns centímetros e possibilidades distante do meu, e o *calor* dele...

Meus seios doem, os mamilos duros como pedras, e quero me esticar para chegar mais perto dele. Quero contato de carne e pele. Lowe é forte, e eu me sinto tão mole, e esse batimento cardíaco trovejante – *um delicioso coração batendo* – é uma maravilha nebulosa e indescritível que me puxa para ele. Eu me contorço nesses braços, tentando apertar meu corpo contra o dele, me esfregar só um pouco, mas não...

Porque Lowe recua. A mão dele se fecha em meu ombro, me virando de costas. Prendo a respiração enquanto agarro o apoio de cabeça de um dos assentos para me equilibrar.

– Tudo bem? – pergunta ele, envolvendo a base do meu pescoço com os dedos.

Digo que sim o mais rápido que consigo, bem antes que ele termine a pergunta, e ele também não perde tempo: ergue a pesada massa dos meus cabelos, agarra meus quadris e pressiona meu corpo contra o dele.

E, quando estou na posição que ele quer, Lowe se abaixa.

Os dentes dele se fecham em minha nuca, desta vez com *força*, e sou inundada por um tipo de prazer obsceno e instantâneo. O grito que consegui refrear antes agora escapa da minha garganta queimando. Há uma pressão dentro de mim, inebriante, quente, e não suporto deixar tudo isso contido. A mão de Lowe desce até minha barriga, me apertando ainda mais contra ele. A curva da minha bunda encontra a virilha dele, e escuto um som gutural de prazer que abala minhas terminações nervosas.

Meu sangue vibra. Meus ouvidos rugem. Estou me dissolvendo.

– Porra!

Os lábios de Lowe desenham a palavra sem pronunciá-la. Ele passa a língua pela protuberância no topo da minha coluna uma última vez, como se quisesse aliviar a dor de sua mordida, e de repente eu sinto frio. Estou tremendo. Quando me viro, ele se encontra parado a alguma distância de mim, os olhos negros como breu.

O rugido em meus ouvidos está ficando mais alto... porque ele não está em meus ouvidos. Um carro atravessa a pista em direção ao nosso avião.

Emery.

– Desculpe.

A voz de Lowe soa como se um ralador tivesse passado por sua laringe. Os dedos se contraem ao lado do corpo, um reflexo. Como o da minha mão, que permanece no ponto úmido na base do meu pescoço.

– Eu... – Minha mão se desloca para massagear a nuca. Ainda posso sentir o toque dele. – Isso foi...

– Desculpe – repete ele.

Minhas presas doem, comicham, sentem *desejo* como nunca antes. Passo a língua nelas para ter certeza de que não estão pegando fogo, e Lowe me observa fazer isso, cada segundo do gesto, os lábios entreabertos. Ele dá um passo pequeno e involuntário em minha direção, então recua novamente, horrorizado com sua falta de controle.

Isso pode ser novo para mim, e posso não ser licana, mas o que quer que tenha acabado de acontecer entre nós foi além de "me deixe disfarçar você rapidinho". Foi algo diferente.

Algo sexual.

E, se *eu* sei disso, não há como *ele* não saber.

– Lowe.

Deveríamos falar sobre isso. Ou nunca mais mencionar esse fato.

Pelo olhar que recebo, ele vai preferir a segunda opção.

– Pronto – diz para si mesmo, os olhos vidrados. – Está feito.

– Está melhor?

Seus lábios se comprimem. Como se desejasse manter algum sabor na boca por mais tempo.

– Melhor?

– Meu cheiro. Agora eu cheiro como...?

– Minha. – Há um ronco em sua garganta. – Você cheira como se fosse minha, Misery.

Um raio de energia percorre o meu corpo.

Era isso mesmo que queríamos, não era?

CAPÍTULO 15

Ela não é o que ele tinha imaginado. Ele não vai admitir que já pensava nela desde garoto, mas havia sempre alguma coisa no fundo da sua mente, uma leve esperança de que talvez, um dia...

Ela não é o que ele tinha imaginado. Ela é mais, de todas as formas possíveis.

Emery Messner é assustadora. Principalmente porque parece muito simpática.

Eu esperava saudações estranhas, raivosas e sedentas de sangue. Imprevisibilidade. Ameaças de violência. E o que encontro é uma mulher doce, de 50 e poucos anos, usando no cardigã um broche em que se lê ESPERANÇA AMOR CORAGEM. Não sou uma boa juíza de caráter, mas ela parece gentil, cordial e sinceramente amável. Seu batimento cardíaco é fraco, quase reticente. Eu poderia imaginá-la assando guloseimas sem colesterol para distribuir depois do treino de futebol dos filhos, mas *não* sequestrando e assassinando pessoas.

– Lowe.

Ela para a poucos metros de nós, abaixando a cabeça em um cumprimento. Quando ergue o olhar, suas narinas se contraem, sem dúvida farejando o que aconteceu entre mim e Lowe no avião.

Quero sumir no ar.

– Sejam bem-vindos, você e sua noiva vampira. – Ela encara meu marido. Que matou seu parceiro. É uma situação tão complicada... – Parabéns pela aliança.

– Emery, obrigado por nos receber em sua casa. – Lowe *não* sorri.

– Bobagem. É seu território, alfa.

Ela faz um gesto com a mão, como uma garota numa conversa trivial. Seus olhos se voltam para mim e, por uma fração de segundo, a fachada educada desmorona e eu me vejo refletida em seus olhos.

Sou uma vampira.

Sou o inimigo.

Neste século, o meu povo figura entre as cinco principais causas de morte do povo *dela*. Sou tão bem-vinda quanto um chiclete grudado na sola do sapato.

No entanto, sou o chiclete *de Lowe*, e ele deixa isso muitíssimo claro: sua mão se mantém possessivamente na curva da minha lombar, e eu sei o suficiente sobre autodefesa para entender que ele se posicionou estrategicamente e que planeja me empurrar para trás dele ao menor sinal de intimidação. Não há como os guardas de Emery (todos os oito, igualmente divididos entre as formas de lobo e de homem) não conseguirem ver isso. A julgar pelas expressões tensas, eles parecem acreditar que Lowe oferece uma ameaça considerável, apesar da grande desvantagem numérica.

Como sua falsa esposa, acho isso lisonjeiro.

Mas Lowe estava certo, e Emery não quer briga, pelo menos não agora. Ela forja um sorriso forçado exclusivamente para mim.

– Misery Lark. – A voz destila civilidade. – Há décadas não vejo ninguém do seu povo no meu território.

Não com vida, certamente.

– Obrigada por me receber.

– Talvez esteja na hora de fazer as pazes. Talvez novas alianças possam ser feitas, agora que as antigas estão reduzidas a cinzas.

– Talvez. – Engulo o "mas me parece improvável" que me vem à ponta da língua.

– Muito bem. – Ela olha rapidamente para a minha mão. Porque, eu percebo de repente, Lowe a envolveu com a dele. – Venham comigo, por favor.

Ela vira as costas para nós após um último sorriso. Sua guarda a segue, ladeando-a como uma armadura.

Os dedos de Lowe apertam os meus.

– Isso foi cortês da sua parte – diz ele, baixinho. – Obrigado por não causar um incidente diplomático.

– Até parece.

Ele franze as sobrancelhas.

– Ah, vamos, eu não faria isso.

O olhar que ele me dirige telegrafa: com toda a certeza faria.

– Não vou irritar a mulher que tentou sequestrar Ana – digo, indignada. E logo esclareço: – Posso esfaquear a mulher. Mas não vou ser *insolente*.

Lowe contrai a boca e depois diz:

– Agora, sim.

Ele me puxa em direção a um sedã preto, a mão dele ainda segurando a minha.

O jantar é estranho, particularmente porque me servem um prato de *cavatelli* e uma taça de vinho tinto sedutoramente parecido com sangue.

É costume que a parceira e os filhos do alfa anterior mantenham relacionamentos formais com a liderança atual, e vários licanos foram convidados para o fim de semana. Esta noite, porém, somos só nós três à mesa, e não conheço nada dos assuntos dos licanos para participar da conversa. Tento acompanhar enquanto eles falam sobre fronteiras, alianças, outros bandos, mas é como começar a assistir a uma série de TV com três linhas do tempo a partir da quarta temporada. Muitas mudanças, personagens, detalhes da construção de mundo. O que *posso* fazer é apreciar a dinâmica complexa em jogo durante a refeição e a maestria de Lowe para lidar com ela. Ninguém menciona que ele matou Roscoe, e fico grata por isso.

Somos escoltados até o nosso quarto de manhã cedo. Há uma única cama, o que felizmente não vai levar a nenhuma situação constrangedora, já que vou desaparecer no closet assim que o sol nascer. Faço um gesto para que Lowe se sente e levo um dedo aos lábios. Ele me olha sem entender, mas obedece sem discutir, mesmo quando levo a mão ao bolso da calça jeans dele e pego o celular. Para um alfa, ele é surpreendentemente bom em fazer o que eu digo.

Passo vários minutos fazendo uma varredura do local em busca de escutas e câmeras e verificando se há redes wi-fi fortes, sob a expressão de divertimento cada vez maior de Lowe. Quando não encontro nada, percebo o olhar piedoso de "deve ser difícil viver com esse nível de paranoia", e fico tentada a tirar um pedaço de alguma coisa do bolso e dizer a ele que é um spyware de última geração, só para estar *certa* ao menos uma vez.

Ele provavelmente acreditaria.

– Posso falar? Ou você quer espionar mais?

Olho irritada para ele.

– Seu menino de ouro, Alex, foi quem me aconselhou a fazer isso.

Ele balança a cabeça com um sorrisinho.

– Emery não é tola para fazer isso.

– Então não vamos considerar a possibilidade de ela cortar nossa garganta enquanto dormimos?

– Por enquanto não.

– Hum.

Examino o celular dele para ter certeza de que não está sendo rastreado. É uma janela interessante e vagamente melancólica para a vida de Lowe. Não que eu esperasse encontrá-lo lotado de pornografia com mulheres mais velhas, mas os sites mais visitados são notícias esportivas europeias e revistas de arquitetura chiques que parecem tão divertidas quanto um engarrafamento.

– Lamento que seu time de beisebol esteja indo tão mal – digo.

– Está indo bem – murmura ele, ofendido.

– Aham, claro.

– E é rúgbi. – Ele se levanta para buscar meu cooler com sangue.

– Que seja. Emery não parece assim *tão* ruim.

– Não, não parece. – Lowe abre o cooler e, em seguida, o compartimento secreto onde guardamos as ferramentas que Alex me deu. – Mick vem coletando informações sigilosas sobre os ataques e as sabotagens no território dos licanos, e há fortes indícios de que ela esteja por trás deles. Mas Emery também sabe que, se me desafiasse abertamente, não teria a menor chance. E é possível que vários dos Leais nem estejam cientes da tentativa de sequestro. Eles podem não saber que estão do lado errado dessa guerra.

Paro ao lado dele, verificando se não falta nenhum equipamento.

– Meu pai costumava dizer que não há lado certo nem lado errado numa guerra.

Lowe morde o lábio inferior, olhando reflexivamente para as bolsas de sangue.

– Talvez. Mas existem lados dos quais quero fazer parte e outros que não me atraem. – Ele levanta a cabeça, os olhos pálidos a poucos centímetros dos meus. – Você precisa se alimentar?

– Posso fazer isso no banheiro, já que estamos compartilhando estes... – olho à nossa volta para o papel de parede florido, a cama de dossel, os quadros mostrando paisagens – ... aposentos nupciais.

– Por que usar o banheiro?

– Estou supondo que você vai achar nojento.

Serena sempre dizia que há algo de repulsivo em ouvir o sangue sendo engolido, mas, depois de algum tempo, ela acabou se acostumando. Entendo: posso ser uma consumidora (vergonhosamente entusiasmada) de manteiga de amendoim, mas acho a maioria dos alimentos humanos nojenta. Qualquer coisa que exija mastigação deveria ser lançada no espaço em uma cápsula autodestrutiva.

– Duvido que eu me incomode – diz Lowe, e dou de ombros.

Não vou bancar a protetora. Ele é um garoto crescido que sabe o que pode aguentar.

– Ok, então.

Pego a bolsa de sangue e termino tudo rapidamente. Sangue é muito caro (e muito difícil de limpar) para eu me arriscar a derramá-lo, e é por isso que uso canudos. O processo leva menos de dois minutos e, quando termino, sorrio para mim mesma, pensando no jantar de três horas a que acabei de ser submetida e me sentindo superior.

Licanos e humanos são *esquisitos*.

– Misery.

A voz de Lowe está baixa e rouca. Descarto a bolsa e, quando olho em sua direção, ele está sentado na cama novamente. Tenho a impressão de que seus olhos estiveram em mim o tempo todo.

– Sim?

– Você está diferente.

– Ah, sim. – Eu me viro para o espelho, mas sei o que ele está vendo. Bochechas rosadas. Pupilas dilatadas com um fino contorno lilás. Lábios manchados de vermelho. – É uma coisa que acontece.

– Uma coisa?

– Calor e sangue, sabe?

– Não, não sei.

Dou de ombros.

– Ficamos com fome de sangue quando estamos com calor e ficamos com calor depois que nos alimentamos. Não vai durar muito.

Ele pigarreia.

– O que mais isso acarreta?

Não tenho certeza de como responder a essa linha de perguntas sobre a fisiologia dos vampiros, mas ele foi acessível quando perguntei o mesmo sobre os licanos.

– Basicamente só isso. Alguns sentidos também ficam mais aguçados.

O cheiro do sangue de Lowe, mas também de tudo mais que faz com que ele seja *ele*, é mais nítido em minhas narinas. Isso me leva a me perguntar se *eu* ainda estou com o cheiro dele.

O que me faz lembrar o que aconteceu mais cedo.

Não que isso tenha saído da minha mente em algum momento.

– No avião. Quando você estava me marcando. – Esperava que ele se mostrasse constrangido ou desdenhoso. Mas ele apenas sustenta meu olhar. – Sem querer tornar uma situação estranha ainda mais estranha, mas parecia que era...

– Era. – Ele fecha brevemente os olhos. – Desculpe. Não era minha intenção tirar vantagem.

– Nem... nem minha.

Eu me envolvi tanto quanto ele. Até mais, provavelmente.

– É o ato em si. É algo que geralmente acontece entre parceiros ou em relacionamentos românticos sérios. É intrinsecamente cheio de energia sexual.

Ah.

– Certo – respondo.

Fico um pouco envergonhada por ter presumido que ele se sentia atraído por *mim*. Não que eu não me ache atraente... Sei que sou bonita e foda-se, Sr. Lumière, por dizer que eu parecia uma aranha... A questão é que Lowe tem Gabi. Alguém em quem ele está biologicamente programado para concentrar toda a sua atração.

– Eu nunca tinha feito isso antes – diz ele. – Não sabia que seria assim.

Espere.

– Você nunca fez isso? Nunca marcou ninguém antes?

Ele balança a cabeça e começa a tirar as botas.

– Mas você tem uma parceira. Você mesmo disse.

Ele passa para a outra bota. Sem olhar para cima.

– Eu também disse que nem sempre é recíproco.

– Mas o seu... o seu é, certo? Você disse isso também.

Gabrielle. Ela é a Colateral agora, mas antes eles estavam juntos. Provavelmente se conheceram em Zurique. Comiam juntos aquele queijo com buracos, o tempo todo.

– Disse?

Cubro a boca com a palma da mão.

– Merda. Não.

Pisando forte, atravesso o quarto até a cama, mas, quando me sento ao lado de Lowe, não tenho ideia do que fazer.

O que foi que o governador disse no casamento? Que a Colateral licana era parceira de Lowe. Mas nunca disse que eles estavam juntos. Na verdade, ninguém do bando jamais agiu como se Lowe tivesse um relacionamento com ela. Ana nunca mencionou Gabi, nem por alto. Não havia sinais dela no quarto de Lowe.

Parceira dele, disse o governador, e faz sentido que Lowe dissesse isso, para garantir que estava entregando uma Colateral valiosa. Mas ninguém nunca disse que Lowe era o *parceiro dela*.

– Ela sabe? Que é sua parceira, digo.

Uma pausa mínima, e então ele faz que não. Como se reafirmasse uma decisão para si mesmo.

– Não sabe. Nem vai saber.

– Por que não conta a ela?

– Não vou sobrecarregar ninguém com essa informação.

– Sobrecarregar? Ela gostaria disso! Você está basicamente jurando amor eterno a ela... E você é um bom partido. Eu costumava examinar todos os *matches* nos aplicativos de namoro da Serena; já vi o que há por aí. A quantidade de peixes no mar é *pequena*. Até onde eu sei, você não tem nenhuma condenação criminal, tem uma casa, um carro, um *bando* e... ok, uma esposa, mas terei prazer em ajudá-lo a esclarecer a situação. – Eu me pergunto por que estou sendo tão proativa em relação a isso. Não sou do tipo que se intromete na vida amorosa dos outros, mas... talvez tenha a ver com esse peso que sinto no fundo do estômago. Talvez eu esteja apenas compensando com um entusiasmo exagerado minha decepção irracional. – Sinceramente, ela vai ficar *empolgada*. – Ela é a atual Colateral, provavelmente tão dada à autoimolação quanto ele, e... Uma ideia me ocorre. – Tem a ver com sua irmã? Você acha que ela não vai aceitar Ana?

Ele dá uma gargalhada e vai guardar os calçados.

– Pelo contrário. Ana também ficaria encantada. – Ele confere se a porta está trancada e volta para a cama. – Venha pra cá – ordena ele, apontando o lado da cama mais distante da entrada.

Obedeço, sem nem hesitar.

– E se ela sentir o mesmo em relação a você?

– Ela não pode.

O colchão afunda com o peso dele. Ele se deita, ainda vestindo jeans e camisa. A parte de trás de sua cabeça afunda no travesseiro quando ele cruza os braços sobre o peito. Embora a cama seja king-size ainda é um pouco curta para ele. Mas Lowe não reclama.

– Talvez ela não tenha o hardware. Talvez não sinta a mesma atração biológica que você sente por ela. Mas ainda poderia vir a sentir alguma coisa por você. – Tiro os sapatos com os pés e me ajoelho ao lado dele. Ele está quase *dormindo*? – Vocês ainda podem namorar.

– *Ainda* estamos falando sobre isso – diz ele com a fala arrastada, sem abrir os olhos.

– Estamos.

– Ainda?

– Exato. – Não, não vou examinar meu interesse no assunto. – Francamente, é um pouco infantil essa sua atitude de tudo ou nada. Você ainda pode ter um...

Ele se ergue, apoiando-se no cotovelo. Num segundo estou olhando para aquele rosto bonito e relaxado, no seguinte os olhos dele queimam os meus e posso sentir uma respiração quente nos meus lábios, que ainda têm um leve gosto de sangue.

Alguma coisa, uma energia, surge entre nós. Algo *palpável.*

– Você acha que a razão de eu não querer contar a ela é porque uma pequena parte dela não seria suficiente? – rosna ele. – Acha que eu me importaria se ela me amasse menos do que eu a amo? Que isso é uma questão de orgulho pra mim? De cobiça? É por isso que você acha que sou *infantil*?

Abro a boca. Uma onda de calor (constrangimento, confusão, alguma outra coisa) atinge todo o meu corpo.

– Eu...

– Você *acha*, mas não *sabe*. Não sabe nada sobre como é encontrar sua outra metade – continua ele, com voz baixa e cortante. – Eu aceitaria qualquer coisa que ela quisesse me dar... Uma fração minúscula ou o seu mundo inteiro. Eu a aceitaria por uma única noite, sabendo que a perderia pela manhã, e me agarraria a ela e nunca mais a soltaria. Eu a aceitaria saudável ou doente, cansada, irritada, ou forte, e de qualquer forma seria um puta *privilégio* pra mim. Eu aceitaria os problemas, os dons, o mau humor, as paixões, as piadas, o corpo... Aceitaria absolutamente tudo, se fosse essa a escolha dela.

Meu coração bate forte no peito, nas bochechas, na ponta dos dedos. Esqueci como respirar.

– Mas não vou *tirar* nada dela.

Seus olhos vagarosamente descem pelo meu rosto. Param no decote do meu vestido. Esta noite estou usando nossa aliança de casamento no colar, e ele estuda como ela desaparece na curva dos meus seios. Seu olhar se demora, sem pressa, pelo que parecem horas, mas é provavelmente um breve momento. Então ele torna a olhar nos meus olhos.

– Acima de tudo, não vou tirar a liberdade dela. Não quando tantos outros já fizeram isso.

Aquela energia agressiva entre nós se dissipa tão depressa quanto se formou, dissolvendo como sal na água. Lenta e confortavelmente, com um último olhar para a minha boca, Lowe se acomoda de novo na cama. Seus braços sobem e se cruzam atrás da cabeça.

– Ela não admitiria isso, talvez nem mesmo perceba, mas ela é o tipo de pessoa que se sentiria em dívida comigo. Acharia que preciso dela. Quando o que eu preciso *mesmo* é que ela fique feliz, seja comigo, sozinha ou com outra pessoa.

Os olhos de Lowe tremulam e se fecham novamente. Consigo sorver um pouco de ar e vejo o corpo dele relaxar, a linha tensa e raivosa se desfazer de volta à força suave.

Estou extremamente envergonhada. E outras coisas que não sou capaz de articular. Minhas mãos tremem, então cerro os punhos na colcha de algodão.

– Desculpe. Fui longe demais.

– Cabe a mim lidar com os meus sentimentos. Não a ela.

Eu não consigo evitar. Passo a língua pelos lábios e digo:

– É só que...

– Misery.

Aquele tom de novo. Do alfa. Aquele que me faz querer dizer sim para ele, mil vezes.

– Desculpe – repito, mas acho que estou perdoada. Acho que Lowe é simplesmente uma pessoa generosa demais para guardar rancor. Acho que ele é correto demais e não merece ter o coração partido nem viver a vida apenas pela metade. – Devo me retirar para o closet, envergonhada? Para que você não precise me olhar?

Lowe contrai a boca. *Definitivamente* perdoada.

– Posso simplesmente virar para o outro lado – diz.

– Certo. Você vai ter que... me deixar novamente com o seu cheiro? Amanhã?

O sorriso dele desaparece.

– Não. A mensagem foi transmitida. Eles acham que você é importante pra mim agora.

– Ok.

Coço a têmpora e *não* fico remoendo o fato de que ele disse "eles acham" em vez de "eles sabem". Eu deveria me preparar para dormir. O sol vai nascer em breve. Mas é uma oportunidade tão rara poder estudar Lowe à vontade. Ele é simplesmente... tão, mas *tão* bonito, até para mim, alguém tão diferente, tão cronicamente esquisita, que raramente tem o privilégio de notar essas coisas nos outros. No entanto, quanto mais o conheço, mais o considero magnético. Único. Genuinamente decente, num mundo onde ninguém parece ser.

E estou convencida de que a parceira dele concordaria comigo, mas não vou insistir no assunto. Mesmo que eu não consiga imaginar que alguém possa rejeitá-lo. Mesmo que *eu* tenha começado a me sentir atraída por ele, e nem sou da mesma espécie.

– Você pode trocar de roupa antes de dormir. Vou manter as mãos longe de você, mesmo que seu pijama tenha lindas gotinhas de sangue.

– Não vou dormir – murmura ele.

Franzo a testa.

– Isso é uma coisa dos licanos? Você só dorme a cada três dias?

– É uma coisa minha.

Eu me obrigo a desviar o olhar dos seus lábios volumosos.

– Certo. A insônia. Quando éramos adolescentes, era a mesma coisa com Serena.

– Verdade?

Ele não moveu um músculo, mas parece genuinamente interessado, então eu continuo:

– Ela costumava ter pesadelos horríveis que nunca conseguia lembrar. Provavelmente alguma coisa que aconteceu nos seus primeiros anos de vida... Ela não tinha nenhuma lembrança dessa época.

– E o que ela fazia?

– Não dormia. Parecia sempre exausta, e ficávamos preocupadas, eu e a Sra. Michaels, na época nossa cuidadora, e muito boa, por sinal. Tentamos aparelhos de ruído branco. Comprimidos. Aquelas luzes vermelhas que deveriam facilitar a produção de melatonina, mas que apenas deixavam o quarto parecido com um bordel. Nada funcionava. Até que, por acaso, encontramos a solução, e foi o truque mais simples.

– O que era?

– Eu – digo, e o corpo de Lowe se retesa. – O que ela precisava era de alguém em quem confiasse ao lado dela. Então eu ficava no quarto dela. E passava a mão nela.

– Passava a mão? – Ele parece cético.

– Não... Sim, mas não é o que você está pensando. Era só como chamávamos. Assim...

Levo a mão até a testa dele e, após uma breve hesitação, pressiono a palma contra os cabelos, que são ao mesmo tempo arrepiados e macios, não longos o bastante para que eu mergulhe os dedos. Eu o acaricio algumas vezes, deixando minhas unhas roçarem suavemente seu couro cabeludo, apenas o suficiente para lhe dar uma ideia do que Serena gostava, e então me afasto para...

Suas mãos sobem rápidas como um raio.

Ele não abre os olhos, mas os dedos se fecham em torno do meu pulso com precisão mortal. Meu coração bate forte – merda, eu passei dos limites –, até que ele leva minha mão de volta à sua cabeça, como se quisesse que eu...

Ah.

Ah.

Ele não me solta até que eu retome o cafuné. Um nó *de alguma coisa* cresce na minha garganta.

– Você tem muito mais sorte – digo, esperando que uma piada desfaça esse nó.

– Por quê? – pergunta ele, a voz áspera.

– Acabei de me alimentar. Isso diminui a sensação pegajosa e úmida que Serena tinha que aguentar.

Ele não sorri, mas dá para sentir no ar que ele está achando divertido. Seus cabelos escuros são curtos, muito curtos, e me pergunto se ele os corta assim porque é mais fácil cuidar – nem precisa pentear. Penso no quanto pesquisei sobre os melhores cortes para esconder minhas orelhas, em como Serena gostava de comprar roupas e maquiagens que combinassem com o humor dela. E depois imagino Lowe sem tempo para fazer nada disso. Sem tempo para si mesmo.

Como Juno disse, a vida inteira dele é de sacrifícios. Muitas coisas foram exigidas dele, e ele sempre disse *sim, sim, sim.*

Ah, Lowe. Não é à toa que você não consegue dormir.

– Você não é um marido tão terrível quanto poderia ser – digo, sem nenhum motivo específico, ainda fazendo cafuné. – Lamento que você tenha precisado desistir de toda a sua vida pelo seu bando.

Desta vez ele sorri abertamente.

– Você fez o mesmo.

– O quê? – Inclino a cabeça. – Não.

– Você passou anos entre os humanos, sabendo que, se uma trégua muito frágil fosse rompida, você seria a primeira a morrer. Depois, passou mais anos construindo uma vida entre os humanos... e agora está aqui, porque desistiu dela. Fazendo coisas pelo seu povo, com quem você afirma se importar tão pouco.

– Não por *eles*, pela Serena.

– Ah, é? Então qual é o seu plano, depois de encontrar Serena? Fugir juntas? Desaparecer? Atirar no caos a aliança entre vampiros e licanos?

Não é que eu não tenha pensado nisso. Só não gosto de ficar ruminando essa resposta.

– Este casamento é apenas por um ano – digo.

– É? Misery, acho que você deveria se fazer uma pergunta. – A voz dele tem um tom mais cansado, como nunca ouvi.

– O quê?

– Se Serena não tivesse desaparecido, você teria conseguido dizer não ao seu pai? Ou teria terminado neste casamento de qualquer forma?

Penso nisso por muito, muito tempo, observando meus dedos traçarem padrões nos cabelos de Lowe. E, quando acho que tenho uma resposta – uma resposta frustrante e deprimente –, não a digo em voz alta.

Porque Lowe, que sofre de algo que com certeza não é pneumonia, está ressonando suavemente, mergulhado num sono tranquilo.

CAPÍTULO 16

Ele a tem imaginado durante o banho.
Vem tendo pensamentos obscenos e impronunciáveis.
Está cansado demais para mantê-los afastados.

No dia seguinte, Lowe desaparece, ocupado com suas tarefas de licano. Acordo no fim da tarde apenas com uma vaga lembrança de ter entrado no closet e encontro um bilhete enfiado embaixo da porta. É um pedaço de papel branco, dobrado uma vez e depois outra.

Fui correr, diz.

E numa outra linha: *Comporte-se.*

Seguido por: *L. J. Moreland.*

Suspiro. Por motivos pouco claros, não o jogo no lixo: guardo o papel no bolso externo da mala.

Preparo um banho e mergulho na água morna. Ficar guardando lixo é idiota, mas encaro o gesto com franqueza: era o que Serena costumava fazer com embalagens raras de barras de chocolate importadas. Uma atitude digna de um maníaco, na minha humilde opinião, a maneira como ela as prendia na parede. Uma maneira infalível de detectar um futuro assassino em série, assim como também um piromaníaco e um torturador de pequenos animais. *Quando olho as embalagens, me lembro do gosto*, ela me contou quando tínhamos 13 anos e tentei jogar tudo fora. Isso me fez revirar os olhos, o que nos levou a ficar sem conversar por dois dias, o que me levou a sujar passiva e agressivamente nossos espaços compartilhados com bolsas de sangue usadas, o que levou ao aparecimento de moscas, que por sua vez levou a um confronto explosivo em que ela não conseguia decidir se me chamava de sanguessuga ou de filha da puta e acabou soltando um "Sangueputa", o que nos fez morrer de rir e lembrar que *gostávamos* uma da outra.

– Misery? – A voz de Lowe me traz de volta. Estou olhando vagamente para as janelas manchadas, com um leve sorriso nos lábios. – Onde você está?

– Banheiro!

– Está vestida?

Olho para baixo e arrumo a espuma à minha volta estrategicamente.

– Sim. – A porta se abre um momento depois.

Lowe e eu nos encaramos – ele piscando, eu com o olhar fixo – com expressões igualmente estarrecidas. Ele pigarreia, duas vezes. Depois lembra que desviar o olhar é uma opção.

– Você disse que estava vestida.

– Estou usando minha espuma da modéstia. *Você*, por sua vez...

Ele franze a testa.

– Estou de calça jeans.

Além de uma saudável camada de suor, e nada mais. As cortinas estão fechadas, mas são bem finas. A luz que entra é quente e tinge a pele de Lowe de um lindo dourado: os ombros largos, o peito forte e musculoso. Ele ainda brilha, corado pela exposição ao ar livre e à natureza, e exibe uma aparência saudável, mesmo com mais cicatrizes do que qualquer pessoa de sua idade deveria ter – linhas estreitas e finas e queloides. *Quer dizer que gosto de olhar para meu marido, que é de uma espécie diferente e está destinado a ser o parceiro de outra pessoa. Que seja. Podem me levar ao tribunal. Apreendam meus bens inexistentes.*

– Vou ignorar a sua nudez se você ignorar a minha – proponho.

A mão de Lowe sobe para esfregar a nuca.

– Tirei a camisa antes de me transmutar e acabei perdendo. Vou pegar uma limpa.

– Eu não ligo. Além disso, você está suado e nojento.

Sua sobrancelha se ergue.

– Nojento?

Dou de ombros, o que talvez desloque a espuma. Não tenho certeza, nem vou verificar, pois a resposta pode ser humilhante.

– Então você foi brincar na lama com Emery?

Ele bufa.

– Com Koen. Ele chegou hoje bem cedo.

– Parece divertido. – Ele passou algumas horas com alguém que claramente ama e em quem confia; baixou a guarda.

– Foi.

Deve ser por isso que seus olhos estão brilhando, ao mesmo tempo juvenis e animados. Ele parece mais jovem do que ontem à noite. E, quando entra e se senta aos meus pés, na borda da banheira, parece estar sorrindo.

– Sabe – reflito, relaxando na água –, acho que quero ver você.

Ele olha para o próprio corpo.

– Você quer me ver?

– Não, não *nu*.

Ele inclina a cabeça, confuso.

– Como um *lobo* – explico.

Seu "Ah" é suave, de quem se diverte.

– Você pode se transmutar brevemente? Agora? Mas mantenha distância, por favor. Os animais tendem a me odiar.

– Não.

– Por quê? – Eu me sento ereta, cobrindo os seios com os braços. – Ah, meu Deus, então dói se transmutar?

– Não. – Ele parece ofendido.

– Ufa. Quanto tempo leva?

– Depende.

– Quanto tempo você leva, em média?

– Alguns segundos.

– É outra característica própria do alfa? E suas proteínas motoras são *suuuuper*dominantes?

Seu olhar me diz que estou no caminho certo.

– Transmutação não é truque de mágica, Misery.

– É evidente que também não se trata de nada supersecreto, porque já vi Cal como um... – Arquejo. – Entendi.

– Entendeu o quê?

Sorrio. Mostrando as presas.

– Você não quer me mostrar porque sua pelagem de lobo é rosa-choque.

– Não é pelagem *de lobo*, apenas pelagem.

Jogo um pouco de água nele com o pé.

– É roxa?

Ele se encolhe e fecha os olhos.

– É brilhante? – Respingo mais um pouco de água nele. – Você tem que me dizer se for brilhante...

Seus dedos se fecham em volta do meu tornozelo, como um torno.

– Acabou? – Ele enxuga os olhos com as costas da mão livre e elas saem molhadas.

Minha panturrilha parece pálida contra a pele de Lowe, escorregadia de água e espuma. Quando sua mão desliza, ele gira o pulso, e isso muda para algo que está mais para uma carícia.

Ok.

Então.

Estamos nos tocando muito desde ontem.

Estamos nos tocando muito.

– Sobre esta noite – começa ele. Novo tópico, mas sua mão permanece firme no lugar. – Conversei com Koen. Ele vai ganhar algum tempo pra gente. Vai distrair Emery.

– Como?

– Veremos. Koen é criativo.

– Ele sabe o que estamos planejando?

– Ainda não. – Ele abaixa meu pé preso sob a água, mas não solta o tornozelo, como se não confiasse em meu bom comportamento. Ou como se não quisesse soltar. – Ele pode suspeitar, mas sabe que não deve perguntar. Assim ele pode dizer que não sabia de nada, e vai ser verdade.

– Sábio. Ei, por que Koen está aqui, afinal?

– Emery é irmã da mãe dele.

– Ela é *tia* dele?

– Isso mesmo. Originalmente ela era do bando do noroeste, mas se mudou quando conheceu Roscoe. É por isso que fui enviado para ele.

– Uau. E ainda assim ele vai ajudar você?

– Ele nunca foi fã do Roscoe. Nem da própria família.

Posso dizer o mesmo.

– Depois do jantar, então.

– Você vai dizer que precisa se alimentar.

– E você virá comigo porque é meu marido alfa preocupado e possessivamente protetor, e eu tenho uma péssima orientação espacial. Tudo que precisamos fazer é chegar ao escritório, plantar os dispositivos e sair. – Mordo o lábio inferior. – Eu também poderia fazer isso sozinha.

– Não vou mandar você lá sozinha.

Eu acho (não tenho certeza, por causa da água, da espuma e da absoluta improbabilidade disso), mas acho que Lowe pode estar passando a ponta dos dedos no arco da sola do meu pé.

Uma alucinação tátil.

– Você é uma vampira. Se os guardas da Emery encontrarem você, atacarão primeiro e farão perguntas depois. – Ele comprime os lábios. – Fique por perto, ok?

– Eu consigo lutar – digo, mais para lhe dar uma desculpa e evitar pensar no que está acontecendo debaixo d'água.

– Não ligo. Não vou correr o risco, não com você.

Não tenho certeza se devo ficar lisonjeada ou indignada. Então opto por um simples:

– Ok.

Ele assente e finalmente me solta. Observo o movimento de suas escápulas enquanto ele se afasta e saboreio a sensação que sua pele deixou na minha por um longo tempo depois que ele se vai.

Koen é um babaca, no mais delicioso e divertido dos sentidos. Ele parece ter preferências distintas, opiniões fortes e pouco interesse em guardar qualquer uma delas para si.

– Vamos todos agradecer ao Lowe pela oportunidade de *não* termos que suportar uma das ladainhas perturbadas do Roscoe esta noite – proclama ele em voz alta enquanto se senta à mesa de jantar.

Quase engasgo com a saliva, mas ninguém mais parece preocupado com a possibilidade de uma discussão estar prestes a explodir, nem mesmo Emery.

Estou aliviada por ele não me odiar. O oposto, na verdade: quando nos encontramos, ele agarra meu ombro e me puxa para um abraço forte que me faz me perguntar se está ciente de que sou uma vampira, ou que Lowe e eu não somos *de fato* um casal. Ele deve ter cerca de dez anos a mais que nós, algo entre um irmão mais velho e uma figura paterna para Lowe. Antes do jantar, porém, quando os observei conversar – dois homens altos usando camisas sociais idênticas e trocando palavras em tom baixo e à vontade –, o afeto e o respeito mútuos eram óbvios.

Ainda assim, eles são tão diferentes quanto a noite e o dia. Lowe pode ser reservado às vezes, mas há algo fundamentalmente gentil nele, altruísta e paciente. Koen é impulsivo. Excessivamente confiante. Um pouco cruel. Na verdade, ele não é fã de Emery e faz questão de deixar isso bem claro, com a maior veemência possível.

Os outros convidados são parentes e alguns ex-ajudantes de Roscoe que decidiram permanecer neutros durante a mudança de liderança. A maioria parece ter percebido que Lowe é sua melhor aposta, ou talvez esteja simplesmente seduzida por qualquer que seja a magia alfa e aja com deferência, mas um deles (John) está usando um colar com um frasco de algo roxo que se assemelha muito a sangue de vampiro. Lowe o encara por um longo tempo quando percebe, tempo suficiente para que eu tenha certeza de que uma briga vai começar, e me pego levando a mão a uma das facas de carne, só por garantia. Depois de um instante, John olha para baixo – uma demonstração de submissão, se é que já vi alguma – e a tensão na sala parece esvaziar.

Quando torno a vê-lo, o colar desapareceu.

O tema de novas alianças com vampiros e humanos surge na mesa, e a única pessoa a levantar objeções é Emery.

– Ouvi dizer que você e aquela nova governadora humana eleita vêm... se encontrando – diz ela a Lowe.

– Maddie Garcia, sim.

– Você pretende mesmo estabelecer uma aliança com...?

– Já está feito – corta ele, os olhos fixos nos dela. – Há detalhes a serem resolvidos, mas licanos e humanos serão aliados assim que o mandato dela começar.

Emery se recompõe.

– Claro. Mas isso não é ofensivo à memória dos licanos que lutaram e morreram nas guerras contra a outra espécie? – pergunta ela, com o tom de alguém que está apenas fazendo uma pergunta inocente.

Amanda, uma jovem que veio com Koen e está sentada à minha frente, revira teatralmente os olhos escuros. Quando ela sorri para mim, eu retribuo.

– Essa não é minha intenção, mas, se fosse, ainda parece preferível a ver mais membros do meu bando morrerem. – Lowe enfatiza a palavra *meu*, um lembrete não muito sutil.

– Entendo a pressão por um cessar-fogo, suponho. – Os olhos dela se dirigem rapidamente a mim. – Você não teme o que isso pode significar para o seu bando, Koen? Os humanos fazem fronteira com o seu território também.

– Não. – Koen dá uma mordida no bife. Ele e Lowe discutiram como um casal de velhos sobre quem comeria o meu bife, então decidi doá-lo a Amanda. *Olhe só, Serena, estou fazendo amigos.* – Nem todos nós vivemos para criar confusão com outras espécies, Emery.

– De fato. Alguns de vocês até têm esposas vampiras. – Seu tom é gélido.

E eu aqui pensando que ela aprovava o nosso amor.

– Alguns de nós têm sorte – diz Lowe, com um tom sincero, como se nosso casamento fosse uma das realizações que lhe dão maior orgulho, o ponto alto de anos de um amor profundamente nutrido. Bom ator. – Você precisa se alimentar? – pergunta ele, virando-se para mim, a voz instantaneamente mais íntima, e sim.

Ótimo ator, ótimo timing.

– Por favor. – Dirijo um sorriso de adoração ao meu companheiro atencioso, fingindo não notar os olhares de repugnância à nossa volta.

Ele sustenta meu olhar e murmura:

– Vamos, então. – Saímos da sala de jantar no momento em que Koen chama John de *lesado*.

– Ele gosta de fazer inimigos? Começar brigas? Ver o circo pegar fogo?

– Koen é ótimo em... – Lowe procura as palavras certas – ... sinceridade sem filtro.

Não me diga!

– Quem ele desafiou? Para se tornar alfa.

– Ninguém. A mãe era alfa antes dele. Quando ela morreu, Koen simplesmente ascendeu.

– Que deliciosamente monárquico. E o bando concordou com isso?

– Nem todos.

– E...?

Sua mão pressiona a parte inferior das minhas costas, me pedindo sem palavras que vire à direita.

– Houve desafiantes.

– E...?

– Ele é alfa há mais de uma década, não é?

– Hum. Verdade. Ele e Amanda estão juntos?

– Ela é ajudante dele.

– Bem, mas estão?

Uma breve pausa.

– Tradicionalmente, o alfa do bando do noroeste faz voto de celibato.

Ah, meu Deus.

– Você fez?

Lowe balança a cabeça.

– Mas é como se tivesse feito – murmura no momento em que chegamos ao escritório.

Imediatamente tiro um grampo da nuca e me ajoelho diante da fechadura, deixando o vestido subir pelas minhas coxas. Alguns segundos depois abro a porta com o floreio típico de um mordomo.

– O que foi? – sussurro, notando o canto da boca de Lowe voltado para cima, impressionado.

Ele entra primeiro, examina a sala e depois faz um gesto para que eu o siga.

– Só estou imaginando você fazendo o mesmo... – Ele fecha a porta e acende a luz. Vejo uma lareira tão grande que poderia acomodar confortavelmente uma família de médio porte... e uma quantidade suspeita de chifres decorando a parede. – Para invadir o *meu* quarto.

– Ah. Certo. – Eu me encolho. – Sobre isso, me desculpe por...

– Ter mexido nas minhas cuecas?

– É, isso.

Ele aponta para o computador na mesa dando um sorrisinho, e eu corro para lá, afastando-me dos chifres, feliz por ter outra coisa em que me concentrar.

– Vou ocultar o seu cheiro, mas tome cuidado para tocar em poucas coisas – diz ele.

Não temos muito tempo, então faço que sim com a cabeça e me apresso. Lowe já grampeou vários pontos da casa, mas o que estou fazendo nos permitirá rastrear e vasculhar qualquer comunicação de todos os dispositivos de Emery. E, como ela não tem um Alex, nunca vai perceber.

– Precisa que eu faça alguma coisa? – pergunta Lowe enquanto entro na rede, mantendo a voz baixa.

Faço que sim entre um comando e outro.

– Configure o Ubertooth e me passe a LAN Turtle. – Faço um muxoxo diante de seus olhos arregalados e da expressão de "eu não sabia que era para hoje e, de qualquer forma, meu cachorro comeu o trabalho". – Eu estava brincando. Apenas fique de guarda.

– Obrigado. – Seu alívio poderia dar a partida na bateria de um caminhão. – De quanto tempo você precisa?

– Seis minutos, no máximo. Muito tempo?

– Não. Duvido que eles saibam que você precisa de muito pouco tempo para se alimentar.

Sorrio para ele.

– Ora, obrigada.

– Isso foi um elogio para você? – Sua cabeça se inclina em confusão.

– Não foi?

– Não intencionalmente.

– Você não estava tentando dizer que não dou trabalho?

– Não.

– Que droga. – Abaixo a cabeça e digito rapidamente o código. – Bem, rescindo minha calorosa aceitação de seu não elogio.

– Se você acha que foi isso, precisa de outros melhores.

– Melhores o quê?

– Elogios.

Levanto a cabeça mais uma vez. Ele está me fitando, os olhos a meio caminho entre ilegíveis e indecifráveis.

– O que você quer dizer?

– Você precisa ouvir as coisas certas. – Ele dá de ombros casualmente, mas o movimento parece o oposto de casual. – Que você é inteligente e incrivelmente habilidosa no que faz, e corajosa. Que, apesar de sua estranha convicção de que não tem coração, é mais genuinamente atenciosa do que qualquer pessoa que já conheci. Que você é tão resiliente que não consigo entender como. Que você é muito... – Ele faz uma pausa. Passa a língua pelos lábios. Meu coração pula uma batida. – Muito bonita. Sempre tão linda. E que...

Ele faz uma pausa abrupta, erguendo a palma da mão. Seus ombros ficam tensos, mudando para um estado de máxima vigilância.

– Alguém está vindo – sussurra ele.

– Emery? – pergunto sem emitir som, apenas mexendo os lábios.

Não consigo distinguir nenhum ruído, mas a audição dos licanos é melhor que a minha.

Lowe faz que não com a cabeça, e dois segundos depois eu também os ouço. Vozes. *Duas* vozes. Dois homens descendo a escada.

– Guardas da Emery – diz ele, quase inaudível.

A possibilidade de sermos apanhados me paralisa. Então a imagem de Ana surge na minha cabeça – a maneira como Emery tentou sequestrá-la, o quanto a teria machucado, e o medo, o medo *real* me atravessa como uma lança. Não podemos voltar para casa de mãos vazias.

– Não – sussurro quando Lowe está prestes a desligar o computador. Os passos parecem assustadoramente próximos. – Só preciso de mais uns dois minutos.

– Se eles entrarem e nos encontrarem...

– Não vão. – Desligo o monitor. – E nós va...

Tenho uma ideia, mas é mais fácil mostrar do que explicar, então agarro a mão de Lowe e o puxo para mais perto, andando para trás até bater em uma das colunas que ladeiam a lareira. O clichê quase faz meus dentes doerem e, se os guardas de Emery forem alfabetizados digitalmente, mesmo que apenas no nível de uma criança no terceiro ano, não vão cair nessa. Mas talvez a gente ganhe alguns minutos, e isso é tudo que importa.

– Me beije – ordeno, puxando-o ainda mais para perto de mim.

Ele precisa estar dentro do meu espaço, elevando-se sobre mim.

– O quê? – A testa de Lowe é um sulco profundo.

– Vamos fingir que ficamos... Somos recém-casados e ficamos, sei lá, com tesão e...

E acabamos em um escritório qualquer. Talvez sejamos pervertidos. Talvez sejamos idiotas. Talvez sejamos patéticos.

Merda, os guardas *nunca* vão cair nessa. E estão *chegando*.

– Eles acham que você está se alimentando – Lowe sibila acima de mim.

Se eu pudesse dedicar algum neurônio para não entrar em pânico, reviraria os olhos.

– Eu sei, mas já que estamos aqui e *eles* estão praticamente aqui...

– Alimente-se. De mim. – Ele parece muito sério.

– *O quê?*

– Finja que foi pra isso que viemos aqui.

– Não! Isso é...

Na verdade, uma ideia muito boa. *Muito* boa, mesmo. Ainda não explica por que estamos aqui. Podemos dizer que nos perdemos e foi a primeira porta destrancada que encontramos.

– Ok – concordo. Os passos estão cada vez mais próximos. – Incline o pescoço. Vou fingir que estou bebendo da sua veia.

– Misery. – Seus olhos perfuram os meus. – Você tem que me morder.

– Por quê?

– Eles são licanos. Vão perceber pelo cheiro se você não estiver bebendo de verdade.

– O quê? *O quê?* Eu nunca...

– Misery – ordena Lowe, ou talvez seja uma súplica, ou talvez meu nome seja apenas uma palavra que ele gosta de dizer, uma palavra em que ele gosta de pensar.

Um segundo depois, minhas presas se cravam na veia na base do seu pescoço.

Dois segundos depois, a porta do escritório se abre.

CAPÍTULO 17

Apesar do ano anterior, ele sempre se sentiu confortável em relação a sexo e tudo que diz respeito a esse assunto. Sabia do que gostava e sabia como conseguir. Estava satisfeito.

Agora não consegue nem se lembrar do que é satisfação.

É surpreendente como tudo corre bem, especialmente levando-se em conta o quanto nós dois somos inexperientes nisso.

Aqui está Lowe, que não tem a menor ideia do que esperar. Aqui estou eu, uma vampira notoriamente lamentável. E aqui estão algumas circunstâncias muito ruins. Por exemplo, o fato de que estamos prestes a ser violentamente atacados.

E ainda assim, mesmo sem saber o que fazer, eu sei *exatamente* o que fazer. Sei passar a ponta do nariz pela base do pescoço dele para encontrar o ponto perfeito. Sei parar onde o cheiro do seu sangue é mais doce e sua pele forma o véu mais fino. Sei pressionar os lábios contra sua carne em um breve e indulgente momento de silenciosa gratidão. Acima de tudo, sem o menor vestígio de dúvida, hesitação ou medo, eu sei morder. Meus caninos podem não ser usados, mas são bastante afiados e guiados pelo instinto, se não pela experiência. E, depois de um breve e suspenso momento de gritante desorientação, o sangue de Lowe enche a minha boca.

É diferente de tudo que já provei. E não porque até hoje eu só me alimentei com bolsas frias, refrigeradas, e, comparado a elas, isso parece abrasador como fogo. Acho que tem a ver com o fato de que...

O fato de que este é Lowe. E o sangue dele tem gosto de sangue, sim, mas também é picante, metálico e provoca uma emoção na parte posterior da minha língua. O sangue dele tem gosto do seu cheiro, e de seus sorrisos, e de suas mãos se demorando em minha pele. Do seu ar de seriedade ao olhar a distância e esfregar o queixo quando está preocupado com Ana. Seu sangue é tudo que ele é, e estou bebendo dele. É o momento mais delicioso, mais extraordinário e mais transformador de toda a minha vida.

E então as primeiras gotas alcançam meu estômago e tudo muda.

A poucos metros de nós, as coisas estão acontecendo. Ouço as vozes distantes, como em um sonho: arquejos; uma conversa frenética e abafada que inclui palavras como *Lowe*, *esposa* e *se alimentando*; um pedido de desculpa apressado e tomado pelo pânico; uma porta se fechando. Mas tudo em que consigo pensar é...

– Misery – grunhe Lowe.

Calor. Estou febrilmente, maravilhosamente quente. E vazia. E explodindo. E tonta. Eu me liquefaço. E sinto que preciso, preciso, *preciso.*

Eu preciso de mais. Preciso de Lowe mais perto.

– Misery. – Ele arfa.

Não sei quando, mas minhas mãos subiram até seus ombros. Gemo junto ao pescoço dele, incapaz de me conter. Eu quero me enfiar sob sua pele. Quero que ele deslize sob a minha. Quero dar tudo que ele pedir.

– Porra.

A respiração dele é superficial contra minha têmpora. Mas acho que ele me entende, porque faz exatamente o que sou incapaz de implorar: sua mão desce por minha coluna até agarrar minha bunda, e ele me segura colada nele enquanto minhas pernas o envolvem. Meus seios estão doloridos e sensíveis, meu âmago lateja e há um alarme em minha cabeça me dizendo que devo parar, que estou bebendo demais. Mas tudo silencia assim que Lowe envolve os dedos nos cabelos densos da minha nuca e ordena:

– Beba mais.

Dou um gemido, um zumbido feliz junto à pele dele. Algo molhado e ávido explode dentro de mim, derramando-se em meu ventre.

– Misery. *Misery.* – Ele enterra minha cabeça mais fundo em seu pescoço. Arqueia seu corpo contra o meu de uma forma que não parece totalmente voluntária. – Sugue o quanto precisar.

Eu me agarro a ele como se fosse morrer se ele me soltasse, desesperada pela fricção dos nossos corpos. Meus quadris giram de encontro ao seu abdome, buscando alívio, e quando o contato parece satisfatório, preciso de *mais*. Mais sangue, mais Lowe, mais dessa sensação de esticar, de ir para a frente e para trás e de retesar que me percorre por dentro.

– Eu vou... Porra. – A voz de Lowe é um ribombo denso e urgente em meu ouvido. – Misery, me deixe...

Um som abafado e obsceno sai de sua garganta. Ele está duro como uma rocha, e, quando me levanta mais, apertando minha bunda, tentando forçar a passagem dentro de mim, quase perco o contato com sua veia. *Quase*. Solto um gemido queixoso e suplicante, mesmo enquanto me contorço contra seu pau.

– Eu sei – murmura ele, o tom tranquilizador, autoritário. – Eu sei. Seja boazinha, eu vou...

As primeiras contrações de prazer me atingem com tamanha força, tão repentinamente, que não consigo processá-las. Minhas costas se arqueiam, meus ombros tremem, tenho espasmos e, por um longo segundo, simplesmente fico ali – esticada, solta –, até que algo me penetra e meu orgasmo explode dentro de mim, me deixando sem fôlego. O prazer é agudo, alto e intensamente luminoso. Ele explode em tudo, e então dobra, e então cresce novamente até que todo o resto desapareça, e eu gozo, e gozo, e gozo, mergulhando em uma onda por segundos, minutos, séculos. Então, lentamente, ele se reduz a tremores secundários que pulsam pelo meu corpo e descem pela minha espinha.

Fico feliz que Lowe esteja me prendendo à lareira, pois perdi o controle das pernas. Minha respiração está presa, e ofego em sua veia ainda aberta. Estou...

Sua veia. Sua preciosa e linda veia.

Não sou capaz de pensar racionalmente no momento, mas me inclino para a frente e sugo as feridas que abri, depois as lambo como um gatinho, resgatando até a última gota verde. É instintivo, algo escrito em meus genes, e Lowe parece gostar disso também. Uma intensa satisfação irradia dele. As mãos grandes agarram meus quadris. Palavras suaves e contentes são murmuradas junto às maçãs do meu rosto.

O sangue para de verter, a pele dele se fecha. Eu recuo, me sentindo extremamente vaidosa, cheia de orgulho por um trabalho bem executado. Estou satisfeita. Saciada. Feliz. Estou forte e aquecida, confortável de uma forma que nunca experimentei antes, e tudo graças a Lowe, e a seu sangue poderoso, à maneira como sua respiração pesada desliza em minha pele...

Ah, Deus.

Lowe.

– Eu... – Empurro seus ombros e ele não reage de imediato. – Me solte.

Isso basta. Ele gentilmente me abaixa até que meus pés estejam no chão, então tenta dar um passo atrás, mas eu não o deixo... não *consigo* deixá-lo. Agarro-me à sua camisa, seguindo seu recuo.

– Misery.

Sinto-me fisicamente incapaz de soltá-lo.

– *Misery.*

Sua voz rouca me arranca do meu estado de transe. Coloco algum espaço entre nós, o que parece uma ideia muito ruim, fria, invasiva e totalmente errada. Meus cabelos estão desgrenhados e o tecido do vestido preso em minha cintura, mas estou ocupada demais olhando para Lowe para fazer qualquer coisa a respeito. As pupilas dele engoliram as íris. Elas descem pelas minhas pernas, hipnotizadas.

Com a distância, a consciência do que acabou de acontecer lentamente escorre para dentro de mim... e então me *afoga* como uma inundação.

Merda. Não é que eu tenha me alimentado dele, embora tenha, mas também... Eu não tinha a menor ideia de que...

– Me desculpe – arquejo, ajeitando minhas roupas.

Ele balança a cabeça, o peito subindo e descendo ritmicamente. Seus olhos estão diferentes. Não são mais *dele.*

– Eu nunca tinha... de alguém. Não tinha a menor ideia de que seria... Machuquei você?

Há algo de predatório na maneira como ele balança a cabeça. Lento, cuidadoso. Dou um passo atrás, com a sensação de que estou sendo rastreada por um predador muito mais forte e mais rápido.

– Ok.

Lambo o canto do lábio. Esse gosto residual na minha boca é o *sangue* dele, e há algo deliciosamente erótico nisso... Ele está vivo, respirando na minha frente, quente e forte. Esse ser vivo, esse homem, esse licano produziu plasma e glóbulos verdes e optou por me suprir com eles.

Vida e sustento.

Isso é tão *íntimo*. Sexual, porém mais do que isso. Não se trata de algo que eu possa imaginar compartilhar com qualquer pessoa, exceto...

Lowe. Obviamente.

Olho para meu vestido amassado, me sentindo como uma criança que acabou de descobrir que na verdade não foi uma cegonha que a trouxe para os pais.

– Misery. – Olho para ele. Lowe parece desgrenhado. Um pouco em estado de choque. Confuso. Obviamente com tesão. Ele massageia sua ereção, por cima do tecido da calça, fitando meu rosto daquele jeito enfeitiçado. – Você está bem?

– Não sei. – Passo a língua pelos lábios, encontrando mais vestígios dele. – Acho que não.

É quando ouço os passos e lembro *por que* eu estava sugando o sangue dele há um segundo.

– Eles estão voltando – sibilo, correndo até o computador para desconectar o hardware.

No primeiro golpe de sorte da noite, o código está concluído. Desligo tudo, com cuidado para não deixar nenhum rastro. Lowe ainda está parado, seguindo cada gesto meu como um lobo prestes a atacar um coelho. Quando meus dedos desaparecem no decote para esconder o USB, sua respiração fica presa.

– Lowe? Você sabe que alguém está vindo, certo?

– Sei – diz ele simplesmente, e por um momento penso que talvez esteja machucado.

Então me dou conta: o que deveríamos fazer? Fugir? Já fomos pegos. Agora é tudo uma questão de nos comprometer com o espetáculo.

– *Você* está bem? – pergunto, porque não me ocorreu perguntar antes.

– Volte aqui – murmura ele, a mão estendida em minha direção.

Não acho que ele esteja bem, mas eu também não estou, então atravesso o cômodo.

Ele me abraça, ambos os braços envolvendo meus ombros, minha cabeça aninhada sob seu queixo. Não é como antes – não daquele jeito sexual e febril que se resume a fogo e contato de pele. Esse abraço tem tudo a ver com intimidade, com Lowe enterrando o nariz em meu cabelo, e meu batimento cardíaco buscando o dele. Provavelmente deveríamos discutir o que fazer quando a próxima pessoa entrar, bolar um plano, mas tudo que quero é ficar assim. Agarrada a ele.

– Eu poderia comer você agora mesmo – diz ele em meu ouvido. Parece sincero e um pouco resignado. – Quase fiz isso.

– Desculpe. Eu nunca imaginei que isso levaria a...

– Eu sei. Só estou... – Seus lábios se movem junto à minha testa, macios e quentes. – Nunca me senti assim.

– Assim como?

– Excitado. Obcecado. E... e outras coisas.

Sinto exatamente o mesmo.

– Desculpe – repito. – Deve ser... Vou falar com meu irmão. Pode ser algo que eu fiz. – *Não foi. Foi perfeito.*

A barba por fazer se arrasta em minha têmpora.

– Foi o suficiente pra você?

– Suficiente?

– O sangue.

– Ah. Sim.

Mas: *Eu queria mais.*

Mas: *Posso beber mais?*

Eu quero. Tanto. Estou prestes a dizer foda-se e pedir de forma assertiva, como uma mulher feita, quando a porta se abre novamente. Desta vez, Lowe e eu conseguimos nos separar. Ele se posiciona na minha frente, protetor, a ternura entre nós se dissolvendo.

– Achei que meus guardas estavam tendo alucinações – diz Emery, olhando-nos com desconfiança. – Devo ter me esquecido de trancar este escritório. – Seu olhar se demora no pescoço de Lowe: sem feridas, porém levemente azul-esverdeado. Como se alguém tivesse se agarrado a ele por um longo tempo. – Quando você mencionou alimento, Lowe, supus... – Seus lábios se torcem em algo que lembra nojo.

– Você nunca deveria. Supor, quero dizer. – A voz de Lowe é cortante.

E então Koen aparece atrás de Emery, encostando-se no batente da porta com um sorriso presunçoso.

– Eu, pelo menos, estou feliz que as crianças estejam se divertindo.

– Sim, *pois bem*. Quando tiverem terminado, por favor, voltem para a mesa. Estamos esperando vocês para a sobremesa.

– Tia Emery, eles já comeram a sobremesa.

Emery faz uma cara de repulsa e passa apressada por Koen. Lowe não relaxa mesmo depois que ela se vai: os ombros largos permanecem tensos, o olhar fixo em Koen, como se ele fosse uma ameaça, alguém contra quem eu deveria ser protegida, em vez de seu aliado mais confiável e valioso.

A julgar por seu sorriso de divertimento, Koen percebeu.

– E pensar que você é o licano mais sensato que já conheci. Veja como encontrá-la o deixou – diz ele, enigmático, lançando um olhar afetuoso para Lowe. Em seguida, sua expressão muda. – Recebi um telefonema. Cal tentou falar com você sobre algo importante, mas não conseguiu. É urgente.

– Deixei o celular no quarto.

A sobrancelha de Koen se ergue.

– Certo. Não sei se teria feito diferença se estivesse no seu bolso.

Lowe revira os olhos, mas relaxa um pouco.

– Qual o problema?

– Ele mencionou a possibilidade de você voltar pra casa hoje à noite, em vez de amanhã de manhã. Algo sobre Ana, eu acho.

CAPÍTULO 18

A presença dela o acalma mais do que
uma corrida sob a lua cheia.

Tento usar o tempo no avião para me certificar de que o rastreador continua no lugar e funcionando remotamente, mas o sinal de wi-fi é instável demais e acabo jogando meu minicomputador Raspberry Pi para o lado, resmungando, irritada. Lowe e eu não trocamos mais do que poucas palavras bobas durante o voo. Ele tem um jeito de pilotar que é concentrado e seguro, os pensamentos claramente dominados pela preocupação com Ana.

Meu coração dói por ele.

– Começou quando vocês saíram – explica Mick, sério, ao nos buscar. Ele logo acrescenta, ao ver a expressão de Lowe: – Eu sei, eu sei. Eu devia ter contado a você, mas era uma febre baixa. Imaginei que ela tinha comido algo estranho. Mas então ela começou a tremer e disse que estava sentindo dor nos ossos. E começou a vomitar.

Lowe, cuja natureza de alfa se manifesta ao ter que dirigir todos os meios de transporte em que embarca, estaciona em casa.

– Ela está conseguindo segurar alguma coisa no estômago?

– Um pouco de líquido. Juno está lá em cima com ela.

Ele parece cinco anos mais velho do que quando saímos. O mesmo acontece com Juno e Cal, que andam de um lado para o outro diante do quarto de Lowe, onde Ana escolheu ficar. Eu me pergunto se o cheiro do irmão é mais forte aqui, fazendo-a se sentir confiante de que tudo vai ficar bem.

Não tenho dúvida de que Lowe está apavorado, mas ele não demonstra. Mais cedo nesta noite, quando estávamos prestes a ser descobertos, ele não entrou em pânico. Talvez seja uma característica do alfa, algo necessário à construção de um bom líder: a capacidade de deixar as emoções em segundo plano e se concentrar no que precisa ser feito. Acho que meu pai concordaria.

– Isso... de ficar doente... não é uma coisa que acontece a licanos puros, é? – pergunto.

Cal e Mick parecem surpresos. Juno apenas pergunta a Lowe, calmamente:

– Você contou a ela sobre Ana? – E não parece surpresa quando ele assente. Ela se vira para mim e me explica: – Não somos suscetíveis a vírus nem a bactérias ou ao que quer que isso seja. Existem alguns venenos que nos afetam, mas não dessa forma.

De repente me ocorre que, por causa da fisiologia de Ana, um médico licano seria inútil. E, ainda por causa da fisiologia de Ana, um médico humano a colocaria em risco de ser descoberta.

– É a primeira vez que isso acontece?

Lowe faz que sim.

– Ela já teve coriza e alguns espirros no passado. Que atribuímos a sintomas de alergia.

– Ainda temos aquele remédio, para-alguma-coisa. Aquele que compramos faz uns meses – diz Cal.

– Paracetamol? – pergunto.

Ele me olha espantado.

– Como você sabe?

Sorrio.

– Adivinhei. Pode ajudar com a febre e a dor, mas...

Dou de ombros e, enquanto os outros tentam decidir como proceder, vou ver Ana. Ela parece pequena e frágil no meio da cama king-size de Lowe e a testa está quente. Estou convencida de que ela dorme, mas seu "Você pode ficar com a mão aí?", quando estou prestes a sair, me mostra o contrário.

– Você é tão fresquinha – continua ela.

– Quem você acha que sou? – Para a alegria dela, franzo a testa bem forte. – Sua bolsa de gelo particular?

A risada que escapa de seus lábios aperta meu peito.

– Como está se sentindo? – pergunto.

– Como se fosse vomitar em você.

– Poderia, por favor, vomitar no Faísca primeiro?

Ela pensa por um longo momento antes de declarar, formalmente:

– Como quiser.

Lowe chega ao quarto alguns minutos depois. Ele pressiona os lábios contra a têmpora de Ana e dá a ela o que anuncia ser o primeiro dos presentes que trouxe da Califórnia: uma grande girafa cor-de-rosa que não consigo descobrir onde nem quando ele comprou.

– Tinha girafas na Califórnia?

– Não na natureza, amor.

Ela faz bico, enrugando os lábios.

– Eu quero um presente mais autêntico da próxima vez.

– Anotado.

– Lowe?

– Sim.

– Estou com saudade da mamãe.

Os olhos de Lowe se fecham brevemente, como se ele não suportasse mantê-los abertos.

– Eu sei, meu amor.

– Por que Misha tem pai e mãe e eu não tenho nenhum dos dois? Não é justo.

– Não. – Ele acaricia gentilmente o cabelo de Ana, e sinto no fundo dos meus ossos que ele queimaria o mundo inteiro por aquela criança. – Não é.

Ele sustenta a cabeça dela sobre um balde quando, apenas alguns minutos depois, uma nova onda de náusea a faz vomitar, ainda que não tenha mais nada para eliminar. Ficamos com ela até que adormeça, nossas mãos segurando seus dedinhos.

Quando saímos do quarto, há sulcos profundos ao redor da boca de Lowe.

– Vou levar Ana para o território humano – diz ele aos demais, naquele seu tom de decreto, próprio de um alfa que não permite discussão. – Vou encontrar um médico que não faça perguntas demais nem exames desnecessários. Não é o ideal, mas simplesmente não sabemos o bastante sobre sua metade humana para interpretar...

– Eu sei – interrompo. Todos se viram e me olham, boquiabertos. – Pelo menos tenho mais experiência com humanos do que vocês.

– Na verdade... – começa Cal.

– Experiência com humanos que não envolve *assassiná-los* – digo a ele com um olhar penetrante.

Ele admite que estou certa balançando a cabeça, encabulado.

Mas Mick, que em geral é meu aliado, coça o pescoço e diz, em tom aflito:

– Misery, é uma oferta muito gentil, mas você não é humana, você é uma vampira.

– Eu vivi entre os humanos por quinze anos. Com uma irmã humana.

– Está dizendo que sabe o que ela tem? – me pergunta Lowe.

– Não, mas tenho quase certeza de que é bacteriano ou viral, e sei quais remédios Serena usava para cada caso. – Eles ainda me olham com ceticismo. – Escutem, não estou dizendo que isso seja infalível e não sou médica, mas provavelmente é melhor do que movê-la enquanto ela está tão fraca ou expô-la a alguém que possa desvendar sua... condição.

– Parece arriscado. E não tem como saber o que pode dar errado. – Mick suspira e balança a cabeça. – Deveríamos levá-la para o território humano, Lowe. Eu posso fazer isso sozinho. Vou ser rápido e trazer Ana de volta...

– Você tem o nome dos remédios? – interrompe Lowe, olhando para *mim*.

– Posso escrever para você. Vai precisar ir a uma farmácia humana, e a maioria delas já está fechada a esta hora, e normalmente você precisaria de uma receita, mas...

– Não preciso disso.

Sorrio.

– Imaginei. – Não tenho dúvida de que alguém como Lowe pode entrar e sair de outros territórios sem ser percebido.

– Lowe, a amiga da Misery era totalmente humana – rebate Mick.

Ele está protestando muito, o que provavelmente tem a ver com o seu grau de envolvimento. Lowe disse que ele perdeu o filho, e me pergunto se isso influenciou o apego que ele desenvolveu em relação a Ana.

– É verdade – digo gentilmente –, mas qualquer médico vai examiná-la como uma criança totalmente humana também. Não existe ninguém como Ana. Então, da mesma forma, podemos usar Serena como parâmetro.

– Concordo – intervém Juno. – Deveríamos confiar na Misery.

Mick parece prestes a reclamar novamente, então Lowe o segura pelo ombro.

– Se isso não funcionar, vamos levá-la ao médico. Amanhã.

Lowe retorna em menos de uma hora. Estamos todos à espera dele junto de Ana, mas, quando ele entra, seus olhos encontram primeiro os meus. Quando me entrega os remédios, noto que os nós dos dedos dele estão salpicados de sangue verde, e fico aliviada por não encontrar vestígios de vermelho.

Rapidamente esmago os comprimidos para Ana, como costumava fazer para Serena antes de ela aprender a engoli-los – uma evolução que demorou um tempo constrangedor.

– Por que tantos? – choraminga Ana.

– Porque não sabemos exatamente o que você tem. Estes aqui vão ajudar, seja vírus ou bactéria, e este outro vai baixar a febre. Agora, pare de reclamar.

Ela diz que os comprimidos têm gosto de veneno, o que me rende vários olhares zangados da turma dos contrários. Decido sair de cena e procurar Alex, torcendo para que ele ainda esteja acordado. Estou com sorte, porque o encontro no escritório de Lowe. Então me aproximo por trás dele, curiosa para saber o que o deixou tão absorto que não me ouviu chegar.

– Brincando com jogos humanos contrabandeados, e ainda por cima *GTA*, na mesa do chefe! O descaramento do proletariado de hoje...

– Merda! – Ele quase cai da cadeira. – Onde você...? Você chegou tão *perto* de repente. Comi alho no almoço e meu sangue provavelmente é venenoso para você!

Faço para ele meu melhor beicinho de decepção.

– Também senti saudade. Estamos interceptando tudo, certo?

Ele faz que sim com a cabeça, ainda com as mãos no peito.

– Estamos, e com um sinal ótimo. Emery não pode marcar uma consulta de quiropraxia sem que saibamos.

– Maravilha. Alguma novidade?

Ele faz que não. Suas narinas se contraem.

– Você está com um cheiro diferente. Foi por isso que não percebi sua aproximação.

Oh-oh...

– Será que você está começando a gostar do meu fedor vampírico?

– Não, não. Você está cheirando a...

– A propósito, Lowe nos pediu para trabalharmos em um projeto – me apresso a interromper.

É mentira, mas acho que Lowe não vai se importar.

– Qual?

É uma coisa que só me ocorreu por causa do que Ana disse. *Misha tem pai e mãe e eu não tenho nenhum dos dois.* Ao tentar descobrir quem contou a Serena sobre Ana, presumimos que não poderia ter sido o pai dela, porque ele nunca acreditou em Maria quando ela disse que estava grávida. Mas e se essa não for a história toda?

– Ele quer uma lista de humanos que fizeram parte da Agência de Relações Humano-Licanas entre dez e cinco anos atrás. – É mais seguro do que dizer oito. Alex não é burro. – Lowe está procurando pessoas que teriam interagido com licanos no nosso... – *Nosso?* – No bando dele.

Ele pisca, curioso.

– Por quê?

– Não sei. Alguma questão surgiu quando estávamos na casa da Emery e ele disse que precisava saber disso.

Talvez eu seja uma atriz melhor do que imaginava.

– Qualquer pessoa que tenha trabalhado na Agência? Nenhum outro critério?

Passo a mão pelos cabelos, pensando.

– Homens. Só homens.

– Ok. Sim, claro.

– Você tem tempo para começar agora? – Sorrio, ocultando o máximo possível as presas. – Ou está muito ocupado fingindo ser um gângster de rua?

Ele enrubesce com um tom de verde fofinho, pigarreia e passamos a hora seguinte encontrando muito pouco por causa da bagunça nos arquivos humanos. Desistimos quando Alex começa a bocejar.

– Ah, meu Deus! – diz ele, depois que me levanto para sair.

– O que foi?

Os olhos dele estão arregalados.

– Eu entendi.

– Entendeu o quê?

– Esse cheiro em você.

Merda.

– Boa noite, Alex.

– Por que você está cheirando como se meu alfa tivesse *marcado* você? – É a última coisa que ouço enquanto volto para o quarto de Ana.

Mick e Cal foram embora, mas Lowe e Juno estão do lado de fora do quarto, conversando em voz baixa. Eles ficam em silêncio quando chego e se voltam para mim com olhos sombrios.

Fico imediatamente paralisada.

– Droga. Ela está bem?

A resposta de Juno demora apenas um segundo, mas o peso no meu estômago dobra.

– A febre cedeu e ela está conseguindo reter líquidos. Ela disse que a sua "coisa nojenta", palavras dela, fez com que se sentisse muito melhor.

Sorrio.

– Verdade?

– É. – Ela lança ao seu alfa um olhar de avaliação. Seus olhos vão de Lowe para mim e de volta para ele, e ela acrescenta: – Vocês dois formam uma equipe surpreendentemente boa.

– Eu fiz quase tudo. – Limpo as mãos no vestido que coloquei para o jantar e que de alguma forma ainda estou usando.

A boca de Juno se contrai.

– Apenas aceite o elogio.

– Tudo bem – admito, observando-a acenar para Lowe e sair.

Essa amizade, ou falta de inimizade, parece ser altamente gratificante para o meu sistema dopaminérgico.

Espero encontrar Lowe sorrindo, mas, em vez disso, ele está me olhando com uma expressão séria, quase aflita.

– Ana está dormindo?

Ele faz que sim com a cabeça.

– Você quer dormir na minha cama? – pergunto. Ele engole em seco antes que eu me lembre de esclarecer. – Eu durmo no closet de qualquer forma. E você poderia deixar a porta aberta para o caso de Ana acordar e... Não vou dar em cima de você enquanto sua irmã ainda está doente, mesmo com o que aconteceu entre nós mais cedo – concluo, com muito menos intensidade do que comecei.

Mas não acho que ele se importe. Na verdade, duvido que esteja ouvindo. Ele balança a cabeça mecanicamente e, assim que me segue para dentro do quarto, seu olhar se fixa na noite do lado de fora da janela. Em algo que pode nem estar lá.

Sinto um aperto desagradável na garganta. Sento-me no colchão descoberto e chamo baixinho:

– Lowe?

Ele não responde. Seus olhos, pálidos e sobrenaturais, continuam fixos na escuridão.

– Tem alg... Você está bem?

Temo que ele vá ignorar essa pergunta também. Alguns minutos depois, porém, ele sacode a cabeça. Devagar, ele se vira e para na minha frente.

– E se você não estivesse aqui? – murmura.

– Eu... O quê?

– Se você não estivesse aqui, com seu conhecimento de anatomia humana. – Ele movimenta o maxilar, tenso. – Eu teria sido obrigado a escolher entre a saúde e a segurança dela.

– Ah. Vai ficar tudo bem. Ela vai ficar bem. Provavelmente é apenas uma gripe.

Agora eu vejo de onde tudo isso está vindo. Vejo e sinto, no fundo do estômago, uma pedra afundando pesadamente.

– E se da próxima vez for alguma coisa mais séria? Um problema que exija cuidados médicos humanos mais avançados?

– Não vai acontecer. Como eu disse, ela vai ficar boa...

– Vai? – pergunta ele, num tom que torna impossível mentir.

A verdade é que não sei. Não sei se Ana vai ficar bem. Não sei se Lowe e eu vamos ficar bem. Não sei se Serena está viva. Não sei se uma guerra é inevitável, se meu povo se preocupa o suficiente comigo para não me deixar aqui como sua primeira baixa, se cada escolha que fiz desde o dia em que completei 18 anos foi um erro.

Não faço ideia do que *vai acontecer*, não faço ideia do que *aconteceu*, e é assustador. Eu respeito Lowe, esse homem que se parece tanto comigo, esse homem que conheço há apenas algumas semanas e em quem, no entanto, não posso deixar de confiar. Eu o respeito demais para mentir para ele ou para mim mesma na presença dele.

Então respondo:

– Não tenho certeza.

E é apenas um sussurro, mas ele me ouve. Ele assente e eu também, e quando ele cai de joelhos, quando enterra o rosto no meu colo, eu o acolho. Deixo que minhas mãos se movam entre seus cabelos macios. Sinto sua respiração profunda. Seus ombros, tão largos e fortes, sobem e descem. Deslizo minha mão por sua nuca, por dentro da camisa, esperando que minha pele fria seja tão calmante quanto seu calor é para mim.

– Misery. – Ele suspira, e sua respiração aquece a pele da minha barriga através do tecido do vestido.

E ainda estou sozinha, ainda sou diferente, ainda vivo quase totalmente por minha conta, mas talvez um pouco menos do que antes. Seus dedos se fecham suavemente em volta do meu tornozelo, o metal da aliança de casamento quente contra pele e ossos, e, pela primeira vez desde que consigo lembrar, eu me sinto amparada.

Estou aqui, digo, só em pensamento. *Com você.*

Ficamos assim por tanto tempo que nem sei.

CAPÍTULO 19

Ela é destemida, e esse pensamento o apavora.

– *Essa pergunta que você acabou de me fazer... Eu não gosto disso.*

Não revirar os olhos para Owen exige de mim um grau de controle sobre os músculos oculares que eu não sabia que tinha. Geralmente eu não me preocuparia com civilidade, mas preciso que meu irmão me dê algumas respostas.

O lado positivo é que Ludwig não está prestando atenção à minha videochamada. Hoje, mais cedo, quando o encontrei no jardim de inverno podando uma roseira e perguntei se poderia conversar com meu irmão, ele olhou para mim como se eu estivesse pedindo permissão para fazer uma tatuagem tribal.

– Eu não me importo. Lowe disse que seus movimentos não devem ser restringidos. Ligue para quem quiser. – Uma pausa. – Talvez seja bom evitar telessexo, mas você que sabe.

– Ainda existe telessexo?

– Tenho certeza de que todos os tipos de sexo existem e continuarão a existir até que o Sol engula a Terra. – Ele voltou a podar e em seguida acrescentou: – Se for pedir pizza, peça uma extragrande.

Não sei por que uma vampira pediria pizza, mas adoraria estar ao telefone com algum adolescente entediado tentando me fazer incluir pãezinhos de alho no pedido. E não à mercê do julgamento de um irmão nada amoroso.

– *Seu desagrado parte meu coração* – digo a ele na Língua, com a cara séria. – *Por favor, responda mesmo assim.*

– *De quem você se alimentou?*

Fico ainda mais séria.

– *Eu não disse que me alimentei de alguém.*

– *Não. Você perguntou se pode haver alguma consequência negativa de se alimentar de uma fonte viva, e eu brilhantemente deduzi isso. Porque você nunca demonstrou nenhuma curiosidade sobre o assunto antes e... não sou idiota. Quem foi?*

Solto um suspiro profundo.

– *Quem você acha que foi?*

Ele leva as mãos ao rosto.

– *Seu marido. Seu marido licano. Seu marido licano alfa.*

– *Por favor.*

– *Você o obrigou?*

– *O quê? Não!*

Seu xingamento não é leve.

– *Não conte ao nosso pai que isso aconteceu.*

– *Por quê?*

– *Ele ia tentar explorar a situação.*

– *Como... De que maneira pode haver alguma coisa nisso para ser explorada?*

Ele aperta o osso do nariz.

– *Misery, você não sabe de nada?*

– *O que eu* deveria *saber?*

– *Como é que você não aprendeu essas coisas enquanto crescia?*

O barulho que sai da minha garganta faz Ludwig me olhar.

– *Com quem? Com meus cuidadores* humanos?

– *Ok.* – Suas mãos se levantam, uma ordem silenciosa para eu ficar quieta enquanto ele se recompõe. Considero a possibilidade de desligar na cara dele e perguntar ao meu pai, em retaliação. – *Não é normal ele deixar você se alimentar dele. Nenhum licano deixaria um vampiro se alimentar dele.*

– *Talvez Lowe não saiba disso.*

– Nossas espécies são inimigas há séculos. Você acha que eles não cresceram achando que ser chupado por uma sanguessuga é o nível mais alto de contaminação? Você acha que usar o sangue dele para manter vivas as pessoas que mataram os ancestrais licanos é algo que o bando dele vai aceitar?

Eu me lembro da expressão enojada de Emery. Dos arquejos de seus ajudantes. Até Koen teve que reprimir seu choque inicial ao ver minhas marcas no pescoço de Lowe.

E Lowe me puxando para si depois que eu disse que não estava bem.

– Lowe é diferente.

– Claramente. E você deve levar isso para o túmulo. É óbvio que existe alguma... amizade aqui.

Penso nisso por um minuto, depois faço que sim com a cabeça.

– Então ele gosta de você. – Owen esfrega a testa. *– Isso é estranho. Estou feliz por você estar viva e por talvez continuar assim, mas...*

– É mais estranho que isso. Quando eu me alimentei dele...

– Misery. – Ele me lança um olhar fumegante. *– Passei a puberdade em território vampiro. Sei exatamente o que aconteceu quando você se alimentou dele. Por favor, não continue. Pessoas que compartilharam uma placenta por nove meses não deveriam falar sobre essas coisas.*

Estou corando? Estou.

– Somos gêmeos dizigóticos, o que significa que não compartilhamos a placenta nem o cordão umbilical. Na melhor das hipóteses, o útero.

– Mesmo assim, não me submeta a essa história.

Owen inclina a cabeça para trás e olha para o teto.

– Você pode ao menos me dizer se haverá alguma consequência negativa para Lowe? Quero ter certeza de que não o prejudiquei.

Owen suspira.

– Contanto que você não tenha tomado muito, ele vai ficar bem. Se você também vai ficar bem? Para ser franco, não existem muitos estudos de caso de vampiros se alimentando de licanos.

– Ok. – Ufa. *– Obrigada por me dizer. Tenha uma boa vida. Vou desligar agora...*

– Misery, me escute com atenção. Existe um motivo pelo qual a nossa espécie decidiu fazer a transição da alimentação viva para não viva assim que a tecnologia de extração e armazenamento de sangue em segurança permitiu.

Beber de uma fonte viva não é apenas algo difícil de separar do sexo. Tem consequências hormonais e biológicas que são banais no momento, mas que podem aumentar a longo prazo. É por isso que essa prática é desencorajada entre os vampiros há séculos... Precisamos transar com o maior número de pessoas possível e nos reproduzir, não criar vínculos. *Alimentar-se repetidamente de alguém cria dinâmicas complexas que...* – Ele para abruptamente, balançando a cabeça. Sua expressão se tornou mais suave, e me pergunto se *ele* já fez isso. Se ele *gostaria* de fazer com alguém. – *Não faça isso de novo, Misery. Seja amiga dele. Construa um galinheiro com ele. Dê para ele, se quiser. Mas não se alimente do Lowe Moreland de novo.*

A irritação de ouvir sermão do inútil do meu irmão permanece comigo a noite toda. Ainda estou aborrecida horas mais tarde, quando entro na cozinha depois de ler uma história para Ana sobre uma lhama chata que está sendo merecidamente intimidada por uma cabra.

O lugar está escuro e deserto, então abro minha geladeira e pego o pote de manteiga de amendoim. Não é que eu planeje me alimentar de Lowe de novo. Nem acho que ele gostaria disso, dados os efeitos colaterais questionáveis. Estou aqui para encontrar Serena, e não me esqueci disso. Mas Owen não tem o direito de...

– O homem que você e Alex estão procurando... é o pai da Ana, não é?

– É. – Dou de ombros mecanicamente, mergulhando a ponta de uma colher na manteiga de amendoim. – Achei que seria a maneira mais provável de Serena... – Eu me viro, percebendo de repente que não estou mais conversando comigo mesma. Lowe está parado ao lado da mesa, de braços cruzados. Os olhos velados com alguma coisa. – Quando você chegou?

– Neste exato momento.

– Ah.

Nossa última conversa foi há duas noites, quando nos desenrolamos desajeitadamente um do outro depois que Ana acordou e pediu um copo d'água. Lowe parou na minha frente, tão sério e abalado quanto eu, e depois saiu para cuidar dela. Entrei no meu closet, me enfiei sob o monte de travesseiros e cobertores, sorrindo um pouco quando os ouvi falar sobre a girafa rosa em voz baixa. Eles... Ok, *Ana* a chamou de Faísca 2.

Ontem foi uma espécie de dia de audiência, com muitos licanos vindo trazer preocupações, conselhos e pedidos ao alfa. Fiquei *bem* longe disso, mas a maioria das reuniões aconteceu na área do cais, e foi fascinante testemunhar da minha janela a extensão das responsabilidades de Lowe. Não pude deixar de entreouvir o quanto suas interações com os membros do bando foram calorosas e fáceis e quantos deles estavam ali apenas para trocar uma piada ou mencionar como estavam aliviados por Roscoe ter ido embora.

Acho que senti inveja. Talvez eu também quisesse um minuto com o alfa. Talvez durante a nossa viagem eu tenha me acostumado a tê-lo por perto.

– O pai da Ana. Por quê? – Ele fala como se já tivéssemos passado dos preâmbulos, e talvez tenhamos mesmo.

– Por que não?

Ele ergue uma sobrancelha.

– E se ele sabia? – pergunto. – E se ele acabou acreditando na sua mãe? E se ele contou a outra pessoa?

Ele inclina a cabeça como um lobo, curioso, e murmura para que eu continue.

– Serena era muitas coisas, mas boa com computadores não era uma delas. Nada tão trágico quanto você – continuo falando apesar do olhar penetrante de Lowe –, mas, se *eu* não consegui encontrar vestígios da Ana enquanto bisbilhotava, é muito pouco provável que ela tenha chegado a isso sozinha. O que significa que alguém deve ter contado a ela, e precisamos descobrir quem foi.

Balanço a cabeça, maravilhada pela milionésima vez com a existência de Ana. Ela está aqui. Ela é perfeita. Ela é diferente de tudo que eu já havia concebido antes. Como diabos Serena se envolveu com ela? A teoria à qual sempre volto é de que alguém vendeu a história de Ana a algum jovem jornalista faminto. Mas a Serena que conheço nunca, *nunca* divulgaria a identidade de Ana.

– Lowe, se isso deixa você desconfortável, se você vê isso como uma invasão à privacidade da sua mãe, tudo bem para mim, posso prosseguir sozinha.

– Não deixa, não. O que você está dizendo faz sentido e eu gostaria de ter pensado nisso antes.

– Ok. Bem, estou feliz por ter você a bordo. Como Juno bem disse, formamos uma boa equipe.

– E você respondeu que...

– Quem lembra?

Gesticulo alegremente e sinto meu rosto se abrir lentamente em um sorriso presunçoso, presas à mostra. Ele retribui com um sorriso pequeno e caloroso. E então parecemos chegar a um impasse: não sei o que dizer, nem ele, e os acontecimentos da última vez, não, das *duas vezes* que estivemos juntos finalmente nos põem contra a parede.

Não sou covarde, mas acho que não consigo suportar isso.

Queria estar na presença dele, mas agora não sei o que fazer com ele. Então mergulho de novo minha colher no pote de manteiga de amendoim, só para me manter ocupada, e a enfio na boca.

– Bem, acho que já passou da hora do meu banho noturno, só para evitar cheirar a catarro. Depois disso, tenho um encontro quente com Alex, então...

– Catarro tem cheiro? – pergunta ele.

– Eu... Tem?

– Não faço ideia. Os licanos não ficam resfriados.

– Pare de se gabar.

– *Você* fica resfriada?

– Não, mas sou elegante e não me vanglorio.

– Você seria mais elegante se não tivesse manteiga de amendoim no seu nariz.

– Droga. Onde?

Ele não diz, mas se adianta para me mostrar, vindo até mim, até que me vejo aninhada entre ele e o balcão, e... Estou encurralada aqui? Por um licano? Um lobo, como nas histórias da carochinha?

Sim.

Sim, estou encurralada, e não, não estou com medo.

– Aqui.

Ele passa a mão pela ponta do meu nariz. E ergue o dedo para me mostrar o pequeno naco de manteiga de amendoim. Eu deveria estar me perguntando como isso chegou lá, para começo de conversa. O que faço, em vez disso, é me inclinar para a frente e lamber o polegar de Lowe.

Eu me arrependo instantaneamente.

Na verdade, não me arrependo nem um pouco.

Reprimo cada par de sentimentos opostos enquanto seus olhos – as pupilas se expandindo como as minhas jamais poderiam – se fixam na minha boca de um jeito fascinado, ausente.

Eu nunca deveria ter feito isso. Meu estômago se retorce no que parece ser dor e algo mais, algo doce e quente.

– Ana está se sentindo muito melhor – digo, na esperança de que isso neutralize a espessa tensão entre nós.

Somos uma gangorra, Lowe e eu. Constantemente empurrando e puxando para um equilíbrio precário à beira deste... o que quer que seja *isto* em que estamos sempre prestes a cair. Alternando no caos.

– Ela está completamente curada – concorda ele.

Estamos perto demais para ter esta conversa. Estamos mesmo... muito perto.

– De volta ao jeito impertinente dela.

Ele dá um passo curto para trás, uns dois centímetros, e quase choro de alívio, ou decepção, ou ambos.

– É – diz ele, embora não haja nenhuma pergunta a responder.

É só para concluir... Ele está indo embora. Está prestes a ir.

– Espere – deixo escapar.

Ele para. Nem sequer me pergunta por que o estou segurando aqui, atado a mim. Ele sabe. A atmosfera entre nós é muito estranha, rica e exuberante para ele não saber.

– Você...? – começa ele, com um gesto pequeno, hesitante, atipicamente inseguro de sua mão. Neste exato momento, digo:

– Quando...?

Ficamos em silêncio de imediato, deixando as frases flutuarem entre nós. O silêncio incha, triplica e, quando atinge uma massa crítica, explode dentro da minha cabeça.

Desta vez sou eu quem se aproxima. Minha cabeça gira deliciosamente.

– O que está acontecendo? O que é... esta coisa entre nós?

– Eu não sei – responde ele. E então: – Mentira. Sei, sim.

Eu também sei. Meu estômago é uma dor aberta, vazia.

– Você tem uma parceira.

Ele assente devagar.

– Penso nisso o tempo todo.

– E eu sou uma vampira.

Tenho que passar a língua nas minhas presas para ter certeza de que realmente sou. Porque o meu povo não morre de vontade de tocar o povo dele. Simplesmente não é assim que as coisas acontecem.

– Você é. – Os olhos dele estão nos meus dentes e, sim, ele não se importa nem um pouco com eles.

– Isto não pode ser real, pode?

Ele está em silêncio. Como se eu tivesse que chegar à resposta por mim mesma e ele não pudesse fazer isso por mim.

– *Parece* real – digo. Estou com calor. Incandescente. Não achei que meu corpo fosse capaz de atingir essas temperaturas. – Temo estar interpretando mal, talvez.

Uma de suas mãos, grande e quente, desliza em torno da minha cintura, hesitante no início, depois firme, como se um único toque fosse suficiente para dobrar sua avidez.

– Está tudo bem, Misery. – Seu polegar sobe para minha nuca, acariciando os cabelos finos ali, e estremeço em seus braços. – Agora podemos ser apenas nós – sussurra.

De repente, não tenho certeza se há algo de errado no fato de estarmos prestes a nos beijar. *Parece* certo, com certeza. Nunca beijei ninguém antes, e gosto da ideia de meu primeiro beijo ser especial. E Lowe... Lowe é isso e muito mais.

Sinto-me instável. Confusa. Sem equilíbrio. Mas é normal. Quem não estaria, ao lado de alguém como ele, alguém que apoiaria você até o fim? Então, fico na ponta dos pés, inclinando-me para o toque dele, e me sinto trêmula.

Eu me sinto pronta.

Feliz.

E tonta, como se fosse feita de vidro, prestes a estilhaçar. Meus membros nunca estiveram tão pesados, e eu queria poder simplesmente desabar no chão.

Sim, penso. *Vou fazer isso simplesmente.*

– Misery – A mistura de preocupação e medo na voz dele é inesperada. – Por que você está tão...?

Uma dor lancinante atravessa todo o meu corpo, e é neste instante que o mundo se torna um breu.

CAPÍTULO 20

Quem fez isto vai pagar.
Lentamente.
Dolorosamente.

As horas seguintes são de pura e concentrada agonia.

Respirar é por si só uma provação. Meu estômago dói como se estivesse prestes a digerir a si mesmo, ferido de dentro para fora por mil criaturas selvagens que estão se divertindo demais entalhando seus nomes na minha mucosa com uma faca enferrujada. Em vários momentos – e depois por um único, longo e demorado – tenho certeza, certeza absoluta, de que é o fim. Nenhum ser vivo pode suportar esse nível de tormento, e eu vou morrer.

O que está ok. Nada pode ser pior do que o que estou passando. Acolho a bendita libertação, espero entrar no nada e me sentir finalmente bem, mas, quando estou prestes a cair no vazio, *alguma coisa* me puxa de volta.

Primeiro tem alguém – ok, Lowe, sim, *Lowe* – dando ordens. Berrando ordens. Rosnando ordens. Ou talvez *não* seja Lowe, porque nunca o vi de outra forma que não fosse controlado. Ele parece desesperado, o que me faz querer rastejar para fora do meu canto de dor e tranquilizá-lo, dizendo que vai ficar tudo bem – talvez *eu não fique bem*, mas tudo mais vai ficar.

Mesmo assim, fico muito tempo sem conseguir falar. Muitas, muitas vezes, alcanço o limite da consciência, apenas para afundar novamente na escuridão quente, úmida, sufocante. E quando finalmente consigo com muito esforço abrir os olhos...

– Aí está ela.

Dr. Averill?, tento falar, mas minha língua está grudada no céu da boca.

Eu o conheço. É o médico oficial dos Colaterais. Com passe diplomático para o território humano, onde me fazia exames anuais para garantir que eu continuava saudável o suficiente para... ser morta caso a aliança fosse dissolvida, acho. Seus deveres devem ter aumentado, o que é uma pena, porque ele parece tão velho agora quanto quando eu tinha 10 anos. Só que tem alguma coisa esquisita nele. Será que está fazendo alguma experiência com pelos faciais?

– Pequena Misery Lark. Faz tempo.

– Esse bigode, não – digo com a voz arrastada, delirante, incapaz de manter as pálpebras abertas.

Ele estala a língua.

– *Se você tem energia para questionar minha aparência, talvez não precise deste analgésico* – murmura ele na Língua, mal-humorado como sempre.

Eu pediria desculpa, arrancaria aquela seringa das mãos dele e a enfiaria no meu corpo, mas a agulha já está entrando no meu braço.

A queimação ameniza. Ouço vozes vindas de dentro do quarto ou de vários quilômetros de distância.

– ... o organismo dela está combatendo o veneno. Aos poucos ela vai entrar num transe de cura. Vai ficar imóvel e você vai temer que ela esteja morta. Mas esse é simplesmente o jeito dos vampiros.

– Por quanto tempo? – pergunta Lowe.

– Várias horas. Dias, talvez. Não me olhe assim, rapaz.

Alguns palavrões murmurados.

– O que eu faço?

– Não há nada a fazer. Agora cabe ao corpo dela combater a infecção.

– Mas o que eu *faço*? Por ela?

O Dr. Averill suspira.

– Deixe-a confortável. Em algum momento, depois que acordar, ela vai precisar se alimentar... mais que o normal, em quantidade e frequência. Providencie para que haja sangue à disposição dela. Quanto mais fresco, melhor.

Uma longa pausa. Visualizo Lowe passando a mão pelo queixo. Seu gesto de preocupação.

– E, claro, tem a questão do pai dela. Vou ter que informar o que aconteceu ao conselheiro Lark. Ele pode ver isso como um ato de agressão, até mesmo uma declaração de guerra aos vampiros...

A voz do Dr. Averill desaparece, e eu volto para dentro de mim.

– ... precisa descansar.

– Não.

– Vamos, Lowe. Você precisa dormir. Eu cuido dela enquanto você...

– *Não.*

– ... levem Ana daqui.

– Não temos certeza se Ana era o alvo de fato. A vítima visada pode ter sido Misery – protesta Mick.

– Mas e se foi Ana? – questiona Juno. – Não devemos arriscar.

– Concordo. Vamos levá-la para um lugar seguro até descobrirmos quem fez isso – diz Cal.

– Todos nós sabemos que foi Emery – diz Mick.

– Eu não sei disso, e estou cansado de fazer suposições. – Lowe está com uma raiva fria e assassina. – Minha esposa estava à beira da morte até horas atrás. Vou levar Ana para um lugar seguro. Isso não está em discussão.

– Para onde vai levá-la? – pergunta Mick.

– Isso é comigo.

Lábios frios depositam um beijo suave na palma da minha mão febril.

– Misery, eu...

Saio do transe de cura de uma só vez, como um salmão saltando de um riacho.

Eu me sento na cama, suada, ofegante, totalmente desorientada, e fico na expectativa de que a dor se apresente, vindo pelas estradas habituais: começando no estômago, irradiando até braços e pernas, arranhando meus nervos como um exército de facas. Quando nada acontece, olho para o meu corpo, perplexa, me perguntando se ele ainda existe. Mas aqui está ele: mais frio que o normal, talvez; mais pálido, definitivamente; intacto, no fim das contas.

Estou curada? Afasto as cobertas para testar essa teoria. A camiseta branca grande que estou usando não me pertence, mas a linda calcinha de renda é minha – cortesia do estilista do casamento. Não a uso desde a cerimônia e me recuso a me perguntar como ela veio parar em mim. Fico de pé. Embora eu esteja mais instável do que um bezerro recém-nascido, minhas pernas funcionam. Abro caminho em meio à exaustão e me obrigo a andar.

O relógio na parede marca uma e meia da manhã, e a casa está mergulhada em um silêncio absoluto, mas tenho quase certeza de que se passaram mais do que apenas algumas horas desde que perdi a consciência. Será que fiquei apagada por um dia? Como não tenho celular para verificar isso, faço o que se fazia na era pré-tecnológica: saio para perguntar a alguém.

De preferência, não à pessoa que envenenou minha pasta de amendoim.

Abro a porta e me vejo diante de um corredor mal iluminado, e quase tropeço na pilha de roupas deixada na frente do quarto – aposto que isso é coisa de Ana mudando o visual das bonecas. Eu me apoio na parede e, fraca, contorno a pilha, mas ela *se mexe*.

Ela se desenrola. Depois se levanta. Em seguida, se estica, como um gato faria. Então abre os olhos, que são de um verde muito lindo, muito pálido, muito familiar.

Porque não se trata de uma pilha de roupas. É um lobo. Enroscado do lado fora do meu quarto. Guardando minha porta.

Um lobo branco enorme.

Um lobo branco *gigantesco*.

– Lowe? – Minha voz está fraca e rouca. Devo ter ficado apagada por mais de um dia. – É você?

O lobo pisca para mim, ainda desfrutando do alongamento. Eu pisco também, esperando conseguir usar o código Morse para dizer "Por favor, por favor, por favor, não me coma".

– Não quero supor nada, mas os olhos parecem com os seus e...

Ele vem na minha direção, devagar, e recuo depressa, em pânico, colando o corpo na parede. Ah, merda. Ah, *merda*. Ele é muito maior que Cal, muito maior do que pensei que os lobos pudessem ser. Fecho os olhos com força, tentando evitar a visão muito clara do meu duodeno sendo arrancado da cavidade abdominal e comido.

E então alguma coisa macia e úmida me cutuca no quadril. Abro ligeiramente um dos olhos e ali está: um focinho encostado em minha pele. Empurrando delicadamente, mas com firmeza. Como se estivesse me pastoreando. De volta para o quarto.

– Você quer que eu...? – Ele não responde, mas irradia satisfação ao me ver dando alguns passos para trás e, quando paro, ele me cutuca de novo, ainda mais insistente. – Ok, estou indo.

Marcho de volta para o lugar de onde vim. O lobo me segue de perto e, quando estamos os dois dentro do quarto, ele inclina o corpo e fecha a porta com mais facilidade do que alguém sem polegares opositores deveria demonstrar.

– Lowe? – Eu só quero ter certeza. Os olhos parecem prova suficiente, mas... meu Deus, estou exausta. – É você, certo?

Ele vem até mim.

– Você não é Juno? Ou Mick? Por favor, me diga que não é o Boneco Ken.

Um ruído suave e grave vem do fundo de sua garganta.

– Acho que esperava que seu pelo fosse escuro. Por causa do seu cabelo. – Deixo que ele me empurre para a cama. – Sim, vou voltar a dormir. Eu estou me sentindo péssima, mas a cama, não, por favor. O closet.

Ele entende, porque fecha suas mandíbulas impressionantes em torno de um travesseiro e o leva para o closet. E depois faz o mesmo com um cobertor, sob meu olhar perplexo.

– Meu Deus, você é tão peludo. E... desculpe, mas você é fofinho. Eu sei que poderia me matar em menos tempo do que se leva para enfiar um canudo numa bolsa de sangue. Mas você é *macio*. E sua pelagem nem é rosa-choque. Não sei por que você ficou constrangido, sua bola de pelos majestosa... Ok, tudo bem, estou indo.

Ele praticamente me arrasta para o closet e só para quando estou deitada no meu lugar favorito. Eu me pergunto como ele sabia onde era. Talvez tenha sido o cheiro.

– Só para você saber, suas tendências de alfa são ainda piores nesta forma.

Ele põe a língua para fora e lambe meu pescoço.

– Ai, que nojo. – Solto uma risada.

Seus dentes se fecham em volta do meu braço: um aviso brincalhão de que poderia estilhaçar meus ossos. Mas não vai.

– Posso fazer carinho em você?

Ele vira a cabeça para enfiá-la sob a minha mão.

– Bom, então... – Abro a boca num misto de riso e bocejo, coçando-o atrás das orelhas, me deleitando com a bela e reconfortante sensação que a pelagem dele proporciona. Não é difícil pedir, não quando ele está nesta forma, um caçador feroz que adora um carinho: – Você quer ficar? Dormir comigo?

Aparentemente, também não é difícil dizer sim. Lowe não hesita antes de se enrodilhar ao meu lado.

E, quando inspiro profundamente, o cheiro das batidas do coração dele é tudo que sempre foi: familiar, picante, intenso.

Adormeço enroscada nele, me sentindo mais segura do que nunca.

CAPÍTULO 21

Ela disse a ele que vampiros não sonham. No entanto, uma vez que o descanso do meio-dia chega ao fim e a noite se aproxima, seu sono se torna irregular e agitado. O toque dele parece confortá-la, e esse pensamento o enche de orgulho e propósito.

Serena chegou à casa no fim de um janeiro agradavelmente ameno, vários meses depois de eu ter me mudado para lá como Colateral, e atingiu a maioridade no início de um abril desagradavelmente chuvoso que passamos fazendo cálculos para saber por quanto tempo a quantia alocada temporariamente para ela pela Agência Humano-Vampírica duraria no mundo real. A chuva fustigava incessantemente as vidraças. Fizemos as malas e tentamos decidir quais pedaços da última década levar para nossa nova vida, vasculhando as memórias, separando as que odiávamos daquelas que ainda odiávamos, mas que não suportávamos abandonar.

Foi quando ele chegou: um menino de 8 anos, o novo Colateral, enviado pelos vampiros para a cerimônia oficial de posse. Ele chegou escoltado pelo Dr. Averill e por outros conselheiros que me lembro de ter conhecido em vários eventos diplomáticos. Um mar de olhos lilás. Notadamente, não dos pais do menino.

Era um sinal de que estávamos demorando muito para desocupar o local, mas não nos apressamos. Em vez disso, Serena observou a criança vagando pelos corredores imaculados onde esfolamos os joelhos, brigamos por causa de regras de esconde-esconde, praticamos coreografias nada dignas de serem gravadas em vídeo, resmungamos sobre a crueldade casual de nossos cuidadores, nos perguntamos se um dia nos sentiríamos pertencentes a algum lugar, entramos em pânico pensando em como faríamos para manter contato depois do fim do nosso tempo juntas.

– Por que são *sempre* crianças? – perguntou Serena.

– Ele deve ser parente de alguém importante. – Dei de ombros. – É assim que você faz do Colateral um elo importante, ao levar o herdeiro de uma família proeminente. Alguém que é valorizado por uma pessoa no poder.

Ela bufou.

– Eles não conhecem seu pai.

– Essa doeu – respondi e dei uma risada.

O menino ouviu a conversa e veio em nossa direção, os olhos fixos na minha boca, como se suspeitasse que eu fosse como ele. Quando nos alcançou, Serena se ajoelhou para ficar na altura dele.

– Se você não quiser ficar aqui, se preferir vir conosco, pode falar – disse ela.

Não creio que ela tivesse um plano, nem mesmo um improvisado de última hora. E não sei como teríamos resgatado – sequestrado? – o menino se ele nos pedisse para levá-lo embora. Onde o teríamos escondido? Como o teríamos protegido?

Mas essa era Serena. Corajosa. Acolhedora. Comprometida em fazer a coisa certa.

A criança disse:

– Isto é uma honra. – Ele parecia ensaiado, formal demais para sua idade. Muito diferente de mim quando cheguei, aos 9 anos, implorando sem parar ao meu pai que me deixasse voltar para o território dos vampiros. – Vou ser o Colateral, e isso é um privilégio. – Então deu meia-volta e foi embora.

Eu era maior de idade e finalmente estava livre, e optei por não comparecer à cerimônia.

Essa não é uma lembrança importante para mim. Quase nunca me lembro desse dia, mas estou pensando nele agora, acordada pouco antes do pôr do sol. Talvez por causa do que aconteceu depois que a criança nos deixou: Serena ficou furiosamente determinada a incendiar o mundo inteiro – os vampiros, os humanos e quem mais se tornasse cúmplice do sistema Colateral.

Ouvi seu desabafo sem entendê-la muito bem, pois o máximo que eu podia sentir era resignação. Restava pouca energia em mim para lutar, e eu simplesmente não podia me dar ao luxo de gastá-la em algo inútil e imutável, quando acordar todas as manhãs em um mundo hostil já era tão exaustivo. A raiva dela era admirável, mas eu não a entendi naquele momento.

No entanto, eu a entendo *agora*. Na luz difusa e amarela que se infiltra no closet e respinga nas paredes, na dor cansada que se aninhou em meus ossos – agora entendo a raiva dela. Algo dentro de mim deve ter mudado, mas ainda me sinto eu mesma: exausta, porém *furiosa*. Acima de tudo, feliz por estar viva. Porque tenho algo para fazer. Algo com que eu me importo. Pessoas que quero manter seguras.

Preciso que você se importe com alguma coisa, Misery, que tenha um maldito interesse em uma coisa que não seja eu.

Bem, Serena, você ainda faz parte disso, queira você ou não. Mas há Ana também. E Lowe, que realmente precisa de alguém que cuide dele. Na verdade, eu preciso ir até ele agora.

Não consigo ficar de pé na primeira tentativa, mas insisto. Lowe não está no quarto dele, então enrolo um cobertor nos ombros e desço. O trajeto parece cinco vezes mais longo do que de costume, mas, quando entro na sala, ele está ali, cercado por mais de uma dezena de pessoas.

Seus ajudantes, todos eles. Alguns eu conheço, mas a maioria estou vendo pela primeira vez. Deve ser uma reunião, porque todos parecem sérios e concentrados. Um licano bonito de tranças está falando algo sobre suprimentos, e eu pego o fim de sua explicação, vejo vários deles assentirem com a cabeça, e então me perco quando uma voz familiar faz uma pergunta complementar.

Porque é a voz de Lowe.

O resto da sala se apaga. Eu me apoio no batente da porta e olho para seu rosto familiar, as sombras escuras sob os olhos claros e a barba que ele não se preocupou em fazer. Ele fala com paciência e autoridade, e eu me pego me demorando ali, ouvindo o ritmo de sua voz profunda, sem prestar atenção ao que diz, minha profunda exaustão por fim aliviada.

Então ele para. Seu corpo fica tenso quando ele se vira, imediatamente me fitando com intensidade. Todos os outros me olham também, não exatamente com a desconfiança levemente velada que eu esperaria deles.

– Nos falamos depois – ordena Lowe em tom grave.

– Ah, sim... – digo e fico vermelha. Tenho perfeita consciência de que estou seminua, invadindo uma importante reunião do bando, que provavelmente é sobre como lidar com o interminável conflito com o *meu* povo. – Não era minha intenção interromper.

Mas ele está vindo em minha direção e, quando os ajudantes se levantam, percebo que não sou eu quem está sendo dispensada.

Lowe está em sua habitual forma humana, e me pergunto se meu encontro com o lobo branco foi uma alucinação. Seus ajudantes passam por nós, alguns me cumprimentando com um aceno da cabeça ao sair, outros dando tapinhas em minhas costas, todos me desejando melhoras. Não tenho certeza do que dizer, até que Lowe e eu finalmente ficamos sozinhos.

– Então. – Faço um gesto para mim mesma com um floreio. – Parece que sobrevivi.

Ele assente gravemente.

– Parabéns.

– Ora, obrigada. Quanto tempo fiquei apagada?

– Cinco dias.

Fecho os olhos.

– Uau.

– É. – Há um microcosmo na maneira como ele diz a palavra. Quero explorá-lo, mas sou distraída pela leve contração de seus dedos. Como se ele estivesse ativamente se impedindo de estender os braços e me tocar.

– Nós estamos...? Vocês estão... em guerra? Com os vampiros?

Ele faz que não com a cabeça.

– Chegamos perto. O conselho não ficou feliz.

– Ah. Aposto que meu pai ficou arrasado. – Só que não.

O maxilar tenso de Lowe me diz que meu pai estava perfeitamente bem.

– Assim que tivemos certeza de que você sobreviveria, Averill mostrou ao conselho que o veneno também é tóxico para licanos e que, como você o ingeriu através da nossa comida, é improvável que fosse destinado a você, para começo de conversa.

– Ah, Deus. – Escondo meu rosto no batente. – Meu pai sabe sobre a manteiga de amendoim?

– É isso que preocupa você?

– Não sei bem o que isso diz sobre mim, mas é. – Suspiro. – Era destinado à Ana?

– Não há como ter certeza. Mas ela é a única na casa que come aquilo regularmente, além de você.

Fecho os olhos, exausta demais para lidar com a raiva que toma conta de mim.

– Como ela está?

– Em segurança. Longe daqui.

– Onde? – Então me ocorre que essa informação pode ser sigilosa. – Na verdade, não precisa me dizer. Provavelmente é confidencial.

Ele não hesita.

– Ela está com Koen. E, sim, é confidencial. Ninguém mais sabe.

– Ah.

Massageio a curva do meu pescoço. É um nível de confiança que não consigo compreender. Não porque eu contaria a alguém, mas porque ele sabe que eu não contaria, mesmo que minha vida dependesse disso. Eu me *importo* e ele *sabe.*

– Foi Emery? Os Leais?

– Não sei – responde ele com cuidado. – Não consigo pensar em mais ninguém que tenha um motivo, muito menos recursos para isso.

– Mas...?

– Todas as comunicações da Emery estão monitoradas. Encontramos provas de que ela e o seu povo estão por trás do incêndio criminoso que aconteceu na primavera numa das escolas do leste. Mas, se ela está por trás do que aconteceu com Ana, não vejo nenhuma prova disso. – Ele comprime os lábios. – Vou tirar você daqui também.

– Me tirar daqui?

– Mandar você para junto dos vampiros. Ou dos humanos, se preferir. Koen também é uma opção. Ele manteria você em segurança, e Ana adoraria ter você lá, e eu me sentiria melhor sabendo que vocês duas estão juntas.

– Lowe. – Dou um passo, me aproximando dele, e balanço a cabeça. O que, aparentemente, agora me deixa tonta. – Esta não é a primeira vez que alguém tenta me matar, e eu não vou... Eu não quero ir embora.

Por que eu iria? Pensei que nós...

– Somos uma equipe, certo? – continuo. – E o que aconteceria com o armistício se eu partisse? – pergunto, por fim.

– Não importa. Seu pai não precisa saber. Posso cuidar de tudo e garantir que você fique livre...

– *Não.*

Só me dou conta de ter falado tão alto quando a palavra ecoa pela sala. Por uma fração de segundo, vejo no rosto de Lowe a culpa e a agonia com as quais ele está lutando. Então ele suspira e abaixa a cabeça.

– Eu quase matei você, Misery.

– Não foi *você*. Alguém fez isso, e precisamos descobrir quem foi. Juntos.

– Minha função é proteger você, e eu falhei. Aconteceu sob os meus olhos, quando eu estava a centímetros de você.

– Aí está. – Minhas bochechas queimam. – Um bom motivo para eu não ir embora. Na verdade, você deveria me manter ainda *mais perto*.

Digo isso em tom de flerte, o que mexe com a cabeça dele tanto quanto com a minha. Ele se aproxima de mim, inspirando profundamente. Suas palavras são um sibilo quase inaudível.

– Você não tem medo de porra nenhuma?

– Não.

– Tenho o suficiente por nós dois, então. – Seu maxilar se move algumas vezes, a intensidade de sua fúria quase se materializando no espaço entre nós. – Como você está? – pergunta ele depois de um tempo, a voz calma novamente.

A mudança de assunto é tão brusca que me sinto ainda mais tonta.

– Nojenta? – Dou de ombros. – Como se houvesse moscas zumbindo ao meu redor. Mas talvez não, porque elas grudariam na minha pele.

– Você suou, encharcou os lençóis várias vezes.

Um feito, já que vampiros têm pouquíssimas glândulas sudoríparas.

– O Dr. Averill trocou os lençóis?

– Eu troquei.

– Ah.

– Juno ajudou. Às vezes. Quando consegui deixar. Assim que me acalmei. – Ele passa a palma da mão pelo rosto. – É difícil para mim.

– O quê?

– Ver você daquele jeito. Deixar qualquer outra pessoa tocar em você quando está machucada, doente ou apenas... Na verdade, eu não precisava de nenhuma condição. Deixar qualquer outra pessoa tocar em você é... – Ele esfrega as costas da mão na boca. Não estou conseguindo acompanhar... E então entendo, quando ele diz: – Não sei mais em quem posso confiar.

– Ah.

– Eu não vou permitir que você...

Estendo os braços para segurá-lo pelos ombros.

– Lowe, não tem essa coisa de *permitir*. E você pode confiar em *mim*. – Sorrio para ele. – Por favor. Eu vou ficar, e vou ajudar e vou...

Respiro fundo.

Não. *Por Deus, não.*

– Tomar banho. Vou tomar banho. Eu *não* tinha percebido o quanto estou fedida. Estou *insuportável* até mesmo para mim.

Ele me observa, sem dúvida preparando argumentos para refutar, pronto para me mandar embora. Mas eles não vêm. Em vez disso, o canto de sua boca se ergue em um sorriso suave e ele me pega abruptamente no colo, os braços sob minhas costas e meus joelhos.

– O que você está...? O que está fazendo?

– Você precisa mesmo se lavar – concorda ele, me levando da sala.

– Você vai me lavar com a mangueira no jardim?

– Veremos.

Mas ele me leva para o banheiro do meu quarto, me põe sentada na bancada de mármore e prepara o banho. Não estou tão fraca que não consiga fazer isso sozinha, mas gosto de observar seus movimentos graciosos, a dinâmica hipnótica dos músculos sob a camiseta enquanto ele se curva para encher a banheira. O nível da água sobe lentamente e ele testa a temperatura com os dedos. Penso em Owen, a única pessoa que pode ter ficado remotamente chateada por eu estar à beira da morte. Eu deveria entrar em contato com ele. Eu deveria perguntar pela parceira de Lowe. Como Colateral dos licanos, ela deve ter ficado apavorada, porque a *minha* morte levaria à *dela*. Aposto que Lowe tinha total consciência desse fato e temia por sua parceira.

Mas também acredito que ele se importa comigo. Profundamente.

Ele escolhe um frasco de lavanda na prateleira. Não consigo sentir o cheiro, mas, à medida que o vapor ocupa o banheiro, encho meus pulmões com o ar quente. Posso não ser a pessoa a quem Lowe se destina, mas isso não significa que não exista *alguma coisa* entre nós. E eu tive tão pouco ao longo da vida que sei que é idiotice exigir tudo ou nada. Sou boa em me virar com o que tenho.

– Está pronto – diz ele com sua voz grave de sempre.

É uma sequência onírica, mas estamos na mesma sintonia: deslizo para o chão e solto os cabelos, passando a mão por eles até caírem sobre os meus ombros. Tiro toda a roupa e fico nua, a pele pálida, fria e pegajosa.

Eu deveria ficar nervosa? Porque não estou. Lowe... Não sei ao certo como ele se sente. Com certeza não finge estar desinteressado e olha até se fartar, acompanhando cada curva do meu corpo mais de uma vez, revelando pouco, mas não escondendo nada. Meu corpo não tem a estrutura do corpo de uma licana. Não é torneado nem tem músculos bem definidos. Ou Lowe sabia o que esperar, ou não se importa. Seus olhos ficam vidrados quando dou um passo à frente e aceito sua mão quando ele a oferece. Estou letárgica, meus joelhos estão bambos. Ele me ajuda a entrar na banheira.

– Isso é tão bom. – Suspiro assim que me vejo imersa na água.

Então me inclino para a frente, a testa apoiada nos joelhos, deixando os cabelos flutuarem ao meu redor.

– É mesmo.

Ele não está na banheira, mas talvez esteja se referindo ao calor instável desse acordo tácito. Este momento que estamos compartilhando. Ele pega uma toalhinha na prateleira e a mergulha na água.

Seu primeiro movimento é delicado sobre meu pescoço curvado.

– Então você é um deles – digo, instantaneamente relaxada sob seu toque.

– Deles quem?

– As pessoas que usam toalhinhas para se lavar.

Ouço o sorriso em sua voz.

– Se tiver uma esponja...

– Eu não uso nada – sugiro.

Porque é uma oferta. Um pedido, até. Mas ele não diz nada e continua a lavar meus braços, começando pelos ombros. Suas mãos são firmes, mas levemente trêmulas. Talvez ele esteja mais tenso com isso do que eu.

– Parecia muito atrevimento – admite ele finalmente.

As maçãs do seu rosto estão cobertas com um tom verde-oliva, sua voz está rouca. Ele pacientemente percorre o caminho até meu tornozelo, depois sobe devagar pela perna.

Decido ser atrevida. Pego a mão dele e acaricio cada nó dos dedos com meu polegar, um por um, e, uma vez que ele baixa a guarda, roubo a toalhinha dele e a deixo flutuar. Eu *sei* que ele quer me tocar. *Sei* que ele não vai pedir. *Sei* que ele precisa que eu faça isto: coloque sua mão de volta em meu joelho, desta vez sem barreiras.

A respiração dele falha, depois se acelera. O maxilar se move, como se ele estivesse mordendo o interior da boca. A pele da minha coxa brilha sob seus olhos, e seus dedos apertam minha carne, à beira de algo maravilhoso, algo que nós dois queremos.

Mas Lowe se convence do contrário. Ele fecha os olhos com força e se levanta para lavar as minhas costas.

Engulo um gemido.

– Covarde – sussurro bem-humorada.

Em retaliação, ele se inclina para beijar minha nuca como fez no avião: chupando, lambendo e mordendo de leve. Um lembrete sutil de que ele é diferente de mim, de outra espécie. Se fizermos isso, teremos que ajustar algumas questões.

– Você... Como os licanos fazem sexo?

Ele ri suavemente junto à minha pele, mas percebo um certo nervosismo.

– Está preocupada?

Inclino minha cabeça para trás.

– Deveria estar?

Ele massageia meu esterno.

– Não vou machucar você. Nunca.

– Eu sei. Não sei por que perguntei. – Fecho os olhos e ele aceita o gesto como o que realmente é: um convite.

Eu me abandono ao seu toque, me perguntando como algo que requer tão pouco pode ser tão bom. Ele se demora nos meus seios, no contorno dos quadris, mas também em todos os outros lugares. Cada curva e cada ângulo, todos os pontos delicados e vulneráveis. Minha pele formiga, fervilhando com um tipo desconhecido de prazer. Lowe é meticuloso: ele encontra lugares que quer explorar, diminui o ritmo e sua respiração fica pesada em meus ouvidos, interrompida por suaves murmúrios de aprovação. Ele não tem pressa, adia passar para outro ponto até estar convencido de que sua tarefa está concluída. Há algo patentemente sexual nisso, não resta dúvida, mas é mais do que isso. Estou sendo descoberta. Mapeada. Ao mesmo tempo confortada e incendiada.

– Você é tão linda – sussurra ele, mais um pensamento distraído do que uma declaração, e de repente eu não aguento mais.

De olhos fechados, minha mão procura a dele debaixo d'água. Tranço nossos dedos e os guio até a parte interna da minha coxa. É um apelo silencioso.

– Estou tão cansada. – Suspiro. – E eu quero muito isso.

– Minha nossa, Misery.

O cheiro do seu batimento cardíaco me diz que ele morreria por isso. Mesmo assim, está prestes a me perguntar se tenho certeza, e eu vou rir dele. Ou rosnar.

– Lowe. Você vai ajudar? Por favor?

Ele diz "Porra" com suavidade e assombro, mas seus dedos se deslocam para onde eu preciso deles. Os nós dos dedos mal roçam meus grandes lábios, mas eu sibilo ao mesmo tempo que ele inala. Prendemos a respiração juntos, em perfeito equilíbrio.

– Ok. – Um ronco vindo do fundo do peito dele. – Ok.

A ponta de seu polegar encontra meu clitóris, descrevendo círculos quentes e rítmicos. Lowe passa a língua pelos lábios e, num misto de pergunta e rosnado, diz:

– Assim?

Confirmo com a cabeça. Não é o que eu faria em mim mesma, mas funciona de alguma forma ainda melhor. Há uma certa falta de jeito tanto da minha parte quanto da dele, mas Lowe descobre onde me tocar. Por quanto tempo. Com que pressão.

– Isso. – Mordo o lábio inferior, as presas expostas, e faço pressão de encontro à mão dele.

– Na noite em que nos conhecemos, quando você desceu a escada do mezanino – ele geme com a boca no meu ombro –, eu pensei em fazer isso.

Deve haver algo bastante compatível entre nós, porque sinto cada toque de seus dedos bem no fundo desta alma que supostamente não tenho.

– Sério?

A sensação quente e crescente no meu ventre se transforma em um emaranhado de calor. Estou me contorcendo, as costas arqueadas. O ar frio percorre meus mamilos molhados.

– Você parecia sentir frio naquele macacão. – Ele chupa o mesmo ponto do meu pescoço que o deixou obcecado na pista de decolagem, quando fomos à casa de Emery. – Você estava tão linda, e parecia tão determinada e, caralho, tão solitária.

Giro os quadris de encontro à mão dele, gemendo sem pudores com a sensação que cresce dentro de mim, e agarro cegamente seu braço musculoso com as duas mãos.

– Pensei em levar você dali. Pensei em arranjar um cobertor para você. – Seu dedo indicador desliza para dentro de mim e, com um breve ajuste, eu faço com que ele entre ainda mais. – Pensei em fazer você gozar na minha boca até não aguentar mais.

O prazer explode dentro de mim como fogos de artifício, um brilho de calor e alívio. Eu me contraio em torno da mão de Lowe, me enroscando em seu braço, tremendo sobre ele. Um grito queima na minha garganta, mas eu o engulo, e ele sai como um leve gemido, e então fica tudo confuso, misturado com batimentos cardíacos acelerados e respirações ofegantes. Lowe me encara, os lábios entreabertos, o pomo de adão subindo e descendo. Seus olhos glaciais queimam nos meus e eu...

Eu solto uma *risada*, um ruído gutural e áspero.

– O que foi? – Ele parece sem fôlego, a apenas um passo de uma mudança brusca e desconhecida.

Ainda estou pulsando em sua mão, e ele olha para a água passando por cima dos meus mamilos duros enquanto lambe os lábios.

– Só... – Pigarreio, ainda rindo. – Podemos nos beijar?

– O quê?

– Ainda não fizemos isso. Seria bom se fizéssemos. Em algum momento.

– Em algum momento – repete ele, confuso. Sua mão segura a parte interna escorregadia da minha coxa, que ainda vibra.

– Agora, se você quiser. Embora eu esteja preocupada.

Ele faz uma careta.

– Preocupada?

– Por causa das minhas presas. E se eu machucar você? Se morder seus lábios acidentalmente?

– Você já me mordeu antes. Eu não me importei naquele dia. – Ele se inclina para a frente, ávido. – Não vou me importar agora.

Não encaixa de imediato. Meu nariz esbarra no dele, inclino a cabeça um pouco rápido demais, minhas mãos escorregam na borda lisa da banheira.

– Misery – murmura ele junto ao canto da minha boca quando seus lábios de alguma forma vão parar ali, parecendo mais encantados do que consternados com a minha falta de habilidade.

Mas então pegamos o jeito e... Ah.

É um beijo turbulento. Incrivelmente *bom*. Sou cautelosa, por causa do medo de machucá-lo, mas desta vez é Lowe o incontido. Feral. É ele quem avança, quem mordisca, suga e aperta. Ele usa o polegar para inclinar meu queixo para cima, agarrando meu pescoço com a palma de sua mão larga quando está satisfeito com a posição. Muito rapidamente o beijo se torna muito profundo, e eu me entrego a ele, à maneira obscena como Lowe me posiciona, como se quisesse conhecer meu gosto por todos os lados.

Eu me afasto para respirar, mas ele só me dá um segundo antes de pedir mais. Ele lambe minhas presas, e sinto esse gesto no meu âmago, profundo. Seu desejo explode entre nós, sedento, frustrado. Quero fazer algo para resolver isso.

Por ele.

– Lowe – murmuro junto à sua boca enquanto me esforço para ficar de pé.

A água quente escorre pela minha pele, e ele segue a jornada de cada gota. Ele se inclina para pressionar os lábios contra a pele macia sob meu umbigo, depois se levanta para me secar com uma toalha.

A frente da camisa dele está molhada. Meus cílios estão grudados, gotículas de água pendendo deles, as quais ele beija uma por uma.

– Eu fiquei com medo. – As palavras dele saem como uma confissão. – Você caiu nos meus braços e eu fiquei apavorado.

Faço que sim com a cabeça.

– Eu também fiquei.

Seus olhos estão mais pálidos do que nunca.

– Venha aqui.

Ele me pega no colo novamente, e tenho vontade de lembrá-lo de que não sou indefesa, mas isso pode ser mais para ele do que para mim. Assim, enterro meu rosto em seu pescoço e instintivamente uso minha língua para lamber as glândulas das quais ele me falou.

Seu corpo inteiro estremece, e então já estamos no meu quarto. Penso que vamos nos jogar no colchão, mas ele me deita no closet, sobre o monte de cobertores e travesseiros que reuni. Então ele recua.

– Lowe?

O timbre da voz dele é áspero e grave ao dizer:

– Seu cheiro... é como se você tivesse acabado de gozar.

Eu o encaro, sem saber o que dizer diante daquela franqueza. Realmente acabei de gozar.

– E eu preciso te chupar – continua ele.

Ele *precisa*.

– Ok.

– É uma coisa de licanos – diz ele, quase se desculpando.

Assinto e, quando ele se inclina para mordiscar meu quadril, fecho os olhos e me entrego: ao alongamento das minhas coxas quando são separadas, à sua respiração presa enquanto ele olha e olha e olha um pouco mais, ao seu gemido rouco, e finalmente ao contato com sua boca.

Há um quê de súplica na maneira como ele lambe e chupa, algo que não está totalmente sob controle, e, quando o prazer começa a borbulhar em meu ventre mais uma vez, eu me contorço contra seus lábios e lhe dou o que ele quer. Corro os dedos por seus cabelos curtos, mas ele pega minhas mãos, ambos os pulsos agora contidos por seus dedos grandes, e as prende ao lado do meu corpo.

– Fique quieta – ordena ele, e a visão do meu corpo imobilizado deve provocar algo em Lowe, porque seu outro braço desaparece na parte inferior do próprio corpo e a flexão rítmica do ombro musculoso é uma visão hipnotizante.

Ele está se tocando, porque o que está fazendo comigo o faz querer isso, e essa ideia é como fogo no meu ventre.

– Não consigo – sibilo, arqueando-me ainda mais para ele.

– Shhh.

Meu cérebro não consegue decodificar o quanto ele parece estar gostando disso, os sons que produz, a maneira urgente como beija meu clitóris e tudo mais, o doce arranhar de sua barba na junção das minhas coxas. Não consigo mais pensar, estou completamente entregue. E arrasto Lowe.

– Você não é *real* – diz ele, e, quando um dedo desliza para dentro de mim, sinto-me contrair, apertando-o.

Não acho que Lowe seja inexperiente, mas há uma tensão em seus movimentos, mais entusiasmo do que habilidade, é simplesmente *perfeito*. Ele morde suavemente meus lábios inchados, me fazendo estremecer, e então persegue a sensação aguda com a língua. Quando o calor aumenta em meu peito, quando a pressão se eleva e eu me debato, ele me segura com um braço sobre meu quadril. É isso que faz minhas pernas tremerem e meus mamilos doerem, é assim que eu gozo, forte: a presença de Lowe em volta de mim, absorvendo cada molécula de ar.

Quando sou uma massa trêmula e entregue, ele geme bem na minha boceta.

– Eu vou... – diz ele, baixinho.

Ele aperta minhas coxas de forma quase dolorosa. Seus quadris se movem em solavancos e eu enterro os calcanhares no ombro dele enquanto o prazer cresce violentamente dentro de mim mais uma vez.

É provável que eu tenha apagado por alguns instantes. Porque, quando tudo se acalma, encontro Lowe embalando meu corpo, ainda duro contra meu quadril. A calça jeans dele está quente e pegajosa. Seu batimento cardíaco lateja na parte posterior da minha língua enquanto ele guia minha cabeça até seu pescoço.

– Acho que vou trancar você neste closet para sempre – diz ele, sem fôlego e rouco.

Eu me aconchego mais nele.

– Acho que eu ia adorar isso. – Minhas presas roçam sua veia até ele gemer. Levo a mão ao botão da sua calça, me atrapalho, mas estou quase conseguindo abrir quando o celular dele toca.

Choramingo, desapontada. Lowe agarra meu quadril uma vez, com força, e depois novamente antes de soltá-lo. Ele vibra com uma tensão frustrada enquanto se desenrola de mim. Então suspira pesadamente depois de verificar o identificador de chamadas e, com as mãos trêmulas, me entrega o aparelho.

Pego a toalha descartada para me cobrir e tento não prestar atenção ao modo como Lowe respira profundamente, tentando se acalmar.

– Parabéns por escapar de sua primeira tentativa de assassinato. – O comentário de Owen é tão factualmente incorreto que quase desligo na cara dele.

– *Primeira*? Como assim?

Ele revira os olhos.

– Eu quis dizer nesta rodada de deveres como Colateral. Me desculpe. E me permita reafirmar: eu disse para você que essa merda ia acontecer, e agora você precisa voltar pra nossa casa imediatamente.

– Nossa casa. – Tamborilo no queixo. – Você quer dizer: para as pessoas que me enviaram duas vezes a um território inimigo?

– Tecnicamente elas enviaram você para um território *aliado*, e você quase foi morta, então trate de trazer esta bunda de volta para cá.

Abro a boca para perguntar se nosso pai morreu, deixando-o como conselheiro, depois torno a fechá-la quando Lowe entra na tela.

– A segurança dela é minha prioridade – diz a Owen em tom imponente.

Meu irmão estuda meus ombros nus, o peito de Lowe, que parece saído de um concurso de camiseta molhada, o rubor em nossas bochechas, e diz:

– Vocês dois estão mesmo trepando, hein.

Não é uma pergunta. Eu me viro e olho para Lowe, que se vira e olha para mim. E nós dois nos entregamos um pouco nessa troca de olhares.

Ainda não vai ser agora, penso.

Eu queria que fosse, ele parece dizer.

Talvez a gente possa...

– Parem de trepar com os olhos na *minha* frente... Isso é incestuoso. Bestialidade, no mínimo. Misery. – Owen muda para a Língua: – *Tem uma coisa que preciso contar para você. Sobre sua amiga...*

– Em inglês – interrompo.

Ele me lança um olhar incrédulo, os olhos indo e vindo entre mim e Lowe.

– Ele está me ajudando a procurar Serena – explico.

– Ele está *ajudando* você?

– Está.

Owen torna a revirar os olhos.

– O apartamento da sua amiga foi invadido há três dias.

– O quê? – Eu me inclino para a frente. – Por quem?

– Não sei, porque quem fez isso também mexeu nas câmeras do condomínio. Mas pedi a alguns amigos que procurem fontes alternativas.

– Como o quê?

– Imagens de câmeras de segurança nos prédios vizinhos.

– Levaram alguma coisa? – pergunta Lowe.

– Muito difícil dizer, considerando o estado em que deixaram o local.

Massageio minha têmpora, me perguntando pela milionésima vez no que Serena se envolveu.

– E tem mais – acrescenta Owen. – Uma coisa importante. Mas não posso falar por telefone, então precisaremos nos encontrar pessoalmente.

Olho para Lowe.

– Podemos providenciar isso?

– Podemos. Me dê algumas horas.

– Muito bem. – Owen acena para Lowe e depois volta para a Língua. – *Estou feliz que você ainda esteja comigo.* – Seus olhos encontram os meus e quase acredito que ele está falando sério.

Quando noto as rugas de ambos os lados de sua boca, me ocorre que há um ar em meu irmão geralmente despreocupado e loquaz que espelha o de Lowe: cansaço, preocupação, sobrecarga.

– *Estou feliz por ainda estar com você* – respondo.

Pode ser o momento mais vulnerável que tivemos um com o outro. O casamento está me transformando numa boboca.

– E o que quer que esteja acontecendo entre vocês dois, resolvam logo isso antes que as pessoas descubram – diz ele e desliga.

Imediatamente me volto para Lowe.

– Vamos mesmo? – pergunto.

Seus olhos ficam instantaneamente velados. Os lábios se movem de forma ininteligível por alguns momentos.

– As coisas que eu quero...

– Estou perguntando se vamos ao encontro dele.

– Ah. – Ele pigarreia. – Tomarei as providências o mais rápido possível.

Eu aceno com gratidão.

– Obrigada. Hã, a outra coisa também, eu...

O celular dele toca novamente. Ele atende com um breve "Lowe", desviando o olhar do meu com grande esforço.

– Sim. Claro. Cuidarei disso.

Ele enfia o aparelho no bolso e então se deixa ficar aqui, no chão do closet, mais do que o necessário.

– Tenho que ir... resolver uma questão. E vou me trocar primeiro. Mas vou voltar logo.

– Ok. Estarei aqui, eu acho.

Não tenho certeza do que dizer. Tudo que aconteceu na última hora está se solidificando lentamente. Tornando-se concreto e estranho entre nós.

Acho que ele quer ficar.

Acho que quero que *ele* fique.

– Seja boazinha – diz ele, levantando-se.

E então imediatamente se agacha de novo, só para beijar minha testa.

CAPÍTULO 22

Ela faz com que ele tenha vontade de voltar a desenhar.

Devo ter dormido de novo, porque quando abro os olhos falta pouco para a meia-noite. Vestir uma camiseta e uma legging é um feito digno de mil exércitos, e é com muito custo que consigo realizar a tarefa. Faz quase uma semana que não me alimento, e meu corpo já deve estar bem o bastante para exigir sustento, porque meu estômago se contrai dolorosamente.

Desço a escada cambaleando, tentando lembrar se alguma vez fiquei tanto tempo assim sem sangue. O mais próximo disso foi quando voltei para o território humano, antes de Serena me encontrar um vendedor clandestino que eu conseguisse pagar. Quando coloquei as mãos em uma pequena bolsa, já haviam se passado três dias, e eu tinha a sensação de que meus órgãos estavam se autoconsumindo.

Talvez seja porque meu corpo está desligando, mas entro na cozinha sem perceber a presença de Lowe e Alex. Paro como um alce à luz dos faróis, me perguntando por que eles estão reunidos na frente de um computador. Está um pouco tarde para uma reunião.

– Tudo bem com Ana? – pergunto, e ambos me olham, surpresos.

– Ana está bem.

Relaxo. Então fico tensa novamente.

– Owen encontrou os vídeos?

Lowe faz que não com a cabeça.

– Vocês dois parecem muito sérios, então... Espere, Alex, o que você está...?

Alex se levantou da cadeira e neste momento está me *abraçando*.

Isto é um pesadelo. Vai ver que os vampiros sonham mesmo.

– Obrigado. Pelo que você fez pela Ana – diz ele.

– O que foi que eu...? Ah. – Isso é *estranho*. – Você sabe que eu não ingeri aquele veneno voluntariamente para proteger Ana, certo? Eu apenas sou desgraçadamente apaixonada por amendoim.

– Mas você teria feito isso – murmura ele junto ao meu cabelo.

– O quê?

– Você teria protegido Ana.

Eu o afasto gentilmente, faminta demais para discutir se sou uma boa pessoa. Talvez eu prefira quando ele está com medo de mim.

– Escute, vou me alimentar, antes que fique tentada a morder um dos bichinhos de pelúcia da Ana ou... – Arquejo. – Merda.

– O que foi?

– Merda, merda, merda. Faísca. O maldito gato da Serena. Eu me esqueci dele! Alguém deu comida para ele? Ele está *morto*?

Quanto tempo os gatos podem ficar sem comer? Uma hora? Um mês?

– Ele está seguro com Ana – responde Lowe.

– Ah. – Pressiono a palma da mão contra o peito. – Vou precisar dele de volta se... Quando encontrar Serena. Embora a esta altura ele esteja com Ana há mais tempo. – Pego uma bolsa de sangue na geladeira. – Talvez elas possam negociar uma guarda compartilhada...

– Misery, eu encontrei! – Alex me diz com entusiasmo. – Serena Paris!

– Você encontrou *Serena*?

– Não, mas encontrei a conexão. – Ele me leva de volta à mesa e ambos nos sentamos ao lado de Lowe. – Aquela pesquisa em que estávamos trabalhando antes de você... – Ele faz um gesto em minha direção.

– Quase ir para o além?

– Isso. Eu continuei enquanto você estava...

– Quase indo para o além?

– E foi surpreendentemente difícil. Tão difícil que deduzi que estávamos no caminho certo.

– Como assim?

– As identidades dos trabalhadores da Agência de Relações Humano--Licanas não estavam em nenhum lugar que eu pudesse encontrar, o que é estranho para esse tipo de funcionário do governo. – Olho para Lowe, que me encara calmamente. Ele já foi informado. – Então procurei... com mais cuidado, digamos. E deparei com uma lista com um nome muito familiar.

– Qual nome?

– Thomas Jalakas. Ele era o humano...

– ... controlador das contas públicas. – Movo a cabeça lentamente. Não sei sequer o que isso significa, mas sei que tem a ver com finanças e economia, porque: – Serena enviou um e-mail para o escritório dele. Para um artigo que ela estava escrevendo. E ela chegou a encontrar com ele pessoalmente.

– Isso mesmo. Foi para uma entrevista, embora o artigo nunca tenha sido publicado.

– Mas eu verifiquei os antecedentes dele – digo. – Verifiquei todo mundo com quem ela falou... Não encontrei nada sobre ele estar na Agência Humano-Licana.

– *Exatamente.* O currículo diz que ele esteve por toda parte, mas não há em lugar nenhum menção de que ele trabalhou na Agência por onze meses oito anos atrás.

Minha cabeça gira. Cubro a boca.

– Bem – acrescenta Alex –, vocês dois não estão compartilhando todas as informações, e eu não entendo completamente o significado de tudo isso, mas, se me disserem por que estou investigando esse cara, eu poderia...

– Alex – interrompe Lowe gentilmente. – Está ficando tarde. É melhor você ir para casa.

Alex se vira para ele, os olhos arregalados.

– Você fez um ótimo trabalho. Boa noite – conclui Lowe.

A hesitação de Alex é quase imperceptível. Ele se levanta, inclina a cabeça uma vez e aperta meu ombro ao sair. Lowe sustenta o meu olhar o tempo todo, mas espero até que a porta da cozinha se feche para dizer:

– Thomas Jalakas deve ser o pai da Ana. Isso poderia ser uma coincidência?

– Poderia.

– Certo. Mas é? – replico cética, em tom de desdém.

Ele balança a cabeça.

– Eu não acredito. – Ele passa pelas abas do navegador e me mostra uma foto. – Este é Thomas.

– Puta merda.

Examino a boca larga. O maxilar quadrado. As covinhas. A semelhança com Ana é inegável.

– Isso significa que Serena se encontrou com o pai da Ana... e eu nunca percebi, porque presumi que fosse por causa dos artigos de finanças.

Lowe assente.

– Só pode ser ele a pessoa que contou sobre Ana para Serena – concluo. – Precisamos falar com ele.

– Não podemos.

– Por quê? Posso tirar respostas dele. Se você me ajudar, talvez eu consiga dominá-lo e...

– Ele está morto, Misery.

O medo sobe pela minha espinha.

– Quando?

– Duas semanas depois do desaparecimento da Serena. Um acidente de carro.

As implicações entram no meu cérebro de imediato. Serena, aquela idiota, se envolveu em alguma coisa incrivelmente perigosa. E a outra pessoa que estava envolvida agora está morta, o que...

– Misery. – A mão de Lowe cobre a minha, grande e quente. – Não acho que isso signifique que ela esteja morta.

É o que eu precisava ouvir. Silenciosamente imploro a ele que continue.

– Não acredito nem por um segundo que isso seja uma coincidência, mas quem se livrou dele tinha os recursos para fazer com que parecesse um acidente. Eles teriam feito o mesmo com Serena, para evitar pontas soltas.

Olho para seus dedos fortes e reflito sobre tudo isso. Talvez. Sim. Faz *algum* sentido. No mínimo, é uma razão para ter esperança.

– Se não com ele, ainda deveríamos conversar com os assessores, colegas, o antecessor, alguém que...

– Governador Davenport.

Levanto a cabeça. Os olhos de Lowe estão calmos. Diretos.

– O quê?

– Thomas Jalakas foi nomeado pelo governador Davenport, Misery. Tanto para sua posição na Agência quanto para a mais recente.

– Eu... Essa é uma trajetória de carreira normal? Passar de um escritório interespécies para um grande escritório financeiro?

– Excelente pergunta. – Lowe remove a mão da minha. O ar fresco da noite me atinge como um tapa. – Você pode perguntar ao governador Davenport amanhã, enquanto jantamos na casa dele.

Meu queixo cai.

– Quando você conseguiu um convite para jantar?

– Quando Alex me contou sobre isso. Três horas atrás.

– Isso foi rápido.

– Eu sou o alfa do bando do sudoeste – lembra ele, um pouco maliciosamente. – Tenho *algum* poder.

– Acho que sim. – Deixo escapar uma risada incrédula. Eu poderia beijar esse cara. Eu *quero* beijá-lo. – O que você disse a ele?

– Que temos um presente. Para agradecer por deixar que nossa cerimônia de casamento acontecesse no território dele.

– Ele acreditou nisso?

– Ele é um idiota, e os humanos aparentemente gostam de presentes de agradecimento. – Ele dá de ombros. – Li isso na internet.

– Uau. Você conseguiu abrir um navegador sozinh...

Ele me cala com o polegar sobre os meus lábios.

– Eu sei que você consegue lutar. Sei que toma conta de si mesma desde criança. Sei que não faz parte do meu bando, nem é minha esposa de verdade, ou minha... Mas não há uma única parte de mim que queira levar você para o território inimigo. Especialmente dias depois de você ter quase sido morta no meu. Para minha paz de espírito, por favor, tenha cuidado amanhã.

Faço que sim com a cabeça, tentando não pensar se alguém já se preocupou com a minha segurança tanto quanto ele. A resposta seria muito deprimente.

– Lowe, obrigada. Esta é a primeira pista sobre Serena em muito tempo, e... – Meu estômago ronca e lembro por que desci.

Meu organismo, lentamente se autocanibalizando.

– Desculpe. – Levanto-me e pego a bolsa de sangue que deixei na bancada. – Sei que estávamos tendo um momento de gratidão e esperança, mas preciso muito me alimentar. Só vou precisar de um...

Lowe de repente está atrás de mim. Sua mão se fecha em torno da minha, me detendo.

– O quê...?

– Não quero que você beba isso.

Olho para a bolsa de sangue.

– Está selada. Não pode estar contaminado. Além disso, consigo sentir cheiro de sangue ruim.

– Não é por isso.

Inclino a cabeça, confusa.

– Use o meu sangue – diz.

Não entendo. E então entendo, e meu corpo inteiro se transforma em lava. E se solidifica em chumbo.

– Ah, não. – Eu me sinto quente. Mais quente do que depois de me alimentar. Mais quente do que quando me empanturro de sangue. – Você não precisa...

– Eu quero. – Ele parece tão sério. E jovem. E mais ousado do que jamais o vi, quando seu padrão já é bastante ousado. – Eu quero – repete ele, ainda mais determinado.

Meu Deus.

– Eu conversei com Owen. Antes do veneno.

Lowe assente. Seu olhar está ávido.

– Acho que não deveria ter me alimentado de você.

– Por quê?

– Ele disse que as pessoas não deveriam fazer isso, a menos que estejam...

Lowe assente, como se entendesse. Então ele passa a língua pelos lábios.

– E você e eu não estamos?

Ele parece tão genuinamente ansioso para saber, que é como se uma corrente elétrica estivesse ligada diretamente em minhas terminações nervosas.

Penso nos últimos dias. Na crescente intimidade entre nós. Sim, Lowe e eu *estamos*. Mas...

– Isso vai além do sexo. Alimentar-se de alguém a longo prazo cria laços e emaranha vidas. É algo que é feito estritamente por pessoas que têm sentimentos profundos uma pela outra, ou vontade de desenvolvê-los.

Lowe escuta atentamente, os olhos não vacilam nem por um segundo.

– E você e eu não? – A pergunta é como uma faca espetando meu coração.

– Nós... – Meu estômago é uma dor vazia, aberta. – Estamos?

Ele fica em silêncio. Como se ele tivesse sua resposta, mas estivesse disposto a esperar que eu encontrasse a minha.

– É só que... seria diferente do que fizemos antes. Não é apenas sexo ou diversão. Se adquirirmos esse hábito, a longo prazo poderá haver... consequências.

– Misery... – A voz dele é suave. Com um leve divertimento. Há um brilho solene em seus olhos. – Nós *somos* as consequências.

O problema é: isso não pode acabar bem. Não sei nem se estou *pronta* para exigir amor e devoção incondicionais de alguém, mas o coração de Lowe está ocupado. E é imprudente enxergar o que está acontecendo entre nós como algo mais do que a proximidade forçada de duas pessoas unidas por uma enxurrada de maquinações políticas.

A vida toda eu vim sempre depois de algo, ou de *alguém* – sempre fui o meio, nunca o fim –, e já fiz as pazes com isso. Não me ressinto do meu pai por colocar minha segurança depois do bem-estar dos vampiros, de Owen por ter sido escolhido como seu sucessor, de Serena por valorizar sua liberdade mais do que a minha companhia. Posso nunca ter sido a principal preocupação de ninguém, mas sei que é perda de tempo gastar minha permanência nesta Terra simplesmente nutrindo a *mágoa*.

No entanto, quando estou com Lowe, me sinto diferente, porque ele é diferente. Ele nunca me trata como se eu fosse a segunda opção, embora eu saiba que sou. Posso me ver ficando com ciúme, inveja. Cobiçando o que ele não pode dar. A dor de passar a vir em segundo plano para ele pode rapidamente se tornar insuportável. Sem mencionar que, se – quando, droga, *quando* – eu encontrar Serena, terei que fazer algumas escolhas importantes.

– Misery – diz ele, paciente. Sempre paciente, mas também com alguma urgência.

Percebo que ele está me oferecendo a mão, que está estendida, à minha espera, e...

Isso não tem a menor possibilidade de acabar bem. Mesmo assim, acho que Lowe pode estar certo. Nós dois já passamos e muito do ponto de evitar o que há entre nós.

Abro um sorriso. Seu carinho é tingido com uma intensa melancolia. Isso não vai acabar bem, mas poucas coisas acabam. Por que negar o que há entre nós?

– Sim? – Aceito sua mão, registrando sua leve surpresa quando meus dedos deslizam pelos dele e se fecham em torno do pulso.

Seguro a palma da sua mão entre as minhas e a viro para cima. É divertido traçar sua superfície, cheia de calosidades, de cicatrizes cruzando a pele áspera.

Uma mão grande, capaz e destemida.

Eu a levo aos lábios. Beijo-a suavemente. Arranho-a delicadamente com os dentes, o que o faz fechar os olhos, trêmulos. Ele sussurra algumas palavras, mas não consigo entendê-las.

– Se eu realmente fizer isso – digo com a boca colada à sua carne –, preciso evitar seu pescoço.

– Por quê?

– Porque pode deixar marcas. As pessoas notariam.

Seus olhos se abrem de repente.

– Você acha que eu me importaria?

– Não sei – minto. Duvido que Lowe se importe com o que os outros pensam dele.

– Você pode fazer o que quiser comigo – diz ele, e tenho a sensação de que se refere a mais do que apenas seu sangue.

Minhas presas roçam seu pulso. Estou me instigando tanto quanto a ele.

– Tem certeza? – Hesito, com medo de que não seja tão bom quanto da primeira vez.

Talvez eu tenha romantizado isso na minha cabeça, e ele terá o mesmo gosto de todas as bolsas de sangue que já consumi: satisfatório, comum.

– Por favor – pede ele, suave, faminto, e eu cravo os dentes em sua veia.

A espera para que seu sangue chegue à minha língua dura o suficiente para que milhares de civilizações entrem em colapso. Então seu sabor inunda minha boca e eu me esqueço de tudo que não seja *nós*.

Meu corpo floresce com vida nova.

– Porra – diz ele com a voz arrastada.

Sugo mais, com mais intensidade, segurando o braço dele junto ao meu corpo, e ele me espreme contra a geladeira. Seus dentes vão até o meu pescoço e mordem com força suficiente para deixar uma marca. Ele parece ter entrado em transe, parece movido pelo instinto.

– Desculpe – arqueja ele, e depois volta a chupar meu pescoço, lambendo um ponto de pulsação. Me marcando. – De todas as coisas boas... – Ele agarra meu quadril enquanto faço pressão contra o dele. – De todas as coisas boas que já senti na porra da minha vida, você é a melhor.

Tomo um último gole e selo a ferida com a língua. Seus olhos estão intensos e arregalados. Os olhos de um lobo. Ele fita minhas presas como se estivesse desesperado para tê-las em seu corpo mais uma vez.

– Sou?

Ele assente.

– Eu vou... – Ele me beija, ávido, já intenso, provando o rico sabor de seu sangue em minha língua. – Posso...?

Ele me pega no colo e me leva para cima. Enterro meu rosto em seu pescoço e, cada vez que mordisco suas glândulas, seus braços tensionam de prazer.

O quarto de Lowe está escuro, mas um pouco de luz vem do corredor. Ele me joga no meio da cama desfeita, recuando instantaneamente para tirar a camisa. Eu me sento e olho ao redor, processando que isso está de fato acontecendo.

– Eu fiquei sem trocar por muito tempo – diz Lowe.

Fico admirando seu belo físico, a força musculosa do seu corpo. Eu poderia mordê-lo em qualquer lugar e encontraria alimento. Beber do bíceps curvo, do V em sua barriga, da colina do seu dorso.

– O quê? – Estou perdendo o fio da meada. As palavras me escapam. – Não trocou o quê?

– Os lençóis.

– Por quê?

– Eles tinham o seu cheiro.

– Quando...? Ah. – Minha invasão. – Desculpe.

– O cheiro era tão doce. Eu me entregava às fantasias mais obscenas, Misery. – Ele me vira de bruços com delicadeza. Minha legging está baixada até as coxas, a camiseta levantada na direção oposta. – E então o cheiro foi enfraquecendo.

Ele sobe em mim, minhas pernas entre as dele. Suas mãos se fecham nos montes arredondados da minha bunda, meio acariciando, meio agarrando. Através do tecido grosso do jeans, sua ereção se arrasta contra minhas coxas. Quando viro a cabeça para trás, ele está traçando as covinhas rasas na parte inferior das minhas costas com uma expressão de prazer.

– Mas não as fantasias. – Ele se deita em cima mim, o calor do seu corpo parecendo um cobertor de ferro. – Eu não posso ser nada além do que sou nesse sentido – sussurra ele de encontro ao arco da minha orelha, um quê de desculpa em sua voz.

– O que você é?

– Licano. – Sua mão envolve minhas costelas, mas para logo abaixo do seio. Um lembrete silencioso de que sempre podemos parar. – Alfa.

Ah.

– Eu não ia querer que você não fosse você.

– Posso...? – Seus dentes se fecham delicadamente ao redor do meu ombro. – Eu não vou tirar sangue nem machucar você. Mas posso...?

Faço que sim com a cabeça enterrada no colchão.

– Parece justo.

Ele geme, grato, e lambe uma longa faixa ao longo das minhas costas e a nuca. Ele expressa claramente seu prazer, tece elogios e, mesmo que eu não entenda de todo essa prática, é algo *importante* para ele, além de visceral e talvez até necessário. Sua mão segura meus pulsos novamente, acima da minha cabeça, como se precisasse saber que estou *aqui* para ficar. Luto contra essa imobilização, apenas para testá-lo.

– Seja boazinha. – Lowe estala a língua. – Você está bem. Não está, Misery?

– Estou. – Suspiro.

– Ótimo. Estou profundamente obcecado por elas. – Sinto o ar quente em minha pele e percebo que ele está falando das minhas orelhas. – Elas são sensíveis?

– Eu não acho...

Seus dentes mordiscam a ponta e é como se uma corrente elétrica me atravessasse.

– Parece que sim – diz ele com a voz arrastada.

Seu pau pressiona com mais força a minha bunda e seus lábios voltam à minha nuca repetidamente, como se Lowe não pudesse se conter, como se esse fosse o centro de gravidade do meu corpo. Eu me lembro do avião, de como ele esteve perto de perder o controle quando me tocou ali pela primeira vez.

– Os licanos têm uma glândula aí? – pergunto, as palavras abafadas nos lençóis.

Estou molhada como acho que nunca estive. Se esta é a coisa mais excitante que vou experimentar, adoraria saber por quê.

– É complicado. – Ele suga o topo da minha coluna, deixando ali uma marca, e eu emito um som gutural.

E então há uma certa movimentação às minhas costas – o cinto sendo desafivelado, o zíper do jeans abrindo – e, depois de alguns segundos de farfalhar, o pau dele divide a minha bunda, enfiando-se entre as duas bandas. Está úmido e quente, esfregando para cima e para baixo em busca da intensidade certa da fricção.

Lowe deixa escapar um ruído de perplexidade.

– A camisinha – arquejo. Não é algo que os vampiros usem, mas talvez os licanos, sim. – Você tem?

Ele retorna para uma última mordidinha antes de me virar.

– Não.

Seus olhos brilham com uma luz determinada enquanto ele tira minha calça. Ele me fita com um olhar fixo que me parece o culminar de muitas coisas das quais nunca ouvirei falar, e, quando se abaixa para lamber minha clavícula, sinto o quanto ele está duro, gotejando em minha barriga. O calor dele alimenta minha fome de sangue de uma forma confusa e linda.

– Mas você quer usar alguma coisa? – pergunto.

– Não precisamos – diz ele, levantando minha camiseta.

Desta vez a mordida é na lateral do meu seio. Sua língua circula meu mamilo antes de pressioná-lo. Então ele chupa, com a boca molhada e eletrizante.

– Pare – digo, me esforçando.

Ele imediatamente se afasta, apoiando-se na palma das mãos, desviando o olhar do meu peito com alguma dificuldade.

– Não precisamos – ofega ele. – Se você...

– Eu quero, mas... – Eu me apoio nos cotovelos. A camiseta desliza, cobrindo a curva superior dos seios. Os olhos de Lowe descem novamente, até que ele os dirige bruscamente para a janela. – Por que você não quer usar algum contraceptivo? – Se licanos e humanos podem procriar, nada está fora de questão.

– Eu não... Podemos, se você quiser. Mas não podemos fazer sexo.

– Não podemos?

– Não assim.

Eu me sento, puxando a camiseta para baixo, e ele recua, sentando-se nos calcanhares. Nós nos encaramos, respirando pesadamente, como se estivéssemos no meio de um duelo do período da Regência.

– Talvez devêssemos discutir isso – falo.

O pomo de adão dele sobe e desce.

– Não somos compatíveis dessa maneira, Misery. – Ele diz isso como quem tem certeza de um fato, sobre o qual já refletiu muito.

Minha sobrancelha se ergue.

– Se Ana existe... – Deve ser viável.

– É diferente.

– Por quê? Porque eu sou vampira? – Olho para baixo e vejo como estou segurando a bainha da camiseta enorme como se fosse um bote salva-vidas. O que precisamos aqui é de um pouco de humor. Para aliviar a atmosfera. – Juro que não tenho dentes lá embaixo.

Ele não sorri.

– Não é *você* o problema.

– Ah. – Espero que ele continue. Mas ele não continua. – Qual é o problema, então?

– Eu não quero machucar você.

Olho para sua virilha. Ele tornou a vestir a cueca. Ela forma uma tenda e o quarto está escuro, e minha visão não é precisa de forma alguma, mas ele parece normal. Bom. Grande, claro. Mas normal.

Eu me lembro do que ele me contou sobre a Suíça. Que diferentes espécies viviam juntas. Ele disse que não saía muito com vampiros, mas...

– Você já... com uma humana?

Ele assente.

– E você a machucou.

– Não.

– Então...

– Vai ser diferente.

Estamos falando de sexo, certo? De relações sexuais com penetração? Esse obstáculo intransponível de que ele está falando deve estar localizado em algum lugar entre o hardware dele e o meu. Só que ele parece estruturalmente padrão.

– Eu cresci com uma humana – digo. – Meus órgãos reprodutivos não diferem significativamente das humanas do sexo feminino.

– Não é porque você é uma vampira, Misery. – Ele engole em seco. – É porque você é *você*. Por causa do que isso faz comigo.

– Eu não entend... – Ele me interrompe com um beijo, bruto de uma forma deliciosa e descontrolada. Ele segura meu rosto, os dentes puxando meu lábio inferior, e eu perco o fio da nossa conversa.

– Você vai ter esse cheiro – murmura ele, colado nos meus lábios. – Como aconteceu antes, e você nem estava na porra do quarto. – Isso? – E não vou conseguir me conter, parar e não terminar.

– Tudo bem. – Dou risada. Minha testa encosta na dele. – Eu quero que você termine, eu...

– Misery, somos de espécies diferentes.

Fecho meus dedos em torno de seus pulsos.

– Você disse que... Você disse que faríamos. No escritório da Emery. – Estou corando, com vergonha de admitir que há dias venho pensando naquelas palavras.

– Eu disse que *poderia* comer você. – Ele engole em seco. – Não que faria isso.

Baixo o olhar.

– Você por acaso estava planejando me contar? Que não poderíamos fazer sexo?

– Misery. – Seus olhos capturam os meus e suspeito que ele possa ver tudo. Até o mais profundo do meu ser. – É sexo, o que fizemos. O que vamos fazer. É tudo sexo. E tudo vai ser muito bom.

Eu acredito nele, realmente acredito. No entanto:

– Tem certeza? Que você e eu não podemos...?

– Eu posso te mostrar. Você quer?

Faço que sim com a cabeça. Ele me beija de novo, com ternura, claramente tentando levar as coisas devagar. Sou eu que me contorço para tirar a camiseta.

– Você já fez alguma dessas coisas antes? – pergunta ele com a boca na curva do meu pescoço, e eu nego com a cabeça.

Ele nunca me julgaria por isso, mas quero explicar.

– Seria estranho. Fazer isso com um humano quando eu mentia para eles a respeito de tudo.

E vampiros nunca foram uma opção. Eu sempre estive sozinha, na fronteira entre esses dois mundos. O fato de eu me sentir mais à vontade do que nunca com um licano, com alguém de quem nunca deveria ter estado próxima... Há algo errado nisso. Ou dolorosamente certo.

– Se alimente mais – ordena ele, me deitando na cama.

Acabamos de lado, um de frente para o outro. Não é uma posição que eu associaria a atividades sexuais selvagens e desinibidas.

– Se eu me alimentar, não podemos...

Com uma mão na parte de trás da minha cabeça, ele guia meu rosto para o seu pescoço.

– Podemos.

Ele chuta o jeans para longe, e agora é apenas sua pele, quente contra a minha, os pelos ásperos de seus braços e pernas vagamente desconhecidos. Deslizo minha canela por entre seus joelhos e deixo minha mão vagar, curiosa, ansiosa por explorar. Ele é gloriosamente diferente e, embora eu não esteja acostumada a admirar a beleza, não consigo parar de pensar que *gosto* dele: da sua aparência, do seu toque, da maneira como *ele* gosta de *mim*. O leve tremor em seus dedos quando eles pousam na minha cintura, os músculos de seu corpo se contraindo com paciente expectativa.

– Você é tão linda – murmura ele junto à minha têmpora. – Foi o que pensei, desde que me deram aquela primeira foto sua. Na cerimônia do casamento, você veio andando em minha direção e eu tive medo de olhar. Eu ainda nem tinha sentido seu cheiro e já não conseguia parar de olhar.

Uma ideia desgarrada passa pela minha mente, doce, aterrorizante e totalmente atípica para mim: *Quem dera eu fosse sua parceira.* Sei que não devo dizer isso. Sei que não devo *pensar* assim. Então, sinto sua mão se fechar em torno da minha nuca.

– Eu quero muito que você se alimente de mim, Misery.

Cravar meus dentes nele está se tornando algo natural, seu sabor é delicioso e familiar. Não me permito pensar em como voltarei às bolsas de sangue geladas. Eu apenas tomo goles profundos, contente, e quando ouço seu gemido prolongado e vibrante, quando sua mão arrasta a minha até seu pau e fecha meus dedos em torno dele, eu me sinto feliz, dócil e ansiosa para agradar.

Ele está duro, mas ao mesmo tempo é suave, e não exige muito. Ele guia minha mão para cima e para baixo uma vez, mais uma e, depois disso, não tem instruções para mim. Meu toque parece ser suficiente, assim como o restante de mim.

– Vou gozar muito rápido – diz ele, sem fôlego.

Solto sua veia com um estalo molhado.

– Você não precisa.

Ele ri, indo e vindo em minha mão.

– Não é uma escolha. – Ele aperta minha mão em seu pau, dando a si mesmo a pressão que deseja. – E então vou mostrar o que você faz comigo.

O que quer que ele queira de mim, eu quero o mesmo. Uma de suas coxas se encaixa entre as minhas, e eu me esfrego nela, vagamente envergonhada com os sons lascivos e rítmicos que o contato produz, com a lambança que estou fazendo nele. Mas a sensação é boa, boa demais para que eu queira parar e boa o bastante para me fazer esquecer, e então fica ainda melhor quando a mão dele aperta meus seios, se dirige à parte inferior das minhas costas para inclinar meus quadris, me posicionando de forma que... isso... aí...

– É aí? – sussurro em seu pescoço, com a boca cheia de sangue. Eu me sinto desinibida, tonta e brevemente feliz, me esfregando e buscando prazer como se fosse algo que ele tem reservado para mim... não se, mas *quando* eu quiser. Tomo um último gole e pergunto: – Está bom assim?

Os olhos de Lowe se fixam nos meus, sem enxergar nada, e o fato de que ele parece maravilhado a ponto de não conseguir falar, a maneira entrecortada e descoordenada com que tenta confirmar seu prazer com um gesto de cabeça, é isso que me lança ao clímax.

Solto um gemido baixo e vibrante, e meu orgasmo se espalha como uma onda de calor. Minha respiração se torna curta, minha visão se estreita, e então estremeço sobre a coxa de Lowe, me esfregando nele como uma criatura selvagem. Esqueço o que estava fazendo por ele, o ritmo que mantinha, o toque irregular e persistente que lhe dá prazer. Mas, mesmo assim, o simples fato de ver e ouvir meu prazer parece fazer o mesmo por ele.

Seus braços me apertam. Seu pau fica ainda mais duro. Sua boca na minha entoa uma série de coisas obscenas e suplicantes sobre o quanto ele queria isso, o quanto eu sou linda, que ele sempre vai pensar em mim quando fizer isso de agora em diante, até o dia da sua morte. Seu sêmen é quente nos meus dedos, na minha barriga. Os sons em sua garganta pertencem a algo que vive na vegetação da floresta, alguém privado do pensamento racional.

É lindo, eu penso. Não só o prazer, mas compartilhá-lo com outra pessoa, alguém de quem gosto e talvez até ame um pouco, até onde sou capaz.

E então as coisas que ele diz mudam. Diferentemente do meu orgasmo, que se avoluma, explode e reflui, o dele se prolonga. Chega ao topo. E Lowe estremece, ofega e geme antes de me perguntar:

– Quer sentir?

Faço que sim com a cabeça, ainda sem fôlego. Sua mão desce para guiar a minha, descendo mais em seu pau, até chegar à base.

– Porra.

Suas bochechas estão coradas, a cabeça inclinada para trás. Eu não compreendo imediatamente, não até que a pele macia mude. Algo infla sob a palma da minha mão, encoberta pela de Lowe, que pressiona, circulando a protuberância inchada, como se tudo que ele quisesse fosse fechá-la, encerrá-la dentro de alguma coisa. Ela continua crescendo, e os gemidos abafados de Lowe ficam mais altos e...

– Misery.

Ele diz meu nome como uma oração. Como se eu fosse a única coisa entre ele e o céu na Terra. E é neste momento que entendo o que ele quis dizer.

Sexualmente, ele e eu talvez não sejamos de todo compatíveis.

CAPÍTULO 23

Ela o faz rir. E isso não é pouca coisa.

O problema de usar um presente como desculpa para visitar o governador Davenport é que não podemos aparecer de mãos abanando. É preciso gastar uma hora em território humano, visitar três lojas de antiguidades diferentes e bancar muita briga antes que Lowe e eu encontremos um presente que nós dois consideramos apropriado. Ele rejeita minha escolha de uma bomba de encher pneu de bicicleta vintage ("Isto é um narguilé, Misery"). Eu veto o vaso de cerâmica ("O avô de alguém está aí dentro, Lowe"). Insultamos o gosto um do outro, primeiro dissimuladamente, depois passivo-agressivamente e, enfim, com desprezo descarado. Quando estou prestes a sugerir uma luta no estacionamento para ver até que ponto suas garras resistem às minhas presas, ele tem uma epifania e pergunta:

– Você ao menos gosta do governador?

– Não.

– Será que estamos dando importância demais a isso?

Arregalo os olhos ao responder.

– Estamos.

Voltamos à última loja e compramos um misterioso cinzeiro em forma de urso polar. É ao mesmo tempo a coisa mais feia que encontramos *e* que custou bem mais de trezentos dólares.

– De onde vem o dinheiro, afinal? – pergunto.

– Que dinheiro?

– O seu dinheiro. O dinheiro dos seus ajudantes. O dinheiro do seu bando. Você trabalha com seguros enquanto estou desmaiada durante o dia?

Olho com raiva para ele no caminho de volta para o carro, certificando-me de que não há ninguém por perto. Estou usando lentes de contato castanhas, mas faz tempo que não aparo meus caninos. Se eu abrisse a boca em público alguém provavelmente chamaria o controle de animais.

– Nós roubamos bancos.

– Vocês... – Eu o interrompo colocando a mão em seu braço. – Vocês *roubam bancos.*

– Não bancos de *sangue*, não se empolgue.

Eu o belisco do lado esquerdo, chateada.

– Ai! Meu... – Um casal humano idoso passa por nós, lançando-nos um olhar indulgente do tipo *Amor de juventude.* – Fígado?

– Lado errado – sussurro.

– Apêndice.

– Ainda errado.

– Vesícula?

– Não.

– Maldita anatomia humana – murmura ele, entrelaçando os dedos nos meus e me puxando em sua direção.

– Você não está falando sério, certo? Sobre roubar.

– Não. – Ele abre a porta para mim. – Muitos licanos têm empregos. A maioria. Eu tinha um emprego, antes... Antes.

Antes de sua vida se tornar propriedade do bando.

– Certo.

– A maioria dos bandos de licanos tem carteiras de investimentos altamente organizadas. É daí que vêm o dinheiro para infraestrutura e funções de liderança que não permitem outros empregos. – Ele me observa ao me sentar no banco do passageiro e depois se inclina para a frente, uma das mãos na porta e a outra no teto do carro. – É diferente da estrutura financeira dos vampiros.

– Porque nossas posições de liderança são hereditárias.

– Tenho certeza de que famílias como a sua dependem de propriedades transmitidas ao longo de gerações, mas, geralmente, os vampiros não são tão centralizados. Vocês são menos numerosos, portanto há menos cultura comunitária.

Comprimo os lábios.

– É meio chato você saber mais sobre o meu povo do que eu e ser tão exibido assim.

– É mesmo? – diz ele, inclinando-se para a frente e me dando um beijo no nariz. – Vou ter que fazer isso mais vezes.

São as horas mais divertidas que já tive com alguém que não seja Serena. Às vezes, é até *mais* divertido. Embora talvez isso se deva à maneira como o vejo lançando olhares para mim entre as pesquisas por abajures com cúpula de vitral, ao fato de que ele silenciosamente me entrega seu suéter quando tremo no ar condicionado da loja, e a como, quando estamos a sós no carro, ele rouba um beijo que me faz esquecer como respirar, sua língua macia roçando as minhas presas até eu sentir o sabor de uma gota de sangue, e então é *ele* que geme, apertando minha cintura, me dizendo que mal pode esperar para chegarmos em casa.

Em casa.

Procuro não pensar nisso – que o território do bando dele definitivamente *não* é a minha casa –, mas é difícil. Fico aliviada quando o governador Davenport nos recebe à porta, exagerando no convite explícito para que eu entre. Eu me pergunto se, em todos os anos de negociações políticas, meu pai nunca desfez esse mito para ele. É o tipo de manipulação que ele apreciaria.

– É tão revigorante ver uma união licano-vampírica que ainda não terminou em derramamento de sangue – diz ele.

Pelo cheiro do seu sangue, o governador não está completamente bêbado, mas vai chegar lá. A casa é uma mistura de beleza e ostentação, e a esposa dele definitivamente não foi seu primeiro matrimônio. Provavelmente também não o segundo. Quando ele me diz, meio paternal e meio lascivo, "Você deve estar se comportando, mocinha", o olhar de Lowe para mim pergunta claramente: *Quer que eu o segure enquanto você despedaça a jugular dele?*

Suspiro e respondo um *Não*, sem emitir som.

Ainda assim, o "Obrigado por nos receber" de Lowe é acompanhado por um aperto de mão mais do que firme. Em seguida, o governador segura a mão junto ao peito ao nos acompanhar até a sala de estar, e eu abaixo a cabeça para esconder o sorriso.

Ele parece ter um interesse libidinoso nas engrenagens do nosso casamento e não tem vergonha de falar sobre o assunto.

– Deve ser desafiador. Cheio de discussões, aposto.

– Na verdade, não – digo.

Lowe toma um gole da sua cerveja.

– Desentendimentos, pelo menos.

Corro os olhos pela sala. Lowe suspira.

– Não consigo imaginar que vocês estejam de acordo sobre assuntos como o Áster.

– O quê? – Lowe me olha sem entender.

Então me ocorre que os licanos devem se referir ao acontecimento por outro nome. Um nome menos centrado no sangue dos vampiros.

– A última tentativa de casamento arranjado antes do nosso. Em que os licanos traíram e massacraram os vampiros – explico.

– Ah, o Sexto Casamento. Foi uma vingança. Pelo menos é isso que nos ensinam.

– Vingança?

– Pela forma violenta como o noivo vampiro tratou a noiva licana no casamento anterior.

– Eles não nos contam isso. – Bufo. – Eu me pergunto o porquê.

– Vocês vão discutir o assunto? – pergunta o governador, como se fôssemos sua fonte pessoal de entretenimento.

– Não – dizemos no mesmo instante, lançando um olhar severo ao nosso ouvinte.

O governador pigarreia, tímido.

– Está na hora do jantar, não acham?

Lowe não tem as habilidades maquiavélicas e manipuladoras do meu pai, mas mesmo assim é astuto para dirigir a conversa para onde é preciso, sem revelar muito. A esposa do governador permanece quase o tempo todo em silêncio. Eu também: fico olhando para o meu risoto com cogumelos, que, segundo Serena, são diferentes do fungo que ela pegou uma vez na sola do pé, embora não me lembre exatamente de que forma. Eu me pergunto preguiçosamente por que humanos e licanos continuam pondo comida na minha frente, e ouço o governador nos informar que ele e meu pai são "grandes amigos", que têm se encontrado em território humano cerca de uma vez por mês para discutir negócios na última década – embora meu pai me visitasse uma vez por ano quando eu era a Colateral; adoraria ficar chocada, mas prefiro economizar energia. O governador nunca esteve em território licano, mas ouviu coisas lindas e adoraria um convite (que Lowe não faz). Ele também vai fazer a transição para uma posição de lobby político assim que Maddie Garcia tomar posse.

Em seguida, Lowe desvia o assunto para a mãe dele.

– Ela foi uma das ajudantes do Roscoe – diz, trocando nossos pratos assim que termina o dele e começando a comer o meu. – Na verdade, trabalhou próximo à Agência de Relações Humano-Licanas.

– Ah, sim. Estive com ela uma ou duas vezes.

– É mesmo?

O governador pega uma fatia de pão.

– Uma mulher adorável. Jenna, certo?

– Maria. – Ouço o desprazer no tom de Lowe, mas duvido que alguém mais perceba. – Eu tinha a impressão de que a maior parte das atividades dela era com alguém encarregado dos assuntos de fronteira. Thomas...?

– Thomas Jalakas?

– Acho que sim. – Lowe mastiga meu risoto em silêncio. – Será que ele se lembra dela?

Fico tensa. Até que o governador diz:

– Infelizmente, ele faleceu há algum tempo.

– Faleceu? – Lowe não parece surpreso. Paradoxalmente, isso torna sua reação mais verossímil. – Quantos anos ele tinha?

– Ainda era jovem. – O governador toma um gole do vinho. Ao lado dele, a esposa brinca com o guardanapo. – Foi um acidente horrível.

– Um acidente? Espero que meu pessoal não esteja envolvido.

– Ah, não. Não, foi um acidente de carro, acho. Infelizmente, essas coisas acontecem. – O governador dá de ombros.

O olhar de Lowe é tão intenso que acho que ele vai confrontá-lo. Mas, passado um momento, ele relaxa, e toda a sala respira aliviada.

– Que pena. Minha mãe falava dele com carinho.

– Ah. – O governador bebe o restante do vinho. – Aposto que sim. Ouvi dizer que ele "pegou" sua mãe.

De todas as coisas que ele poderia ter dito, esta é a mais errada.

Lowe calmamente limpa a boca com o guardanapo e se levanta. Ele dá a volta sem pressa na mesa, indo até o governador, que certamente percebe o erro de sua atitude. Sua cadeira arranha ruidosamente o chão quando ele fica de pé e começa a recuar.

– Eu não quis ofender... *Ai.*

Lowe o joga contra a parede. A esposa do governador grita, mas permanece imóvel na cadeira. Corro para Lowe.

– Arthur, meu amigo – murmura ele na cara do governador. – Você fede como se fosse feito de mentiras.

– Eu não... não... Socorro! *Socorro!*

– Por que mandou matar Thomas Jalakas?

– Eu não mandei, juro!

Quatro agentes humanos invadem a sala, empunhando armas que imediatamente apontam para Lowe, gritando para ele soltar o governador e recuar. Lowe não dá sinais de notá-los.

– Diga por que matou Thomas, e deixo você viver.

– Eu não o matei, juro que *não*...

Lowe se inclina para a frente.

– Sabe que posso matar *você* mais rápido do que eles podem *me* matar, não sabe?

O governador choraminga. Uma gota de suor escorre pelo rosto vermelho.

– Ele... Eu não queria, mas ele estava falando com jornalistas sobre um desvio de dinheiro. Minha administração estava envolvida. Fomos obrigados. Fomos *obrigados*.

Lowe se apruma. Então espana a poeira da roupa, dá um passo atrás e se vira para mim como se fôssemos as duas únicas pessoas na sala e quatro armas de fogo ainda não estivessem apontadas para ele. Sua mão encontra tranquilamente meu cotovelo e ele sorri, primeiro para mim, depois para os guardas.

– Obrigado, governador – diz, me guiando para a porta. – Não se incomode em nos acompanhar até a saída.

– Coloquei várias pessoas na cola dele – me informa Lowe assim que entramos no carro. – E Alex está trabalhando no monitoramento das comunicações. Davenport sabe que estamos atrás de alguma coisa, e vamos ser alertados assim que ele der o próximo passo.

– Espero que dez lobos estejam cagando no quintal dele neste momento – murmuro, e Lowe dá um meio sorriso enquanto põe a mão na minha coxa de um jeito fácil e distraído que só faria sentido se estivéssemos muito acostumados a sair juntos de carro há anos. – Essa história simplesmente não faz sentido – desabafo. – Digamos que Serena realmente entrevistou Thomas para uma matéria de crime financeiro. Talvez ela seja a jornalista com quem ele estava conversando. De onde vem o nome da Ana na agenda dela? Talvez não tenha relação, mas... Impossível ela ter se encontrado por coincidência com o pai da Ana *e* ter descoberto sobre Ana por outros canais. De jeito nenhum. Será que *plantaram* o nome dela? Mas estava escrito no nosso alfabeto. Ninguém mais sabia disso.

Ficamos em silêncio enquanto reflito, fitando as luzes da rua. Então Lowe fala.

– Misery.

– Oi.

– Existe outra possibilidade. Em relação a Serena.

Olho para ele.

– Qual?

Ele parece escolher as palavras com cuidado. Quando fala, seu tom é controlado.

– Talvez não tenha sido Thomas quem contou a Serena sobre Ana, mas o contrário.

– O que quer dizer?

– Talvez Serena tenha descoberto Ana por outra fonte, e então usou a informação para chantagear Thomas por causa do relacionamento dele com uma licana e obrigá-lo a contar a ela sobre crimes financeiros que ele conhecia. Talvez ela quisesse publicar a história em primeira mão, mas mudou de ideia quando percebeu que corria o risco de ser alvo do governador Davenport. Ao contrário do Thomas, ela não era uma pessoa pública e tinha a opção de desaparecer.

Faço que não, mesmo quando percebo que parte disso é uma possibilidade.

– Ela não teria ido embora sem me avisar, Lowe. Ela é minha irmã. E não há vestígios digitais. Ela não saberia evitá-los. Ela não é como *eu*.

– Não é. Mas aprendeu com você durante anos. – Ele parece lamentar profundamente ter que dizer isso.

Solto uma gargalhada.

– Você também não vai tentar me convencer de que Serena não se importava comigo tanto quanto eu me importava com ela. Ela não me deixaria aqui, imaginando o pior. Ela sempre me contou tudo...

– Nem tudo. – O rosto dele fica tenso. Como se a conversa fosse dolorosa para ele porque é dolorosa para *mim*. – Você mencionou que vocês brigaram antes da partida dela. Que às vezes ela ficava fora sozinha por dias.

– Nunca sem avisar.

– Talvez ela não tenha tido tempo. Ou não queria colocar você em perigo.

Agito a mão no ar, desprezando a ideia.

– Isso é ridículo. E quanto ao Faísca? Ela *abandonou* o gato.

– Me diga uma coisa – começa ele. Odeio o quanto ele parece comedido e racional. – Ela conhecia você bem o bastante para prever que iria procurá-la e encontraria o gato?

Eu quero tanto dizer *não* que meus lábios quase doem. Mas não consigo e, em vez disso, lembro-me das últimas palavras dela para mim:

Preciso saber que você se importa com alguma coisa, Misery.

E ela deixou mesmo *uma coisa* para trás. Uma coisa que precisava de cuidados. O maldito gato. Meu Deus, que plano maluco seria esse.

Um plano de Serena.

– Talvez você tenha razão e ela não queira ser encontrada. Mas Serena não colocaria em risco a vida de uma criança, nem mesmo em troca da maior e mais sensacional história da carreira. Eu conheço Serena, Lowe.

E esse é o problema da teoria de Lowe: ela significaria que Serena está escondida em algum lugar, em segurança, mas também que não era a pessoa que eu acreditava que fosse, e não posso aceitar isso. Nem por um minuto.

Lowe sabe disso, porque abre a boca para acrescentar algo, que sem dúvida vai fazer um sentido impecável e parecer um soco no meu plexo solar. Então eu o interrompo perguntando a primeira coisa que me vem à mente:

– Aonde estamos indo?

Estamos seguindo para o sul, em direção ao centro da cidade. Em direção ao território dos vampiros.

– Encontrar seu irmão. Estamos quase lá.

– Owen?

– Você tem outros?

Faço uma careta.

– Achei que ele viria até nós.

– O território dos licanos tem um patrulhamento mais fechado e mais difícil de infiltrar. Como não queremos atrair atenção e transformar isso em uma conferência formal, é mais seguro encontrar seu irmão na fronteira entre os territórios dos humanos e dos vampiros.

Conheço bem esta estrada. Passei por ela a primeira vez aos 8 anos, na minha mudança para a casa de Colateral, e ainda me lembro daquela sensação pegajosa no fundo da garganta, de afogamento, do medo de nunca mais voltar para casa. Fecho os olhos com força, tentando redirecionar meus pensamentos para a última vez. Pouco antes do casamento, imagino. Talvez quando me pediram para escolher entre flores que pareciam todas iguais, brancas e bonitas e prontas para murchar. Alguns dias e um milhão de vidas atrás.

– Você está bem? – pergunta Lowe baixinho.

– Estou. É só... – Geralmente não sou sentimental, mas alguma coisa na companhia de Lowe me amolece. Minha guarda está baixa.

– Parece estranho, não é?

Concordo com a cabeça.

– Podemos dar meia-volta a qualquer momento – diz ele em voz baixa. – Eu encontro uma maneira de trazer Owen até nós.

– Não, estou bem.

– Ok. – Ele entra numa pequena rua transversal. Quando olho para o GPS, vejo que não está no mapa, mas paramos à beira de uma plantação.

A expressão de Lowe é confusa.

– Estou realmente curioso – diz ele.

Olho ao redor. Tudo que vejo é escuridão.

– Em relação à saudável experiência de colher os próprios tomates?

– Em relação ao encontro com seu irmão.

Lowe sai do carro e eu imediatamente o sigo. Achei que estávamos sozinhos, mas ouço a porta de outro carro se abrindo e... ali está ele.

Owen, ignorando a terra grudada em seus mocassins, está espantando insetos com as mãos. É chocante o quanto estou feliz em vê-lo. Esse idiota, conquistando minhas boas graças sem ser convidado. Fico tentada a gritar uns insultos para ele como compensação, até ouvir outra porta se abrir.

Owen não veio sozinho. Há uma mulher com ele. Uma mulher que eu nunca vi. Uma mulher cujo sangue tem o cheiro do de um licano.

A parceira de Lowe.

CAPÍTULO 24

Ele tem a sensação de que o mundo inteiro está na palma da sua mão. Ela também parece feliz. E desconcertada com a própria felicidade, como se fosse um sentimento novo e estranho. Isso o leva a se perguntar se ele é capaz de fazer dar certo. Ela não é licana, e sua falta de familiaridade com esse mundo pode até ser uma bênção. Ela não precisa saber toda a verdade, o que, por sua vez, garantiria a liberdade dela.

Lowe se recosta no porta-malas do carro, no que parece ser a posição oficial de inocência performática: tornozelos cruzados, ombros relaxados, seu melhor ar de "posso ser um licano poderoso, mas não tenho intenção de brigar com você".

Eu me acomodo ao lado dele enquanto Owen e Gabi caminham até nós, e tento ignorar meu coração batendo forte. Quase me assusto quando Lowe entrelaça sua mão na minha.

– Você está tremendo – diz ele. – Está tudo bem?

– Não sei por quê. – Só que sei. – Acho que estou com frio.

Ele me puxa mais para perto, e é o melhor que ele pode fazer, pois já estou vestindo seu suéter. Sou imediatamente envolta naquele calor aconchegante com que seu corpo sempre me recebe, e o cheiro de seu batimento cardíaco é delicioso nas minhas narinas. Lowe me olha como se soubesse que algo está errado.

Eu me preparo para... Não sei. Ver Lowe junto com sua *parceira* é algo que exige preparo da minha parte. Mergulhei fundo demais nessa coisa entre a gente.

– Pedi a vocês que apenas trepassem e não passasse disso. – A voz de Owen é monótona e irritada, mas não mais do que o habitual. – Mas aqui estão vocês, me sujeitando a ver isto.

– Owen – diz Lowe em tom de advertência. Seus olhos se demoram em mim por mais um instante, preocupados, depois se voltam para os do meu irmão. – É um prazer.

– Aprendam comigo e com Gabrielle – continua Owen. – Moramos juntos no Ninho, mas não desenvolvemos sentimentos desnecessários um pelo outro nem qualquer tipo de atração sexual. Cultivamos uma relação de colaboração moderada, na melhor das hipóteses, e de rigorosa indiferença, na média.

– Gabi. – O aceno de Lowe com a cabeça é amigável, cordial, surpreendentemente neutro.

Ela é uma mulher bonita, com cabelos escuros e brilhantes e a expressão paciente que as pessoas forçadas a lidar com Owen por qualquer período de tempo tendem a adquirir. Ela inclina rapidamente a cabeça, como fazem todos os ajudantes de Lowe quando o veem.

– Que bom ver você, alfa. Tudo bem em casa? – Há afeto e respeito nas palavras, mas não percebo nada além disso.

– Em geral, sim.

– Que bom.

Ela me lança um olhar curioso. Seus olhos descem brevemente, e não preciso segui-los para saber que estão focados nas nossas mãos entrelaçadas.

Um pensamento me atinge como um raio: ele pode estar me usando para provocar ciúme nela. Deixo a ideia envenenar meu cérebro por um momento, então a descarto. Lowe jamais se rebaixaria a esse tipo de jogo.

– Que adorável – diz Owen, secamente. – Passando para notícias muito menos positivas, ainda não tivemos sorte com as imagens de segurança do apartamento da Serena. Esperávamos ter uma boa visão a partir do condomínio em frente ao dela, mas as imagens foram adulteradas.

Lowe faz uma cara feia.

– Somente na data da invasão?

– Correto.

Também faço uma expressão preocupada.

– Como?

Owen dá de ombros e diz:

– O que você quer dizer?

– Como ocorreu essa adulteração? Foi um software? Hardware? Atiraram tinta na lente, desligaram o disjuntor ou cortaram o cabo de dados?

– Não tenho certeza. Meu técnico mencionou, mas... – Owen agita a mão no ar. – Deixando de lado a feitiçaria técnica que ninguém consegue entender, está claro que...

– Bloqueadores – diz Gabi, que sorri quando olho para ela, surpresa.

– Interromperam o sinal?

– Provavelmente usaram um detector de radiofrequência para descobrir a transmissão.

É a maneira sofisticada. A que alguém com recursos usaria. Alguém que trabalha para gente poderosa e procura pistas sobre o paradeiro de uma jornalista em fuga. Isso se encaixaria na teoria de Lowe, com certeza.

– Engenhoso – digo.

– Não é? – Ela sorri. Owen e Lowe trocam um olhar de solidariedade. – Sei que isso não tem nada a ver comigo, mas Owen é a única pessoa que fala comigo no Ninho. Ele me contou sobre sua amiga, e lamento que isso tenha acontecido com você. Não consigo imaginar como deve ser difícil viver na incerteza.

Suas palavras me desorientam, porque ninguém me disse nada assim antes. Na minha busca por Serena, as pessoas me ajudaram, zombaram de mim, me dispensaram, me orientaram, mas ninguém parou para me dizer que lamenta o que aconteceu. Uma sensação espessa sobe até a minha garganta.

– Obrigada.

Owen finge que vai vomitar.

– Que *comovente*. Agora passando para tópicos mais divertidos e para o motivo desta reunião. – Seus olhos lilás se fixam nos meus. – Vou ocupar o lugar do nosso pai no conselho.

Devo ter ouvido mal.

– O quê?

– Vou ocupar o lugar do nosso pai no conselho.

Não, eu ouvi direito.

– Nosso pai... morreu?

Owen inclina a cabeça.

– Você acha que eu deixaria de avisar se o nosso pai morresse? Na verdade, até me vejo fazendo isso. Mas não, ele está vivo. Acontece que ultimamente tenho discordado de muitas das decisões dele. *Muitas*. Acho que eu poderia me sair melhor e decidi fazer uma oferta pelo lugar dele. E adoraria ter o seu apoio.

– Meu *apoio*? – Eu me afasto do carro e me desenrosco de Lowe, encarando meu irmão. Meu *irmão maluco beleza*. – Fazer uma *oferta*? As pessoas não fazem isso.

Ele dá de ombros.

– Eu vou fazer.

– *Como?*

– Fico feliz em compartilhar meu plano em detalhes. Em duas semanas, na reunião anual, pretendo...

– *Não* fale. – Olho de Lowe para Gabi, que parecem atentos à nossa conversa. – Você sabe qual é a punição para uma traição desse porte?

Ele deve saber, porque até eu sei, e eu nunca sei de nada. Mas me lembro do que aconteceu quando eu tinha 7 anos e o irmão da conselheira Selamio tentou roubar o direito inato dela, ou quando o conselheiro Khatri morreu repentinamente, sem dizer qual dos dois filhos herdaria o cargo.

Carnificina, foi o que aconteceu. Muitos respingos roxos. Meu pai só poderia reagir com derramamento de sangue ao ter seu assento usurpado. E pelo próprio filho preguiçoso e hedonista?

– Ele não é apenas um membro, Owen. Ele é o líder do conselho.

– Não oficialmente.

– Isso é besteira.

– E, de qualquer maneira – continua ele, como se não tivesse me ouvido –, sua posição proeminente poderia me favorecer. Muitos conselheiros estão insatisfeitos com a forma como ele vem assumindo o controle do conselho.

Louco. Totalmente louco.

– Quem sabe disso?

– Venho tecendo lentamente uma teia de aliados. Estabelecendo colaborações táticas.

Ele está morto. O único irmão que me resta está praticamente morto.

– Por quê?

– Porque me pareceu prudente.

Pressiono o nariz porque... Porra. *Porra.*

– Você ao menos *quer* ser conselheiro?

Ele dá de ombros mais uma vez, com indiferença.

– Por que não? Pode ser divertido.

– Owen. Só...

Enterro o rosto nas mãos e Lowe desencosta do capô do carro, vindo massagear meus ombros no momento em que preciso desesperadamente disso. Suponho que ele esteja tentando ser reconfortante, mas sinto nos ossos que ele está achando isso divertido.

Talvez eu possa esmurrar Lowe *e* Owen. Só um pouco. Isso não faria com que eu me sentisse melhor?

Sim. Sim, faria.

– Misery. Minha irmã. – Ele muda para a Língua: – *Você está demonstrando mais sentimentos do que o normal. Você não está bem?*

Eu me endireito e respiro fundo. Embora Owen e eu tenhamos nascido com um intervalo de apenas três minutos, claramente sou a adulta aqui.

– Escute, estou me esforçando *muito* para encontrar aquela doida da Serena, e comecei a gostar *muito* da irmãzinha irritante do Lowe. Infelizmente, as duas são *muito* boas em se meter em encrencas. Então, se você pudesse evitar tornar minha vida mais difícil por causa de um plano meia-boca que você montou há duas horas na base do improviso...

– Há três meses.

– ... seria realmente... O quê?

Os olhos de Owen endurecem.

– Há três meses, Misery. Estou trabalhando nesse plano desde que descobri que meu pai estava pensando em enviar minha irmã para território inimigo. De novo. – Ele mostra as presas e seu tom é atipicamente sério. – *Não pude fazer nada quando éramos crianças. Não pude fazer nada quando você voltou, porque eu era covarde demais para tomar uma atitude. Não posso fazer nada agora, mas estou determinado a tentar.* – Seu olhar se fixa no meu por um longo momento, e ele retorna ao inglês: – Eu quero ser a pessoa que vai negociar o próximo conjunto de alianças. Quero que todos os sistemas de Colaterais desapareçam. Quero parar de impor fronteiras artificiais ou de manter territórios disputados por rancor. Quero transformar este lugar em algo que não seja um barril de pólvora.

Eu o observo, surpresa. Percebendo que durante todos os anos que passamos separados, enquanto eu crescia, mudava e construía minha própria vida, meu irmão idiota fez o mesmo e se transformou em...

Não em um idiota, evidentemente.

– Nosso pai vai matar você – repito, desta vez não com a intenção de dissuadi-lo.

– Talvez. – Ele se vira para um ponto bem acima do meu ombro. Lowe. – Algum conselho sobre como dar um golpe com sucesso, alfa?

– Eu ia recomendar um café da manhã reforçado, mas...

– Que pena.

A mão de Lowe desliza para minha cintura, me puxando para junto do seu corpo.

– Não sou fã do seu pai. E, à medida que licanos e vampiros formam alianças, eu adoraria ver alguém cujas prioridades se alinhem com as minhas.

Meu irmão e meu marido olham para mim e depois um para o outro. Algo que não consigo decifrar se passa entre eles. Um acordo. Um tipo de pacto compartilhado.

Owen passa os minutos seguintes me atualizando sobre sua complexa rede de apoiadores, aliados e coconspiradores. Ele me garante que ninguém sabe sobre o plano e, para minha surpresa, descubro que acredito nele. Ele pode parecer ostensivamente descuidado, mas não tem sido nada além de cauteloso e circunspecto em relação a isso. Ainda assim, ele rapidamente muda o assunto para fofocas fúteis, nas quais não estou interessada, e me desligo dele ao ouvir Lowe perguntando a Gabi:

– ... está precisando de alguma coisa?

– Na verdade, não. Não houve sinais de perigo até agora. Owen é uma companhia surpreendentemente decente e me deu acesso aos videogames. Todos os outros têm me tratado com frieza e me deixado em paz, o que é fantástico. São verdadeiros profissionais nessa coisa de troca de Colaterais. Tiveram que lidar com crianças humanas por décadas, e eu dou muito menos trabalho que elas. Estão monitorando meu uso de internet, é claro, mas tenho muito tempo para trabalhar no meu mestrado. Estou com cinco matérias este semestre.

– Finanças, não é?

– Engenharia elétrica. Devo terminar no fim do ano.

– Parabéns.

– Obrigada. E você? Parece feliz com sua... – Acho que Gabi está apontando para mim, mas não consigo me virar para verificar, assim como não posso ter certeza de que Lowe assente e sorri de leve, embora quase ressoe em mim o fato de que ele está. Feliz. Comigo.

– Vamos, Gabi – chama Owen, virando-se. – Estou entediando minha irmã com detalhes triviais sobre quem está transando com quem entre nosso povo.

Reviro os olhos e me preparo novamente. Lowe e Gabi não se cumprimentaram calorosamente, mas agora sei que vai acontecer: um abraço, um momento de ternura, uma despedida melancólica. Ela pode não saber que é sua parceira, mas ele sente algo por ela.

Eu aceitaria qualquer coisa que ela quisesse me dar... Uma fração minúscula ou o seu mundo inteiro.

Ele vai aproveitar o que puder agora, e, embora eu tenha dito a mim mesma que seria capaz de lidar com isso quando acontecesse, a dor do ciúme é grande demais. Não consigo olhar. Me despeço de Owen e Gabi com um aceno e contorno o carro de Lowe.

Mas estou a poucos metros de distância quando ouço:

– Me avise se a situação mudar.

Logo em seguida:

– Aviso, alfa.

São dois conjuntos de passos: Gabi caminhando atrás de Owen, Lowe indo para o banco do motorista e nada mais.

Nada mais do que um aceno amigável.

Quando me viro para Lowe, ele não está olhando para trás na direção dela. Não a está acompanhando com os olhos. Não está esfregando o queixo com a palma da mão, como faz quando está preocupado, nervoso ou pensativo. Sua parceira está voltando para o território inimigo, e ele pode nunca mais tornar a vê-la, e ele está...

Sorrindo, na verdade.

Eu me sento no banco do passageiro, fitando meus joelhos, pensando no que Lowe me contou. *Uma parceira agarra você pelas entranhas*, disse ele. Ele fez com que parecesse um pensamento que não sai da sua mente, um espetáculo do qual é impossível desviar os olhos. Mas com Gabi...

Talvez eu não consiga entender bem Lowe. Mas ele não parece gravitar em torno dela. Ele ficou ao meu lado durante toda a conversa. Não conseguiu se lembrar do que ela *estudava*.

Ergo a cabeça e olho para ele. Lowe está olhando para mim com uma expressão terna e de divertimento. A chave está na ignição, mas ele não a girou. Está imóvel, como se tivesse esquecido o que ia fazer.

– O que foi? – pergunto, um pouco na defensiva.

– Nada. – Seu sorriso é suave. Como um garoto que foi surpreendido. – Você está bem?

Ele evidentemente não tem ideia do que estou pensando.

Assinto, mantendo os olhos na escuridão lá fora enquanto ele dá partida no carro. Minhas bochechas estão quentes. Estou à beira de alguma coisa.

É possível que eu não entenda quase nada sobre licanos. Sobre o amor. Sobre Lowe e Gabi. É possível que eu seja uma idiota que vê demais onde há muito pouco. Mas sinto algo bem lá no fundo, e sei que está certo.

Lowe pode ter uma parceira, mas ela não é Gabi.

CAPÍTULO 25

Nunca deveria ter contado a ela. Ele cometeu um erro – vários, na verdade.

Algo esquivo oscila diante do meu nariz, mas não consigo me concentrar nisso. É como uma palavra que tentamos lembrar e que está na ponta da língua, um espirro que não sai e fica ali preso, esperando.

A parceira de Lowe não é Gabi. Fico revirando as lembranças de conversas passadas, tentando pensar no que sei, o que Lowe admitiu abertamente e quais lacunas preenchi por conta própria. Há a ponta incômoda de *alguma coisa* em meu peito, algo efervescente, mas que não é ruim. Tento racionalizar tudo, dizendo que não é nada, e, quando isso falha, desvio minha atenção falando:

– Moro a cinco minutos daqui. – Passo a língua pelos lábios, estudando os contornos familiares do meu antigo bairro. Mordo o lábio inferior. – Morava. Acho que ainda moro. O conselho continua pagando meu aluguel.

– Quer ir até lá?

– Por quê?

– Eu gostaria de ver.

Faço um muxoxo de desdém.

– Não é um edifício com uma arquitetura interessante.

– Não se trata do prédio, Misery.

Levamos cerca de dez minutos para chegar lá e Lowe segue minhas instruções sem reclamar. Digito o código na portaria, mas, como não estou com a chave, quando paramos diante da minha porta tiro um grampo do cabelo.

– Você é... – Ele solta uma risada baixa e afetuosa, balançando a cabeça.

Abro a porta e ergo uma sobrancelha.

– Eu sou...?

– Incrível.

Meu peito está muito apertado para conter meu coração.

– Quanto tempo você morou aqui? – pergunta ele, me seguindo para o interior do apartamento e olhando à sua volta.

Faço o cálculo de cabeça.

– Quatro anos, mais ou menos.

Os Colaterais têm direito a um pequeno fundo fiduciário, e eu usei praticamente todo o meu dinheiro em minhas identidades humanas falsas e, em seguida, para pagar a minha faculdade e a de Serena. Vivemos com um orçamento apertado por alguns anos, compartilhando espaços pequenos e fazendo constantes concessões quanto à decoração. O resultado foi uma mistura de minimalismo com *shabby chic*, que ambas recordamos com igual carinho e horror.

Este lugar, porém, foi para onde me mudei depois de me formar. Recebi meu primeiro salário e pude gastar um pouco mais. Fiquei satisfeita com o espaço maior e sem muitas complicações. Comprei a maior parte dos móveis nos mercados de pulgas que Serena e eu visitávamos em dias nublados, de manhã cedo, e adorei como o resultado final ficou *clean* e espaçoso. Eu ouvia música *synthwave* sem que ninguém me perguntasse qual trauma me levou a gostar "daquela merda" – e podia até exibir minha lâmpada de lava em toda a sua glória *cringe*.

No entanto, quando corro os olhos pela sala, tentando ver o lugar da perspectiva de Lowe, parece vazio. Sem vida. Como um museu.

E me imaginar nele dá um nó no meu estômago. Faz apenas algumas semanas... Meus gostos não podem ter mudado *tanto* em *tão pouco* tempo, podem?

Eu me viro para Lowe e o vejo apertando o batente da porta com tamanha força que os nós dos dedos estão brancos.

– Você está bem?

– O seu cheiro está por toda parte – diz ele. Sua voz é baixa, os olhos estão vidrados e desfocados. – Mais do que o seu quarto na minha casa. Mais... camadas. – Ele umedece os lábios. – Me dê um segundo para eu me acostumar.

Não pergunto se meu cheiro o incomoda, porque já está claro que não. No entanto, ele costumava odiá-lo. Ou não? Com certeza ele não negava, e eu pensei que só recentemente havia mudado de ideia, mas talvez...

– Você e Gabi são próximos? – pergunto. Não tem nada a ver com o assunto sobre o qual falávamos, mas Lowe parece gostar da mudança.

– Eu não a conheço bem. – Ele respira fundo, recuperando lentamente o controle. – Ela é alguns anos mais velha e cresceu em outro grupo. Só a encontrei algumas vezes.

– Por que *ela* foi escolhida para ser a Colateral licana?

– Ela se ofereceu.

Ele avança alguns passos no interior do apartamento, os dedos percorrendo levemente as superfícies vazias, como se quisesse deixar pequenos fragmentos de seu cheiro nesta casa. Trançá-lo com o meu. Não vejo poeira, o que significa que Owen deve ter contratado um serviço de limpeza. Ele realmente é um irmão melhor do que eu julgava.

– Ela era uma ajudante. Queria uma trégua com os vampiros. Perdeu parentes na guerra, eu acho.

– Entendo. Você pediu voluntários?

Ele faz que não com a cabeça.

– A proposta do seu pai foi discutida durante uma de nossas mesas-redondas. Eu não pediria a ninguém que se colocasse em perigo, e estava bem claro que, se a nossa Colateral fosse inegociável, eu não iria prosseguir com o casamento. Após a reunião, Gabi me chamou de lado e pediu para ser enviada.

– Entendi. – Entro na pequena cozinha e abro a geladeira preguiçosamente. Ali dentro há uma bolsa de sangue esquecida. Que desperdício. – Ela pediu. Lowe?

Ele se encosta na parede, já mais relaxado.

– Sim?

– O que eu estudei na faculdade?

Ele me lança um olhar perplexo.

– Você?

– É.

– Por quê? – Ele dá de ombros quando não respondo. – Você se formou em engenharia de software, com formação secundária em ciências forenses.

Ok, ok.

Ok.

– Nunca foi ela.

Seu olhar está perfeitamente vazio. Então digo:

– Gabi. Ela não é a sua parceira.

– Ela... Não. Você achou que era ela? – Ele me olha fixamente, sem entender.

– Foi o que o governador Davenport disse. Na noite do casamento.

Seus olhos se arregalam e vejo o momento em que ele parece compreender tudo.

– Não. O contrato tradicional entre vampiros e licanos exige do Colateral duas condições: boa saúde e alguma relação com o alfa do bando.

Eu sabia disso. Mas, pela primeira vez, *penso* de fato a respeito.

– Você tem algum parente vivo além da Ana?

Ele balança a cabeça.

– Entendo. E você não ia deixar Ana ir.

– Isso também era inegociável.

– Então...?

– Argumentamos que um parceiro é equivalente a um parente de sangue dentro de um bando de licanos. Não é assim tão simples, mas...

– O conselho comprou.

Lowe assente.

– Pedi ao seu pai que não divulgasse que ela era minha parceira para evitar problemas para Gabi quando ela retornasse para casa. Eu não pensei... – Vejo quando ele compreende todos os aspectos da questão. Que eu estava presumindo que era ela. Que eu pensava que ele tinha *me* trazido para conhecer sua parceira, mesmo quando nós... – Não. Não, Misery. – Ele parece angustiado por minha causa. – Ela não é. Desculpe.

– Tudo bem.

Não é culpa dele se eu fiz suposições, e, de qualquer forma, isso não tem nada a ver comigo.

Mas *tem*. Ficamos nos observando, separados por vários metros, e há uma pergunta borbulhando no fundo da minha barriga e uma resposta fervendo dentro dele, uma certeza hesitante que aquece o ar entre nós.

Meus pés me arrastam até Lowe por vontade própria. Eles me colocam na ponta dos dedos, e eu o beijo o mais intensamente que posso, pondo muita pressão rápido demais nesse beijo, meus braços apertando seu pescoço como um laço. Ele não responde de imediato, mais por confusão do que hesitação. Depois de um instante, suas mãos envolvem minha cintura, prendendo-me entre ele e a parede, aprofundando o contato.

– Misery. – O nome sai embaralhado entre nossos lábios.

Sua ereção roça minha barriga e nós dois ofegamos.

– Não deveríamos – diz ele, recuando.

Mas, quando eu pergunto "Por quê?", seus lábios tornam a encontrar os meus. O beijo, que já começa intenso, consegue de alguma forma escalar ainda mais.

– Eu sei. Eu *sei*, acho... – Minhas mãos descem, puxando a camisa dele para cima e expondo uma faixa de pele quente. – Eu quero...

Não posso dizer em voz alta, porque não sei do que preciso. Tem a ver com a verdade, e com ele admitir isso, mas esse é um espinho confuso e doloroso no meu coração.

– Podemos...?

– Sim. Sim, podemos. – Ele soa ao mesmo tempo urgente e reconfortante. – Podemos.

Há um sofá bem atrás de nós, mas Lowe me vira até que a frente do meu corpo esteja pressionada contra a parede, a testa e o antebraço encostados nela.

– Devagar – ordena ele, a boca chupando meu pescoço, a mão grande espalmada no centro das minhas costas.

Meu coração pulsa. Na incerteza deste momento, é exatamente o que preciso ouvir.

– Você é gostosa demais. – Ele está sendo licano, ou alfa, ou *Lowe* novamente. Dando mordidas de leve em meu pescoço. Eu solto um gemido, e ele me aperta mais forte. – Você precisa me falar. Este lugar todo cheira a você, e o seu cheiro está invadindo meu cérebro e eu não consigo pensar em mais nada além de comer você. Então, se você quiser que eu pare, preciso que você me fale.

Pressiono minha testa com mais força contra a parede.

– Por favor, não pare.

Ele pragueja baixinho, parecendo *arrasado*. Ele é rápido ao subir a parte de cima da minha roupa e desabotoar minha calça jeans. Eu arqueio meu corpo de encontro a ele... à sua boca, ao seu peito, ao seu pau. A palma de sua mão se apoia na parede, bem ao lado da minha, e eu estendo meu dedo mínimo para roçar seu polegar. Estou pedindo *mais*, e ele entende. Mas, em vez de me atender, ele acaricia com o nariz a curva do meu pescoço.

– Precisamos ir mais devagar. – Ele ri, pesaroso, quente, junto à minha pele.

– O oposto.

– Misery... – começa ele.

– Eu quero transar com você.

Um ruído gutural e ansioso vibra em minha pele.

– Misery.

– Está tudo bem. Vai dar certo.

– Não vai.

– Por quê?

– Você sabe por quê. – Seus braços se cruzam sobre a minha barriga e me puxam para ele, possessivo, um pouco frustrado. – Não podemos.

Estamos ambos tremendo com... essa necessidade profunda e sem fim dentro de mim... Isso é *desejo*? É por isso que as pessoas fazem coisas impulsivas, irracionais e precipitadas?

– Eu só... Já deve ter acontecido antes. Um licano e uma vampira. – Nossas espécies existem há milhares de anos, e nem sempre nos odiamos. – Podemos tentar. Não tenho medo do seu...

Ele ri, inseguro, a boca colada em minha garganta.

– Você nem sabe o nome.

– Que importância tem isso?

– Estou errado?

Solto um gemido amargo, e ele me cala mordiscando o vale atrás da minha orelha.

– Você não sabe o que está pedindo, sabe?

– Então me diga. Aí eu saberei e...

– Nó. Chamamos de nó – fala ele. Saboreio a palavra na minha cabeça, maravilhada com a perfeição com que ela se encaixa. – Diga – ordena Lowe. E, quando hesito, ele acrescenta: – Por favor.

– Nó. Um nó.

Ele me aperta mais. Sua respiração fica superficial.

– Merda.

– O q-que foi?

– Acho que quero ouvir você dizer isso de novo.

Eu digo, só porque ele pediu. Ele agarra meu quadril como se a repetição lhe desse ainda mais prazer.

– Você sabe para que serve?

Posso não saber nada sobre a biologia dos licanos, mas não sou burra ou ingênua.

– Sei.

– Diga.

Esta é uma experiência mortificante e, ao mesmo tempo, a mais erótica de toda a minha vida.

– Para manter aqui dentro.

Sua mão desliza, acariciando suavemente a parte inferior do meu seio.

– Manter o que dentro, querida?

Fecho os olhos. Sinto minha pulsação, forte e lenta, em cada centímetro da minha pele.

– Sua porra.

O corpo dele estremece por um momento. Então Lowe me recompensa com uma mordidinha na ponta da orelha.

– Você estaria ok com isso?

Faço que sim com a cabeça. Ele geme.

– Não sei se *eu* conseguiria correr o risco de machucar você.

Queria poder ver o rosto dele.

– Você pode parar – digo. – Se doer, se não funcionar.

– E se eu não conseguir?

– Você consegue. Eu sei que consegue.

– Ou não. Porque eu quero muito.

Os dedos dele descem pelo meu corpo, deslizando por minha calcinha. Os nós dos dedos são brancos contra o algodão azul úmido. Ele murmura algo sobre o quanto estou molhada e, quando a palma da sua mão começa a massagear meu clitóris em um ritmo lento, suspiro de prazer e alívio.

– Eu... eu quero *muito*.

– Porra. – Lowe solta o ar e então se ajeita atrás de mim.

A sua mão cobre totalmente a minha na parede.

Estou aqui. Ok. Estou com você.

– Me deixe só... Eu não posso simplesmente foder você assim. – Ele puxa meu jeans até os joelhos e me imprensa mais contra a parede. – Preciso ajudar você antes.

Não entendo completamente o que ele quer dizer, até que uma de suas mãos agarra meu quadril e a outra desliza para dentro da calcinha, esticando o algodão de uma forma obscena. Ele me separa com dois dos seus dedos e solta um gemido abafado e reverencial enquanto se olha me tocando sob o tecido macio. Sinto seu batimento cardíaco em minhas costas, e quando seus dentes encontram meu pescoço e começam a arranhar, depois mordiscar, e então morder com mais força, quando seu dedo circunda meu clitóris da forma perfeita, é neste momento que gozo.

É inesperado, muito rápido. Mal subi e já estou caindo, buscando o ar. Mas parece uma coisa interrompida, pela metade, e não me permito recuperar o fôlego. Estendo a mão para trás, tentando freneticamente desabotoar o jeans dele.

– Quieta – ordena ele, prendendo minhas mãos na parte inferior das minhas costas. – Você precisa me dar um minuto. Estou tentando encontrar uma forma de fazer isso.

Eu me obrigo a relaxar. É óbvio que, em geral, o sexo que o povo *dele* pratica e o sexo que o *meu* povo pratica são coisas diferentes. Assim como é óbvio que ele e eu habitamos algum espaço de sobreposição. Como eu já esperava.

– Isso seria mais fácil se o seu cheiro fosse um pouco menos enlouquecedor – diz ele, a voz entrecortada.

Ouço o tilintar da fivela e então eu *sinto*: a cabeça do pau pressionando a calcinha encharcada e grudada em mim. Liberto minhas mãos para ir até ele e acariciá-lo em toda a sua extensão, e ele quase engasga. Seu pau é quente e grande, mas aquela coisa na base, o *nó*, ainda não se formou. Da última vez, inflou na hora que ele gozou. Quero saber se é sempre assim, mas perguntar lançará Lowe em outra onda de preocupação, e não preciso que ele se preocupe comigo.

– Por favor – imploro. – Por favor, enfia em mim.

Ele assente, com a cabeça encostada na minha têmpora, a respiração superficial e rápida. Então ele puxa minha calcinha para o lado e empurra o pau para dentro de mim, abrindo e queimando até não poder ir mais fundo, e o que quer que eu pensasse sobre ter alguém – ter Lowe – dentro de mim, isso é diferente.

Inspiro bruscamente.

Ele expira da mesma maneira.

Não há necessidade de negociação, não há dor nem luta. Sou maleável e ele está duro. Estou molhada e ele geme. Nós *encaixamos*. A compatibilidade biológica sobre a qual Lowe me falou, aquela entre parceiros... Não tenho a pretensão de saber como seria. Tudo que sei é que essa porra é...

– Perfeita – murmura ele, indo até o fundo, agarrando minha cintura como se estivesse tentando se recompor.

Eu sei por que ele faz isso: tudo parece extraordinário de uma forma aguda e cruel. Vampiros não leem mentes, mas sei o que Lowe está pensando: como seria fácil viver assim para sempre. *Nunca* parar.

– Não se mexa, senão eu gozo. – Ele lambe a minha nuca. – Merda, acho que vou gozar de qualquer maneira. Só pelo seu cheiro e esse pescocinho inclinado.

Eu também. Muito em breve. Especialmente quando ele se move com estocadas rasas e hesitantes, que alcançam *todos* os pontos certos dentro de mim. Sinto que me contraio em pequenas vibrações em torno dele, e ele para.

Então Lowe se inclina para sussurrar em meu ouvido:

– Se você estiver prestes a gozar, me fale. Porque isso vai *me* fazer gozar também, e preciso tirar, ou posso machucar você. Tudo bem? – Ele parece calmo, mesmo quando seu autocontrole está prestes a se romper.

Assinto, tentando adiar a onda de prazer.

– Tudo bem.

Ele dá outro beijo delicado e casto na minha nuca e depois tira o pau.

A fricção é deliciosa, e eu dobro meu corpo para trás, emitindo sons lamuriosos quando ele deixa somente a glande dentro de mim. Quando me penetra novamente, um pouco mais fundo, eu choramingo.

– Foi demais? – pergunta ele.

A única resposta que consigo dar é contrair meus músculos em torno do seu pau. Ele bate a palma da mão contra a parede, praguejando.

– Tenho pensado muito nisso – digo a ele, quase num sussurro.

Seu "Sim" tem um tom de desculpa.

– Eu tentei não pensar.

Viro a cabeça. Ele me envolve toda. Sua bochecha está ali, corada com um tom de oliva, a barba por fazer, perfeita para que eu a beije.

– Eu também. – Então acrescento, sorrindo: – Mas não me esforcei muito.

Perco a noção do tempo, assim como ele, quando começa a meter. Nós nos movemos juntos, suados e sem fôlego. Ele para depois de alguns minutos para aliviar a pressão, recomeça e para novamente depois de mais alguns minutos. Ele sai quando precisa de uma pausa na estimulação, e eu me sinto vazia, trêmula com o prazer frustrado, e ele então me penetra com os dedos, me mantendo plena enquanto ele desacelera, quente e duro contra o meu quadril. As luzes da rua entram pelas janelas e nossa respiração vai se tornando cada vez mais entrecortada. Quando não consigo mais me conter, quando estou sensível e inchada e prestes a me desfazer com tamanha intensidade que uma única estocada pode me fazer gozar, mal consigo me lembrar de avisá-lo.

– Estou quase...

E gozo de novo, o prazer se contraindo com força dentro de mim. O que acontece com Lowe é vago, eclipsado pelo meu próprio prazer, mas consigo distinguir um pouco: um grunhido agudo; uma súbita sensação de vazio; aquela parte dele inchando e ficando mais quente e dura junto à minha bunda; então ele goza, quente e úmido, seu sêmen se acumulando na parte inferior das minhas costas.

E então ficamos assim, respirando juntos, vazios de quaisquer pensamentos. Ele pressiona a testa contra o meu ombro, uma das mãos espalmada em meu abdome como se quisesse me conter. E talvez isso se deva a alguma substância química que inunda o cérebro dos vampiros depois do sexo, mas não posso aceitar que esse não seja nosso destino. Que não sejamos feitos para ficar juntos.

– Os licanos... – Minha voz está rouca de tanto engolir meus gritos. Pigarreio e me ouço perguntar: – Os licanos sempre formam o nó?

Ele solta um suspiro trêmulo.

– Não se mexa. – Ele beija a minha bochecha. – Vou limpar você. Onde você guarda...?

– Espere. – Eu me viro para olhá-lo, e ele parece... arrasado. Vulnerável. Feliz. Minha blusa escorrega e se suja, mas este é o meu apartamento. Tenho muitas mudas de roupa. – Você pode responder à minha pergunta primeiro?

Ele balança a cabeça.

– Nem sempre. – Mas em seguida acrescenta: – É complicado.

Eu não acho que seja complicado. Na verdade, suspeito que possa ser muito simples.

– Explique para mim, por favor.

– É um sinal de... Só acontece entre certas pessoas.

Minha blusa está completamente torta, e ele faz uma trilha de beijos no osso saliente do meu ombro, perdendo-se nisso antes de endireitar meu decote. Ele respira fundo.

– Pensando bem, não vou limpar você. Vou deixar você assim. – Sua mão se enrosca pela minha cintura, indo até a parte inferior das costas, onde estou pegajosa e molhada. – Assim você vai enviar uma mensagem bem clara para qualquer um que sinta o seu cheiro. Sobre a quem você pertence.

– Isso já aconteceu com você antes?

Ele está espalhando seu gozo na minha pele com o polegar. Por que não me incomodo com isso?

– Antes?

– Antes de mim. O nó. Já aconteceu com mais alguém?

Seus olhos escurecem.

– Misery...

– Estou começando a juntar as peças, sabe? – Ainda estamos vibrando com o prazer, e é injusto da minha parte pressioná-lo neste momento, quando estamos relaxados e cheios do tipo errado de hormônio, mas...

mesmo assim... – Acho que estava na minha cara o tempo todo. Mas você me despistou de propósito, não foi? Primeiro foi sua reação ao meu cheiro quando nos conhecemos, e foi tão extrema que presumi que você não gostava dele. Depois, o quanto você se mostrava irredutível em não me ter por perto. – Engulo em seco. – Eu teria percebido isso antes, se não tivesse achado que tinha que ser uma licana. Fazia todo sentido que fosse Gabi. No fim, foi só uma questão de conhecer você. Porque, agora que entendo que tipo de pessoa você é, não posso deixar de me perguntar: se Lowe estivesse apaixonado por outra pessoa, ele agiria assim comigo? E não consigo imaginar uma realidade, ou mesmo uma maldita simulação, em que esse fosse o caso.

Deixo escapar uma risada curta.

Lowe não diz nada. Ele tem o olhar fixo, impenetrável. Os olhos pálidos, decentes e gentis se transformam em algo que não tem nenhuma transparência.

– Isso acontece entre parceiros, não é? O nó, quero dizer. – Biologicamente, faz sentido de muitas maneiras. Racionalmente, nada mais faz. – Sou eu, não sou? – Abro um sorriso vacilante. *Está tudo bem. Eu sei. Eu também sinto isso.* – Sou eu sua parceira. É por isso...

– Misery.

Ele não está olhando para mim, mas para algum ponto perto dos meus pés. E seu tom é um que nunca ouvi antes: indecifrável. Vazio.

– É por isso, certo?

Ele fica em silêncio por alguns segundos pesados.

– Misery. – Meu nome novamente, mas desta vez há um mundo de dor por trás da palavra, como se eu o estivesse torturando.

– Eu não... Eu sinto o mesmo que você – acrescento rapidamente, não querendo que ele pense que o estou acusando de algo que está além do seu controle. – Ou talvez não... Talvez eu não tenha o hardware. Talvez apenas outro licano possa sentir o mesmo. Mas eu gosto de você de verdade. Mais do que isso. Ainda não entendi muito bem, porque não tenho muita experiência com sentimentos. Mas talvez você pense que isso me assusta demais, e...

Minha voz enfraquece, porque Lowe ergueu a cabeça e agora vejo como ele está olhando para mim.

Ele entende, penso. *Ele sabe. Ele se sente exatamente como eu.*

Mas então ele se fecha. E seu tom só pode ser descrito como de pena.

– Sinto muito se alguma vez dei a impressão errada sobre o que está acontecendo entre nós.

Minha segurança vacila, quando apenas um minuto atrás eu estava segura em relação aos seus sentimentos por mim. Balanço a cabeça.

– Lowe, vamos lá. Eu sei que Gabi não é sua parceira.

– Ela não é. – Ele comprime os lábios. – Mas receio que você tenha chegado a conclusões erradas.

– Lowe.

Ele balança a cabeça lentamente.

– Sinto muito, Misery.

– Lowe, está tudo bem. Você pode...

– É melhor pararmos de falar sobre isso agora.

– Não. – Deixo escapar uma risada. – Eu estou certa. Sei que estou certa.

Há algo estranho na maneira como ele me olha. Como se soubesse que está prestes a me magoar, e também a si próprio em consequência, e esse pensamento fosse simplesmente inaceitável. Como se eu não estivesse lhe deixando nenhuma escolha.

– Você disse que um parceiro se torna um pensamento fixo. Disse que um parceiro agarra você pelas entranhas e...

– Misery. – Desta vez ele fala asperamente, como se estivesse repreendendo uma criança. – Você deveria parar de encher a boca com palavras licanas que você não consegue entender.

Minha garganta seca.

– Lowe.

– Foi um erro falar com você sobre o conceito de parceiros. – Sua voz é distante, como se ele estivesse lendo um roteiro, eliminando todas as emoções do seu desempenho. – Não é algo que alguém que não seja licano possa compreender totalmente, muito menos uma vampira. Mas entendo como a ideia pode ser fascinante para alguém que luta com sentimentos de não pertencimento.

– O quê?

– Misery. – Ele suspira. – Você foi abandonada e maltratada a vida toda. Por sua família, pelo seu povo, por sua única amiga. Está fascinada pela ideia de amor eterno e companheirismo, mas isso simplesmente não reflete o que sinto por você.

Meu coração se quebra. O chão sob meus pés oscila enquanto tento aceitar essa versão de Lowe. Que, aparentemente, lança mão dos fatos que contei sobre o meu passado para usá-los contra mim.

– Você... – Balanço a cabeça, perplexa com o quanto suas palavras machucam. Mesmo que não possam ser verdade. – Você está apenas tentando me afastar. Me diga – ordeno, subitamente teimosa. Eu me sinto um desastre completo. Não sou mais eu mesma. Todos os meus instintos gritam para que eu recue, mas isso *é* uma mentira óbvia e inaceitável. – Me diga que não está apaixonado por mim. Que você não *quer* ficar comigo.

Ele não titubeia.

– Desculpe – diz, sem nenhuma paixão, com um toque de superioridade. E alguma piedade. Pesar. – Eu acho você muito atraente. E gosto da sua companhia. Eu gostei... – Sua voz quase falha. – Eu gostei de transar com você. E quero o melhor para você, mas.... – Ele balança a cabeça.

Abro a boca, torcendo para encontrar uma boa resposta, mas descubro que não consigo respirar. E então o pior acontece: Lowe passa as costas da mão onde, se eu pudesse chorar, uma lágrima escorreria pelo meu rosto.

A dor de sua rejeição é um punho apertando meu coração.

– Vejo que isso foi um erro – prossegue ele. – Mas é melhor assim. Você não ia querer estar amarrada a alguém como eu. Você deve ser livre. – Ele quase tropeça na última palavra, mas se recupera rapidamente. – E, de agora em diante, é melhor que fiquemos separados.

– Separados?

– Posso encontrar outro lugar para você morar. – Seus olhos estão focados em um ponto atrás dos meus ombros. – Você está tendo ideias erradas e, francamente, não *quero* que você...

Um celular toca.

Ele desvia o olhar, irritado, mas, quando se afasta de mim, é um alívio. Olho para os meus pés, me desligando da conversa que se segue, tentando respirar mesmo com o frio esmagador alojado atrás do meu esterno.

Eu estava enganada.

Entendi tudo errado.

Eu me equivoquei, e ele *não está*... Ele *não*...

– Vou já para aí.

Lowe desliga. Quando se dirige a mim, é com a calma habitual, como se a nossa conversa nunca tivesse acontecido. Como se *nada* entre nós tivesse acontecido.

– Eu preciso ir. – Ele ajeita o jeans.

Faço que sim com a cabeça. Com dificuldade.

– Ok. Eu...

– Vou mandar alguém buscar você e levar de volta para o território licano.

– Tudo bem. Eu posso simplesmente...

– É perigoso – interrompe ele, categórico. – Portanto *não*, você não pode. Você insiste em não se importar com sua segurança, mas eu...

Ele não continua. Fica apenas olhando, olhando e olhando para mim, e o silêncio entre nós se torna intolerável.

– Ok. Você pode ir. Vou tomar um banho e me trocar.

Sigo às cegas em direção ao quarto, mas mal consigo dar dois passos antes que um forte aperto em meus dedos me detenha.

Não quero me virar para ele, mas me viro. E tremo quando ele se inclina para beijar minha testa. Ele inspira uma vez, com força. Sinto seus lábios se moverem contra minha pele, parecendo dizer em silêncio três palavras curtas, mas provavelmente não é isso. Por um segundo me pergunto se eu não estava certa, afinal, e meu coração se eleva.

Então Lowe se afasta, e eu desabo mais uma vez.

– Vá – ordena ele, e eu vou.

Basta desse tipo de sinceridade indiferente e cruel por esta noite.

Entro no quarto e não espero vê-lo sair para fechar a porta.

CAPÍTULO 26

Ele está sendo mais gentil com ela do que consigo mesmo,
e espera que ela nunca se dê conta disso.

Nunca tive uma cama neste apartamento. O closet era suficiente para mim, e, sempre que Serena dormia aqui, ela se virava com o sofá. Pela primeira vez na vida, porém, gostaria de ter feito como os humanos e comprado algo macio onde me jogar.

No entanto, me conformo em deslizar para o chão e ficar um tempo longo demais com a testa apoiada nos joelhos, tentando me recompor.

Minha primeira decepção amorosa, suponho.

O que quer que seja esse sentimento lastimável que dilacera minha alma, ele parece intenso demais para ser suportado. Porque Lowe tem razão: passei anos sem me sentir em casa em lugar nenhum, e minha melhor amiga desapareceu depois da pior discussão de nossas vidas – sim, é bem provável que voluntariamente, e porque ela não se importa nem um pouco comigo, nem de longe tanto quanto eu me importo com ela. Nem a dor, nem a solidão, nem a decepção são estranhas a mim, mas *isto*? Essa pressão dentro de mim, isso não tem *solução*. Esse peso, como suportá-lo?

Pressiono os dedos nos olhos até ver estrelas, mas nem assim encontro uma resposta.

Meu banho leva cinco minutos. Tento bravamente eliminar a rejeição e a humilhação da pele, esfregando-a com força, mas não consigo. Mal tenho tempo de encontrar uma muda de roupa antes que a campainha toque, e a voz de Mick me informa que Lowe pediu que ele viesse me buscar. Instantes depois, eu me sento no banco do passageiro do carro dele.

– Como você está, Misery?

– Bem. – Tento dar um pequeno sorriso. – E você?

– Já estive melhor.

– Lamento. – Dirijo a ele um olhar superficial. Depois outro. Talvez cuidar do sofrimento de outra pessoa alivie o meu. – Há algo que eu possa fazer?

– Não.

Volto a me concentrar nas luzes da rua e espero, impaciente, que Mick termine logo o que está fazendo e ligue o carro, mas nem sei por quê. Não tenho motivos para estar impaciente, porque não tenho para onde ir. Não tenho nenhum lugar para chamar de meu.

– Você falou com Ana recentemente? – pergunto.

Se Lowe me mandar para outro lugar, provavelmente não voltarei a vê-la. Acho que também me apeguei um pouquinho demais a ela, porque meu coração se aperta ainda mais.

– Não. Mas acho que é melhor assim.

Encosto a têmpora na janela. Minha cabeça lateja com uma espécie de dor surda.

– Por que é melhor?

– É complicado.

Solto uma risada amarga e minha respiração embaça o vidro. As mesmas malditas palavras de Lowe. Que maneira astuta de evitar dizer a verdade.

– Vocês licanos adoram dizer... – Um inseto pica minha pele e eu tento me livrar dele com a mão.

Mas, quando me viro, o que vejo não faz sentido.

Mick.

Segurando uma pequena seringa.

Injetando-a no meu braço.

Olho para o rosto dele, tentando analisar o que está acontecendo.

– Sinto muito, Misery – diz ele, a voz suave e os olhos tristes, voltados para baixo de uma forma que faz meu peito ferido doer ainda mais.

Por quê?, pergunto.

Ou não. A voz não sai, porque estou cansada, e meus membros estão pesados, e minhas pálpebras são feitas de ferro, e a escuridão atrás delas parece doce demais para...

CAPÍTULO 27

Há muito pouco que ele não faria, poucas pessoas que ele não mataria, só para garantir o bem-estar dela.

Quando éramos crianças, com 11, talvez 12 anos, antes de Serena conseguir entender a diferença entre as nossas fisiologias, ela às vezes ficava entediada de passar as tardes sozinha fazendo dever de casa ou assistindo à TV e se esgueirava para o meu quarto, então me sacudia até eu acordar, quando o sol ainda estava muito alto no céu. Ela era surpreendentemente bruta, mais vigorosa do que seu corpinho transparecia. Ela agarrava meu ombro e o sacudia com força, com a força de uma matilha de rottweilers mastigando seu brinquedo favorito até transformá-lo em um pedaço de plástico gosmento.

É assim que sei que ela está aqui comigo. Mesmo antes de abrir os olhos. Vampiros não sonham. Portanto, essa comoção deve estar acontecendo de verdade. E simplesmente não há outro ser na Cidade, nesta Terra, que possa ser assim tão...

– *Irritante* – digo.

Ou balbucio. Minha língua ainda está adormecida, pesada demais para a minha boca e parecendo feita de papel machê. Eu deveria abrir os olhos, pelo menos um deles, mas suspeito que alguém costurou minhas pálpebras e depois as encharcou com supercola. Pensando bem, a melhor escolha seria ignorar tudo isso e voltar para o meu cochilo.

– Misery. Misery? *Misery.*

Solto um gemido.

– Não... grita.

Um muxoxo.

– Então não... volte a dormir, Sangueputa.

Essa palavra abre meus olhos com violência. Mais uma vez eu me encontro em uma maldita cama, onde mais uma vez não me lembro de ter me deitado. Meu relógio interno está em frangalhos e não tenho ideia se é dia ou noite. Instintivamente mexo o pescoço – *ai* – para verificar se a luz do sol está entrando, e descubro...

Que não há janelas. Estou num sótão de madeira, amplo e climatizado, com estantes até o teto em todas as paredes, cheias de livros. Há uma travessa na mesa de centro próxima com sobras de macarrão esparramadas e uma pequena pilha de latas de refrigerante e garrafas plásticas de água.

Respiro fundo dolorosamente, sentindo a droga desaparecer em ritmo de lesma. Não é dia ainda. Não estamos nem perto de o sol nascer. Devo ter ficado apagada por uma hora, duas no máximo, o que significa que Mick não me levou muito longe. Mick – *Mick, que porra é essa, Mick?* – deve ter decidido me esconder com...

Serena.

Estou com *Serena.*

– Puta merda – murmuro, tentando me sentar mais ereta. São necessárias duas tentativas e uma substancial ajuda de Serena para que eu consiga uma posição ainda praticamente deitada. – Puta *merda.*

– Ora, olá. Que fofo da parte da minha mais antiga e querida amiga se juntar a mim em minha humilde residência.

– Sou sua única amiga – observo, tossindo e me perguntando se meu cérebro está inventando coisas. Vampiros não sonham, mas alucinam.

– Correto. E grossa.

– Eu... – Produzo um estalo com os lábios. Preciso resolver esta boca seca. É por isso que humanos e licanos bebem água o tempo todo? – Que *merda* é esta?

– Eles nocautearam você? Não encontrei nenhum galo na sua cabeça.

– Me drogaram. Mick.

– Mick seria o licano mais velho que depositou seu corpo sem vida aqui como um saco de batatas e me trouxe macarrão de lata?

– *Sem vida*, não.

– O problema com os vampiros é que vocês tendem a parecer mesmo sem vida.

– Merda... Serena, sabe há quanto tempo estou procurando por você?

O sorriso dela é de pena.

– Não. Mas, se me permite dar um palpite, eu diria... – Ela bate o dedo no queixo várias vezes. – Três meses, duas semanas e quatro dias?

– Como...?

Ela aponta para um lugar atrás dela. Serena vem arranhando linhas na lateral da estante, contando o tempo em grupos de cinco dias.

– Merda – sussurro.

São *tantas* linhas. A manifestação física do tempo durante o qual Serena esteve sumida e...

Sem pensar, eu meio rolo e meio me impulsiono para fora da cama e a abraço. Mal consigo erguer os braços, e não deve ser uma boa experiência para ela, mas valentemente Serena retribui meu carinho.

– Você acabou de iniciar sua jornada no toque físico? O que está acontecendo? Começou a fazer terapia enquanto eu estava fora?

– Senti sua falta – digo com o rosto afundado em seu cabelo. – Eu não sabia onde você estava. Procurei por toda parte, e...

– Eu estava aqui. – Ela dá tapinhas nas minhas costas e me aperta mais forte.

– Onde é *aqui*?

Eu me afasto para estudá-la. Ela veste um jeans grande demais e uma camisa de mangas compridas que nunca vi nela. Está curvilínea como sempre, mas da última vez que a vi ela usava franja e um corte Chanel logo abaixo do queixo, e seus cabelos agora estão longos e completamente diferentes.

– Você está bonita.

Ela ergue uma sobrancelha.

– É uma coisa estranha de se dizer no estágio "vamos trocar informações vitais" de um sequestro conjunto.

– Isso foi a porcaria de um elogio!

– Tudo bem. Obrigada. Eu sempre fiquei muito incomodada com a minha testa, como você sabe, mas talvez desnecessariamente. Talvez eu possa me poupar agora daquela coisa do corte mensal...

– Ok, agora cale a boca. Onde estamos?

Ela revira os olhos.

– Não faço ideia. E, acredite, tentei descobrir, mas não há nenhuma abertura, e o lugar é muito bem isolado acusticamente. Deve haver pelo menos quatro ou cinco andares abaixo de nós, foi o que deduzi ouvindo os canos do banheiro. Os guardas que me alimentam tomam muito cuidado para não se mostrarem ou chegarem perto o suficiente para que eu possa adivinhar sua espécie, mas, agora que seu amigo Mick está na área, acho que estamos em território licano. Só que isso não restringe muito as opções.

Emery. Ela certamente faz parte disso. E Mick deve tê-la ajudado o tempo todo. Afinal, ele era um dos ajudantes de Roscoe.

Passo a mão pela testa.

– Por que você se envolveu com os licanos?

– Excelente pergunta! Você gostaria da resposta longa ou curta? Tive muito tempo para preparar as duas versões nos últimos meses.

– Eles machucaram você? Estão torturando você, interrogando ou...?

Ela balança a cabeça.

– Eles me tratam bem, se você descontar a violação perpétua dos meus direitos humanos. Mas eles nunca me tiraram deste quarto, e olha que eu tentei. Fingi estar doente, fiquei agressiva... mas de nada adiantou. Os guardas são incrivelmente babacas e se recusam a falar comigo.

– Como pegaram você?

– A última coisa que lembro foi de estar andando pela calçada a caminho do seu apartamento depois do trabalho... e então bum! Eu estava aqui.

Corro o olhar pelo sótão.

– O que você faz o tempo todo?

– Estou colocando o sono em dia. Revendo minhas escolhas de vida. Me afogando em arrependimento. Principalmente, leio. – Ela aponta para as prateleiras. – Mas a seleção aqui se limita aos clássicos. Já li uns três romances de Dickens.

– Chocante.

– *O apanhador no campo de centeio* também.

– Meu Deus.

– E toda uma série de mistério que nem faz o meu gênero. – Ela dá de ombros. – Agora, quer ouvir minha teoria sobre por que alguém se preocupou em sequestrar esta pobre criatura aqui, para que você possa dizer "eu avisei" ou coisa parecida?

A irritação me energiza o bastante, a ponto de finalmente eu me sentar direito.

– Não, porque eu *não* avisei.

– Ah. – Ela balança a cabeça, perplexa. – Bem, isso é uma agradável surpresa...

– Eu não poderia avisar, porque você escondeu de mim a *história* em que estava trabalhando e a merda que estava fazendo.

Ela franze a testa.

– Ok. Bem, pelo menos me deixe explicar...

– Eu já sei.

– O que quer que você esteja pensando, não é isso. Na verdade eu estava...

– Você estava investigando os licanos, ou Thomas Jalakas, ou crimes financeiros, ou algo assim. Você descobriu que Liliana Moreland é uma híbrida humano-licana, possivelmente a única do gênero, e então foi sequestrada por causa dessa investigação.

Serena recua.

– Como você...?

– Seu gato estava... Tinha aquele Alfabeto Borboleta na sua agenda e... – Eu massageio a têmpora. – Acredite em mim quando digo que sei, francamente, muito mais do que jamais quis sobre qualquer coisa. Lowe disse que...

– Quem é Lowe?

Sinto uma pontada no coração. Tento afastar a lembrança e a dor com um movimento da mão.

– O licano alfa. Meu marido.

– Quer saber, isso não tem importância. Me diga como eles... – Ela para abruptamente. Me olha depressa e depois olha de novo. Pisca diversas vezes. – Você acabou de dizer...?

Suspiro.

– Isso mesmo.

– Misery.

– Eu sei.

– Sério.

– Eu sei.

– Fico fora três meses e, depois de uma vida inteira literalmente sem notícias, agora você está *casada com um licano alfa*?

– Estou.

– Ah, meu *Deus*.

– Tecnicamente, a culpa é sua.

– *Como é que é?*

– Você acha que me casei porque encontrei um doce amor licano em um aplicativo de namoro? Eu estava procurando por *você*. O tempo todo em que você estava desaparecida. De todas as maneiras que me eram possíveis. Foi assim que acabei casada com o irmão da garota metade licana *muito* jovem e *muito* inocente que você estava disposta a explorar, e agora aqui estamos, e eu apostaria toda a minha coleção de ferramentas de hacker que foi Emery quem nos pegou, e que Mick está trabalhando com ela pelas costas do Lowe o tempo todo, aposto... Sabe o que mais? Aposto que Emery *sabe* que Ana é híbrida e quer ter certeza de que ela nunca seja um símbolo de união entre licanos e humanos, e, como você estava bisbilhotando entrou no radar da Emery, e, Serena, *foi difícil pra cacete encontrar você.*

Ponho tudo para fora tão depressa que mal tenho tempo de manter meu tom sob controle. Mas me arrependo no mesmo instante em que a mão de Serena sobe e pressiona os lábios rachados. Suas unhas estão roídas, hábito que ela havia abandonado anos atrás.

– É só... – Ela engole em seco. – Eu não tinha certeza.

– Certeza de quê?

– De que você estaria me procurando. Tivemos aquela briga e... – Sua voz falha um pouco. – Eu disse coisas que não queria dizer e imaginei que talvez você não quisesse mais saber de mim.

Eu a encaro, momentaneamente sem palavras. Será que algum inseto tinha comido o cérebro dela?

– Cara. Eu não sabia que existia essa opção.

Ela solta uma risadinha, um pouco mais trêmula do que o normal.

– É que eu tive muito tempo aqui para pensar no que eu disse.

Faço que sim com a cabeça. Passo a língua pela boca, que está muito seca e com gosto ruim.

– Também tive muito tempo lá fora.

Ficamos nos encarando. Se fôssemos pessoas melhores, com a cabeça menos ferrada, provavelmente conseguiríamos dizer algo como *Eu te amo*, ou *Estou tão feliz por estarmos juntas de novo*, ou algo ligeiramente mais macabro como *Que bom que você não está morta*. Mas ficamos as duas em silêncio, porque é assim que agimos.

Ambas conhecemos o não dito, porque é assim que somos.

Serena pigarreia primeiro.

– Devemos considerar o assunto arquivado por enquanto? – pergunta ela. – Podemos cortar as unhas uma da outra quando sairmos daqui ou algo assim.

– Excelente sugestão. Vamos nos concentrar no que fazer.

Ela respira fundo para reunir suas forças.

– Na verdade, venho trabalhando num plano.

– Vamos ouvi-lo.

– Ele envolve ficar aqui. Construir uma vida. Envelhecer. Desenvolver catarata.

Abro um sorriso.

– Seus planos sempre foram os piores.

Ela ri. E eu também. E então rimos um pouco mais, até que aquilo começa a soar menos como risadas e mais como uma leve histeria, e, meu Deus, *eu estava com saudade disso*.

– Outro plano – diz ela, enxugando os olhos e baixando a voz –, que bolei nos últimos três minutos, é atrair o guarda na porta e usar sua magia vampírica para dominá-lo e fazer com que nos deixe sair...

Franzo a testa.

– Você sabe que não posso fazer isso sem tocar nas pessoas.

– Misery. Querida.

– O quê?

– Duvido que haja outro jeito.

– Podíamos lutar. Somos duas e sabemos um pouco de autodefesa...

– Eles não entram. Me entregam tudo através daquela abertura. – Ela aponta para o painel quadrado da porta. – Mas, agora que você está aqui, talvez possamos enganá-los. Eu poderia distrair o guarda por tempo suficiente para você conseguir dominá-lo.

Balanço a cabeça. Totalmente ciente de que não estou dizendo não.

– Isso pode dar muito errado.

– Eles não descontariam em você. Você é filha de um conselheiro vampiro e, pelo que entendi, *a esposa de um licano alfa.* – Ela pressiona o nariz. – Ao contrário de mim, você é uma refém valiosa para ser usada em negociações, e essa Emery deve saber disso. No máximo descontariam em mim, o que é...

– Inaceitável também.

Ela morde o interior da bochecha.

– Eu realmente adoraria sair daqui. Passar mais tempo com Sylvester.

– Sylvester?

– Meu gato.

– Ah. – Desvio o olhar, com culpa. – Sobre isso...

– Juro por Deus, se você me disser que deixou meu gato morrer de fome ou se engasgar com meus fios de lã ou ser comido por um guaxinim...

– Não, nada disso, embora ele merecesse. Mas o nome dele agora é Faísca. E ele se apegou muito à Liliana Moreland, ou vice-versa. – Ignoro seu olhar fulminante. – Há muitos gatos no mundo, e Faísca é medíocre entre eles, então vou arrumar outro para você se algum dia...

Uma batida na porta e ambas nos assustamos.

– Sim! – grita Serena. Ela me empurra para fora do campo de visão, mesmo quando a porta e a abertura da comida permanecem fechadas.

– Tenho uma... bolsa de sangue. Para a vampira.

– Quem é esse? – sussurro.

– Bob.

Inclino a cabeça.

– E quem é Bob?

– É um nome que inventei para os guardas. São todos Bob. – E em seguida, mais alto: – Misery não está se sentindo bem! – grita. O que é verdade: eu me sinto um lixo completo. – Acho que a droga que aplicaram nela pode estar prestes a matá-la!

Que merda é essa?, pergunto sem emitir som. Não posso lidar com um plano de Serena agora.

– Bem, isso está fora da minha alçada. De qualquer forma, não posso fazer nada por uma sanguessuga...

– Ela é da *realeza* dos vampiros. Quem quer que seja o seu chefe, você acha que ele vai ficar satisfeito com você se ela morrer sob sua supervisão?

Ouvimos alguns palavrões murmurados que mal consigo entender. E então o compartimento da comida se abre.

– O que está havendo?

Olho para Serena, perplexa. Ela se limita a fazer gestos vagos para mim, provavelmente tentando transmitir seu plano por telepatia. Faço caretas até virar uma uva-passa, na esperança de me encolher até sumir deste mundo. Quando isso não funciona, vou relutantemente até a porta.

A abertura fica na altura da minha cabeça, mas, devido à maneira como o sótão foi construído, a visão que Bob tem do seu interior é limitada.

– Tem alguma coisa errada. Com o meu... olho – digo a ele quando estamos cara a cara.

Ele é um licano e parece mais jovem do que eu esperava. Jovem demais para fazer esta merda, assim como Max.

Vá se foder, Emery, e vá se foder, Mick.

Ele murmura algo sobre choradeira de sanguessuga e pergunta:

– Qual é o problema?

– Isto. – Fungo e faço vários ruídos dramáticos. À minha direita, escondida dos olhos de Bob, Serena me faz sinal de positivo com o polegar. A cúmplice mais inútil do mundo. – Está vendo?

– Não estou vendo nada. – Ele se inclina um pouco para a frente, mas é inteligente o bastante para não avançar a cabeça para o interior do quarto. Uma pena, pois eu adoraria dar um murro nele. Em contrapartida, isso me deixaria satisfeita, mas ainda trancada aqui. – É só um olho roxo normal. O que eu deveria ver?

– Deve ser uma reação aos remédios. Você precisa falar com um médico – digo. Talvez um pouco indiferente demais, porque Serena está fazendo uma mímica que só pode significar *Aumente o drama*. – Eu posso *morrer*.

– Morrer de quê?

– *Disto*, está vendo?

Indico um ponto sob o olho direito, e ele se concentra nele, tentando encontrar alguma abominação. Quando meus músculos intraoculares começam a se contrair para iniciar a dominação, concentro toda a minha energia no movimento, na esperança de conseguir uma captura rápida.

Por um momento, funciona. Eu me fixo logo abaixo da superfície, a confusão de Bob escancarada em sua boca semiaberta e seus olhos vazios. *Peguei o infeliz, eu acho. Peguei, peguei, peguei.*

Então ele franze a testa e se afasta.

– Que *porra* é essa?

E percebo que falhei.

Terrivelmente.

– Você...? – Ele pisca duas vezes e se dá conta do que aconteceu. – Você tentou me dominar? Sua *sanguessuga* maldita!

Ele está furioso... Tão furioso que enfia a mão pela abertura na direção da minha garganta. E é então que Serena me faz lembrar de uma coisa.

De como ela sempre foi *foda*.

Mais rápido do que pensei ser possível para uma humana, ela agarra o pulso de Bob, dobrando-o em um ângulo que não é natural. Bob grita e imediatamente tenta recuar, mas minha dominação meia-boca deve tê-lo afetado de alguma forma, porque, apesar da força de licano, ele parece fraco demais para escapar da mão de Serena.

– Abra a porta – ordena Serena.

– *Não*, porra.

Ela dobra ainda mais o pulso dele. Bob solta um guincho.

– Abra a porta ou vou fazer isto... – Ela quebra o polegar dele. Ouço o dedo sair do lugar e o som é *repugnante*. – Com *todos* os seus dedos.

É necessário repetir com mais dois dedos, mas Bob destranca a porta. Apesar de sua força de licano, está claro que ele não é um lutador treinado e não precisamos de muito esforço para trocar de lugar com ele. Estamos ambas sem fôlego e um pouco machucadas, mas, assim que ele está trancado no sótão, viro-me para Serena a fim de ter certeza de que ela está bem e a vejo tapando a boca com a mão e saltitando de alegria no mesmo lugar.

Ela pode ser foda, mas também é incrivelmente boba. Meu coração dá um pulo quando sinto o quanto estou aliviada... Aliviada e feliz. Ela está aqui. Ela está bem. Está sendo descaradamente ela mesma. Mesmo depois de tanto tempo sem vê-la, ela continua a mesma.

– Eu disse para você que não daria certo sem o contato – digo.

Bob grita para que o deixemos sair, e Serena lança um olhar culpado para a porta de segurança.

– Sério?

– Ele é um idiota, mas uma vez ele roubou um pudim de baunilha extra para mim.

– Mal posso esperar para ouvir *tudo* sobre a sua vida nesta casa de repouso.

Ela faz uma careta.

– Vamos. Acho que ele não estava com um celular, mas posso ter deixado passar.

Disparamos até o fim do corredor e encontramos outra porta.

– Esta parece bem leve – digo. – Acho que, se nós duas jogarmos nosso peso contra ela, vamos conseguir passar. No três, ok?

Serena me lança um olhar intrigado. Então, dá um passo à frente, segura a maçaneta e gira.

A porta se abre.

– Como você sabia...?

– Não sabia. Usei essa técnica superavançada chamada "conferir". Você deveria experimentar qualquer dia.

Pigarreio e passo por ela ao sair, meu peito apertado com o tamanho da saudade que senti dela.

– Não que ver você derrubando a porta para abrir caminho não fosse o máximo do entretenimento, mas...

Ela se cala e para de repente. E eu também. Estamos ambas paralisadas de espanto, porque...

Eu acertei quando disse que a cela de Serena ficava num sótão, mas o prédio é muito mais alto do que esperávamos. Existem pelo menos vinte andares abaixo de nós. Este é um prédio alto, muito familiar.

Porque eu cresci nele.

– É o Ninho? – pergunta Serena em um murmúrio.

Ela esteve aqui apenas uma vez, mas o lugar é diferente demais para ser esquecido.

Faço que sim lentamente. Quando olho atrás de mim, vejo que a porta pela qual acabamos de sair está pintada da mesma cor da parede. Camuflagem quase perfeita.

– Não estou entendendo – digo.

– Bob é um licano, certo? Eu não entendi errado, entendi?

Balanço a cabeça. O sangue de Bob circulava muito mais rápido que o de um humano, e ele definitivamente não é um vampiro.

– Então tínhamos guardas licanos e o tal Mick trouxe você para cá, mas estamos em território vampiro. Como pode?

– Não sei.

Serena se sacode.

– Podemos descobrir isso mais tarde. Precisamos dar o fora daqui antes que alguém venha atrás de nós.

Concordo e começo a descer as escadas. Mais ou menos na metade do primeiro lance, Serena pega minha mão. Quando chegamos embaixo, entrelaço meus dedos nos dela. Não tenho ideia do que está acontecendo, mas Serena está aqui e tudo ficará bem se...

– Parem – diz uma voz às nossas costas. Uma voz inesquecível.

O medo sobe pela minha nuca. Eu me viro e deparo com Vania sorrindo para mim.

– Vou precisar que você venha comigo. Uma última vez, Misery.

CAPÍTULO 28

Ele não achava que poderia amá-la ainda mais,
porém ela é uma surpresa constante.

Serena e eu somos razoavelmente bem treinadas em autodefesa, mas Vania é a agente de segurança mais competente do meu pai. Ela está empunhando não uma, mas duas facas, e se encontra ladeada por dois guardas – os mesmos que me escoltaram até o território dos vampiros semanas atrás. Tentar dominá-los seria muitíssimo idiota, e Serena e eu não estamos assim *tão* doidas. Então marchamos na frente dela, as mãos levantadas acima da cabeça, e seguimos suas instruções. Cientes de que, se uma de nós decidir fugir, a outra acabará com uma faca nas costas.

Sejamos realistas: *Serena* acabaria com uma faca nas costas. Eu provavelmente seria arrastada pela orelha até a presença do meu pai.

Porque estamos no Ninho. E Vania se reporta a ele e a mais ninguém.

– Se me matarem, me vingue – sussurra Serena.

É legal toda essa fé que ela parece ter em mim.

– Alguma preferência sobre o método?

– Seja criativa.

Meu pai está à nossa espera em seu escritório, mais uma vez sentado na cadeira de couro de espaldar alto atrás da mesa de madeira maciça, cercado por mais quatro guardas. Seu sorriso é frio e ele não se levanta, tampouco nos oferece uma cadeira. Em vez disso, apoia os cotovelos no mogno escuro e une as pontas dos dedos diante do rosto, esperando que eu fale alguma coisa.

Então eu não falo.

Estou magoada, traída, chocada com o envolvimento do meu pai em algo tão horrível assim, mas, ao mesmo tempo... não estou. Não faz sentido ficar surpresa quando um assassino notoriamente cruel e egoísta enfia uma faca nas suas costas, mesmo que seja um parente seu. A história é totalmente diferente quando a facada é dada por alguém que você considera uma pessoa gentil e decente. Alguém que você considera um *amigo*.

Meu olhar pousa em Mick, que está ao lado da mesa do meu pai como um de seus guardas. Sustento o olhar pelo tempo que Mick leva para baixar a cabeça. Ele parece envergonhado, e não tenho a menor pena.

– Por quê? – pergunto a ele sem emoção. Quando ele não diz nada, acrescento: – Foi você, não foi?

Os sulcos que ladeiam sua boca se aprofundam.

– Emery está envolvida nisso? Ou você convenceu todos à sua volta de que ela estava querendo pegar Ana só porque os Leais eram um bode expiatório conveniente?

Ele desvia o olhar, o que só pode ser uma confirmação, e meus punhos se fecham de medo e raiva. *Você é desprezível*, quero dizer. *Eu odeio você.* Mas o desprezo que ele parece sentir por si mesmo já é suficiente.

– Por quê? – torno a perguntar.

– Ele está com meu filho – sussurra ele, olhando para o meu pai, que tem a expressão satisfeita de quem deu xeque-mate em todos no jogo.

– Então você deveria ter contado ao Lowe.

Mick balança a cabeça.

– Lowe não poderia...

– Lowe teria feito *qualquer coisa* por você – sibilo, a raiva me dando náuseas. – Lowe daria a própria vida antes de deixar que algo acontecesse a um membro do bando. Você o viu crescer... Ele é o seu alfa, e ainda assim você não o conhece. – Minha raiva borbulha. Não me lembro da última vez que falei tão duramente com alguém. – O veneno foi *você*, não foi? Foi você também quem mandou Max levar Ana?

– Misery – interrompe meu pai. – Você é uma fonte inesgotável de decepção.

Minha cabeça vira em sua direção.

– É mesmo? Já que você tem feito pessoas como reféns e chantageado outras, eu poderia dizer o mesmo, mas a porra do sarrafo já era muito baixa.

Os olhos dele endurecem.

– É isso que falta a você, Misery. O motivo para você nunca se tornar uma líder.

Eu bufo.

– Porque eu não saio por aí sequestrando pessoas.

– Porque você sempre foi egoísta e teve a mente fechada. Teimando em não compreender que o fim justifica os meios e que coisas como justiça, paz e felicidade são maiores do que uma pessoa específica... ou do que um punhado delas. O bem da maioria, Misery. – Seus ombros sobem e descem. – Quando você e seu irmão eram pequenos e surgiu a necessidade de um Colateral, tive que decidir qual de vocês teria garra para ocupar meu lugar no conselho. E estou feliz por ter escolhido Owen e não você.

Reviro os olhos. Existe uma boa chance de eu não estar viva quando o golpe de Owen acontecer, mas, puxa, como eu gostaria de poder testemunhar meu pai se cagando.

– Por que você acha que os vampiros ainda têm poder, Misery? Em todo o mundo, as nossas comunidades vêm se fragmentando. Muitos deles não possuem território próprio e são forçados a viver entre os humanos. Mesmo assim, apesar do nosso número cada vez menor, aqui na América do Norte ainda temos a nossa casa. Por que você acha que é assim?

– Porque você *tão altruisticamente* mata todos que se põem no seu caminho?

– Como eu disse: uma fonte de decepção.

– Por causa de suas alianças estratégicas dentro desta região geográfica – responde Serena, calmamente, em meu lugar. Todos se voltam para ela, surpresos, como se sua presença fosse algo esquecido.

Mas não pelo meu pai.

– Srta. Paris. – Ele assente com gentileza. – Você está correta, naturalmente.

– Nos últimos cem anos, humanos e licanos têm alternado entre ignorar uns aos outros e estar em vias de guerra por conta de disputas de fronteira. Ambos têm vantagens sobre os vampiros, físicas e numéricas, mas nunca consideraram usar isso a seu favor. Porque os vampiros conseguiram de alguma forma... Bem, não *de alguma forma* – explica Serena, com um toque de amargura na voz. – Por meio do sistema Colateral, vocês cultivaram uma aliança política muito benéfica com os humanos. E os licanos sabiam disso, assim como sabiam que qualquer ataque aberto ao território dos vampiros lançaria o poder militar humano sobre eles. Foi assim que vocês se mantiveram seguros ao longo das décadas, apesar de serem a mais vulnerável das três espécies.

– Muito completo. – Meu pai assente, satisfeito.

– Imagino que haja mais. Por exemplo, tenho certeza de que, se observássemos com atenção os conflitos de fronteiras entre licanos e humanos nas últimas décadas, descobriríamos que eles foram facilitados pela ação dos vampiros. Assim como tenho certeza de que houve subornos consideráveis. O governador Davenport, sem dúvida, não os descartaria.

Meu pai não nega.

– Vejo que as semanas que você passou lendo melhoraram seu raciocínio, Srta. Paris.

Ela ergue o queixo.

– Meu raciocínio sempre foi afiado, seu lesado.

Deve ser a primeira vez que meu pai é chamado *assim*. É a única explicação para a hesitação ligeiramente indignada e principalmente perplexa que enche a sala: ninguém sabe como responder a um insulto aberto, porque, ao contrário das insinuações sutis e das tentativas de assassinato, no mundo do meu pai insultos não existem. Por fim, depois de vários segundos constrangedores, Vania dá um passo à frente e ergue a mão para bater em Serena.

Eu me posiciono entre as duas, o que por sua vez faz Serena querer *me* proteger. Mas meu pai põe fim a isso ordenando:

– Deixe-as. Queremos as duas intactas, por enquanto.

Vania fuzila Serena com os olhos. Com um movimento do pulso do meu pai, dois dos guardas se posicionam ao nosso lado. A ameaça implícita é cristalina.

– Eu poderia ter matado sua amiga, Misery. Tantas vezes. Você sabe por que não fiz isso? – pergunta ele.

– Para poupar meus sentimentos? – respondo, cética.

– Esse foi um bônus, concordo. Porque, independentemente do que possa pensar, eu não gosto de machucar você, ou de tirar coisas de você. Não fiquei feliz ao mandar minha filha embora, apesar de não esperar que você acredite nisso. Mas, em última análise, não, não foi esse o motivo. Só posso presumir então que a Srta. Paris deixou de contar para você por que fui forçado a levá-la.

– Ela não precisou me contar nada. Eu já sei o que aconteceu. – Mas, quando olho para Serena, ela desvia o olhar. E é nesse momento que um nó se forma em meu estômago. – Ela estava trabalhando em um artigo – acrescento, embora ela não retribua meu olhar. – E descobriu algo que não deveria.

– Então você realmente não tem ideia. – Aquele sorriso arrogante e convencido, quero tirá-lo com um soco da cara do meu pai. – Permita-me esclarecer para você: há vários anos, meu querido amigo governador Davenport me disse algo que ele achava que poderia me interessar.

– É claro que o governador está envolvido nisso – zombo.

– Ah, você dá muito crédito a ele. – Meu pai faz um gesto de descaso com a mão. – Ele está envolvido, sim... Às vezes. Com o passar dos anos, fui me familiarizando com sua mente. Submetê-lo à dominação, conseguir entrar em seu cérebro, foi se tornando cada vez mais fácil. Praticamente sem rastros. Ele tem me dado muitas informações úteis, algumas particularmente intrigantes. Por exemplo, quando me falou sobre uma criança nascida de uma mãe licana e um pai humano.

Ana. Claro. O governador deve ter descoberto, talvez através de Thomas, ou talvez por... Eu me viro para Mick novamente.

– Você contou ao governador?

– Ah, não – interrompe meu pai. – Você está enganada, Misery. Mick só veio a fazer parte disso há pouco, e fui eu quem o encontrou. Fico com o crédito que me é devido, mesmo que você me acuse de ser um monstro sem coração. Foi *minha* ideia usar o filho dele assim que percebemos que o garoto que capturamos durante um ataque tinha ligações com um licano proeminente. Foi bem fácil dominá-lo. Ele até ajudou a vigiar a Srta. Paris.

– E você acha que isso é coisa para se gabar?

– De fato. Mas já faz um bom tempo que o governador me contou sobre a criança metade licana, metade humana. Na verdade, foi há mais de duas décadas.

Meu corpo fica rígido. Uma onda de pavor toma conta de mim.

– Já tinha ouvido outras histórias. Rumores de compatibilidade reprodutiva. Se há algo em que os humanos são bons, é na reprodução. – Meu pai se levanta, os lábios crispados com uma leve expressão de desgosto, e vagarosamente dá a volta pela mesa. – Mas as histórias vinham de outros países, e nunca houve nenhuma prova. Aqui, os licanos são insulares e os humanos são covardes. Como disse a Srta. Paris, eles simplesmente não interagem o suficiente. Mas essa criança era muito nova. E não estava sendo criada pelos pais biológicos por vários motivos. Ela não sabia sobre suas origens ou sua composição genética questionável, mas parecia ter puxado ao pai. Ela se apresentava plenamente como humana, o que, devo admitir, a tornava menos interessante para mim... A implicação de sua existência era muito menos preocupante. Só que a ocorrência era única, então resolvi monitorar a situação. Parecia a coisa sensata a se fazer. – Ele se recosta na mesa, tamborilando na borda de madeira. Algo próximo ao terror começa a encher minha garganta. – Onde um vampiro poderia esconder uma criança meio licana com aparência humana? O território humano parecia a melhor opção. Mas como? Parecia uma situação impossível. E foi aí que lembrei que eu mesmo tinha uma filha escondida em território humano. E que ela talvez gostasse de companhia.

Meu coração bate forte no peito. Desvio o olhar do meu pai e lentamente me viro para a direita. Deparo com Serena já olhando para mim. Seus olhos estão cheios de lágrimas.

– Você sabia? – pergunto.

Ela não responde. As lágrimas, porém, começam a cair.

– Ela não sabia. – É meu pai quem responde, embora eu esteja rapidamente perdendo o interesse no que ele tem a dizer. – Do contrário, eu saberia. Como disse, eu a monitorei durante anos. Mesmo quando o seu tempo como Colateral terminou, Misery, nada do que ela fez disparou qualquer alarme. Na verdade, ela parecia não ter nenhum interesse em licanos. Tinha, Srta. Paris? – Ele sorri para Serena, e o ódio no olhar dela poderia queimá-lo tão violenta e intensamente quanto a luz do sol. Ele a ignora e se vira para mim. – Ela só se preocupava com jornalismo financeiro, ou algo assim. Devo dizer que a nossa vigilância relaxou durante alguns anos. A garota havia se tornado uma jovem promissora, ainda que *muito* humana. Às vezes ela desaparecia por alguns dias sem avisar, mas isso é típico dos jovens. Despreocupados. Aventureiros. Nunca suspeitei que isso pudesse ter algo a ver com os genes dela. Até...

– Eu desprezo tanto você – sibila Serena.

– Eu não esperaria menos. Híbrida de licano com humano, você está predisposta a isso, e não a culpo. Mas a maneira desleixada com que agiu quando sua metade licana começou a se manifestar e você decidiu pesquisar sobre seus pais, isso certamente *é* culpa sua. Você saiu por aí fazendo perguntas, enfiou o nariz em cada canto e recanto da Agência de Relações Humano-Licanas. Você deixou excessivamente claro que algo estava mudando em você, que estava procurando orientação. – Seu tom é de repreensão. Mais do que qualquer coisa que meu pai já *me* disse, essas palavras me dão vontade de dar um soco nele. – Pensando bem, tudo fazia sentido. O fato de que a maioria de suas viagens e desaparecimentos batia com a lua cheia. Você precisava estar lá fora, não é? A necessidade de ter contato com a natureza tornou-se tão irresistivelmente forte que você...

– Você não sabe de *nada* – cospe Serena.

– Mas eu sei, Srta. Paris. Sei que havia muitos exames de sangue seus. Sei que seus sentidos se tornaram quase insuportavelmente aguçados, tanto que excederam a capacidade do seu médico humano de medi-los. Sei que você passou por testes genéticos e os resultados chegaram como se a amostra estivesse contaminada... três vezes. Sei que toda lua cheia você tinha a sensação de que precisava sair da própria pele, e que um dia você cortou a carne do seu antebraço, só para ver se seu sangue tinha ficado verde durante a noite. Você já havia chegado a esse ponto, suspeitando que algo dentro de você era muito, muito diferente.

O maxilar de Serena se contrai.

– Como você...?

– Parte disso eu descobri quando começamos a vigiar você assiduamente. A maior parte, você mesma me contou.

– Não. Eu jamais falaria.

– Mas falou. Quando eu dominei você, no dia em que chegou aqui.

Serena deixa a boca escancarada, e o peso no fundo do meu estômago parece ainda maior.

– Eu me certifiquei de que você não se lembraria. Você pode ter sido submetida à dominação antes por Misery, mas, como tudo mais sobre a cultura dela, minha filha não recebeu uma educação adequada. – Ele parece se divertir com a expressão horrorizada de Serena. – E sabe o que mais você me contou? Que, tragicamente, não conseguiu descobrir quem eram seus pais nem confirmar se um deles era licano. No entanto, assim que começou a vasculhar e a usar suas consideráveis habilidades investigativas, ouviu falar de Thomas Jalakas.

Ele faz uma breve pausa e prossegue:

– Thomas era um homem interessante. Tinha trabalhado para a Agência alguns anos antes, começado um relacionamento com uma ajudante de Roscoe e... acredito que todos nós conhecemos a história daqui para a frente. Ou talvez você não conheça, Misery. – Seus olhos se fixam nos meus. – A licana ficou grávida. Thomas, compreensivelmente, não acreditou quando ela disse que o filho era dele. O relacionamento acabou e, político de carreira que ele era, duvido que tenha pensado muito na ex-amante nos anos seguintes. Mas Thomas foi subindo constantemente na hierarquia. Então, há cerca de um ano, ele voltou para a Agência de Relações Humano-Licanas, como diretor. O acesso às informações de segurança que veio com o cargo lhe permitiu consultar vários relatórios de inteligência, e ele ficou curioso em relação ao destino de sua ex-amante. Ele procurou o nome dela e encontrou uma foto muito interessante.

Meu pai faz um movimento infinitesimal com o dedo e uma das guardas ativa o monitor em sua mesa. Ela passa o dedo na tela sensível ao toque algumas vezes e então a vira em minha direção.

Reconheço Maria Moreland da foto no quarto de Lowe. E Ana, que segura a mão dela, de alguns dos melhores momentos do último mês da minha vida. Elas estão sentadas à beira do lago, com os pés submersos na água. É uma foto espontânea tirada a distância, semelhante a algo que um paparazzo humano produziria.

– A criança despertou o interesse dele. Hoje cedo você confrontou Arthur Davenport, então presumo que já saiba o quanto a criança se parece com o pai biológico. Thomas agora tinha fortes suspeitas de que os híbridos eram possíveis. Então ele decidiu levar o conhecimento ao governador Davenport.

– E o governador mandou matar o pai da Ana – concluo.

– Ana? Ah, Liliana Moreland. Na verdade, ele não fez isso. Mas reconheceu que as alegações poderiam ser muito perigosas. A sua solução, claramente ruim, foi remover Thomas da posição de chefe da Agência e lhe dar uma outra de muito mais prestígio. Thomas deveria ter ficado satisfeito. Em vez disso, tornou-se obcecado por descobrir mais sobre a filha. Acabou chamando a atenção para si mesmo e, vários meses depois, a Srta. Paris soube que outra pessoa estava fazendo as mesmas perguntas que ela. Quando os dois marcaram um encontro, eu soube que precisava intervir.

Mais uma pausa antes de continuar:

– Então, não, Misery. Não foi o governador quem eliminou Thomas Jalakas. Ou foi, mas apenas no sentido de que o dominei e o levei a pensar que, se não o fizesse, os seus pecadilhos de peculato seriam revelados. Assim como Emery e os Leais eram candidatos convenientes para as suspeitas de Lowe quando fomos forçados a levar Liliana. Mick foi muito útil nisso.

– Você não foi forçado a levar Ana, ou Serena. Você escolheu fazer isso.

Ele suspira, como sempre decepcionado comigo.

– Às vezes, nos tornamos mais do que somos. Às vezes, nos tornamos símbolos. Você deveria estar bem ciente disso, Misery. Afinal, você passou a maior parte da sua vida como um símbolo de paz.

– Se fui símbolo de alguma coisa, foi da total falta de confiança entre humanos e vampiros – retruco.

– Pessoas como a Srta. Paris aqui e Liliana Moreland – prossegue ele, como se eu não tivesse falado nada – são perigosas. Ainda mais se compartilharem as características e talentos de ambas as espécies. Por enquanto, nenhuma das duas é capaz de se transmutar. Mas ainda podem transcender a si mesmas e se tornar símbolos importantes e poderosos da união entre dois povos que estão insensatamente em conflito há séculos.

– E isso deixaria você indefeso na região e reduziria drasticamente sua influência – murmura Serena, em um tom gélido. Eu me pergunto como ela pode estar tão calma. Talvez eu esteja sentindo raiva por nós duas. – Maddie Garcia venceu as eleições humanas, não foi? Ela sabe que detém todo o poder e se recusa a se encontrar com você por conta da maneira como você manipula o governador Davenport há décadas.

– Srta. Paris, gostaria que tivesse passado um pouco de sua perspicácia política para minha filha. Talvez assim ela parasse de me olhar como se eu fosse um vilão por agir pensando no interesse do meu povo.

– Ah, vá se foder. – Olho para os seus guardas à minha volta, na esperança de que pelo menos um deles esteja vendo a vileza disso tudo. Eles permanecem como estátuas e não revelam nenhuma emoção. – Você não colocou isso em votação. Não informou ninguém de suas decisões. Você acha mesmo que a maioria dos vampiros, ou mesmo o maldito conselho, lhe daria o aval para sair por aí matando e sequestrando pessoas?

– Nosso povo está acostumado a certo grau de conforto. Poucos se dão ao trabalho de se perguntar o que é necessário para mantê-lo.

– Por que você não me matou? – pergunta Serena, como se nossa conversa fosse um desvio inútil. Errada, ela não está.

– Uma decisão difícil – responde ele. – Mas, como não sabemos nada sobre híbridos, você me pareceu mais útil viva.

– E ainda assim você tentou matar Ana – digo, ríspida.

O olhar que ele me dirige é primeiro de perplexidade, depois um misto de diversão e piedade.

– Ah, Misery. É isso que você acha? Que foi Liliana quem tentei matar?

Olho para Mick, confusa com as palavras do meu pai, e sua expressão se transforma em algo compassivo que simplesmente não posso...

A batida forte na porta me assusta. Com exceção de Serena, o restante da sala não se surpreende.

– Bem na hora. Por favor, entrem.

Outro dos guardas do meu pai entra primeiro. Logo atrás dele vem Lowe, olhos fundos, rosto impassível. Minha garganta dá um nó um milhão de vezes, depois o nó despenca para o meu estômago quando Owen entra atrás dele. Seus lábios estão curvados em um sorriso superficial e enigmático, e o motivo é imediatamente óbvio.

Ele traz Lowe algemado. Porque Lowe *não* está aqui por vontade própria. Ele corre os olhos pela sala, avaliando meu pai, todos os guardas, Mick. Ele não permite que nenhum sentimento transpareça, nem mesmo quando seu ajudante mais velho, sua figura paterna, inclina a cabeça na saudação habitual. Então seus olhos me alcançam e, por uma fração de segundo, vejo todas as emoções do universo passarem por eles.

Depois de um piscar de olhos, voltamos ao nada.

Meu cérebro tenta freneticamente se atualizar. Owen mentiu sobre querer assumir o lugar do nosso pai? A ajuda dele com Serena foi uma mentira?

– Lowe. – A voz do meu pai é quase acolhedora. – Eu estava à sua espera.

– Não duvido – replica Lowe. Sua voz profunda reverbera na sala ampla, preenchendo-a de uma forma que uma dúzia de pessoas não tinha conseguido. – Parece que você tinha um plano o tempo todo, conselheiro Lark.

– O tempo todo, não. Sabe, você é um homem muito difícil de subjugar. Tentei durante nosso único encontro a sós, depois da cerimônia do casamento. Normalmente consigo me conectar a um licano ou a um humano em questão de segundos, mas com você simplesmente não funcionou. Que frustrante. – Ele suspira e aponta para Mick. – Eu disse a mim mesmo que não tinha importância. Já havia me infiltrado em seu círculo íntimo de qualquer maneira. E ainda assim não consegui colocar as mãos em sua irmã. E, agora que você a escondeu, não consegui descobrir onde. Simplesmente não pude ter nenhuma influência real sobre você. Até agora. – Ele sorri para Owen. – Obrigado por trazê-lo para mim, filho. Certamente considero isso uma prova de sua lealdade.

Os olhos de Owen brilham de orgulho. Eu trinco os dentes.

– Lowe nunca vai entregar Ana a você.

– Há um mês, eu teria concordado contigo. Mas Mick me explicou algumas coisas. Incluindo o que significou a reação do Lowe a você no casamento. O conceito de parceiros. – Meu pai para na minha frente, uma das mãos segurando meu ombro. – Sua utilidade realmente não tem limites.

– Você é *inacreditável*. – Com um movimento brusco, me solto da sua mão, enojada.

– Sou?

– É. E está equivocado. – Eu me inclino para a frente, provocando-o, experimentando um súbito poder diante do dilacerante conhecimento de que ele está errado. – Eu *não* sou a parceira dele. Qualquer que seja a vantagem que você acha que tem, não é...

– Ela não é, Lowe? – pergunta meu pai, de repente falando mais alto. Ele ainda está sustentando meu olhar. – Sua parceira?

Eu mantenho o olhar fixo no dele, esperando a resposta de Lowe, esperando para ver a decepção nos olhos do meu pai. Esperando que ela torne a que experimentei mais cedo esta noite menos amarga. Mas o tempo passa. E a resposta de Lowe apenas se retarda, demora, hesita e não vem.

Quando me viro para ele, vejo que está ao mesmo tempo vazio e profunda e indelevelmente triste.

– Diga a ele – ordeno. Mas Lowe continua calado, e a sensação que tenho é de que levei um tapa na cara. Meus pulmões param de funcionar e de repente não consigo respirar. – Diga a verdade a ele – sussurro.

Lowe passa a língua pela parte interna da bochecha e depois comprime os lábios em um sorriso breve e triste.

Algo dentro de mim estremece.

– Agora que essa questão está resolvida, Lowe – intervém meu pai, seco –, Mick me diz que ninguém além de você sabe onde Liliana está escondida. Eu quero a garota... Não se preocupe, não quero me livrar dela. Assim como não me livrei da Srta. Paris quando tive a oportunidade. – Ele para e dirige um leve sorriso a Serena, como se esperasse gratidão. Eu a imagino cuspindo nele e sendo imediatamente assassinada por três guardas. – Tudo que quero é a garantia de que humanos e licanos não unirão forças contra os vampiros. E isso começa por não lhes dar uma razão para acreditar que são mais semelhantes e compatíveis do que pensavam. – Meu pai se vira para Lowe uma última vez. – Tome as providências para entregar sua irmã.

Lowe assente lentamente. E então pergunta com um tom de genuína curiosidade:

– E eu faria isso por quê?

– Porque sua parceira vai pedir.

Lowe solta uma risada silenciosa.

– Você conhece muito pouco minha parceira, se realmente acha que ela pediria algo assim.

Lowe não obtém uma resposta verbal. Em vez disso, meu pai avança. Ele se move tão rápido que o ar se desloca e, no instante seguinte, algo frio, brilhante e muito afiado aparece junto ao meu pescoço.

Ele segura uma das facas de Vania. Colada à minha garganta.

Lowe, Owen, Serena – até mesmo Mick –, todos tentam vir até mim, mas são contidos pelos guardas do meu pai e, quando a ponta da lâmina roça minha pele, eles param imediatamente, com expressões de pavor no rosto. O silêncio que se segue é tenso, preenchido por batimentos cardíacos altos e respirações pesadas.

– Não – diz meu pai, calmo. A mão que segura a faca está firme. – Em condições normais, ela não pediria. Mas e se ela tivesse que escolher entre a própria vida e o futuro de Liliana? E então?

– Ele está blefando. Ele não vai me matar – digo a Lowe, na esperança de tranquilizá-lo.

Ele permanece sem expressão e certamente não parece aliviado. O oposto, talvez. Eu me pergunto se ele já sabe o que está por vir.

– Não vou? Eu mandei envenenarem você. Ah, não faça essa cara. Sim, o veneno era para você. Eu esperava que a dor de perder a parceira distraísse Lowe o suficiente para que eu levasse Liliana. Mas Mick confundiu as doses, não foi? Isso me deixou com raiva suficiente para descontar no filho dele. E depois disso Lowe ficou esperto e não confiou em mais ninguém. – Ele se aproxima ainda mais, os olhos de um roxo-escuro que é quase azul. O que quer que tenha sobrado dentro de mim que me ligava à minha família, já rachado e maltratado, finalmente se fragmenta. – Já sacrifiquei você antes e farei de novo – diz meu pai. Não há remorso nele. Nenhum conflito. – Para o bem dos vampiros, não hesitarei.

Dou uma risada cheia de desdém.

– Que maldito covarde você é.

Eu deveria me sentir encurralada, mas estou apenas com raiva. Com raiva por causa de Ana e Serena. De *mim mesma*. Uma raiva maior do que pensei ser possível.

E depois há Lowe, e a maneira como ele está olhando para mim. Seu medo calmo, como se soubesse que nada disso pode acabar bem. Como se não tivesse certeza do que fará consigo mesmo depois.

Sinto muito, Lowe.

Eu gostaria que tivéssemos mais tempo.

– Veja como você fala comigo – adverte meu pai, com um tom preguiçoso.

A lâmina belisca minha pele. A gota única e roxa de sangue escorrendo pelo meu pescoço faz Lowe se debater para se libertar, mas as algemas que Owen pôs nele o contêm.

– Você adora comprar o bem dos vampiros pagando com a vida dos outros, não é? – Provoco meu pai. – Só um covarde se esconde atrás dos outros.

– Vou tirar a vantagem que puder.

– Bem, eu não. Não vou pedir ao Lowe que me escolha no lugar da irmã.

– Mas não precisa disso, não é? – Meu pai se vira para Lowe. – O que você acha, alfa? Devo matá-la na frente dos seus olhos? Ouvi dizer que os licanos que perdem seus parceiros às vezes chegam a enlouquecer. Que não há dor maior – acrescenta, com prazer.

Não sinta dor, penso, olhando-o nos olhos por cima do brilho da lâmina. *Aconteça o que acontecer, não sinta dor por minha causa. Apenas fique com Ana, desenhe e dê as suas corridas, e talvez pense em mim de vez em quando ao comer manteiga de amendoim, mas não fique...*

– Misery. – A voz de Serena interrompe meus pensamentos.

E então ela diz mais alguma coisa, algo distorcido e sem sentido que meu cérebro leva um segundo para desembaraçar. Os guardas se entreolham, igualmente confusos. Meu pai faz uma careta, tentando entender. Owen inclina a cabeça, curioso.

Mas ela não está falando em outra língua. São palavras reais.

Ele está errado. Foi o que Serena disse. Em nosso alfabeto secreto.

Sem desviar o olhar de Lowe, pergunto:

– *Sobre o quê?*

– *Sobre eu não poder me transmutar.*

Não compreendo imediatamente. Mas pelo canto do olho capto um movimento rápido. A mão dela. Não... Seus dedos.

De repente, suas unhas estão compridas.

Anormalmente compridas.

Recém-crescidas.

Respiro fundo, a mente acelerada.

– Muito bem, pai – digo. Sustento o olhar de Lowe, esperando que ele entenda. – Já que você vai ter que me matar, quero dizer algumas últimas palavras ao *meu* parceiro.

Engulo em seco. Lowe está a vários passos de mim e seus olhos estão... É impossível descrevê-los. Não com palavras.

– Lowe. Você é a melhor coisa que já me aconteceu. E eu nunca pediria a você que escolhesse a mim no lugar da Ana. – Minha voz é pouco mais que um sussurro. – E, se algum dia você fizesse isso, eu amaria você um pouco menos. Mas, da próxima vez que a vir, já que provavelmente eu não verei, pode mandar um recado meu para ela? Diga que ela é tão irritante quanto o Faísca. E que... aquela *coisa* que ela não consegue fazer, sabe? Ela não deve ficar triste por isso. Porque ela vai crescer e conseguir. E *definitivamente* vai conseguir quando tiver uns 25 anos mais ou menos.

Lowe me fita, confuso... até que a ficha cai. Seus olhos vão dos meus para os de Serena, e eu gostaria de ter tempo para saborear o quanto isso é incrivelmente errado, e fora de lugar, e simplesmente *estranho*: as duas pessoas que formam todo o meu universo se conhecendo nessas circunstâncias ridículas.

Espero que um dia nós três possamos rir deste momento. Espero que este não seja o fim. Espero que, mesmo que eu não esteja mais aqui, os dois possam apoiar um ao outro. Eu espero, eu espero, eu *espero*.

Serena assente.

Lowe assente.

A compreensão passa por eles como uma corrente.

– Agora – sussurra Lowe.

De repente, Owen dá um passo à frente. Em um momento extremamente rápido, as algemas de Lowe se abrem e seu corpo começa a mudar. A se contorcer. A se fundir e se transformar. Eu me viro para Serena e descubro que a mesma coisa está acontecendo com ela: a distração perfeita e surpreendente que nenhum dos guardas previu. Nem Vania. Nem meu pai.

– O que você está...? – É só o que ele tem tempo de dizer.

Porque dois grandes e majestosos lobos brancos tomam a sala. O ruído de carne sendo rasgada se eleva acima dos gritos, e vejo as duas pessoas que mais amo não se refrearem em mais nada.

CAPÍTULO 29

Há muitas questões para resolver, e seu bando precisa dele mais do que nunca, mas ele não consegue se concentrar em nada além dela. Ele entende por que alguns alfas fazem voto de celibato e renunciam ao amor.

Ela o distrai. Seus sentimentos por ela o distraem.

Existe uma coisa que eu nunca, jamais, vou me permitir superar, até o dia em que eu passar desta para melhor, até o momento em que desaparecer no nada da matéria: nas semanas em que vivi com os licanos, nunca me ocorreu perguntar para onde iam suas roupas quando eles se transmutavam em lobo.

É tanta, mas *tanta* burrice da minha parte.

E na sequência da noite mais assustadora da minha vida, sentada na escada do Ninho, com Gabi tratando do ferimento que a faca do meu pai fez na carne da minha clavícula, eu simplesmente não consigo deixar o assunto de lado.

– Você achou que elas se transformariam conosco? *Customizadas?*

Alex se recosta no corrimão. Não tem por que ele estar aqui, a não ser para debochar de mim. Ou talvez ele esteja genuinamente interessado... Não sei. Tudo que sei é que sinto falta de quando ele tinha pavor de mim. Ele continua falando.

– Você achou que o resultado final seria um lobo com colete de lã e gravata-borboleta? Só para deixar claro, era isso que você esperava?

– Eu não *sei* o que esperava. Mas a blusa da Serena estava toda esfarrapada e presa no pescoço dela, e só estou dizendo que foi perturbador ver uma blusa rosa pendurada enquanto ela afundava os dentes no pescoço da Vania.

Esfrego o rosto com a palma das mãos, na esperança de "desver" as últimas duas horas. Quando olho para cima novamente, Ludwig, Cal e mais um punhado de ajudantes estão seguindo pelo corredor até o escritório do meu pai. Eles param na nossa frente e...

Todos sabemos que eles estavam interrogando Mick. Eu me pergunto se o lugar ainda se parece com o Áster: sangue roxo e verde espalhado por todas as paredes. A mais horrível das flores pintada com os dedos pela criança mais assustadora do mundo.

– Ela ainda está falando das roupas? – pergunta Ludwig.

Alex assente e dá um suspiro profundo. Gabi reprime um sorriso.

– Eu só quero saber que raios ela estava pensando que aconteceria com elas – murmura Cal.

– Eu *não* pensei – digo, na defensiva.

– Óbvio – murmura Alex.

– Você não deveria estar com *medo* de mim? Além disso, o que *você* está fazendo aqui?

– Determinaram que um especialista em TI poderia ser útil e, sinceramente, você perdeu qualquer chance de me causar medo.

– Ainda posso beber você até secar, nerd.

Owen chega e interrompe nossa briga.

– Já acabou aqui, Misery? Preciso falar com você por um momento.

Eu o sigo escada abaixo depois de lançar um último olhar furioso para Alex, praticamente em silêncio. Owen apanhou um pouco durante a luta: seu olho roxo é cortesia de Vania, ou talvez do guarda ruivo que o acompanhou até lá. Pela postura dele, suspeito que todo o seu lado direito também esteja machucado. Quando entramos em um corredor escuro e ninguém mais pode nos ouvir, pergunto baixinho:

– Você está bem?

– Eu que devia perguntar isso a *você*.

Penso um pouco e respondo:

– Eu me sentiria melhor se pudesse falar com Serena.

– Ela está com a ruiva. A garota.

– Juno. Eu sei.

– Aparentemente, ela ainda não conseguiu dominar a história de "virar uma fera e depois voltar a ser uma pessoa", e ainda está trabalhando para controlar... sei lá, seus impulsos de lobo. A ruiva a levou para uma corrida para...

– Eu sei – repito. Ainda estou preocupada. – E não é "virar".

– Como assim?

– Os licanos preferem o termo "se transmutar".

Ele me olha abismado, como se eu fosse uma nerd sentada na primeira fila gritando *Professor, essa eu sei!*, e então para em frente a uma porta fechada.

– Vi o seu rosto quando entrei no escritório. Pensou que eu fosse trair você, não foi?

Resisto à tentação de desviar o olhar.

– Você chegou trazendo meu marido algemado.

– Isso foi ideia *dele*. Liguei para Lowe mais ou menos uma hora depois que vocês foram embora, porque finalmente tínhamos conseguido o vídeo da invasão ao apartamento da Serena.

Então foi por isso que Lowe saiu depois que nós... Melhor não pensar nisso.

– Posso adivinhar... Foi Mick.

Ele confirma com a cabeça.

– Mostrei a gravação ao Lowe, que o reconheceu imediatamente. Misery, ele surtou.

– É, Mick e Lowe se conhecem há muito tempo...

– Não, ele surtou porque sabia que *você* estava com Mick. Achei que seu boy fosse um cara bastante equilibrado, mas na verdade ele é *apavorante*.

Não me dou ao trabalho de negar.

– E o que você fez?

– Os licanos ainda estavam monitorando o governador para ver quais seriam os próximos passos dele, e Davenport ligou para o nosso pai. A essa altura, já tinha ficado claro que eles estavam juntos em alguma coisa e que Mick estava ajudando. Lowe me disse que ligasse para o nosso pai e mentisse... A história era que, assim que você e Mick desapareceram, Lowe entrou em contato comigo para procurar você, porque ele pensava que eu pudesse estar disposto a ajudar, e em vez disso eu o capturei. O resto você viu. – Ele me fita com os olhos semicerrados. – De novo, a ideia foi *dele*.

– Eu não disse nada...

– Eu não vou trair você, Misery.

Assinto, me sentindo quase próxima do meu irmão gêmeo. É uma sensação há muito esquecida, mas que parece familiar.

– Eu também não.

– Pois bem, então. – Ele aponta para a porta. – Está pronta?

Faço que sim.

Ele não diz o que há ali dentro, mas eu já sei.

Lowe está usando um jeans que deve ter encontrado em algum lugar e nada mais. Ele se vira quando entramos, mas continua encostado na parede, paciente. A poucos metros dele há uma cadeira e, algemado a ela, um vampiro.

Meu pai.

Ele está coberto de sangue, principalmente roxo, mas eu também estou. Assim como Owen e todos os outros que estavam naquele escritório durante a carnificina. Quando Alex chegou ao local, sua primeira pergunta foi se todo aquele sangue estava me deixando com fome. Assim que estivermos de volta ao território licano, pretendo esfregar uma panqueca no interior de um vaso sanitário e perguntar a mesma coisa a ele.

Se algum dia eu voltar para os licanos.

Meus olhos encontram os de Lowe, por um instante breve e ao mesmo tempo muito longo. O que se passa entre nós é muito inflamável para não desviarmos o olhar imediatamente.

– Você está bem? – pergunta ele.

Não.

– Estou. E você?

– Estou. – Ele quer dizer *não*, mas por enquanto isso não importa.

Meu pai está com uma venda, presumo que para salvar algum idiota de entrar e ser dominado por ele. Os fones de ouvido que colocaram nele devem ter cancelamento de ruído, mas ele sabe exatamente quem está na sala pelos batimentos cardíacos e pelo cheiro do sangue. Ele já não tem mais seus guardas, nem seu poder. Pela primeira vez na sua vida adulta, ele se encontra indefeso. Fecho os olhos e espero que sentimentos me invadam, qualquer um deles.

Não vem nenhum.

– Posso? – pergunta Owen cordialmente, apontando para nosso pai.

Lowe acena com a cabeça, observando-o calmamente arrancar a venda e os fones de ouvido. Owen se agacha, sentando-se com as pernas dobradas. É a primeira vez que testemunho uma interação como esta: meu irmão como a parte ativa e dinâmica, e meu pai dominado e imóvel. Fraco. Derrotado.

Eles se encaram. É meu pai quem finalmente quebra o silêncio, dizendo:

– Quero que saiba que eu faria tudo de novo.

A voz dele está forte demais para o meu gosto, com uma calma quase obscena. Eu queria poder vê-lo implorar por misericórdia, vê-lo duvidar da ridícula retidão de suas ideias e da coragem de suas convicções estúpidas. Queria que ele pudesse sofrer pelo menos uma migalha de dor, mesmo que fosse apenas no fim. Queria que houvesse algum castigo por tudo que ele fez.

E então não preciso mais desejar. Porque, depois de assentir pensativamente, Owen abre um sorriso largo.

– É justo. O que *eu* quero que *você* saiba – afirma ele, em voz baixa e clara – é que, quando eu assumir seu lugar no conselho, vou trabalhar pesado para desfazer cada merda que você construiu nas últimas décadas. Vou intermediar alianças com os licanos e com os humanos que não vão beneficiar apenas *nós*, vampiros. Farei tudo que puder para facilitar as tréguas entre *eles*. E, quando esta área estiver em paz e a influência dos vampiros for reduzida à quase insignificância, vou pegar a porra das suas cinzas e espalhá-las onde costumavam ficar as fronteiras e os pontos de entrada, para que licanos, humanos e vampiros possam passar por cima delas sem nem perceber. *Pai*.

Ele sorri mais uma vez, feroz, *assustador*.

Uau. Meu irmão é... Uau.

– Misery, alguma coisa que você gostaria de dizer a esse desgraçado de merda antes que eu o amordace de novo?

Abro a boca. Então penso melhor e torno a fechá-la.

O que eu poderia dizer a ele? Existe alguma coisa que possa machucá-lo, mesmo que seja um centésimo do quanto ele machucou a *mim* e às pessoas que amo? Talvez apenas:

– Não.

Owen ri, e a expressão de Lowe é ao mesmo tempo terna e de divertimento. Nosso pai não nos dá a satisfação de se debater, de gritar insultos ou de perder o autocontrole de alguma forma. Mas os olhos dele encontram os meus antes de desaparecerem atrás da venda. Há um tom de derrota ali, e digo a mim mesma que talvez ele saiba: vou pensar nele o mínimo possível enquanto puder.

– O que você quer que eu faça com ele? – pergunta Lowe quando meu pai não consegue nos ouvir.

A pergunta deveria ser dirigida a Owen, mas ele está olhando para *mim*. Talvez neste momento ele não seja um líder trabalhando em nome de seu povo, mas um licano fazendo uma pergunta à sua...

Baixo minha cabeça. Não. Não vou sequer pensar nessa palavra. Ela já foi suficientemente abusada e arrastada na lama por esta noite.

– O que acontece se ele continuar vivo? – pergunto. – Na verdade, o que acontece se ele for morto? Haveria repercussões?

– Não existe nenhum órgão oficial regulando as relações entre licanos e vampiros. Ainda. Mas, sim, presumo que caberia ao conselho dos vampiros buscar retaliação, ou punição... para seu pai, ou para quem o executou. Quem quer que ocupe o lugar dele terá algum poder de decisão sobre isso.

– Owen, então.

Eles compartilham um olhar. E, depois de uma fração de segundo de hesitação, Lowe diz:

– Ou você.

Surpreendentemente, Owen concorda. E então os dois olham para mim com expectativa.

– Vocês acham que *eu* quero fazer parte do conselho?

Lowe não diz nada. Owen dá de ombros.

– Não sei. Você quer?

Uma risada explode dentro de mim.

– Do que vocês estão falando?

– Há décadas nosso pai decidiu que eu seria o sucessor. – Owen parece muito sério. – Acho que deveríamos parar de fazer o que ele diz.

– Você está dizendo que, se eu quiser aquele assento, você vai deixar?

– Eu... – Ele desliza os lábios sobre as presas. – Eu não ficaria feliz. E vou avisar: nosso povo não gostaria disso. Mas eles teriam que reconhecer que você fez muito mais pelos vampiros do que qualquer um deles e acabariam aceitando.

Eu não sabia que Owen poderia ser assim tão sensato. Acho isso tão misterioso que, na verdade, paro e me permito considerar a ideia de um mundo onde eu possa realmente me sentir em casa entre os vampiros, ainda que somente porque sou sua líder por obrigação moral. Eu não estaria sozinha, não seria rejeitada, não estaria constantemente deslocada. O apelo dessa ideia é...

De baixo a inexistente. Sinceramente: fodam-se os vampiros.

– O que você falou antes, sobre trabalhar com os licanos e os humanos. Você estava falando sério, certo? Não estava apenas fazendo raiva no nosso pai? – pergunto a Owen.

– É claro. – Ele faz uma careta, indignado. – Lowe e eu somos basicamente melhores amigos.

A testa franzida de Lowe, demonstrando confusão, não transmite a melhor ideia de amizade.

Owen bufa.

– Obrigado pelo voto de confiança. É realmente inspirador saber que o licano alfa e sua esposa, que também é minha irmã, acham que eu seria um grande líder. Verdadeiramente uma rede de apoio campeã. *Babacas.*

Sorrio. Os lábios de Lowe também se contraem. Nossos olhos se encontram, e parece ainda mais ameaçador do que antes, uma tempestade perigosa se aproximando, como uma corrente subindo pela minha coluna, a água depois de uma seca.

É assustadora essa coisa entre nós dois. Eu preciso interromper isso.

– Posso...? Eu tenho perguntas – apresso-me a dizer. – Onde está o filho do Mick?

– Owen e eu deixamos várias pessoas encarregadas de procurar por ele – responde Lowe, esfregando a mão na nuca, parecendo sentir dor.

– E Mick? O que vai acontecer com ele?

O rosto de Lowe fica tenso.

– Vou avisar você quando decidir.

– E Ana? Meu pai...

– ... nunca soube onde ela estava. Ela está segura.

O alívio me inunda.

– Fico feliz.

– Ela estará de volta assim que a situação for resolvida. Algo mais que você precisa saber?

Comprimo os lábios, desejando que este fosse o momento e o lugar para mais perguntas. Desejando que estivéssemos sozinhos.

Eu sou sua parceira?

Tudo bem se isso não tiver importância? Tudo bem se eu quiser ser?

Quanto do que você disse, do que eu disse, do que todos disseram era real?

Alguma coisa deve ser, certo?

– Não. – Olho para Owen.

Ou ele não tem consciência do quanto eu adoraria que ele nos deixasse sozinhos ou não se importa. A última opção, provavelmente.

– Você ainda não me disse o que gostaria que eu fizesse com seu pai – lembra Lowe suavemente.

Observo a cadeira. A postura do meu pai está impecável como sempre, mas, com as orelhas pontudas escondidas pelos fones de ouvido e o cabelo branco levemente despenteado, ele quase poderia se passar por humano. Como os poderosos caíram.

Talvez eu seja realmente má. Talvez ele mereça. Talvez seja um pouco dos dois. Mesmo assim, eu digo:

– Não me importo. Deixo isso para vocês dois.

Quando passo por Lowe, as costas da minha mão roçam na dele, e um arrepio de puro calor percorre meu braço.

Agarro a maçaneta da porta, ainda sentindo o calor dele em meus dedos. Sem me virar, acrescento:

– A menos que haja necessidade, sintam-se à vontade para nunca me dizer o que decidiram.

Pego no sono no quarto da minha infância, o que é a cereja do bolo da noite mais esquisita de todas.

No mês que antecedeu meu casamento, estive muitas vezes no Ninho, mas nunca neste quarto. Na verdade, não entro aqui desde meu breve período no território dos vampiros depois de cumprir minha função como Colateral. O lugar está bastante limpo, e me pergunto quem anda tirando o pó das prateleiras vazias ou trocando as lâmpadas, e por ordem de quem. Abro gavetas vazias e closets sem uso. Cerca de uma hora depois do nascer do sol, vou dormir.

Minha cama é no estilo adotado pelos vampiros, e consiste em um colchão fino no chão e uma plataforma de madeira cerca de um metro acima dele, ideal para a proteção contra a luz. *Basicamente um caixão emborcado*, disse Serena na primeira vez que a viu, e ainda a odeio um pouco por isso. Mas é deliciosamente confortável, e lamento o fato de nunca ter encontrado nada parecido em território humano, muito menos entre os licanos. Então, antes de adormecer, me pergunto se isso é relevante. O que vai acontecer comigo? Com a ascensão de Owen, haverá necessidade de casamentos de conveniência entre nossos povos?

Não. Então talvez eu volte para o meu apartamento. E para os testes de invasão de redes e sistemas. Mas eu prefiro caminhar no sol a trabalhar de novo com... Como é mesmo o nome dele? Pierce, isso, antes de trabalhar de novo com Pierce. Então é melhor eu atualizar meu currículo e...

Acordo quarenta minutos antes do pôr do sol com um corpo ao lado do meu. É quente, muito macio e tudo nele grita familiaridade.

– Vá para a sua cama, sua vaca – digo, grogue, virando-me para Serena.

– Nunca. – Ela dá um bocejo imenso, sem nenhuma preocupação com seu mau hálito ou com meu pobre nariz. – E aí?

– E aí? – Levanto a mão para limpar os olhos e ainda posso sentir o cheiro de sangue de vampiro debaixo das unhas. Preciso tomar um banho.

– Vamos acabar logo com isso – começa ela. – Sei que você está com raiva, mas...

– Espere aí. Não estou com raiva.

Ela pisca.

– Ah.

– Eu não vou... Não estou com raiva, juro.

Ela examina meu rosto.

– Mas...?

– Não tem nenhum mas.

– Mas...?

– Nada.

– Mas...?

– Porra, já disse a você...

– Misery. *Mas...*?

Aperto os dedos contra os olhos até aparecerem manchas douradas. Deus, eu odeio quando as pessoas me *conhecem.*

– Só... por quê?

– Por que o quê?

– Por que você não me contou?

Ela morde o interior da bochecha.

– Certo. Então... Eu meio que escondi de você um número insano de segredos no último ano mais ou menos, e não tenho certeza a qual deles você está se referindo, então...

– Ao principal. – Meu tom de voz é frio. – Que você é, na verdade, você sabe... de outra porcaria de espécie?

– Ah. – Ela franze o nariz. – Certo. Bem...

– Pensei que você confiasse em mim. Achei que soubesse que podia me contar tudo e que nossa amizade era incondicional, mas talvez...

– Eu sei. Eu confio em você. É... – Ela se encolhe. E massageia a testa com a palma da mão. – Eu não tinha certeza, sabe? Principalmente no início, meu corpo estava tão esquisito, e eu tinha sensações estranhas, parecia doido. Eu não sabia se estava tendo alucinações, e parecia o tipo de coisa em que eu devia evitar pensar e apenas rezar para que parasse. E depois, quando eu realmente comecei a suspeitar... Bem, para começar, vocês odeiam licanos.

Eu arquejo, mortalmente ofendida.

– *Eu*, não.

– Você faz piadas sobre eles o tempo todo.

– Que piadas?

– Ah, para com isso. Você diz que eles correm atrás de carteiros e são obcecados por esquilos. Teve uma noite em que encontramos aquele cachorro molhado que fedia demais...

– Foi uma *piada*. Naquela época eu nunca tinha *sentido o cheiro* de um licano!

– É, *bem*... – Ela respira fundo. – Meu sangue é vermelho. E, quando seu pai me sequestrou, eu ainda não sabia me transmutar. Eu não tinha certeza. Àquela altura, tudo que eu sabia era que alguma coisa estranha, assustadora e incrível estava acontecendo, e eu juro, Misery, tudo que eu pensava nos últimos seis meses era... e se eu morrer? E se essa coisa dentro de mim me matar? O que Misery vai fazer? Vou arrastar Misery comigo, vou ser o motivo pelo qual minha irmã, a pessoa com quem mais me importo, a única pessoa com quem me importo, vai morrer, por causa dessa nossa estranha codependência, e...

Estendo a mão e a fecho sobre a dela, como costumávamos fazer quando éramos crianças.

Serena se acalma. Para. Então, depois de alguns instantes, ela continua, a voz muito mais baixa:

– Nos últimos três meses tive muito tempo. Óbvio. E havia uma câmera de vigilância no sótão, mas também vários pontos cegos. Antes, eu sentia que precisava de informações. Eu tinha pesquisado a possibilidade de ser licana, ou algo completamente diferente, e procurei as informações como costumava fazer para um artigo. Mas, quando fiquei sozinha, só me restava pesquisar em mim mesma. Tentar *sentir*. E treinei. Transmutar-se é como flexionar um músculo, exceto que o músculo também está no cérebro. E eu ainda não entendo realmente o que está acontecendo comigo, e o que em mim é licano ou humano, mas...

Ela respira fundo.

De novo.

Mais uma vez, e eu aperto a mão dela.

– E aí? – Ela não está chorando, mas posso ouvir as lágrimas em sua voz. – Você pode...? Você pode ser de novo minha única amiga nesta merda de mundo, Sangueputa?

Eu sorrio.

Depois dou risada.

Depois ela dá risada.

– Você fala como se algum dia tivéssemos deixado de ser.

Ela *está* chorando agora, e eu também estaria, mas não posso. Em vez disso, me inclino para a frente e a abraço.

Ela retribui o abraço, mais forte.

– Você pode ser qualquer coisa e ainda assim será minha amiga. E eu nunca terei nenhum problema com o fato de você ser licana – digo, a boca encostada em seus cabelos, que estão emaranhados e com terra e, *meu Deus*, esta loba bebê precisa de um banho tanto quanto eu. – Na verdade, eu talvez esteja apaixonada por um deles.

CAPÍTULO 30

Poderia ter sido qualquer uma enviada para ele. Qualquer vampira. E, no entanto, foi ela.

Um lance de sorte.

A ventura em uma improbabilidade.

Nos três dias que se seguem, eu não vejo Lowe.

Ou melhor: vejo Lowe. Várias vezes. Constantemente, até. Mas nunca é Lowe, o cara que me fez companhia no telhado, que preparou banhos para mim e uma vez puxou meu cabelo para trás a fim de olhar as pontas das minhas orelhas e depois murmurou para si mesmo *bonitas*. É sempre Lowe, o alfa. Discutindo assuntos urgentes. Indo e vindo entre o território dos licanos e o dos vampiros com Cal e um grupo de outros ajudantes a reboque. A portas fechadas, tendo reuniões com Owen e Maddie Garcia, das quais não faço questão de participar, mas me pego desejando estar lá.

Serena e eu estamos passando o tempo todo juntas, inseparáveis, como se tivéssemos 12 anos de novo, descobrindo a trigonometria ao mesmo tempo. Fazemos caminhadas longas e confortavelmente silenciosas ao anoitecer. Fazemos piadas sobre o fato de que ela pode deixar crescer pelos no cotovelo quando quiser. Ficamos no meu quarto, Serena lendo tudo que aconteceu enquanto estava isolada do mundo, eu piscando, sonolenta, olhando para os pontos pretos no teto, tentando descobrir se são pequenos insetos ou partículas de sujeira.

De alguma forma, estou sempre errada.

– Temos bons bancos de dados para testes genéticos – diz Juno quando vem conversar com Serena. – Podemos trabalhar para descobrir quem era seu pai licano. No mínimo, de que bando e grupo ele veio.

Serena olha para mim, em busca de uma resposta, e meu primeiro instinto é encorajá-la. Então vejo seu pescoço se movendo em espasmos, uma vez, depois outra.

– Talvez você devesse pensar por um tempo sobre isso – digo, e ela assente, aliviada, como se precisasse da minha permissão para sequer considerar essa opção.

Não é típico dela, a indecisão. Mas Serena também não é mais a *mesma*. Ela foi mantida presa sozinha em um sótão sem janelas por meses, e isso *depois* que começou a suspeitar que talvez fosse de outra espécie. Ela agora adormece em horários estranhos e se agita durante o sono, e eu a peguei chorando mais vezes na última semana do que em toda a década em que vivemos juntas. Ela parece... não diminuída, mas distraída. Insubstancial. Em transição.

Mais tarde naquela noite, enquanto trança o cabelo e olha pela janela, ela murmura:

– Eu me pergunto se seria bom passar algum tempo com os licanos. Só para ver como eles são. – Eu me dou conta, então, de que Juno é a primeira pessoa do seu povo que não a sequestrou, aprisionou ou abandonou.

– Preciso fazer uma pergunta ao Lowe – digo a Owen no dia seguinte, quando o pego no intervalo entre uma reunião do conselho e outra. Ele está com a testa franzida e os olhos fixos na tela do computador no escritório do nosso pai. As manchas de sangue foram limpas... ou talvez tenham sido, e as marcas quase pretas sejam lembranças permanentes. – Onde ele está?

– Na casa dele, presumo.

– Quando ele volta?

– Não sei. – Ele parece estressado. O poder *não* lhe cai bem... pelo menos ainda não. – As negociações terminaram por enquanto, portanto não volta por algum tempo.

– Ah. – Meus olhos se arregalam e Owen finalmente olha para mim.

– O que foi?
– Nada. Acho que pensei que eu voltaria com ele... Já que moro lá.
– Você quer?
– O que você quer dizer?
– Você não precisa morar lá se não quiser.
– E quanto à aliança?
Ele dá de ombros.
– Na próxima semana o conselho fará uma votação formal sobre os parâmetros da nossa aliança com os licanos. Enquanto isso, Lowe e eu estamos de acordo, e nenhum de nós vai pedir mais a você ou à Gabi que sirvam como Colaterais.
– Duvido que o conselho aprove...
– O conselho permitiu que nosso pai fizesse um monte de coisas muito ilegais, e agora eles estão fazendo de tudo para fingir que não sabiam de nada, e, mesmo que não tivessem a intenção de se proteger, estou trazendo a eles uma aliança condicional com os licanos e os humanos. Então, sim, eles aprovarão tudo que eu mandar. – Ok, talvez eu estivesse errada. O poder lhe cai bem, sim. – Gabi já está de volta ao território licano. Você é livre para morar onde quiser, então vou perguntar novamente: você quer morar com Lowe?
É uma pergunta tão óbvia e direta que só posso rebater com outra.
– Ele disse alguma coisa?
– Tipo o quê?
– Tipo: ele quer que eu...? Ele espera que eu...? Ele disse *alguma coisa*?
Owen me dirige um olhar impiedoso.
– Eu não sou um conselheiro sentimental.
Eu inclino a cabeça.
– Mas é o que parece.
– Dê o fora da porra do meu escritório.
Trato de sair para evitar ser alvo do peso de papel para o qual ele está olhando. Então percebo que não peguei o que vim buscar. Tomo uma decisão executiva: refaço meus passos, roubo as chaves do carro de Owen e, minutos depois, Serena e eu estamos na estrada, atravessando a ponte no momento em que um sol pálido se põe atrás dos carvalhos. Não tenho nenhuma documentação diplomática comigo, mas, quando declaro meu nome, o licano no posto de controle me passa pelo scanner facial e me autoriza a entrar no território.

Deixo Serena na casa de Juno e sorrio ao observar as duas, na forma de lobo, entrarem na floresta, o vento criando ondas no pelo macio. Serena precisa da companhia de licanos neste momento, e fico feliz em poder ajudá-la. Também me sinto incrivelmente aliviada por ela estar pedindo ajuda e não me excluindo.

– Me mande uma mensagem quando terminarem de perseguir toupeiras, ou cheirar o traseiro uma da outra, ou o que seja! – grito para elas. – Vou para a casa do Lowe!

A casa está destrancada, como sempre, mas estranhamente vazia. Tiro os sapatos e subo os degraus de madeira, me perguntando se as bolsas de sangue ainda estão sendo entregues regularmente para mim. Quando poderei ver Ana novamente. Se Serena e Faísca-Sylvester algum dia vão se reencontrar.

Sinto um nó no estômago quando entro no meu quarto. O lugar parece desabitado, mais do que quando cheguei aqui. Minhas bugigangas, livros, filmes e até algumas roupas foram colocados de volta em caixas.

Não sou mais bem-vinda aqui. Estou sendo despejada.

Provavelmente há um motivo. Lowe não ia simplesmente expulsar você.

Mas não consigo me forçar a não me importar. Sinto um aperto no coração e, ainda que não esteja sendo expulsa, estou sendo afastada. Já servi ao meu propósito e...

– Misery?

Eu me viro e meu coração dá um salto.

Lowe. Ele me olha sob o brilho quente das luzes do teto. Não está exatamente sorrindo, mas irradia felicidade ao me ver. Está usando uma jaqueta de couro e suas mãos ficam ao lado do corpo, um pouco rígidas. Como se ele estivesse conscientemente mantendo-as ali.

– Ei.

– Ei. – Dou um sorriso.

Ele retribui. Depois ficamos em silêncio por tempo suficiente para que eu me lembre da nossa última conversa a sós.

Tempo demais.

– Eu não tinha certeza se podia... Espero não estar invadindo.

– Invadindo? – A alegria dele em me ver se transforma em confusão, que então se transforma em uma expressão severa de compreensão. – Você mora aqui.

Eu não pergunto *Moro?* porque isso soaria inseguro, queixoso e talvez um tanto passivo-agressivo, e eu simplesmente lembro que não sou nada disso. Não com Lowe, pelo menos.

– Dei uma carona para Serena, e acho que seria ótimo se ela e Ana pudessem se conhecer. Isso poderia ser bom para Serena, e também para Ana. Duvido que elas sejam as únicas meio-licanas por aí, mas...

– Pelo menos até onde sabemos.

Faço que sim com a cabeça.

– Você está de acordo?

Ele coça o queixo. Desde que o conheço, nunca o tinha visto com a barba tão grande. Como terão sido os últimos dias para ele?

– Estou planejando contar à Ana sobre os pais dela assim que Koen a trouxer de volta. Eu ia deixar essa conversa para mais tarde, mas há muitas pessoas que sabem e não quero que ela descubra por outros. Depois disso, adoraria que ela conhecesse Serena. E obviamente Serena é sempre bem-vinda entre nós. Ela faz parte do nosso bando, se quiser. Incumbi Juno de ver como ela estava enquanto eu estivesse fora, mas vou marcar uma reunião para explicar tudo agora que estou de volta.

– De volta?

– Estávamos resolvendo a questão da Emery.

– Ah. Caramba! – Arregalo os olhos.

Ele solta uma risada suave e apoia o ombro na porta.

– De fato.

– Nós meio que suspeitamos do licano errado, não foi?

– No que dizia respeito à Ana, sim. Finalmente temos provas suficientes para responsabilizar Emery pelas atividades dos Leais, incluindo uma explosão que aconteceu há três meses numa escola. Fui informá-la de que haverá um julgamento. Mas, em relação à minha irmã... – Sua expressão se torna sombria. – Não é culpa dela se eu escolhi acreditar no Mick.

– Vocês encontraram o filho dele?

– Encontramos. Eles estão juntos, fortemente vigiados. Ainda não sei o que vou fazer. – Ele comprime os lábios.

– Sinto muito, Lowe. Sei o quanto você confiava nele – digo, pesarosa.

– Se fosse qualquer outro licano, eu teria percebido que estava mentindo para mim. Mas Mick... O cheiro dele havia mudado drasticamente. Estava azedo, amargo e insuportável, mas imaginei que fosse tristeza. Que perder a parceira e o filho faria isso com alguém.

Dou um passo à frente, chegando mais perto dele, querendo confortá-lo, sem saber bem como. Por fim, apenas repito um "Sinto muito" totalmente inadequado. Tento continuar, desenrolar aquela bola de palavras tão densa que pesa em meu estômago, mas o som morre em meus lábios. Sinto um bloqueio, sou incapaz de ser coerente.

– Isso não é próprio de você – diz ele com um sorriso tímido.

– O que não é?

– Não dizer exatamente o que pensa.

– Certo. É verdade. – Uma onda de irritação toma conta de mim. Movo o pé para a frente e para trás a fim de evitá-la. – Era mais fácil ser franca com você quando pensava que estava sendo franco comigo.

Ele franze a testa.

– Você sempre pode ser franca comigo, Misery. Sempre.

Suspiro, impaciente, e vou até ele, pronta para atacar. Só paro quando estou tão perto que ele precisa curvar o pescoço para me olhar nos olhos.

– Mas por que eu faria isso? Para que você possa usar minhas feridas mais profundas e o que sabe sobre meu passado para me machucar quando decidir que deve me afastar?

Ele parece abalado com a lembrança das coisas que me disse, como se elas o machucassem tanto quanto a mim.

– Me desculpe – sussurra.

– Você mentiu. Disse aquilo tudo... e era mentira.

Ele não nega, o que me deixa com mais raiva. Ele inspira, profunda e lentamente, até que seus pulmões estejam cheios.

– Por quê? – insisto. Como não obtenho resposta, levo a mão até seu rosto. – Eu poderia forçar você a me dizer a verdade. – Meu polegar pressiona o ponto entre suas sobrancelhas. – Poderia dominar você.

O sorriso dele parece triste.

– Você já fez isso, Misery.

Eu fecho os olhos com força. Então os abro e pergunto:

– Eu sou sua parceira?

– Eu mantenho o que disse – replica ele calmamente. – Você não deveria usar palavras licanas que não compreende.

– Certo.

Eu me viro com raiva e me afasto. Que se foda. Se ele não queria que eu usasse palavras licanas, então não deveria tê-las usado comigo.

– Misery. – A mão de Lowe se fecha em torno do meu pulso, me fazendo parar.

Quando tento me desvencilhar, seu braço envolve minha cintura e me puxa de volta para ele. O calor é abrasador. O toque de sua bochecha na curva do meu pescoço, deliciosamente áspero.

Eu o ouço inspirar novamente, desta vez sem restrições.

– Meus sentimentos. Meus anseios. Meus desejos... Eles são meus, Misery. Você não tem obrigação de lidar com eles.

Tento me contorcer em seus braços, furiosa.

– Claro que são. Que raios isso significa...?

– Significa que não quero que você tome decisões com base nas *minhas* necessidades. Não quero que você fique comigo porque precisa, porque teme que, se não ficar, eu vou ser infeliz.

Queria poder ver os olhos dele. A voz de Lowe é ao mesmo tempo grave, rouca e baixa, como se alguém tivesse colocado nela o máximo de emoção possível e depois tentado apagá-la.

– No casamento, quando você ficou perto de mim pela primeira vez, eu senti raiva. Fiquei furioso porque, por alguma ironia do destino, eu tinha encontrado minha parceira e ela era alguém que eu nunca poderia amar de verdade. Eu queria você mais do que qualquer outra coisa, no entanto me sentia *aprisionado* por você. E então começamos a passar tempo juntos. Comecei a conhecer você e me sentir feliz. Você me fez uma pessoa melhor. Me fez querer ser cada parte de mim mesmo, até aquelas que pensei ter deixado para trás. E um dia acordei e percebi que, ainda que você não tivesse o melhor cheiro do mundo, eu não ia te querer menos.

– Lowe...

– Mas eu *posso* sobreviver sem você, Misery. Tudo que preciso fazer é... – Ele solta uma risada silenciosa. – Ficar sem você. Tudo que preciso fazer é suportar. E não vai ser bom. Mas acho que ainda é melhor do que ver você infeliz. Do que deixar meu amor por você amarrá-la a mim quando você preferiria...

– E quanto ao *meu* amor por você? – Eu me viro em seus braços e, desta vez, ele permite. – *Isso* pode me ligar a você? Tenho sua permissão para retribuir o que você sente?

Os lábios dele se abrem.

– Não. *Não*. Você não tem o direito de ficar surpreso com o que sinto por você. Não quando sempre fui muito clara sobre isso, e quer saber? – Minhas mãos estão começando a tremer e eu fecho os punhos no peito dele. – Não. Se eu quiser me apaixonar pelo meu estúpido marido licano, vou me apaixonar pelo meu estúpido marido licano, quer ele queira admitir que me ama também ou não. E tem mais: vou ficar morando aqui, então você pode desempacotar aquelas caixas agora mesmo. Vou fazer parte da vida da Ana, porque ela gosta de mim e eu, por algum motivo, também gosto dela, ok? E vou ficar no território licano, porque minha melhor amiga é uma de vocês, e pela primeira vez na vida as pessoas têm sido muito legais comigo, e eu gosto de morar à beira do lago, e não me importo de ser a esquisita que bebe sangue neste bando, e... – Eu poderia continuar a cuspir mais ameaças, mas ele me interrompe.

– As janelas. Estão sendo trocadas.

– O que isso tem a...?

– Vi as que vocês têm no Ninho. Owen explicou como elas funcionam. Eu não estava tirando você de lá, só não queria que suas coisas fossem danificadas.

– Ah. Isso é muito, hã... atencioso. E caro... – Não entendo.

Ele não parece se importar. Em vez disso, sua testa encosta na minha e sua mão envolve meu rosto. A voz dele é um sussurro entrecortado.

– Estou com medo, Misery. Estou apavorado.

– Com o quê?

– Com a possibilidade de que não exista nenhum mundo, cenário ou realidade em que eu permita que você me abandone. Que, se eu não deixar você ir agora, daqui a cinco anos, cinco meses, cinco dias, não consiga mais. A cada segundo eu quero você demais, e a cada segundo estou prestes a querer você mais ainda. Cada segundo é minha última chance de fazer a coisa certa. Deixar você viver sua vida sem ocupar toda...

Levanto o queixo e colo minha boca na dele. Já trocamos muitos beijos e este é provavelmente o mais contido de todos. Mas há algo de desesperado e frenético na maneira como os lábios dele se agarram aos meus, algo totalmente rendido.

Eu me afasto. Dou um sorriso. E digo:

– Cale a boca, Lowe.

Ele ri, o pomo de adão subindo e descendo.

– Essa não é a maneira apropriada de falar com o alfa do bando no qual você afirma querer ingressar.

– Certo. Cale a boca, alfa. – Eu o beijo novamente, bem devagar desta vez. Ele me aperta com força, como se eu fosse fugir assim que ele me soltasse. – Você me viu com Serena – murmuro junto a seus lábios. – Não sou do tipo que muda de ideia.

– Não. Você não é.

– Eu entendo você se sentir aprisionado por essa coisa de parceiros. – Dou um passo apressado para trás, de repente me perguntando se essa conversa não exige um distanciamento físico. – Deve ser difícil sentir que você não pode ir embora, mesmo que queira. Como se alguém fosse ser seu problema para sempre...

Ele balança a cabeça, os olhos cravados nos meus.

– Você não é um problema, Misery. Você é um *privilégio*.

Meu coração desacelera, passando a um ritmo forte e lento, exatamente quando o de Lowe acelera, três batidas dele para cada uma das minhas. Nossos corpos gritando como somos diferentes no nível mais básico e fundamental.

Eu não me importo. E ele também não.

– Vamos tentar, então – digo. – Afinal, não é nisso que consiste qualquer relacionamento? Conhecer alguém e querer estar com essa pessoa mais do que com qualquer outra, e tentar fazer com que isso dê certo? E eu... Talvez eu não tenha o hardware, mas o software está aqui e posso programá-lo. Talvez você não esteja *destinado* a mim do jeito que estou destinada a você, mas vou *escolher* você assim mesmo, de novo e de novo e de novo. Não preciso de uma licença genética especial para ter certeza de que você é meu...

Não chego a terminar a frase. Porque ele me beija vorazmente, como se nunca fosse parar, e eu retribuo o beijo da mesma forma. A intensidade, desta vez, é temperada com o alívio.

– Você está aqui – diz ele com a boca colada ao meu pescoço, me empurrando para trás. Não é uma pergunta, e tampouco se dirige a mim. Suas mãos fortes seguram minha nuca, não me permitindo nem assentir.

– Você vai ficar. – Sinto que a questão está resolvida dentro dele, a certeza de nós dois.

Uma parte diferente de Lowe assume o controle, e ele me empurra de volta contra a parede.

– Parceira. Minha parceira. – As palavras são um gemido, como se ele não tivesse se permitido pensar nisso em relação a si mesmo antes deste momento. Quando ele me pega no colo e me leva para a cama, o ar deixa os meus pulmões. – Minha parceira – repete ele, a voz mais grave que o normal, tão rouca que eu enlaço seu pescoço e o puxo para mim, esperando que isso acalme a urgência que o domina, o tremor frenético em suas mãos.

Sua respiração em meus cabelos é entrecortada, então empurro seus ombros largos, até que ele nos vira. Agora sou eu quem dita o ritmo, com beijos lânguidos e demorados, e aquela tensão vibrante dentro dele lentamente derrete.

Inalo o cheiro do seu sangue, inebriante e potente.

– Eu amo isso – digo. – Eu amo *você*.

Ele arqueja, incrédulo. Um calor invade meu estômago, sobe pelas minhas costas. Tiro a blusa e ele me segue avidamente com as mãos e a boca. Ele morde minha clavícula, chupa meus mamilos, mordisca meus seios. A cada toque, sinto como se estivéssemos sendo lentamente fundidos... até que ele se detém.

Seus longos dedos se flexionam em torno dos meus quadris, apertando impossivelmente, depois ficam frouxos.

Quando ele se afasta para me olhar, seus lábios estão vermelho-escuros e os olhos, intensos e claros.

– Talvez precisemos parar.

Eu solto uma risada, já sem fôlego.

– Este é outro ataque de culpa do licano alfa?

– Misery. – Ele para. Passa a língua pelos lábios. – Estou nervoso *de verdade*. Nós ficamos separados, seu cheiro é tão bom e você disse algumas... coisas inebriantes, como isso de que está aqui para ficar, e eu estou mais perto do limite do que...

Continuo rindo junto à linha do seu maxilar.

– Ok. Antes que você prossiga se recriminando, me deixe dizer uma coisa: eu vou beber seu sangue novamente. Ok, Lowe?

Ele sibila um "Porra" baixinho e assente, ansioso.

– E vamos fazer sexo.

Seus quadris pressionam os meus. Nossa respiração é superficial.

– Ok. Ok – repete ele, subitamente determinado. Reunindo seu autocontrole. – Eu posso parar. Vou parar quando...

– Você não vai parar. – Beijo sua bochecha, apertando os braços em torno do seu pescoço, e sussurro em seu ouvido: – Quando acontecer o seu... nó, você vai... – Prender? Grudar? *Unir?* Vou precisar melhorar meu vocabulário. – Vai ficar dentro de mim.

Lowe me aperta contra seu peito.

– Se eu machucar você...

– Então você vai me machucar um pouco. Como *eu* machuco você quando me alimento do seu sangue, uma vez que estou rasgando sua pele. E então, depois de alguns minutos, fica muito bom para mim, e acho que para você também.

A única resposta dele é um grunhido profundo. Parece involuntário, e beijo seu lábio inferior para não rir.

– Vai ficar tudo bem. Se não ficar, a gente conversa. Somos de espécies diferentes, mas estamos falando de um relacionamento de longo prazo, e devemos ser francos sobre nossos desejos e necessidades, e está claro que você *quer* isso, e provavelmente até *precisa* disso...

Ele fecha os olhos. Como se realmente precisasse.

O mais importante, porém:

– E a questão é que eu *quero* que você faça isso. É diferente, não vou negar, e talvez não funcione muito bem, mas a ideia é meio...

– Esquisita?

– Na verdade, eu ia dizer... – minha boca fica seca – ... sexy.

Vejo as pupilas dele se dilatarem, e então o acordo está fechado. O autocontrole de Lowe se esvai, e me vejo embaixo dele. Minhas roupas somem em puxões frenéticos, em seguida as dele, e me lembro da primeira vez que fizemos algo parecido com isso. A atitude hesitante e contida na banheira. Mal consigo reconhecê-la na maneira como ele me toca, na forma como sua mão molda a parte inferior das minhas costas, fazendo meu corpo arquear contra o dele como uma oferenda.

Os dois querem ir bem devagar, mas ele está mais duro do que eu pensava e eu, mais molhada do que ele esperava. É preciso muito pouco, apenas algumas estocadas, e já estamos quase lá. A cabeça do pau dele bate no meu clitóris e ele se afasta, só para depois se encaixar de novo onde eu o quero, pronto para entrar.

– Você está tão quente por dentro. Tão molhada, perfeito para o meu nó.

Ele beija a minha têmpora e sussurra algo que pode ser a palavra *macia*. Então empurra bem fundo dentro de mim. Ele é grande e me estica de um jeito muito bom que faz soar um leve alarme na minha cabeça. Eu me mexo um pouco, porque estou me sentindo presa, empalada, e é o reajuste que nós dois precisávamos.

Agora ele desliza, enfiando tudo.

Curvo meu corpo para cima, batendo a palma das mãos no colchão.

Nossos corações param ao mesmo tempo e então recomeçam. O meu com batidas lentas. O dele, um tambor acelerado.

– Misery. Eu quero viver dentro de você.

Ele me toma nos braços. Levanto o queixo para beijar o canto de sua boca, e nosso ritmo não é nem um pouco devagar. Lowe sai completamente e depois volta a me penetrar em movimentos irregulares e fortes, sem tentar se controlar. Da última vez, ele tentou durar mais. Desta vez, ele se atira de cabeça no que está por vir, e meu corpo pode não entender, mas responde com entusiasmo. Seu olhar sustenta o meu enquanto ele me fode, a pressão de seus quadris me abrindo – e, quando meus olhos tremulam e se fecham, eu me entrego ao prazer. Ele ofega em meu ouvido, dizendo coisas como *delícia* e *isso*, palavras distorcidas que não fazem sentido, porque ele há muito tempo deixou para trás a capacidade de pensar. Dentro de mim, os músculos se contraem para mantê-lo ali por mais tempo, espremendo seu pau, e aquele calor líquido com o qual agora estou familiarizada sobe pelo meu corpo.

E então algo muda. Lowe dá uma, duas estocadas, com tanta força que minhas mãos escorregam em seus ombros suados. O crescendo da respiração pesada para abruptamente e abro os olhos.

Acho que vou encontrá-lo preocupado outra vez, que vou ter que tranquilizá-lo, mas seu autocontrole se desfez e ele está muito além disso.

– Olhe para mim – ordena ele, e não há incerteza em sua voz, apenas o conhecimento de que é assim que deve ser.

Não consigo falar, então faço que sim com a cabeça.

Ele assente também e avisa, a voz ríspida:

– Está começando.

Um momento depois, sinto uma imensa pressão. Ele me preenche devagar, empurrando languidamente uma, duas vezes, até que a saliência na base de seu pau esteja grande demais para deslizar e sair. Então ele começa a tremer, escuto um grunhido que vem das profundezas do seu ser. Passo os dentes pelo pescoço dele e ele geme, aninhando meu rosto no seu pescoço e meus quadris em sua virilha. O nó fica cada vez maior.

Eu me sinto estranha. Completa. Feliz. Posso até sentir...

– Vou fazer isso, Misery. Vou gozar onde devo. – Sua voz é quase ininteligível. – Vou fazer meu nó na sua boceta apertadinha...

Uma mudança repentina, e a pressão aumenta. Lowe está gozando, seu orgasmo é algo poderoso para o qual nenhum de nós está preparado. Ele tenta penetrar mais fundo, mesmo quando não há para onde ir, mesmo depois do momento em que acho que seu prazer já tinha chegado ao ápice. Eu me faço maleável e acolhedora, até que ele parece recuperar um pouco de consciência, o suficiente para dizer:

– Minha linda parceira. Tão cheia de mim.

Outra onda de prazer se quebra em cima dele enquanto ele jorra dentro de mim, e Lowe vira o pescoço para trás, os olhos vidrados.

Giro os quadris, testando, puxando, e descubro que ele está acoplado em mim, e estamos amarrados um ao outro, e sim, a sensação é uma...

– Delícia – digo.

A um mero milímetro da dor. Mas ao mesmo tempo sou um ser feito de calor e sensações. Meus músculos se contraem, e ele solta o ar, ainda estremecendo dentro de mim. Os espasmos de seu clímax fazem todo o corpo dele se contrair. Só consigo balbuciar.

– Isso é tão *bom*. Eu...

É tão gostoso que preciso de mais contato. Mais atrito. Preciso que ele se mova, mesmo que não possa. Tento me mexer para que seu nó entre e saia, mas não consigo. Tento contrair os músculos em torno dele, e Lowe, sem fôlego, solta uma risada. Ele parece se recuperar do atordoamento do orgasmo apenas o bastante para me calar e levar a mão entre nossos corpos.

É preciso muito pouco, apenas um toque do polegar dele, e então eu também estou gozando. Meus olhos reviram. Eu nunca tinha sentido nada tão violenta, louca e dolorosamente *bom*...

– *Lowe.*

Estou assustada com a intensidade desse orgasmo. Mas ele solta um gemido sem palavras, morde meu ombro, e sei que ele sente exatamente o mesmo, o prazer brutal, pulsante, impossível de ser detido.

– Minha linda parceira, gozando no meu nó. Vamos fazer isso todos os dias – sussurra ele em meu ouvido. – E, quando estiver pronta, vou morder você onde realmente importa. Vou deixar uma cicatriz e lambê-la todas as manhãs e todas as noites. Tudo bem?

Eu concordo. O êxtase selvagem e interminável pulsa docemente dentro de mim. *Deu certo*, penso. *A gente dá certo*. Mas não me preocupo em dizer em voz alta, porque é óbvio. Em vez disso, pergunto:

– O que... acontece agora?

Ele estremece e nos vira, até que me vejo largada em cima dele. Suas mãos tremem levemente enquanto ele traça a curva das minhas costas. Suas unhas parecem... Não. Devo estar imaginando.

– Agora...

Ele fecha os olhos e arqueia os quadris, como se estivesse tentando ir mais fundo. Não tenho certeza se dá certo, mas o nó se arrasta deliciosamente, traçando uma linha delicada entre o prazer e a dor e provocando mais espasmos em mim. Depois nele.

– *Porra* – murmura ele brevemente. E, assim que consegue falar de novo, grunhe: – Agora tudo está como deveria ser. Eu tenho você onde eu quero.

– Quanto tempo?

– Não sei. Muito tempo, espero. – Ele beija minha têmpora.

– Então, se eu precisasse sair para fazer uma ligação importante...

Suas mãos apertam mais meus quadris tão de repente que quase solto uma risada. Lowe desce até meus lábios, me beijando profundamente por um momento.

– Tem certeza de que não dói?

– Não. Isso é... – *Extraordinário. Fantástico. Estranhamente lindo.* – Acho que gosto do sexo licano.

– Não é sexo licano. – Seu olhar captura o meu por um longo momento. – É *sexo entre parceiros.*

Eu me sinto sorrir ao ouvir a palavra.

– Isso vai acontecer sempre?

– Não sei – diz ele, a mão jogando os meus fios de cabelo suados para trás. – Do jeito que me sinto, não consigo imaginar que não aconteça.

– Porque nós... – Paro quando noto o aspecto da mão dele.

A maior parte ainda está na forma humana, mas as unhas estão a meio caminho de se transformar em garras.

– Desculpe – diz ele, um tanto envergonhado. Eu o vejo fazer um esforço concentrado para retraí-las, e estou impressionada com seu corpo. As sensações que ele provoca dentro de mim. As coisas que ele pode fazer. – Não estou tão no controle quanto deveria. É tudo realmente...

– Novo?

– Delicioso. Como nenhuma outra coisa nunca foi.

– Existe algo que os licanos costumam fazer? Algo que eu deveria estar fazendo?

Ele ri com um espanto silencioso e balança a cabeça.

– Se houvesse, eu não saberia. Nem ia querer. Você é perfeita e eu...

Seus dedos deslizam entre nós, passando pelo suor de nossas barrigas, fazendo com que eu me contorça com mais prazer. Meus músculos vibram em torno dele e, em resposta, sinto mais líquido jorrar dentro de mim. E quando a nova onda de prazer acaba, e estou ofegante em cima dele, me dou conta de que Lowe está me tocando onde estamos unidos. Onde seu pau está preso dentro de mim. Como se ele precisasse de uma prova tátil de que isso realmente está acontecendo.

Quando ele nos vira de lado, com uma das minhas pernas compridas em cima da dele, posso sentir seu gozo escorrendo de mim, apesar de nossos corpos estarem selados. A bagunça que estamos fazendo na cama e um no outro. De alguma forma, eu gosto disso.

Lá fora, as ondas quebram na margem do lago. Os dedos de Lowe envolvem o meu rosto. Sinto o prazer crescer dentro de mim mais uma vez e me preparo para a longa jornada.

Já é noite alta quando acordo. Estou deitada de bruços na cama, meu rosto enterrado no travesseiro, sentindo-me lânguida e esgotada, como se as sensações de uma vida inteira tivessem sido enfiadas e depois espremidas dentro do meu corpo.

É surpreendentemente delicioso.

Lowe está ao meu lado, apoiado em um cotovelo, me tocando toda de uma forma que parece meio distraída, meio compulsiva. Percorrendo a inclinação entre meus ombros. Seguindo os contornos redondos da minha bunda. Penteando meu cabelo com os dedos e desenhando a ponta da minha orelha. Pousando a mão em concha entre as minhas pernas, indiferente à bagunça melada que ele deixou ali, ou talvez excitado por ela, ávido por voltar para dentro de mim.

Deixo minhas pálpebras se abrirem e o contemplo observando cada curva, cada ângulo e cada inclinação do meu corpo, fascinada pelo seu olhar fascinado. Ele está concentrado, perdido no simples toque, e vários minutos se passam antes que ele volte o olhar para meu rosto e perceba que acordei. Seu sorriso é ao mesmo tempo reservado e hesitante, orgulhoso e luminoso.

Eu quero Lowe... Quero *isso* com ele. Quero tanto, com tanta força, que me sinto igualmente assustada e feliz.

– Oi.

Dou um sorriso. Mostrando as presas.

– Quanto tempo levou para...?

– Mais ou menos meia hora. – Ele se inclina para beijar repetidamente a linha do meu ombro. Sua mão se curva em torno da minha bunda enquanto ele murmura em meu ouvido: – Você se saiu tão bem, Misery. Não deve ter sido fácil, mas consegui entrar tão bem em você. Como se você tivesse sido feita para isso.

O sangue flui para minhas bochechas. Mudo de posição, saboreando a sensação deliciosa e dolorida dentro do meu corpo.

– Considerando o quanto você é ocupado com Ana e com o bando, talvez tenhamos que agendar o sexo.

Minha intenção é de fazer piada, mas ele assente, solene.

– Reserve um horário para mim no seu calendário.

– Que tal nas manhãs de domingo? Antes das dez da manhã, senão vou desabar em cima de você.

– Nem pensar. Reserve duas horas, todos os dias.

Dou uma risada e observo, maravilhada, o rubor verde que permanece nas maçãs salientes do rosto dele. *Meu*, penso, com felicidade, cobiça, gula. É um sentimento novo, de pertencimento. De posse.

– Eu machuquei você? – pergunta ele suavemente, e eu dou risada mais uma vez.

– Eu pareço machucada?

Ele hesita.

– Durou muito tempo e funcionou... Talvez tenha funcionado um pouco bem demais para mim. Quase desmaiei por um tempo lá dentro e duvido que tenha sido o meu momento mais atencioso.

– Não, eu não estou machucada, Lowe. – Sustento seu olhar e pergunto, calma: – E você?

Seu olhar é mordaz, e tenho vontade de rir novamente. Ele e eu. Juntos. A melhor coisa de todos os tempos que supostamente nunca deveria ter acontecido.

– Serena pode vir aqui me procurar – digo. – Não quero que ela, recentemente traumatizada, tropece em uma cena de sexo interespécies e fique ainda *mais* traumatizada, então...

– Ela é metade licana e metade humana – diz Lowe. Eu o observo com curiosidade até que ele continue a apresentar seu ponto de vista. – A menos que muitos híbridos surjam das sombras, ela só terá relacionamentos interespécies.

– Ah. – Tento pensar nas implicações disso, mas tenho que desistir. Meu cérebro está confuso, relaxado demais com os resquícios do prazer, e de uma espécie ruidosa de silêncio, e do cheiro do sangue de Lowe. – Seja como for, preciso tomar um banho.

– Não – ordena ele bruscamente em seu tom de alfa.

Seus músculos se contraem, como se ele estivesse se preparando para uma briga. Então deve perceber o ridículo de sua reação, porque fecha os olhos com força, o pomo de adão subindo e descendo.

Eu inclino a cabeça.

– Você não se importava que eu tomasse banho.

– É diferente. Tem um monte de coisas acontecendo. – Ele aponta para a própria cabeça, mas depois olha para o corpo. *Muita coisa acontecendo den-*

tro de mim, ele quer dizer. Ele parece ao mesmo tempo determinado e pesaroso, uma combinação que eu não achava possível. – Acho que não vou conseguir deixar você fora da minha vista por alguns dias. Ou semanas. E, neste momento, você tem o meu cheiro. Você não tem ideia, Misery. Você tem o meu cheiro *por dentro*, e cada maldita célula está gritando comigo que deixar você assim é a melhor coisa que já fiz na vida, talvez a única coisa boa, e não posso deixar você...

– Lowe. – Eu me apoio nos cotovelos e me inclino para beijá-lo na boca, interrompendo a torrente de palavras. – Você vem tomar banho comigo? – Eu me afasto e dou um sorriso. – Assim você pode substituir o cheiro imediatamente e não precisa me perder de vista...

A tensão deixa o corpo dele. Seus olhos se suavizam.

– Isso eu acho bom.

Ele me leva até o banheiro, e o jato de água quente me acalma tanto quanto suas mãos acompanhando a jornada de cada gota pelo meu corpo. Fecho os olhos, inclino a cabeça para trás e deixo que ele me toque daquela maneira compulsiva e absorta que parece ser seu novo normal. Ele parece ter aceitado isso – *nós* – sem esforço, incondicionalmente, mas não posso deixar de me perguntar.

– Lowe?

– Hã?

– Já que *eu sou* sua parceira, e como realmente não pretendo, sabe, deixar você ir embora... Você nunca será capaz de fazer *isso* com uma licana – digo sem abrir os olhos. – Você nunca vai ter a experiência do hardware.

Suas mãos ensaboam minha pele, demorando-se bastante nos seios.

– Qualquer ideia de fazer algo assim com uma licana morreu na noite em que conheci você. – Ouço o encerramento do assunto em suas palavras. O que ele acrescenta é um murmúrio, mais para si mesmo do que para mim: – Não haveria mais ninguém, de qualquer maneira. Mesmo que você não me quisesse, eu não conseguiria.

– Mas o fato é que tenho muito mais limitações do que você. Vai ser estranho nunca corrermos juntos em forma de lobo? Nunca darmos um passeio ao sol? Nunca fazermos uma refeição juntos? Teremos até que descobrir um horário de sono que se ajuste à rotina dos dois.

Seu polegar e seu indicador envolvem meu queixo e o abaixam, com gentileza mas também com determinação, até que me vejo forçada a fitá-lo nos olhos.

– Não – responde ele, simplesmente.

É uma garantia mais poderosa do que qualquer discurso longo ou negação veemente. Então ele prende uma mecha de cabelo atrás da minha orelha e se inclina para sugar um daqueles pontos no meu pescoço que parecem ser o seu norte magnético. Ele geme e começa a arranhar a pele suavemente com os dentes.

– Pode ir em frente – digo a ele.

Ele me mordisca.

– Hein?

– Pode me morder, se quiser. – Sinto seu peito largo enrijecer contra o meu. – Fazer uma cicatriz de parceiro, como as que vi.

Um grunhido profundo e ressonante se eleva de seu peito. Por um breve momento, sua mão em minha cintura me aperta de forma quase dolorosa. Então ele me solta, parecendo feito de aço e autocontrole.

– Não.

– Se você acha que vou mudar de ideia...

– Não acho. Mas agora não.

– Agora não?

– Existem rituais. Costumes. Coisas que significam algo para nós. Para mim – acrescenta com a voz rouca. – Quero ver você com aquelas marcas cerimoniais obscenas novamente. Quero colocá-las em você. Eu mesmo, desta vez... Não preciso de mais ninguém por perto nessa hora. E, quando eu finalmente morder você, não vai ser no pescoço. – Ele solta uma risada. – Nada tão tradicional para nós, Misery.

Ah.

– Onde?

A mão dele envolve meu pescoço. Cobre minha nuca. O polegar desce pela coluna, apenas uma ou duas vértebras.

– Aqui. Acho que vou morder você aqui. – Ele diz isso como se fosse um plano secreto e obsceno no qual vem trabalhando há algum tempo. – Quando você usar o cabelo preso, as pessoas vão ver e saber que possuí minha linda noiva vampira do jeito que os lobos fazem, e que ela adorou. E você vai ser boazinha para mim e vai deixar, não é?

Eu deixaria você fazer isso neste exato momento, penso, mas não me dou ao trabalho de falar. A esta altura já conheço Lowe e as coisas que ele está acostumado a negar a si mesmo.

– Mal posso esperar – digo, e as pupilas dele se dilatam como se eu tivesse acabado de lhe prometer riquezas além de toda a compreensão. Ele merece o mundo. Ele merece tudo que sempre desejou. – Enquanto isso, você quer que *eu* morda *você*?

Ele pragueja baixinho quando minha boca alcança uma das glândulas na base do seu pescoço, e então sussurra "Porra, claro que sim" quando meus dentes a perfuram. Passo o polegar pela glândula do outro lado, sentindo seus arrepios e ouvindo os ecos de "Por favor, mais" e "Sugue o quanto precisar". Lowe estava duro antes, mas agora consigo sentir o gosto de sua impaciência no cobre de seu sangue, e quando ele desliza os dedos para dentro de mim, quando sua respiração fica irregular e ele me ordena que goze, goze *agora* para que ele possa me foder de novo, só me resta deixar o prazer percorrer o meu corpo em ondas. Depois, Lowe me pega e me aperta contra a parede de azulejos. Envolvo seus quadris com as pernas e o recebo entre minhas coxas.

Ele entra, e desta vez é tão fácil quanto num sonho. Sinto ele me esticar, e isso queima, e deixo minhas unhas desenharem meias-luas em suas costas fortes. *Não posso acreditar que você pensou que isso não fosse funcionar*, quase digo, quase dou risada, mas o sangue dele tem um gosto bom demais para que eu pare de beber, e estou louca com a sensação de tê-lo dentro de mim, ainda mais fundo do que antes.

– Você gosta disso, não é? – sussurra ele junto à minha pele, e respondo apertando mais o seu pau, o que faz sua boca cair aberta contra meu ombro. – Porra. Eu já estou sentindo. Já sinto o nó inchando outra vez... Misery, você pode...?

Estou muito ocupada me banqueteando com seu sangue para dizer o quanto eu *posso*, o quanto eu quero. No entanto, posso mostrar a ele. Sugo com mais força sua glândula e ele geme e enfia ainda mais forte e mais fundo, e, por um momento, nenhum dos dois consegue respirar.

Então sinto as primeiras vibrações do prazer percorrendo meu corpo, sinto o nó de Lowe se expandir rapidamente dentro de mim e me prender a ele, e sob o jato da água dou um sorriso sem soltar sua veia.

EPÍLOGO

Lowe

Ela faz muitas piadas com o próprio nome, do tipo "Você está oficialmente condenado a uma vida de Miséria", e Lowe de início não tem certeza se as acha engraçadas, muito menos agora que já faz uma semana que ela está de volta, mas não pode evitar se sentir radiante a cada vez.

Mesmo quando suspira e balança a cabeça em desaprovação.

– Para a direita. Na verdade, para a esquerda. Na verdade, deixe que *eu* faça isso – resmunga ela, roubando o martelo da mão dele.

Eles estão pendurando um quadro na parede daquele que voltará a ser o quarto de Ana. É bobo, algo que Lowe desenhou de improviso ontem, porque é assim que ele é agora: espontâneo. Inspirado. Feliz.

Um Faísca gigantesco, tal qual um Godzilla, elevando-se acima do letreiro de Hollywood – no qual agora se lê LILIANA. Não é o estilo artístico usual de Lowe. E ele não achou que o resultado ficou assim *tão* bom. Mas, quando deixou o bloco de desenho aberto na bancada da cozinha, Misery e Serena viram, e todos os seus protestos foram recebidos com olhos revirados e acusações de que estava em busca de elogios. Assim que o sol se pôs, elas roubaram o carro dele e rodaram de um lado para o outro por horas em busca da moldura perfeita.

E, enquanto estavam fora, Lowe levou as caixas de Misery para o quarto adjacente. Ela vai ficar apenas no de Lowe, pois é o que faz mais sentido.

Ficar sempre com ele.

Sua parceira.

Com ele.

Ele ainda não se acostumou totalmente com a ideia. É possível que, quando se trata de sentimentos como os que ele nutre por Misery, grandes, avassaladores e abrangentes, acostumar-se não seja algo que aconteça, jamais. A preciosa sensação de novidade pode nunca desaparecer. E, sempre que ele pensa no futuro, nas possibilidades, seu batimento cardíaco acelera, como se estivesse em uma corrida contra si mesmo.

E Misery sempre percebe.

– O que está acontecendo? – pergunta ela, as palavras murmuradas em torno do parafuso preso entre seus dentes. – Ataque cardíaco?

Ela olha para ele de soslaio com seus lindos olhos lilás. O perfil dela é composto de linhas suaves e delicadas pontuadas pelas pontas dramáticas de sua orelha, dentes e queixo. Só de olhar ele fica sem fôlego.

Lowe não sabe que resposta dar a ela, então simplesmente se aproxima e desliza a mão pelas costas de Misery enquanto ela bate na parede. Mas, vendo que isso não basta, ele a abraça por trás. Inala seu perfume estimulante e perturbador. Fecha os olhos.

Ele não estava sozinho antes dela. Se alguém tivesse perguntado, ele não teria admitido que estava infeliz. Tinha um bando e uma irmã para cuidar, coisas às quais se dedicar, amigos pelos quais daria a própria vida. Ele nunca pensou que estivesse faltando alguma coisa. Mas agora...

Ele não tem certeza se merece a felicidade de sua vida atual, mas vai mantê-la a qualquer custo.

– Oi – diz Misery, como se não tivessem ficado juntos a noite toda, desde o segundo em que ela acordou.

Ela pousa o martelo e o prego no tampo da cômoda. Sua mão pálida envolve suavemente o antebraço dele, que sente uma felicidade profunda que o mantém centrado.

– Ei – diz ele.

Ela começa a traçar letras na pele dele, e ele quer dizer que vá mais devagar, que soletre as palavras novamente. Mas então ele capta um T, um A e um M, e pensa que talvez possa adivinhar...

– A peste chegou – sussurra ela, animada, quando um carro para na entrada da garagem sob a janela.

Misery se esquiva de seu abraço e Lowe engole um grunhido amuado, uma queixa de que ele não é a primeira e única preocupação de sua parceira. Então ele a segue, descendo a escada.

Ele não vê Ana há mais de duas semanas, mas sua irmã mal lhe dá um abraço apressado, ocupada demais mostrando a Miresy e à sua nova amiga, Serena, a caixa transportadora que tio Koen comprou para Faísca.

Lowe reprime um sorriso e sai no momento em que seu amigo mais próximo salta do carro.

– Obrigado. Fico devendo uma para você.

Koen bufa.

– Cara, você me deve umas dez. E não por causa da Ana.

– O que mais?

– Emery está detonando o grupo da família. Entre outras coisas, aparentemente. – Ele dá de ombros diante da sobrancelha levantada de Lowe. – O que foi? Cedo demais?

Lowe suspira e gesticula para que ele entre.

– Venha. Vou contar tudo sobre o caos dos últimos dez dias.

– Ansioso para saber tudo sobre...

Um único passo no interior da casa e Koen para, como se tivesse acabado de dar de cara com uma pilha de tijolos. Sua mão procura a parede em busca de apoio.

– Que diabos...?

Lowe olha para ele, a testa franzida. Sem resposta, ele se vira para estudar o amigo, cujo corpo vibra levemente. Suas pupilas estão contraídas, como costuma acontecer quando um licano está prestes a se transmutar. E seus olhos...

Lowe segue o olhar de Koen, voltado para uma pequena figura agachada no chão da sala. No momento, ela está coçando o queixo de um Faísca ronronante e murmurando desculpas para ele.

Serena.

O olhar de Koen permanece ali por um longo tempo, como se estivesse capturado, ou talvez relutante em se desprender.

– Ora, ora, ora – diz ele lentamente. Sua voz é rouca. Muito grave. – Estou ferrado, com certeza.

Lowe compreende imediatamente.

Isso, pensa ele, *vai dar o que falar.*

AGRADECIMENTOS

Pessoal, vamos de formato de lista novamente. Eu gostaria de agradecer a:

- Adriana, Christina e Lo, por segurarem minha mão na Comic-Con e me encorajarem a escrever meu ligeiramente louco livro do coração. Publicar é assustador, e tenho muita sorte de ter vocês.
- Minha agente, Thao, e minha editora, Sarah, que não apenas me *deixaram* escrever este livro cheio de nós, mas o abraçaram totalmente. Nenhuma das duas sabe a verdadeira cor das frutas vermelhas, mas eu amo vocês mesmo assim.
- Liz Sellers, a editora assistente dos sonhos de todos, que sempre me faz sentir que estou em ótimas mãos.
- Minhas assessoras, Kristin Cipolla e Tara O'Connor, por serem superpacientes e organizarem a melhor turnê. A cada livro eu mereço menos vocês, mas fico muito feliz por poder falar sobre Taylor Swift com as duas.
- Minhas gestoras de marketing, Bridget O'Toole e Kim-Salina I. Um

milhão de agradecimentos por tudo que vocês fazem, tudo que não me pedem para fazer e tudo que me ajudam a fazer segurando minha mão. Vocês são as melhores, então não vou roubar suas edições especiais da Illumicrate.

- Rita Frangie Batour e Vikki Chu, pelo design da capa (eu fui tão chata desta vez, e ainda assim ninguém veio à minha casa para me matar; obrigada pela sua misericórdia), e, claro, Lilith, por ser, como sempre, a ilustradora mais talentosa que já agraciou este plano da existência.

- Todos na Berkley. Eu me diverti muito durante a visita e me sinto muito grata pela forma como todos foram incrivelmente receptivos! Em particular, meus sentimentos mais sinceros: minha diretora editorial, Cindy, por ser, francamente, a influência mais educativa para mim, antes mesmo de nos conhecermos; minha diretora de divulgação, Erin; Carly, por chamar meu livro de "deliciosamente obsceno", o que me fez ganhar o ano inteiro; Gabbie, por perguntar se meu livro falava de nó e me fazer sentir vista e compreendida; Claudia Colgan, por enfrentar um inverno gelado e perigoso.

- Minha editora de produção (Jen Myers), a editora-executiva (Christine Legon), a copidesque (Jennifer Sale) e o designer (Daniel Brount). Sinto muito por ter feito vocês lerem o que tiveram que ler.

- Meus editores espanhóis e mexicanos. Agradecimentos especiais a Marina e Laura da Contraluz; Gerardo, pelo melhor jantar da minha vida (S. ainda fala disso todos os dias); e Norma (sinto tanto, tanto, tanto por *aquela* coisa).

- Meus amigos autores, meus amigos do fandom, meus amigos da SDLA, meus amigos Berkletes, meus amigos livreiros, meus amigos que são uma família adotiva, meus amigos *amigos*. Estou um caos – obrigada por me aturarem.

- Minha irmã, por ser descolada com as coisas.

- AO3 e Organization for Transformative Works, pela minha vida e pela minha sanidade.

- Meu marido. Lá se vão cinco livros e estou começando a dever alguns agradecimentos reais, não indiretos e insultuosos, a ele, que descobrirá sobre todos quando a mãe lhe enviar uma foto da edição alemã. Obrigada por concordar em manter os horários das refeições do Sul da Europa, por limpar os cocôs dos gatos quando estou quase perdendo o prazo final e por se orgulhar de mim mesmo quando não estou orgulhosa. Como sempre: IYDIGKM.

Eu *não* gostaria de agradecer:

- Ao Ticketmaster.

CONHEÇA OS LIVROS DE ALI HAZELWOOD

A hipótese do amor
A razão do amor
Odeio te amar
Amor, teoricamente
Xeque-mate
Noiva
Não é amor
No fundo é amor
Um amor problemático de verão